U0900408

我们台湾这些年 Ⅰ

廖信忠 著

台海出版社

图书在版编目（CIP）数据

我们台湾这些年. Ⅰ / 廖信忠著. -- 北京 ： 台海出版社，2018.4

ISBN 978-7-5168-1566-3

Ⅰ. ①我… Ⅱ. ①廖… Ⅲ. ①中国文学—当代文学—作品综合集 Ⅳ. ①I217.2

中国版本图书馆CIP数据核字（2017）第228440号

我们台湾这些年. Ⅰ

著　　者：廖信忠

责任编辑：刘　峰　贾凤华　郭秀彦
责任印制：蔡　旭

出版发行：台海出版社
地　　址：北京市东城区景山东街20号　邮政编码：100009
电　　话：010－64041652（发行，邮购）
传　　真：010－84045799（总编室）
网　　址：www.taimeng.org.cn/thcbs/default.htm
E－mail：thcbs@126.com

印　　刷：北京旭丰源印刷技术有限公司
开　　本：710毫米×1000毫米　1/16
字　　数：315千字
印　　张：20.5
版　　次：2018年4月第1版
印　　次：2018年4月第1次印刷
书　　号：ISBN 978-7-5168-1566-3
定　　价：49.80 元

版权所有　侵权必究

编者按

本书是一个台湾青年写给大陆同胞看的书，作者廖信忠以自己的成长经历为切入点，生动地讲述了在30年政治巨变之下，台湾老百姓自己的悲喜人生。书中一个个质朴的故事，仿佛一部浓缩的台湾生活当代史。当然，这是一个台湾70后的私人记录，书中的言论并不“代表”谁。

廖信忠说他写这本书的起因，是他从台北来上海工作两年之后，发现两岸民众之间的陌生，尤其是“大陆人在对台湾充满热情的同时，又对台湾全然的不了解”。于是，他决定写一本“血浓于水”的书，告诉大陆同胞，台湾这些年究竟发生了什么。

读完本书，或许您会对海峡对岸的同胞，在抽象的“热爱”之外，更增添熟悉与理解的温柔情感。这也是我们致力出版这本书的原因。

2009年9月13日于北京

目 录

1977

出生在被赶出联合国后风雨飘摇的台湾

我是1977年生人。20世纪70年代末的台湾，整个社会气氛都是怪怪的，就像是一只气球，随时都可能破掉，但就是破不掉的状态。重大基础建设都快要完成，经济开始腾飞，但大家都在等那种“冲破”的气氛。

这段时期的台湾，用后来官方一些政令倡导的文章来形容就是“风雨飘摇”。在台湾当局代表被赶出联合国后不久，接着就是1978年底的美国与台湾当局“断交”。人心惶惶的社会气氛下，有办法的人当然都先跑到别的国家去了。而台湾当局不断地告诉大家要“庄敬自强，处变不惊”——应该说，在更早的时候，从1949年国民党退踞台湾到20世纪70年代的这几十年里，岛内反对人士始终站在国民党对立面，却如狗吠火车般无用，甚至给自己带来危险；到了20世纪70年代，虽然内外交加之下岛内形势风起云涌，要求改革的呼声也越来越高，在那个“党即一切”的年代，社会上反国民党的声浪也从小涟漪成为小水波，越来越大，但国民党仍然坚持一贯的统治态度，因此这几年风波不断，草民如我家，也不由自主地被卷入某些事件里面。

我的生日在11月，而我父母的结婚纪念日是在当年的3月29日。我年纪大一点儿时发现其中似乎怪怪的，因此动不动就爱跟我妈开玩笑："乖乖，原来我是早产儿啊……"我妈那种保守的女人当然每次都被我逗得无话可说。

简单说一下我爸。他是台湾中部云林县人，云林在传统上（甚至现在）和大家的心目中都算是乡下，传统的农业县。但也因为是较穷困的地方，所以民风也较彪悍，大家一提到云林，就不由得联想到黑道的故乡。而我妈是台南人，台南算是台湾最早开发的地区，因此文化气氛浓厚，传统上大家也认为台南人很有钱。

我爸就跟他那个年代的大多数人一样，年轻时就到台北打拼，他本来在药厂做销售员，后来一直做到台湾北区的销售主管。在台湾高速公路刚建成，没什么私家车在跑，又被讥讽为养蚊场的年代，他就已经买了车子，算是那个年代很普遍的从乡下来到台北，努力走向成功的商人典型。而我妈，年轻时在台南就自己开了一个打字行，刚好在我爸的台南总公司旁边，两个人就这样认识了。

在他们结婚，即我出生的前一年，也就是1976年，我爸已经在台北做起了自己的生意，并住在台北士林的旧家，这是我3岁前住的地方。

这年年底发生了一件震惊全台的"王幸男邮包爆炸案"，对象是当时的台湾省"主席"谢东闵，邮包炸伤了他的左手手指。这件震撼国民党党政高层的邮包爆炸案，据我高中时的老师回忆，在那指纹还无法用计算机辨识的年代，几乎所有大学生都被动员去清查核对，也就是逐一清查核对全台湾已服役男子的指纹资料。就这样，几十万份资料一份一份地查，居然也真的查出来了，原来是一个叫王幸男的人所为。他因不满政治情势，而做出了这样的举动。偏巧王幸男家的药厂，就是我爸工作的药厂。

据我老爸回忆，他某天回家，看到有两个人坐在家里的椅子上。弄清他们身份后，我老爸就被带进某个地方喝茶，接着就是兄弟有几人、有没有女朋友、在教会干吗（我爸那时候已经是基督教徒了）、药厂都在做什么之类铺天盖地的问题。好几个人轮流问了24小时，最后我老爸写了保证书后才让出来。事后他才知道，那时候还是他女朋友的我妈，以及他的兄弟姐妹，也全都被问过话了。

我爸对国民党的反感，可能就是从那时候开始的。

不过话说回来，我爸可还是国民党党员呢！现在都还可以看到他那破烂不堪的国民党证，不过他每次都说他从没参加过小组活动，没交过一次党费，说是都有人帮他代签代交了。

不夸张地讲，在那个年代，几乎大家都是国民党党员。只要上高中，学校教官或老师就会用各种方法、手段，明示、暗示学生要入国民党。当然，对他们来说也是有业绩压力的啦！高中生哪会分辨太多，只知道入国民党有许多好处，就乖乖地填了资料入党。或者在当兵时，部队辅导长也会要求大家入党。在台湾的义务兵体制下，尤其像几十年前那种一当兵就要当两三年的苦日子里，做国民党员在部队里可能会有比较多的好事爽差，大家就这样入了党。

所以，现在在台湾问四五十岁的男人，谁没入过国民党，可能很难找到，只不过极大部分都没交过党费，没参加过活动，成了“失联党员”。前不久，国民党进行党员资料整理，还意外发现许多民进党及亲绿人士都曾经是国民党党员。

1978

蒋经国继任与“十大建设”

1978年，蒋经国就任了。

台湾人熟悉的那个画面——每年蒋中正穿着军装，在“双十节”阅兵时那挺拔的身姿和强有力的口音“军民同胞们……”变成蒋经国那亲切的挥手以及谦虚的致意“亲爱的父老、兄弟、姐妹们……”，不变的是那浙江口音，但敏感的人似乎从这句话里听到了些弦外之音——时代开始改变了。

蒋中正“崩逝”（是的，当时的报纸用的就是这个充满了皇权帝制意味的封建字眼）后，“副总统”严家淦继任，但实权却在“行政院长”蒋经国手上。严家淦可说是虚位“首脑”，当时都叫他“YESMAN”。虽然两年后蒋经国的接班已经是可以预见的事，但还是有不少人不太满意，不知道蒋家王朝还有多久。当初有个政治笑话是这么说的：蒋介石去世后，不可避免地在天堂遇见了“国父”孙中山先生，壮志未酬身先死的孙中山非常关心“中华民国”的状况，于是问老蒋——

“我死后，‘中华民国’有没有‘行宪’啊？”

蒋介石马上回答：“有啊！有‘行宪’，有‘行宪’啦！”

孙中山又问："那第一任'总统'是谁？"

蒋介石回答："是我。"

孙中山心想，老蒋一统江湖，确实当得，又问："那第二任呢？"

这时老蒋不太好意思说还是自己，可又不太想说谎对不起"国父"，于是回答："于右任[①]（余又任）。"

孙中山高兴地说："不错不错，书法家当'总统'，文学治国。那第三任又是谁呢？"

蒋中正脑筋一转，机智地答道："吴三连[②]（吾三连）。"

孙："嗯，舆论界有人出任'总统'，也好。那下一任又是谁？"

蒋："赵元任[③]（照原任）。"

孙想了一想说道："很好，语言学家当'总统'。那第五任呢？"

蒋："是……是赵丽莲[④]（照例连）。"

孙中山开心地说："太好了，连教育家也做'总统'了，真是越来越进步了。"

这是个很典型的讽刺蒋家的笑话。其实，蒋中正的影响力一直到20世纪80年代末90年代初都还存在，在我小学时都还要背"蒋公遗嘱"，音乐课也要学唱"蒋公纪念歌"。而每次老师一提到蒋介石或"国父"孙中山先生时，大家都要正坐或立正一下表示尊敬。这些事现在回想起来，都觉得挺傻的。

---

① 著名国学家、政治家。

② 著名办报人。

③ 语言学家、音乐家。

④ 著名英语教育家。

在此前一年，中山高速公路也通车了，这是一条纵贯台湾南北400多公里的高速公路，也是台湾第一条高速公路。

当初建成时，许多人批评这根本是一条超大型的养蚊场，因为根本没多少车子在上面跑，是富人专用的。但事后几十年证明，这条高速公路对台湾经济产生了重大影响，让商品货畅其流地在台湾西部三大港间流通。甚至到了后来，台湾私家车变多后，这条高速公路根本不敷使用。许多我这一代台湾人的成长经历里，一定都有过年爸爸开车载着全家走高速公路回中南部老家的印象，并且，一定会被堵在路上好几个小时。本来南北往来只要4个多小时，这时变成近10个小时或更久，整条高速公路变成一个大停车场。在晚上看来，车尾灯就如同一条红红的龙，盘到地平线的另一边。

因此，后来当局又建了好几条方向重复的高速公路，以减轻车流负担。但高速公路在台湾除了交通功能外，还有很重要的战备功能，在某些路段上，是特别设计来供战斗机起降的。

那几年，“十大建设”陆续完工。“十大建设”是指台湾在20世纪70年代时所进行的一系列基础建设工程。在这之前的台湾许多公共基础建设，如道路、港埠、机场、发电厂等，仍处于欠缺、老旧的状态。再加上1973年10月第一次石油危机爆发，受到全球经济不景气的影响，为了提升和深化总体经济发展，当局开始规划进行十个大型建设工程。这分别是：核能发电厂，中正国际机场，铁路电气化，台中港，中山高速公路，大炼钢厂，大造船厂，石油化学工业，苏澳港，北回铁路。在“十大建设”中，有六项是交通运输建设，三项是重工业建设，一项为能源项目建设。

但当初任“行政院长”的蒋经国决定“十大建设”的计划时，是冒了很大风险的。当时台湾经济尚处于起飞初期，民众经济所得尚未提高，以及当时遇上第一次石油危机和台湾当局退出联合国等外交困境，可以说，台湾在发展“十大建设”时，当局是没有经费的。所以，有部分官员表示反对，但蒋经国以一句“今天不做，明天就会后悔”力排众议，后来通过找沙特借款才得以解决。也就是说，“十大基础建设”是举债建设。后来也证明蒋经国的决策是完全正确的，确实推动了台湾经济起飞。可以说，台湾经济完全起飞是在“十大建设”之后。

以当时蒋经国的观念来说，他认为，在经济成长的过程中，“富可敌国”与“贫无立锥”如果形成两个极端，却被理解为经济真的成长了，这应是一大讽刺。所以，为了避免像许多高度开发国家那样财富集中，贫富悬殊，他认为发展不仅要财富增加，也要合理分配，这样人民才能在均富的标准下愉快又勤劳地工作，社会才能稳定。可以看到，“十大建设”里有七项是经济基础建设，对台湾未来来说，不管采取哪种发展策略都是非常必要的建设。

“十大建设”所带来的经济方面影响，的确给台湾带来焕然一新的生活风貌，但另一方面也牵动了政治与社会的演化。在人民知识与经济能力大幅提升的情况下，要求政治开放的呼声也越来越高，原来严密的政治控制体系已逐渐不能应对人民的要求了。

1979

我的家庭

1979年对于台湾来说，实在是不怎么安宁的一年。1月1日，美国与台湾当局“断交”，年底又来了个“美丽岛事件”，我看当局头都大了。

但对一般百姓来说，1979年最大的事就是开放去岛外观光。在过去，只有经商、公务、留学等才能离开台湾，现在没有具体的事情，也可以离开台湾观光了，因此，香港瞬间就被台湾人“占领”。

而我家的大事就是，我妹在夏天出生了。在20世纪70年代末的台湾，当局鼓励的生育政策是“一个孩子不算少，两个孩子恰恰好”这种大家都会背的口号；另外，那几年还有一种口号叫“三三三一”，指婚后3年生第一个小孩，过3年再生一个，理想的结婚年龄为男28岁、女25岁。我爸妈还真响应号召，刚好生了一男一女，一家四口，标准地迈入中产阶级家庭。

在这之前，台湾人总是喜欢多生，像我父亲就有7个兄弟姐妹，母亲家也有5个。越穷的人家越喜欢生得多，看起来好像不太合理，但若从经济学角度来看，过去台湾比较穷，一般百姓必须多生增加机会，这是可以理解的。但到20世纪70年代就开始有了人口压力，当局开始鼓励少生。这几年口号又改啦！“两个孩子恰恰好，女孩男孩一样好”，特地将女孩放在男孩之前，希望消除重男轻女观念。后来因为少子化的风潮，又改成“两个孩子很幸福，三个孩子更热闹”，希望民众多生几个小孩。

总之，我多了个妹妹，只差我一岁而已。由于年龄相仿，所以我跟她不存在什么“哥哥保护妹妹”这种事，反而从小打架打到大：她咬我手臂我抓她头发，吵吵闹闹的，好不热闹。当然这样也建立了深厚的感情。

我家在这一年也留下了第一张全家福：妈妈抱着妹妹，爸爸挽着妈妈，我骑在小木马上。

台湾当局与美国“断交”

1979年1月1日零时起，台湾当局与美国“断交”。或者从大陆的角度来说，是中美建交。

当时的台湾当局其实就是陷在这种迷思当中，以中国的正统自居。在蒋中正的时代，一直以极端的原则处理两岸问题，无形中也使台湾的“国际空间”缩小了很多。

总而言之，“断交”已成定局，民间再多的抗议和自发的政治运动，在大国博弈间也显得软弱无力。台湾少了个靠山，信心不足的人就纷纷移民，在那一年就有大规模的移民潮出现。于是，才有了蒋经国在那年的除夕谈话“渡过难关”的言论出现。

当时任“新闻局长”的宋楚瑜，在记者会上表达台湾对“断交事件”的“严正立场”，他凭借英挺的形象，可谓一夕间爆红，成为媒体宠儿。就在那个台湾人心极大动摇的时刻，知名的民歌手侯德健也发表了《龙的传人》这首歌，整首歌词歌颂古老神州的庄严伟大、近代中国的苦难以及对故土的眷恋之情。当然啦，这首歌呼应当局的立场，在当局的大力支持下，立刻在台湾及海内外华人间歌颂一时。

而在社会上，也掀起一波又一波的“爱台湾”运动。比如，小的时候看过一个故事，说一个小朋友在美国与台湾“断交”后，同仇敌忾，捐出自己的猪公扑满[①]来给当局买“飞机大炮”。我大一点儿的时候就想，飞机大炮不还是都跟美国买的吗？这个故事好像怪怪的。回到正题，台湾当局与美国“断交”后，美军跟着撤离台湾，取而代之的是“与台湾关系法”。美国政府根据“与台湾关系法”，继续供应武器给台湾。台湾继续以“自由的灯塔”自居，一方面也是安抚民众，但明眼人都看得出来，所谓的“反攻大陆”已经成为笑话，只有当局继续喊得响，底下的响应一年比一年心虚，一年比一年微弱。

当然，美军在台时带来的一些经济活动也随之萧条，许多社会问题渐渐浮现，尤其是美军留在台湾的私生子问题，成为20世纪80年代许多电影及文学作品探讨的对象。

此外，侯德健后来在1983年潜赴大陆，台湾当局感到脸上无光，遂把《龙的传人》这首歌给禁掉了，当时还成为许多人揶揄的事件。

① 扑满即储蓄罐。猪公扑满就是猪形的储蓄罐。

1980

台湾当年的电视台

美丽岛事件以及来年的大审，绝对是影响台湾民主化进程的一件大事，不管是当初给台湾人民的震撼力，还是后来对当事人、辩护律师们的未来发展，都影响重大。

我当年还小，没什么感觉，很多事都是后来从长辈口中听来的。那个年代小道消息特别多。当然啦，当局控制着几个不自由、无法满足人民知情欲望的媒体，社会上小道消息或谣言自然传得就快。在开放电视频道以前，台湾的无线电视台只有三个：

台湾电视台，简称台视，是台湾省政府所有的，也是台湾第一个电视台，所以常常会看到一些农渔民情报道，那时普遍认为台视的报道会稍微客观一点儿。

“中国电视台”，简称中视，是国民党所有，所以很多都是国民党活动内容，内容嘛，在以前也比较“忠党爱国”一点儿。

中华电视台，简称华视，是军方所有，所以每周四都会有所谓的“莒光园地”，部队里的阿兵哥每周四都必看这个节目，接受一下洗脑，不过大多数人都是在补眠，一直到美女主持人又出现为止。

在20世纪70年代，台湾电视收视率最高，也是史上收视率最高的节目，是闽南语布袋戏《云州大儒侠史艳文》。布袋戏是一种人偶戏，当时在中午时段播出。一到中午，街道空无一人，收视率达到百分之九十几。后来因为实在太猛太轰动，据说当局以“妨碍工商活动”之名给禁播了。

话说回来，虽然当时台湾有这三个电视台，但在那个“党领导一切”的时代，报道的内容都是审核过的，大同小异。不过这三家电视台也保持着既竞争又合作的关系，比如当局重大庆典时就来个联播，三台各派出当家主播和主持人负责一个部分。而三台节目又各有特长，比如说台视长于新闻，现在很多有线新闻台的主管最早都是台视出来的。中视长于戏剧，台湾第一部连续剧《晶晶》就是中视推出的，许多大陆朋友熟悉的琼瑶剧，如《梅花三弄》《还珠格格》也都是中视播出的。不过这几年很多剧都外包给大陆，或为了节省成本，索性直接买大陆剧来播，算弱掉了。华视虽然是军方所有，但长于综艺节目，从前到现在一直如此，许多名主持如张小燕、胡瓜等人，也都是在华视发迹的。

离题了，下面来说美丽岛事件。

美丽岛事件

在民进党成立以前，台湾并没有严格意义上的反对党。除了国民党外，名义上还有青年党、民社党等，每次选举他们也都会派候选人出来，但根本威胁不了国民党，或者说，这些党只是国民党包养着的，有点儿用来宣传“看！我们还是有其他政党！”的意义而存在。所以，台湾当时基本上还是国民党以党领政、国民党压倒一切的情况。

当时有个词：党外。国民党一党独大的统治时期，台湾社会没有组党的自由。在早期反威权和自由主义的组织或个人，是以杂志等文宣来表达宣传自己的政治主张。到了20世纪70年代，开始通过选举的机制，进行进一步的串联和组织工作。

这里不得不提到一个词：白色恐怖。不解释词义，请大家自己去查。这个词对于台湾的意义，大部分就是指国民党自统治台湾以来对异议分子或嫌疑者的肃清及迫害。台湾人民长期处在这种环境里，有话不敢说，有意见不敢表达。表面上，法律赋予大家有集会结社自由，但解释权完全操纵在国民党手上。

20世纪70年代以前，有所谓“动员戡乱”体制，“国会”完全不让台湾人民改选，直到1969年之后，经修改“动员戡乱时期临时条款”，也只改选“国会”中的一小部分名额而已。当时，“国会”成员几乎都是一些1949年跟着来台，代表各“省”的议员。但几十年过去了，这些人也慢慢开始老死，终于有了替补的空缺，党外异议人士终于有进入体制内发言的机会。但是国民党简直就是球员兼裁判，规则怎么玩都是他们定的，一般人怎么能玩得过他们呢！所以，国民党跟党外的关系也越来越紧张。

这时的反对运动跟更早期的不太一样，不是松散的书生论政，这些人也不是无党籍的地方士绅，而是一群“行动者”，懂得结合政治及社会思想去做“运动”。另外，“反攻大陆”让人感觉越来越不现实，所以，官方的意识形态及1949年后国民党带来的外省政治精英的统治正当性及政治权利分配性，也开始不断被挑战。因此，台湾本地的政治精英人物开始成为主要的反对力量。

1979年，一本叫《美丽岛》的杂志出版了，这是由一群来自各地的党外人士所创办的，一时精英聚集，大有政团之势。在一言堂的时代出版了这样一本异议杂志，大家看得爽，心里出了一口气，自然很喜欢。《美丽岛》的模式是到处设分社，每设一处分社就在当地办演讲，大受民众欢迎，但不见容于当局。

《美丽岛》高雄分社在当年12月10号国际人权日举办游行活动，不料却引发严重的警民大暴走，冲突规模之大，可说是台湾史上首见。

直到现在，发生冲突的原因还是众说纷纭，有很多人说是当局派人在民众里当托，故意攻击警察，但到现在为止，还是没人敢证实。

在这次事件中，活跃于党外阵营的主要人物几乎全数被逮捕，当时台湾的反对运动受到严重打击。很多人说，蒋经国被这件事震撼到了，所以加快了开放的脚步。但不管怎么说，这件事的结果，以及后来的审判，的确让很多政治冷感的台湾人开始思考一些政治及台湾前途的问题，成为一个启蒙的起点。

“美丽岛大审”改变了陈水扁的一生

进入20世纪80年代，一切似乎都开始焕然一新，国民党在台湾的严密体制也开始出现了些微的松动，一切都要从这年的美丽岛事件大审开始。

《美丽岛》杂志的核心人物被一网打尽，当时党外参与者皆有坐牢的心理准备，所以这次运动的悲剧色彩颇为浓烈。这个“政团”可说是瓦解了。经过审判后，核心8人通通被判“叛乱”，分别是黄信介、施明德、张俊宏、姚嘉文、林义雄、陈菊、吕秀莲、林弘宣。被判有罪是可预期的，但其影响及后坐力是相当大的。

这次审判不仅引起全台湾民众的关心，国外的人权团体及媒体也很关心。国民党为了展示开明作风，虽然这是一次军事法庭审判，但也没像以往做太多的限制与操纵，因此各大报皆可找到判决及答辩全文。虽然法庭上摆满了袭警的“证物”，但这些答辩，已经不仅仅在于“是否有袭警”的层面，而上升到了对台湾前途的关心、定位的政治层面。法庭似乎变成了他们的政见会场，一个个轮流侃侃而谈。

有一个关于“美丽岛大审”的笑话是这样的：当年美丽岛军法大审时吕秀莲有一条罪名是说了“打拼”两个字，这两个字在闽南话里是努力、奋斗的意思，但当时的军事法官不懂闽南话——“又打又拼，这不是叛乱是什么？”于是又罪加一等了。

因为信息如此透明，这些言论也为台湾民众新开了一扇窗，上了一次值得好好思考的政治教育课。的确，这些言论如解除军事戒严、“国会”全面改选等，虽然在当初被视为洪水猛兽，倡议者也被冠以“叛乱分子”“野心分子”等恶名，但这些诉求在30年后的今天看来都已经是理所当然的权利。

在“美丽岛军事大审”的同时，发生了一件震惊全台湾的灭门血案——林宅血案，林即指当时正在接受大审的主嫌之一林义雄。在2月28日这天，他的母亲在自宅被人刺了13刀，7岁的双胞胎幼女各被刺一刀丧命，而长女被刺6刀重伤，后经急救脱险，林义雄的妻子则因外出而幸免于难，此案震惊海内外。凶手手法极为专业，以短刺刀捅入，接着横向反钩，刀刀置人于死地。

因为时间正好在大审的敏感期间，又因刚好是2月28日，因此很难不让人往政治谋杀的方向联想。当然，就算真的是国民党干的，他们也不会承认，因此警方设定为“国际阴谋集团”的罪行。但当时不少人认为，林宅血案是国民党当局在美丽岛事件后，为了压制日益崛起的党外反对运动，所采取的杀鸡儆猴的血腥示警手段，旨在警告所有台湾人，挑战国民党权威者，必将在台湾重演“二·二八”事件。当然，我们现在看来这样的联想缺乏证据又太过主观，但在那个时代的背景下，这个理由似乎又成为最合理的解释，警方当初侦办的方向反倒显得荒谬不堪。

后来林义雄还在狱里，林家生活困难想把房子卖掉，但没人敢买，直到长老教会将它买了下来作为教会来使用。每年的2月28日，除了纪念1947年的“二·二八”事件外，大家免不了想到的就是林宅血案。每年在这里也办纪念的音乐会，总是上新闻。但林宅血案终究成了悬案，到现在还没破案。每次一说到这件事，年纪稍长的人总是变得很沉重。在台湾，不分政治立场，对林义雄总是抱着尊敬的态度，称之为“人格者”（闽南话，人格崇高者），总觉得台湾亏欠林义雄很多。

在另一方面，这次美丽岛事件审判的辩护律师团里，也都是一群年轻且不畏强权压力的热血律师。虽然这是一次可预见的审判，但他们经过不断努力，从幕后走到台前，在这次审判后纷纷投入党外运动，成为后来反对运动的中坚，甚至风云际会成为政治场上的要角，如陈水扁、谢长廷、苏贞昌、张俊雄等人，都是当时的辩护律师。当时谁也没想到，这次的辩护，几乎改变了他们的一生。

而在国民党一方，当时负责给当局化装的“新闻局长”就是宋楚瑜，他在那时是国民党栽培的明日之星，他也很尽责地做好一个发言人的角色。而后来几十年里，两方中坚分子的不断交锋，恩恩怨怨纠缠了几十年，双方人马在政坛皆起起落落，分分合合，故事好不精彩，留着慢慢说。

现在台湾蓝、绿在那边吵吵闹闹的，但很少有人会否认美丽岛事件是台湾加速开放的一个重大转折点，具有分水岭的意义。台湾经济发展牵动的参政意识，以及要求资讯的流通，均使政治多元化成为不可避免的趋势。正是以前那些人敢于争取，现在台湾才有吵吵闹闹的机会。

1981

幼儿园时光，童年的“双十节”

我开始稍微有一点儿记忆的时候，我们家也从租的旧家，搬到新家去了。新家在台北市的天母地区，阳明山脚下。这本来是买给爷爷奶奶住的，但他们住不习惯，又回云林老家去了。天母这个地方环境还不错，在美军还没撤防台湾前，是一些军官的宿舍，到现在附近都还有一些当初留下的美式平房。我爸买的那间房，算是这个地区的第一栋高楼，一买就是近两百平方米，但那时候也不贵，就买下了，谁知道过几年麦当劳在这边开了之后，整个房价都飙升起来。

反正我们刚搬来时，附近都还有农田、木材场，空气还不错，也挺清静的，还有令人印象深刻、能用流利英文跟老外聊天的卖甜品的老太婆。

这时，我也开始意识到妹妹对我向父母争宠的威胁性，因此开始故意欺负她，唉，小孩子的劣根性真是……

三四岁时，我也被丢进幼儿园里了。幼儿园是一间教会办孤儿院的场地，因此相当大，整天在那边跑跑跳跳，好不开心。

幼儿园没什么回忆，只记得整天都是玩和吃，反正就是尽干一些老师看了会脑充血的蠢事，比如拿爆竹炸大便、掀女生裙子之类。

每逢10月，整个社会就开始热闹起来了，多么美好的10月，当初号称“光辉十月”，现在好像很少有人提了。10月接连着有“双十节”“台湾光复节”，以及蒋介石诞辰纪念日等值得欢欣鼓舞的日子。这个月到处都是旗海飘扬，电视上也充满了喜气洋洋的气氛，总之，10月就“尽量”没有天灾人祸，也“尽量”没有社会事件。不过后来等到李登辉上台时，有一年“双十节”当天早上一架军机在台北机场摔了，就看到当年整场典礼上李登辉一脸大便样。

到了“双十节”这一天，三台各自都派出最强阵容的主播来播报新闻，有的台安排10个主播同时上阵。另外一台不甘示弱“拼场”，硬是凑了20个主播分个三排坐着轮流播报。当然，三台有几年也是联播，三台的当家主播就一起出现在这种坐三排轮播的新闻中了。整个10月，大街小巷庆祝节日的牌楼、标语，使整个城市红彤彤的，尤其是“总统府”前的介寿路，都会搭一个代表双十的“十十”状牌楼，并把整个牌楼点满璀璨的灯火。每一年的双十牌楼点灯都是件大事，吸引了各处来的人潮观看。除了过年，应该就属这个时候最热闹了。而对小朋友来说，10月的假特别多，所以也特别期待。

“双十节”或蒋介石诞辰，小朋友们都要拿着自己做的小旗以及标语到附近街道小小地游行一下，唱着一些可能自己都不太了解意思的歌。前面总有个小朋友在敲着鼓，大家如远足般嘻嘻哈哈地走着；大人也拍手欢迎，有点儿像现在的双语幼儿园喜欢在万圣节到外面商店搞“不给糖就捣乱”的活动，反正小朋友也不知道是什么。这种所谓的“政治教育”，目的虽严肃，但小朋友们就是喜欢，能出去走走总是好的。

这一年戴安娜下嫁查尔斯，经过电视转播，全世界都看到了这场王子和公主的梦幻婚礼，我爸也为之倾倒。尤其是戴安娜的那个优雅发型，成为台湾男士们的最爱，后来有好一阵子，我爸都一直在怂恿我娘去做成那发型。

台湾早期民主的萌芽

台湾进入1981年了。

因为1979年台湾当局与美国“断交”，并以政局不稳的理由暂停选举，直到美丽岛大审后才又恢复。当时的美丽岛人士均被关在牢里，但相关人士均积极投入选举，如家属纷纷打出“为夫出征”等口号参加选举，均高票当选。而一些为“美丽岛大审”奔走或辩护的律师也纷纷参与政治及选举，如谢长廷和陈水扁，均当选台北市议员，而且是在我家这边的第一选区。他们两人既合作又竞争、亦敌亦友的“情结”，大概就是这个时候决定的。

当然，说到台湾民主的发展，也不是从美丽岛事件后几个街头运动家或律师开始的。应该说，这些事件都是有连续性的。从国民政府时期陈诚当省主席开始推行的地方自治，到威权当局之下的各级地方代表选举，一直到蒋经国后期的民主化，美丽岛事件只能算是一个引爆加速、激发质变的点而已。

虽然还没有正式组党，但这些党外人士以“党外候选人推荐会”的名义纷纷推出候选人，都受到民众的热烈欢迎。印象很深刻的是，爸爸总是喜欢带着我“赶场”，去听各个候选人的政见会。除了候选人本身的演讲外，所谓的名嘴助阵也是大家喜欢听的，这些名嘴们常常妙语生花，讥讽当局，把台下听众逗得哈哈大笑。这些场子已经超越了一般政见会的原意，倒不是说那时候民众已经有什么特定的政治立场或者真的支持他们，而是这些场子反而给有些民众压抑已久的心情提供了一个发泄的机会。

一些让人印象深刻的小花絮是，在这些党外的场子中，总会有些卖烤香肠的小推车，他们大概都是一些基本上支持党外运动的烤香肠小贩，有时上面可能会放个掷骰子赌香肠的碗。他们如游牧民族般跟着党外或后来民进党的造势及抗议场子四处移动。除了卖烤香肠外，还有糯米肠、饮料等东西，这种香肠摊在当时通称为“民主香肠”。所以你可以想象一个画面：许多群众、抗议者、记者甚至是警察一起吃香肠，然后互通一些资讯。此外，旁边一定会有些流动的书摊，贩卖些书店看不到的禁书、街头运动的录像带，以及夹杂在这些录像带中间偷渡贩卖的A片等，这是早年台湾民主运动的一种特殊风貌。

既然以前台湾人民对国民党那么不爽，为什么几十年来都没什么大反抗，基层投票时，国民党的支持率还是那么高呢？如果这全部都归咎于国民党的高压统治那就错了。其实国民党要的只是政治的绝对权力，至于基层社会，个人和传统的空间并没有被消灭，而是换了另一种形式管理。比如在台湾的各乡镇，就算是偏远地区，都可以看到国民党的“民众服务社”，其实说白了就是乡党部。平时服务些什么不知道，但大家到了选举时期，这里就变成了各乡镇动员、固桩，甚至买票的基地。

不只在地方，国民党的组织网已经绵密到从里长、农渔会、姓氏宗亲会，到各式公会、公营事业、眷村、部队等，这些地方都可以看到国民党的党组。当时台湾人民的公民意识尚未建立，所以这些绵密的组织网在选举，尤其是地方性选举时，展现了强大的动员能力。所以，国民党一直擅长打这种组织战让自己的候选人上台，而长久与地方政治势力建立下来的关系，更是党外人士难以分一杯羹的原因。

1982年1月，邓小平谈话指出，“叶九条”实际上是“一个国家，两种制度”。在很长的一段时间里，台湾的民众都被教育着共产党要“血洗台湾”，因此从很小开始我就有这种阴影，害怕真的被血洗了。一直到20世纪80年代开始，台湾一般民众才慢慢从这阴影中走出。而这一年，“叶九条”的提出，以及来年廖承志给蒋经国的公开信，蒋经国的反应依然是“三不政策”：不接触，不谈判，不妥协。

两岸那时的政治气氛就是这样，虽然不直接接触，但又隔空交火放话，前线金门的炮战早已不打，只剩下嘴炮继续开而已。除了两边的广播互相“感召”对方之外，台湾这边又喜欢放一些热气球到大陆去，里面大概放了些宣传单，或者是手表、收音机、罐头之类。当然，大多数时候当局不会直接出面施放，而是一些“民间组织”的“自发行为”。这些空飘气球，如果气流算得准，飘到四川、湖南都有可能。

陈文成命案

这件事与前一年的林宅血案，算是当年的两大政治悬案。陈文成是台湾赴海外留学的学者，后在卡内基梅隆大学任教，亦取得美国九级精算师资格，可说是相当优秀的人物。

1981年7月，陈文成从美国回台探亲。那个年代的海外学生，对岛内的反对运动都多少有些支持，陈文成回台后，就因为曾从海外捐款给《美丽岛》杂志而被警备总部约谈。

这里解释一下什么是警备总部，这是个几十年来让台湾人闻之色变的机关。警备总部全称是警备总司令部，其实从国民党在大陆时期就有这个机关了。在台湾戒严时期，警备总部担负治安、民防、动员任务，并兼管出入境管理事务，部分角色与今天的警察类同，但其权力又远远凌驾于警察之上，可说是当时时空下所产生的不符体制而出现的怪物。因其业务可说是包山包海，再加上在当时那种背景下，警备总部的业务深入民众生活各层面，严密监控着人民的一言一行，在“宁可错杀一百”的统治心理下，也制造了不少冤案。其实，这有点儿类似秘密警察机关了。

我爸回忆说，当初带他去某个地方喝茶的，大概就是警备总部的人。过去台湾有句很有名的俗语：每个人心中都有一个小警总。可见“警总”对台湾人民心理造成的压力及影响。

回到正题，陈文成遭警总约谈隔天后，被发现陈尸在台大图书馆旁。

国民党当局起初说他是“畏罪自杀”，但陈文成实在没什么自杀理由。而过去只要国民党一说是“自杀”，民众久而久之已经培养出一种敏感——这其中肯定有什么猫腻。

因为陈文成是美国公民，而台湾那几年的人权记录在国际上又一直不怎么好，所以这件事连美国国会都被惊动，派了陈文成的同事及验尸官来台。一切都指向陈是生前遭凌虐并灌毒致死，一般认为是警总干的，但结果还是不了了之，凶手也找不到，当局也没给出令人满意的答案，因此成为悬案之一。

但这件事的影响，使大家开始注意到了海外留学生特务的问题。台湾称其为“职业学生”，大部分都是领了国民党中山奖学金离开台湾去留学的学生，另外也负有监视其他学生的任务，打小报告。

1982

《楚留香》流行

在我上幼儿园中班的年纪，妹妹也跟着上小班了。她跟个拖油瓶一样黏着我不放，害我都不能跟小朋友一起玩。一不小心把她给丢了，她又在那边哇哇大哭。

我开始带了一些小教材回家看，爸爸会帮我复习。有篇讲蒋介石的小故事及文章，爸爸念给我听，念着念着，他就叫我自己念了。我接着念，仿佛听到爸爸嘴里发出“哼”的一声。

到现在我都还记得这事。所以啦，那时候总是听爸爸他们在讨论政治，蒋介石来蒋经国去的。一天，我也突然说：“那个蒋介石……”爸爸一听大惊：“小孩子不要乱学。”

1982年，影响台湾社会最巨大的不是政治事件，而是港剧《楚留香》的播放。这是第一部正式引进台湾电视台的港剧。在那个只有三个台的年代，这部剧居然创下70%的超高收视率。这是一个什么概念呢？每到《楚留香》播放的礼拜六晚上，街上的人都空了，店也都关了，出租车索性也不跑了，通通都回家看《楚留香》。

也难怪，当初台湾电视剧的水准实在太烂。以早期台湾的武打剧来说，拍摄非常粗糙，全是简陋的棚内景。这还不算，比如插个几根茅草，一个人蹲在草旁，追兵就看不到他（请自行想象舞台剧的风格）。好不容易要到武打的高潮了，但出手前，都边互绕圈边废话一堆，讲个十来分钟后，真正交手仅花三秒钟，真是让人看了好心酸。所以《楚留香》一播出，大家简直被那精美的制作、流畅的剧情所征服。之后，大量港剧被引进，只要有一个台播港剧，其他两台收视一定惨兮兮。

《楚留香》影响到了各种层面。各种以"留香""无花"为名的餐饮茶艺馆开了一堆，酒店小姐也多了一堆"蓉蓉"，酒店业者都抱怨周末晚上的生意很差，因为男人都要赶回家看《楚留香》。死小孩如我，虽然不会粤语，但一定都会唱主题曲的最后一句"千山我……独行，不必相送"，玩游戏时最常用的招式变成了"弹指神功"，其实就是把鼻屎揉一揉弹出去而已。后来，那首"千山我独行……"（老实说，我现在还是不知道歌名）也变成了出殡送葬一定会演奏的曲目。

后来许多台湾艺人群起抗议港剧的侵略，说是工作机会受到威胁。而当局也开始讨论这些社会现象，甚至规定港剧只能播4个月。但你想，《楚留香》已经那么轰动了，要是播到一半突然就没有了，社会上恐怕会暴动吧！就因为这条例的限制，中视在播到一半之后，只好继续将《楚留香》版权转移给华视，真是太便宜华视了。

同时，因为港产武侠剧实在太轰动，因此当局又把它给禁掉。但当时，VHS规格及BETA规格的录影带开始流行起来，许多出租店也开始出租盗版的港剧，因此大家纷纷到出租店租港剧了。台湾有个年代电视台，当初就是以代理出版港剧录影带而起家的。

金庸被禁

既然提到了《楚留香》，我就顺便提一下被禁得很惨的金庸小说吧。在很长的一段时间里，金庸小说被禁了好几本，读者看到的大部分都是盗版书。就拿《射雕英雄传》来说，当初在台湾叫《大漠英雄传》，原因在于“射雕”两字出自于毛泽东诗词，所以就被迫改了。

据说更早以前，不是有“东邪西毒南帝北丐中神通”嘛，问题就出自“东邪”，在东方的桃花岛上，有暗喻台湾的意思，所以也被禁了。

在台湾，以前这种事件还不少。台湾有个作家叫陈映真，因为一些政治因素也被抄家。警总人员从他家里搜出一堆马克·吐温的小说来，就说：“马克·吐温不是马克思的弟弟吗，你怎么会有他的书？”所以，同理可证，当初很多马克思·韦伯的书也都遭殃。

甚至连法国作家佐拉（大陆一般翻译为左拉）也逃不了。明明是批判现实主义文学的翘楚，只因为这位外国作家姓名发音接近“左”，被打入左派，也成了禁书。

很长一段时间里，当局陷入了这种幼稚的“恐共”症里。在这种情况下，许多微不足道的小事都会被放大，比如说会查人们是否使用简体字或不使用“中华民国”的年号。或者说忌讳用葵花或葵花图案，因为葵花“向太阳”。曾经有个报社排版工人，大概是眼花了还是怎样，在检铅字时，因为央、共两字是排在一起的，所以，排版工人不小心把“中央”两个字检成“中共”印了出去。这可非同小可呀，一路从记者、编辑、主编、印刷厂通通查下去。

现在这些事看起来都很匪夷所思又好笑，但在以前可是没有人笑得出来，一不小心就会扯上“为匪宣传罪”，吃不完兜着走了。所以说，当年“每个人心中都有个小警总”并不是夸张的说法，这长期的高压统治让人民心里噤声，并被逼着要自我检查。

所以，更早一代的台湾人几十年来已经对政治培养出高度的敏感性，但另一方面也是高度的压抑性。从传统台湾人的职业取向就可以发现这一点：为什么医生在台湾是受人尊重的行业，每年高考最高分一定都是医学院呢？应该可以从日据时代说起，当时日本人不让台湾人读法政相关科系，因此精英们只能选择医科。到国民党统治，“二·二八”事件以后政治这种东西让台湾本省人彻底感觉可怕与绝望，因此台籍第一流的人才还是继续读医科，对政法避之唯恐不及。久而久之，一直到现在，医生就变成一种崇高的受人尊敬的职业了。这种情况尤其在台南这个传统文化气氛最浓厚的地方为甚，台南人喜欢子弟当医师，喜欢女儿嫁医师。

而另一方面，在清代以前，所谓的地方士绅，指的就是退休的官员，或者是一些考过科举的秀才及比较有学问的人，让他们来带领地方的发展。一直到了日据时代，因没有科举考试，所以地方士绅就变成了由有能力去接受高等教育的人来担任，如医生、老师、农改人员之类的。早期台湾受尊敬的职业，除了医生之外，还有老师。在比较早以前，如果你是男的，或者你是理科，你会被期待往医生方向努力；如果你是女的，或是你是文科，你会被期待往老师方向发展。当然，老师及医生的组合那简直就是金童玉女了，这也符合过去家庭的价值观。

所以，从这个历史因素也可以解释，为什么当初党外以及后来民进党，有很大一部分的主要支持赞助者都是南部的医界人士。

另一方面，传统台湾人对法律、司法之类的职业就比较有负面态度了，因为台湾人传统上多数不信任司法是够客观公正的——有钱判生，没钱判死。而律师则被视为是一种不太有道德的职业，只会耍嘴皮子，为了混口饭吃，黑的也要讲成是白的。就算你很有正义感，也有可能被对方在法庭外报复，因此老一辈的人会认为当律师有损阴德，不算是好职业。这些观念其实都可以从历史上找到原因。

台湾的族群及“外省人”

小孩子等到一定的年纪，一定会问妈妈“我从哪里来”这种问题，妈妈总是支吾其词。有一次被我问烦了，她就答“爸爸给妈妈打针就有你了”，嗯……现在想想这样的回答充满了禅机，倒是挺有道理的。

我的家庭还算美满，生活一切还都过得去，就跟许多台湾20世纪70年代组成的家庭一样。父母都是中南部来的人，落在台北定居，父母间对话以及跟朋友们对话几乎都是讲闽南话。但因为环境的关系，我跟他们对话反而都是用普通话，爸爸到现在还一直很后悔，说是他没逼我好好学闽南话。

台湾可以说是一个移民社会，几百年来不断有人移入，主要有4个族群，闽南人（73.3%）、客家人（12.0%）、外省人（13.0%）与少数民族（1.7%）。

闽南人及客家人大部分是几百年来陆续迁入，这两个族群几百年来也是嫌隙不断，过去还常有一些族群及村庄间“械斗”的事情发生。不仅闽客之间会械斗，闽南间的漳州人与泉州人也械斗，惨烈的情况也令人发指。早期台湾每个村庄都有所谓的“拳头师”，就是有实战经验的武师，因为在械斗中常常不是你死就是我亡，因此这些武师练的也都是一些如白鹤拳之类实战性攻击性较强的拳法。他们还要负责带领一些乡勇练武保卫乡里，所以现在台湾民间常有一些如宋江阵之类的民俗演出，基本上就是从过去械斗中的作战阵形中演化出来的活动。台湾乡间还有许多的“有应公庙”，其实也就是拜那些以前械斗而亡的无主孤魂。

所以啦，在台湾可以发现一个现象，少数民族大部分都是住在山上——其实他们本来是住在平地的，但汉人来了之后他们被赶走，只好往山上去。而汉人之间的闽南人与客家人又常械斗，客家人因人口较少处于劣势，也被赶离平地，所以在台湾的客家人到现在为止，还是聚集在半山腰地区为多。

自从日据时代后，闽客之间的冲突有意被压制下来，到了现在，虽然相安无事，但一些习惯或经验，仍可以看出彼此间的小情结，比如说传统上认为嫁女儿千万不要嫁给客家人，或者娶媳妇就要娶客家人之类的说法。因为很多人认为客家女人勤俭持家，吃苦耐劳；相对的，女儿如果嫁到客家人家里，客家婆婆常认为闽南女人爱漂亮又懒，一定不会做很多家事，不会吃很多苦之类的。当然，这些观念随着时代的进步也越来越淡了。

1949年前后，约200万人随着国民党来台，除了少数高官高级将领外，大部分都是乘船来台，而后国民党当局将外省人安迁至台湾各地，因此，台湾各地皆有一定的外省人分布。来台的外省人多集中居住在当局安置的地点，到了现在，其中台北市的外省族群最多（30%），再加上他们长期掌控了台北从上到下的资源，因此，也许可以说，跟我同一辈出生在台北市的小朋友，耳濡目染比起其他县市，闽南话说得好的比例稍微低了一些。

来台的外省人多集中居住在当局安置的地点——在台湾形成特殊文化的眷村。眷村里可说是一个独立于传统台湾人社区的小聚落，里面可能有自己的一切公共设施，有点儿类似大陆的大院，所以，外面的人看里面神秘，里面又视外面好像随时要欺负他们，几十年来小矛盾不断，但也没发生什么大问题。

关于本省人与外省人，有着有趣的昵称：“芋仔（外省人）”“番薯（本省人）”。当初许多孤身随军来台的官兵，国民党承诺等未来“反攻大陆”之时，每人可以分到一块田耕作，配发了证件叫“战士授田证”，但后来反攻无望，这根本也变成废纸一张。他们许多人在台湾娶了媳妇，但台湾本省人因对国民党印象不是很好，因此在娶媳妇过程中也不免引起许多家庭问题。若无家眷，许多人晚景都挺凄凉的，只能住到荣民之家去。在我的成长记忆当中，许多卖早餐豆浆油条的都是这些人；每到下午，也都有个山东口音的阿伯骑着破摩托车在家附近喊着卖大馒头之类的话；或者，他们也只做大楼管理员、清洁工之类的基层工作。而说到这里，不得不提的就是“川味红烧牛肉面”，这种以前根本没有的东西，就是这些外省老伯在思乡情的驱使下，凑合着台湾现有的食物材料做出来的。

另一个比较有名的例子是，高雄岗山最有名的特产就是明德辣豆瓣酱。原来岗山是空军官校所在，国民党当初从成都最后带了一批人停留在此，形成一个眷村，这些退伍的老兵没事干，只好做自己家乡特产来卖，没想到还卖出个名堂来。

当然，这些“老芋仔”们不是个个都那么幸运，悲剧其实更多，这是时代造成的。在20世纪80年代一直到90年代，许多的电影及文学作品都在讨论这个问题。随后要说的“李师科银行抢劫案”，不仅是震惊全台的台湾第一起银行抢劫案，更因为主角就是这么一个老兵而令人瞩目。他这样做的动机到底是什么？这件事现在都一直被人当做案例提起。

李师科案

当年的另一个引起市井小民兴趣的话题是李师科案。这也是台湾治安史上第一件银行抢劫案。

李师科是个1949年跟着国民党当局来台的外省老兵，跟所有外省老兵一样，打过抗战，退伍后一样没什么谋生技能，只能开出租车维生。

这样一个很普通的人，也不缺小钱，几乎没有人会认为他是坏人，可他居然干下了这么惊天动地的事。他持枪抢银行时留下一句名言：“钱是国家的，命是自己的，我只要1000万！”

这句话被那个时候的小朋友玩警察抓小偷时争相模仿，然后当警察的小朋友一定会说：“李师科！看你往哪里跑！”不过如果在家自己乱喊，反而会被妈妈敲一下头。这件事深入大家的心中，他的犯案动机也不断被大家当作茶余饭后的话题讨论。而也是从这个时候开始，一般民众才去关心外省老兵的问题。所以越到后来，李师科反而在大家心目中留下一个“悲剧英雄”的形象。

李师科抢银行真的是件轰动的新闻。在后来几年，社会上还常常有种说法：从李师科那时候开始……搞得好像台湾的历史可以划分为“李师科前”和“李师科后”两个时代似的，让我想到尼采狂妄地自称“人类的历史可分为尼采前及尼采后”，原来李师科在民间的历史地位已经那么高了啊！

李师科案后来被拍成电影，一部是《大盗李师科》，另一部是《老科最后的春天》。两部我都看过了，最后都是李师科在法庭上被拖走前大喊：“我还有话要说！”他到底还想说些什么呢？这些老兵，尤其是下级的士官，几乎都是典型的中国农民，就跟那些走在路上你连瞧都不会瞧的人一样。在过去的台湾，很习惯用“忠党爱国”“绝对服从”等符号来定义这群老兵。他们在少年时经历国乱、家贫、远离家乡，青春与战争相结合。但在背后，有多少渺小的个体在时代中呼喊着无奈。原本以为他们是国民党的忠诚部队所以才来台，后来随着时代的慢慢开放，才知道有相当的部分并非真正有着“为国牺牲”的想法，只是被国民党强拉入伍而已。

不管如何，在国民党来台后的几十年里，他们陆续退伍，台湾称他们为荣誉国民，简称“荣民”，开始散布到民间各个角落。有些原“青年军”，因加入部队失学，退伍后继续苦读，等到四五十岁才拿到学位的大有人在。

也有很多荣民，跟着当局的开发政策“上山下海”，进行一些艰苦工程的建设。比如横贯台湾东西，经过中央山脉的中横公路，号称是“完全用手工雕出来的”——因当时没有重机具，只能靠着他们在与世隔绝的崇山峻岭中，用人工慢慢凿出。对这些转战过大江南北的退伍军人来说，开这些路就跟打仗一样，随时有生命危险。在中横公路有一个长春祠，即是纪念这些殉职人员的。中横公路最险峻的景点太鲁阁段，是一个大理石峡谷，一直是台湾的知名景点之一，若到过一次即知道当年施工的艰难。台湾有个公营的工程单位“荣民工程处”，简称“荣工处”，最早这个单位的业务就是把这些荣民组织起来，专门承包一些重大又艰难的工程，也算让这些荣民用劳动换取酬劳。

而许多施工人员，等工程结束后也就留在山上，做些经济作物的种植，一群群的老兵，可能几十人或几百人一伙，开设了农场。像台湾特别有名的在中横路段的高山蔬菜，以及昂贵的梨山梨，这些东西的种植基础就是他们立下的。

但更多的荣民，因为没有谋生的技能，在退伍后或工程结束后，只能散布到社会最基层，做些最不起眼，但也必须有人做的工作，比如清晨或深夜的街角点心小贩、清洁队队员、出租车司机或保安工友等。

当初那些荣民参与的工程，最早的目的大部分还是军事用途，但长远看来还是对台湾的经济发展产生了许多推动力，所以这些荣民对台湾建设的功劳可说是相当大。但是在台湾经济进步的脚步中，他们仍然像是被牺牲的一群，大部分都晚景凄凉，少有人关注。20世纪80年代的台湾文坛大量作品都是在讨论外省老兵议题，这都是从李师科案后开始引发的思考。几十年来他们的肉体虽然在台湾，但心灵仍然寄托在那遥远的家乡。虽然过了几年开放大陆探亲，但很多人已经等不到那时候，连魂都归不了故土了。

李师科效应在社会上的影响，使有阵子银行抢劫案大增，估计也是受新闻影响，因此被关注了很久。老兵的话题，在那一阵子持续了很长的时间。

我在教会里

因为我家都是信仰基督教的，从有记忆起，每个礼拜天我就跟着父母到教会乖乖地做礼拜。但是年纪小怎么坐得住呢？所以我总是会不停地问妈妈还有多久结束。

也许我从出生就逃脱不了教会的“魔掌”。我是在礼拜天出生的，出生的时候，我爸还正好在教会里讲道；紧接着12月，才刚满月的我，又被借去演耶稣诞生里的小耶稣；而依长老教会的习惯，婴儿就应该带到教堂里，接受牧师的婴儿洗礼，所以等到我发现自己有记忆时，我已经坐在礼拜天的教堂硬椅上了。所以，我说我是个在教会里长大的人，一点儿也不为过。

后来，爸爸因为太热心教会的事工了，索性就不做生意，专心跑去传福音。所以我很自然地成为教会里大家瞩目的对象，大家都认为像我这样的小孩肯定会得到上帝的祝福，有前途。

所以呢，对于教会里大大小小的活动我简直是无一不参加，举凡唱歌、背诵、朗读、画图比赛，或是母亲节、复活节、圣诞节的合唱演戏表演，通通都有我的份儿。只要有这些活动，妈妈一定第一个帮我报名。结果有一年，我终于大暴走，在朗诵比赛及作文比赛里面开始大骂，抒发我的不满，引起整个教会的轩然大波。

我能理解爸妈。他们两人都是各自家里第一个信基督教的，所以热心、渴慕、虔诚。不过，这样逼我，让我越来越郁闷，也越来越反叛。

忘了说，我所在的是全称叫“台湾基督长老教会”旗下的一个教会。是台湾众多教会支派中的一个，这是一个以闽南话为主的教团。基督新教在台湾有许多教派，大部分都是国外不同教派教会的传教士传进来的，主要有长老教会、浸信会、卫理公会、门诺会等。其中台湾基督长老教会是最大的，也是信徒数最多的一个派别，最早是100多年前由加拿大及苏格兰的传教士传进台湾，借由办医疗及社会福利事业而慢慢将基督教传开来，到现在长老教会已可说是台湾历史的一部分。

说到台湾的民主运动，也不可不提到长老教会。因为这个教团经过100多年，已经跟台湾社会紧密结合在一起了，简直就是台湾历史的一部分。而且，早期许多台籍精英人士都是长老教会出身。而长老教会这种加尔文（法国著名的宗教改革家、神学家）改革宗教的思想本身就有一定的自由意识，因此，当长老教会见到社会上有很多“不公义的现象”，就不断地声援党外运动。这样一个拥有大批信徒资产、好几间学校及医院的庞大教团，自然会成为国民党的眼中钉。

所以国民党当时也无所不用其极地来渗透、分化长老会内部，不停丑化长老教会——因为教会有海外背景，所以被扣上了“国际阴谋集团”这个高帽子。不过国民党的一些不当手段，也的确引起国际的关注，而不得不停手。

因为这些原因，那几年长老教会流失的人也不少，留下的人除了老信徒外，年轻一点儿的多多少少都有点儿反骨性格。

我就是在这种教会里成长的。当然啦，现在教会已经没有当初那么激情了。

爷爷去世的“基督教葬礼”及乡下的回忆

1982年，令幼小年纪的我印象深刻的就是外星人E.T.的上映。那一句“*E.T.*要回家……”也几乎成为那一年的流行语。后来约20年后，*E.T.*数码版上映，我又去看了一次，重温旧梦。

也是在这一年，我第一次看了《星际大战》（*STARWAR*，大陆译为《星球大战》），第一次看到X战机和钛战机在死星上的追逐，看得我目瞪口呆。两部电影影响我爱上了科幻片。

但我有记忆以后第一部看的电影却是《大白鲨》，而且看了好几次。再加上那时电视播了《泰坦尼克号沉没记》（大陆译为《冰海沉船》），让我对海产生了深深的恐惧，至今我到海边玩都还不敢到超过肚子以上的地方。

这一年台湾电影界的最大变化就是，几个年轻导演的新浪潮运动，影响了后来电影的发展。不过那时我年纪还小，要等到几年后才知道它的意义。

大约就在这个时候，爷爷去世了，全家都赶回云林的老家，一整个大家族挤在那间日式榻榻米的房子里。最初，全家只有爸爸信了基督教。

后来爸爸又传了福音（基督教一般叫传教为传福音）给爷爷，爷爷在老年也信了教。所以整个出殡前的晚上，整个家族还有一些爸爸的朋友，都挤在摆了爷爷棺材的房间里，几乎是爸爸主导了整个以基督教仪式守灵的过程。后来我才知道，在那个民间宗教信仰气氛浓厚的乡下，爸爸这样做是需要很大的勇气去坚持的。

那时候我还很小，顽皮得坐不住，动不动就攀上去看爷爷的遗体。第一次如此面对死亡这件事，没什么概念，所以我也不觉得可怕。当晚，整家子就睡在那个房间里。

第二天，整个殡葬的队伍由乐队前导，再来是灵车队伍，一路浩浩荡荡地到了教会。在乡下，这样的出殡仪式算是很常见的。说是乐队，其实也就是几个中老年人穿着不怎么整齐笔挺的军装，吹着不怎么样的音乐。关于这种送葬乐队，闽南话有个俗称“西索米”，因为他们几乎都是滥竽充数，大概也只会吹Si So Mi三个音而已。

而有些更重排场的家庭，在灵车队伍后面还会请电子琴花车。这是一种台湾的特殊文化，即那辆车装饰得华丽无比，后面有个小舞台，可能还会有艳舞女郎配合着电子琴声一边唱歌一边跳舞。所以出殡队伍常常前面是不整齐的乐队声，中间是请来的孝女哭声，后面跟着而来的是热热闹闹的电子琴花车歌声，最后面可能跟着一群看艳舞女郎的民众。

总之，这场丧礼在教会举行，称为告别式。爸爸的兄弟姐妹们全部披麻戴孝，站在一旁，而年幼的我还是没什么概念，站在另一边乱看。在教会告别式结束后，人马又到了墓地。印象很深刻的是，爷爷的棺材被降到那个坑中，然后被沙石填了起来。

后来几年，每逢跟着父母去扫墓，因为那墓地是如一个个水泥高台般葬着一个个人，所以我跟妹妹都喜欢在那些墓上跳来跳去，也免不了招来父母一阵骂。

虽然爸爸的兄弟姐妹不一定在同一时间回老家，也不一定会跟彼此说已经回去过，但只要在爷爷的墓上看到那里的花新换过，就会因有人来过而感到安慰。我更大一点儿的时候，才了解那些花的意义。

以前小时候每当寒暑假，爸爸总把我跟妹妹带到云林乡下去住几天，过几天再来，又带我们继续南下到台南的妈妈娘家住几天，这几乎是每年的例行功课。在台湾的云林嘉义一带是传统的农业县，散布了几个日据时代留下的糖厂。爷爷以前就是糖厂员工，所以这宅算是员工宿舍，以前是住日本员工的，后来换台湾员工住。

爷爷死后，那间房就只剩奶奶一个人住。她的儿女们几乎都跑到台北来，只有她坚持不走，每天就在后院养些鸭子。后来她终于也来到台北，而过了十几年后我再去看那间房子，已经几乎是融化般被埋在荒烟蔓草间。

小的时候，牙齿也不断在汰旧换新，等到新牙蠢蠢欲动要长出，旧牙摇摇欲坠时，就该拔牙了。不知道为什么，拔牙的事情总是在过年回到这宅子时发生，于是，总是在众亲戚的鼓励起哄下，爸爸就拿一条缝衣线，绑成一个圈套在牙齿上，然后喊“1，2，3！”手一用力拉，牙齿就这样掉下来了。他还以为是牛仔在套牛啊？不过还挺有效的。

应该说，很多20世纪70年代在台北出生的年轻人，几乎都有这样寒、暑假回中南部乡下的回忆。

1983

“六义士”劫机

1983年5月，一架大陆的民航机，从沈阳飞往上海的途中，被劫持到了“南韩”。参与这次劫机的6名青年降落“南韩”后，立刻表示要投奔台湾。当时台湾当局在“反共”意识形态挂帅之下，并未依国际反劫机公约将他们视为“劫机犯”，反而称他们为“夺机六义士”。本来劫机者是要受到“南韩”政府审判的，台湾当局却动员一切力量声援他们（包括在“南韩”聘请律师为他们辩护等）。

经过“南韩”拘留、起诉、判刑确定，并羁押了1年3个月后，在1984年8月，利用洛杉矶奥运的喧腾，劫机者被悄悄遣送到台湾。他们来到台湾的第二天，立即被蒋经国接见而成为“反共英雄”。当时的国民党当局颁发给他们约1700万台币的奖金作为生活费，还安排他们就业与就学，可谓风光一时。

这件事很快就被人淡忘掉，随着时代的改变，英雄的光环也已不在。再之后的劫机者也改由人机分离的方式处理，飞机先送回去，人则当做劫机犯先在台湾关个几年，然后遣送回大陆。

再听到“六义士”这个词，已经是1992年了。“六义士”其中之一的卓长仁投资地产赚了钱，却在转投资其他时血本无归，犯下了绑架案并撕票，被判死刑，拖了10年后才执行。

1984

上小学

1984年的3月，发生了一件“萤桥小学学生被泼洒硫酸事件”，到现在我还记得那个可怜的同学叫官声彦。

上一年级前的暑假，我又回到乡下老家去，在乡下那台收讯不是很清晰的破电视上一次又一次看着菲律宾反对派领袖贝尼格诺·阿基诺回国在机场被刺的画面。在那个炎热的夏天里，风扇一边嘎嘎地吹，大家一边坐在榻榻米上讨论这件事。台湾会特别注意这件事，是因为阿基诺当时就是从台北乘中华航空的班机回菲，在机舱门口下楼梯时就被打了一枪。他倒下的那画面，深深地烙印在我心里，一直忘不了。

没想到两年以后马科斯就下台了，我又在同一台电视机上看到贝尼格诺·阿基诺夫人上台。

这一年，我上了小学。其实像我这种11月生的，应该是在来年9月进小学才对，但关心孩子者如我妈，为了“不让孩子输在起跑点上”，所以当年就把我弄进小学。方法是，找个认识的小学校长，先把我弄进去读3天，然后再转到我家旁边的小学。因为那间学校在阳明山上，所以，我还记得那3天我妈每天都带着我坐公交车上山的情景。

上小学后，我开始学钢琴，一直弹到我上中学为止。学钢琴是个很痛苦的回忆，因为那个老师特别严格，一发现我弹错，一块小木板马上就向手背打了下去，也不管弹完了没！

当时台湾生活水平开始提高了，父母喜欢把小孩送去学各种才艺：英文、音乐、画图是基本的，可能还有什么心算、珠算、功文、数学的。很大的一个原因是，父母在弥补自己以前无法学这些东西的缺憾，就是所谓“不要让孩子输在起跑点上”。可人生是一场马拉松，一开始冲太快又有什么用？

上小学，我开始接受正式的教育，乖乖的，进到学校里见到蒋介石铜像都要鞠个躬才继续走，而且不能走过之后朝着蒋介石的屁股敬礼，否则会被骂。

学校也开始规定上学要讲普通话，如果被发现讲闽南话要被罚。所以，小孩为了向大人争宠而暗生的劣根性也在这时出现了，各种打小报告的人纷纷出现。但小孩子就是笨，老师听了其实也不会太在意，只是笑笑而已。

一般小学的班级里，会有一些干部，除了班长副班长外，还有如——

风纪股长：就是抓你不守规矩，是大人的党羽。

学艺股长：其实就是帮老师收簿子。

卫生股长：检查每天早晚扫地有没有扫干净，并分配打扫区域的。

总务股长：收班费的。

……

除此之外还有值日生，一天两名，也就是下课擦黑板，提水桶，帮老师倒茶等杂事。

每节课就在老师走上讲台，然后大家喊“老师好”，老师说“各位小朋友好”的仪式后开始，然后下课前也会重复敬礼一次：“谢谢老师！”其实小学一年级的老师，人都还不错，也不会跟小朋友计较太多。

那时候，老师说的话简直就跟圣旨没什么两样，小朋友开口闭口就是

"老师说"。老师总是说："小朋友不可以穿越马路哦，有斑马线要走斑马线……"后来大一点儿时，有一次，我不小心看到老师穿越马路，幼小纯真的心灵顿时受到极大的冲击。

到了每天放学前的最后一节课，下课时班长会喊："起立！立正！敬礼！"这时候大家就会同声说："老师再见，小朋友再见，大家明天见！"不过比较顽皮的小朋友就会故意说成"大家明天都不见"。

台湾第一间麦当劳开业、海山煤矿爆炸案

台湾第一间麦当劳在1984年开张了。对小孩子来说，这可能比其他事情都重要。那场开张仪式办得热闹非凡，结果第一周营业额就达到140万元，打破了当时的全球最高纪录。"健康欢乐又明亮"的麦当劳，渐渐成为死小孩心目中的圣地，纷纷吵着父母带他们去吃。结果这一间麦当劳，在当时会有老阿公老阿妈从中南部包车北上参观，成为一个另类的观光景点。还有主妇联盟也来凑热闹抗议，说汉堡卖得太贵、垃圾食品之类的，不管怎么说，当时的那家店真是热闹非凡，风光无限。

而麦当劳在快速展店，每展一处，均带动当地的房价飙涨。当然有另一个说法是，当时台湾土地到处都在涨，麦当劳地点又选得好，所以麦当劳跟地价有种鱼帮水水帮鱼的关系。反正，短短的时间内，我家旁边的马路两边，当初的国外快餐巨头——麦当劳、肯德基、温蒂汉堡均相连而开，一场快餐业大战就活生生地在我家附近上演。当然，那整个地段的地价都狂飙起来。

所以当初别人问我住在哪里，我总是回答"麦当劳旁边"，无形中还会有种虚荣感。

很快，小学生的休闲活动开始变成去快餐店了，这3家店也开始抢占小学的午餐市场。每天中午，麦当劳的工作人员把大批食物拿到学校传达室

门口分时，总会引起很多小朋友羡慕的眼神。麦当劳在当时的价格的确也是偏贵一点儿，似乎吃麦当劳的就高人一等，是种非常享受的事。等我开始能自己打工赚钱时，可能是小时候的欲求不满，有一阵子我简直就是狂吃麦当劳的各种食品，每一顿都吃得饱饱的。那一阵子吃了那么多垃圾食物，怪不得特别胖。

每次经过那条路，都会看到3家店标志性的人偶以亲切的微笑立在店门前。小朋友坐公车经过那条路时，都会大声喊：哇！麦当劳叔叔！肯德基爷爷！温蒂姐姐耶！

麦当劳叔叔的造型是他的一只手伸开，做欢迎状；肯德基老头的造型大家都知道，诡异的慈祥，呵呵地笑，手拄着拐杖；温蒂姐姐的造型是双手做向人扑来拥抱状。

有一天我很早起来上学，看到这么一幅匪夷所思的画面：麦当劳叔叔像是打了肯德基老头一巴掌，温蒂夹在中间好像在劝架似的把两人推开。不知道是哪个好事者干的。

过了几年，温蒂汉堡因代理商经营不善，黯然退出台湾市场。而在1992年时，就在那第一间麦当劳，发生了炸弹爆炸案，炸死一个拆弹警察，成为当年的热门新闻。

这一年年底的海山一坑煤矿灾变，也是当年大家茶余饭后的话题。这两年绝对是台湾煤矿最黑暗的两年，发生了好几次的灾变，每次都死了将近100人。

但是这些底层的工人跟小市民又有什么关系呢？为何成为热烈讨论的话题？因为有位叫周宗鲁的工人奇迹般活了下来。

周宗鲁也是个外省老兵，是个经历大小战役的幸存者。据他口述，在战争中曾经两次，全连就只有他和两三个人活下来，也算是命大的家伙。跟其他外省老兵一样，周宗鲁退伍后没什么谋生技能，就去挖煤矿。

海山一坑爆炸灾变后，他被封在坑里约5天才被救出，是唯一的生还者。在那个高温40度的坑里，没有食物和水分进补，他只好喝自己的尿才活下来，可说是奇迹。

他觉得是上帝救了他，所以后来当牧师去了。前几年在街上看到他在传福音发单张，没什么人理他。谁晓得他就是当年轰动全台的人物呢！到现在，每提到台湾的矿业历史，都不得不提到他。但从这几次灾变之后，台湾的矿业也没落了。

“竹联帮”帮主陈启礼与“江南案”

蒋经国上台后，给人一种特别亲民的形象，常常穿着夹克便装走访“民间”，结交许多“民间友人”，给人的印象越来越良好，也让许多民众对这位原来的“蒋太子”印象不错，开始对蒋家的印象改观。

不过话说回来，既然是“民间友人”，那相对的，蒋经国应该就是在“宫廷”，高高在上的喽？那个时候，报纸就常常会看到“民间”这类字眼，可见过去封建的思想余孽仍然占据着人们的思想阵地而不自知，简单地说，就是奴性。当局施点儿小惠就叫“德政”，其实，这些还不都是当局本来就应该做的吗？

无论如何，蒋经国在位的这几年，民众对当局在情感上有那么一些稍微改观。但是这年发生的“江南案”，又让大家彻底失望了一次。

江南本名刘宜良，是台湾报社的驻美特派记者，有一个说法是，其实他也负有收集情报的特工身份。江南在美国期间写了《蒋经国传》，并于美国报上连载。这本传记，详细地记载了蒋家内部许多不为人知的八卦以及国民党内部派系的争权斗争历史。当时，当局因认为他是为污蔑蒋家而心生不满。

因此，由当时的情报局长汪希苓经人介绍认识“竹联帮”帮主陈启礼，派竹联帮帮众赴美国“锄奸”，在旧金山暗杀了江南。

结果这件事干得不够干净利落，加上聪明的陈启礼已经先行录了一卷自保录音带给别人保管，因此马上被查出来跟台湾当局有关。美国政府大怒，因为，台湾情报机构公然派杀手到美国本土刺杀了已经是美国公民的江南。但又有一说，江南原来也是FBI的线民，是三面间谍，所以美国才那么积极侦查。

当然，当事人后来都作鸟兽散，四处逃亡，陈启礼也逃回台湾。这件事除了让民众对当局有非常非常负面的印象外，也让民众深深感到黑社会之恐怖——当局原来与黑社会有这样的挂钩！

蒋经国到底知不知情，到现在还是众说纷纭，但执行策划者是他的儿子蒋孝武。后者本来应该是最有希望成为接班人的，后来虽然他没事，但也从此被外放到岛外冷冻着。

后来当局为了转移话题，拾回形象，在当年年底也展开了台湾史上最大的一次扫黑行动“一清专案”，许多大哥不管有事没事通通落网。在过去，“绿岛”本来是专门关政治犯的地方，大概就是从这个时候开始，变成了“大哥的故乡”，号称“绿岛大学”——要成为大哥，都要先去那里“进修”一下。

那时我年纪小，记得电视上总是有扫黑的宣导短片，一堆明星穿着警察的制服，拿着扫把在扫着地上一堆堆黑黑的纸屑，在“扫黑”。

几十年后，电视再访问当时的当事人，他们还是认为那时所做的是为了台湾为了当局，一点儿错也没有。看看台湾后来的社会发展，我能理解他们为什么仍然觉得一点儿错都没有，只是他们认同的对象错了而已。

那几年的流行语是：“他被江南了……”

20世纪80年代初的综艺节目

台湾的娱乐工业，在20世纪80年代开始有了个爆发式的成长。可以说，大家有了钱，就开始爱听靡靡之音。

电视台三台都有许多的综艺节目出现，尤其是星期六及星期天晚上，是综艺节目的主战场。当时的许多主持人或跑龙套的，现在都已经是综艺界的大佬。不过当时的综艺节目，在一阵欢乐过后，主持人及来宾们一定都会合唱几首“净化歌曲”——不外就是那些“观念正确、意识健康”，鼓吹乐观向上人生观的歌曲，就是怕大家听太多靡靡之音导致风气败坏。于是每当节目结束前，我们就会看到所有参与这次节目的艺人排排站，在各无线电视台大乐队的伴奏下，一起双手打拍子，随着伴奏摇摆，一起高声齐唱“净化歌曲”。间奏时，主持人还会顺便感谢一下所有来宾，以及由×××指挥所领导的×视大乐队。

20世纪70年代出生的人，印象最深刻的80年代初的综艺节目，一定是张小燕在华视主持的“综艺一百”。那时候，美国电影《第三类接触》的影响很大，尤其是那5个音符。因此，张小燕也打扮成科幻状，化名“易百拉”来主持其中一个单元，口号就是“达啦哩达啦”那5个音符。

“综艺一百”可能是台湾最早的“娱乐新闻”。其中有个单元叫作“流行歌曲畅销排行榜”，是非常受到大家欢迎的。以全台湾各地唱片行的专辑唱片销售量为依据统计，于每周日的节目中发表排行概况，并在隔天的星期一，在《民生报》刊登榜单及介绍。这是台湾第一个流行歌曲的排行榜，每个礼拜天，牵动着万千歌迷的心。

华视的“综艺王国”大概就是从那时开始确立下来的，尤其是星期天晚上的节目，都是倾电视台之力打造的。

另一个节目是凤飞飞主持的中视的“一道彩虹”。凤飞飞在当时是台湾的平民天后，亲和力又够强，受到基层百姓的喜欢，她的许多歌曲如《飞上彩虹》《掌声响起》《祝你幸福》，到现在大家都还能朗朗上口。

等到凤飞飞离开台湾后，接替她的节目就是“黄金拍档”。这是台湾第一个大型综艺节目，每个礼拜录制节目都把整个艺文表演会馆包下来，让千余名观众进场观看现场节目。这个节目大受欢迎，几位主持人张菲、倪敏然、检场、罗江、徐枫，合称“黄金五宝”。其实这个节目有点儿模仿当时日本的“志村加藤大爆笑”“八点，全员集合”等节目，但这也是后来看到“志村加藤大爆笑”的录像带才知道的。

这个节目编排大概也就是一堆戏谑的短剧、唱歌、观众游戏等，但都因为没有剧本及固定台词，一切都是靠5位主持人及特别来宾的临场发挥，所以也出现了不少超爆笑的突发状况。

因为舞台大，所以一切看起来都超豪华。他们也曾经把军舰或者747客机的机翼当作舞台来表演，在当时的综艺节目来说，简直就是超大手笔。

“黄金拍档”不仅捧红了张菲、倪敏然等人，也捧红了短剧里的几个人，如张菲演的“董娘”、倪敏然演的“七先生”等。还有比如互砸蛋糕面粉等桥段也是那时开始的。每次的短剧一播出，有什么新的花招，到了礼拜一，一定都是小朋友们模仿的项目，比如说那时候大家特别喜欢夸张地笑倒在地，就是从“黄金拍档”里学来的。那时候大家都想去参加“黄金拍档”的现场录制，如果谁去了，别人一定羡慕得半死。

当时当局也很喜欢办一些大型的综艺晚会，不过都带有些政治目的。比如一些名目如“三民主义”艺演晚会、“团结自强”晚会、“双十”晚会等，而且一定会三台联播，比如说每年“双十节”晚上一定都是“四海同心”晚会。一开头不免就是蛙兵表演蛙操、仪仗队来表演个操枪分列式，然后歌星唱唱歌。每年必唱的是“净化歌曲”，而舞台背后一定都动员学生，将练了很久的排字秀展现出来。其实这些内容都大同小异，不过在那只有三台节目的时代，大家也都喜欢看。

20世纪80年代初的流行音乐界

20世纪80年代初的台湾流行歌坛刚脱离民歌的年代，但又受到“民歌世纪”的影响，所以多少还是有点儿清新的感觉。而且，那是一个“玉女”当道的时代。

林慧萍、金瑞瑶及杨林等人就是这个时代出现的。玉女们总是以清纯的形象出现，有一点儿楚楚可怜的样子，但多是“东洋风”。许多玉女偶像都参考日本的歌手来定位，如当时的金瑞瑶，以一曲翻唱自日本歌曲的《飞向你飞向我》迅速走红，搭配歌曲的手势与迷人的长腿，风靡于青少年间。而有点儿走忧郁路线的林慧萍，很明显的就是模仿中森明菜。至于杨林呢，以一首《玻璃心》而大红，她的标准动作就是左手握拳，轻拍着脸嘟嘴微笑。那时候的少女们，都疯狂地学着这样笑，硬是把前两位挤了下来。现在看来，当今“90后”们自拍时的“招牌”动作，早在30年前就流行过了。

而转入幕后，刘文正组“飞鹰唱片”，推出了伊能静、方文琳、裘海正3位新人组成“飞鹰三姐妹”：日本漫画美少女般的伊能静，气质路线的方文琳，运动健美型的裘海正。后来，方文琳紧追在杨林后面抢夺玉女宝座。这些玉女歌手们，大多数是受到男性歌迷的喜欢，以现在的术语来说，都是走“疗伤系”的路线。在摩托车众多的台湾，当时要看够不够红，其实就是观察照片有没有登上摩托车的挡泥板。当时，方文琳、林慧萍、杨林并列为摩托车后挡泥板最热门的三大玉女偶像。

当然，那个时候在歌坛，罗大佑是相当有吸引力的，尤其是对知识分子而言。他当时一身离经叛道的造型，加上又是那么才华洋溢，尤其《恋曲1980》和《童年》等歌，无论是词曲还是演唱方式，都跟以往的音乐有着耳目一新的不同。接下来，他又推出《之乎者也》与《鹿港小镇》等更含深层意义的歌曲，虽然有抗议精神，却也引起更多年轻人共鸣，马上造成极大轰动。而费玉清当时也越来越受欢迎。早期中文歌分为两大主流，一个是有官定意识的“净化歌曲”，另一个就是所谓的“靡靡之音”。早期费玉清就属于前者，到后来才开始唱些民谣小调的。另外，充满了书生忧郁气息的姜育恒也是这个时候出道的。

而对小朋友来说，以上几位影响都不大。一方面歌词太深，是“大哥哥大姐姐”们喜欢的；另一方面，唱的歌又太古板，妈妈应该会喜欢。对小孩子来说，歌词和音乐其实不重要，重要的是歌手够不够吸引人，特不特别。所以，当初的“蚱蜢王子”李恕权那动来动去好像跳个不停、随性不羁的演唱风格，真的是抓住了大家的目光。

李恕权的成名是突如其来的。在某一天，本来名不见经传的李恕权，首张专辑《回》静悄悄地上了各唱片行的版面，只不过3个星期的光景，便以迅雷不及掩耳之势冲上“综艺一百”中文流行畅销榜的亚军位置，硬是把当时正红的林慧萍、郑怡等歌手挤了下去。李恕权也真的是个人才，在NASA当工程师当烦了就改行玩音乐，居然在美国也能拿了个“格莱美奖新人奖”入围。李恕权回到台湾后，他那种美式的表演风格及曲风——夸张的奇装异服，动感的跳舞风格简直让青少年们为之疯狂而争相模仿，因此横扫了当时的排行榜。

另外还有齐秦、薛越等人也是同时期出道的，因为那时候的印象不深，在此就不提了。

女艺人方面，1983年的电影《搭错车》获得极大成功，因此大家都会唱上一两句苏芮的“酒干啊倘卖无，酒干啊倘卖无……”不过小朋友们也仅仅只会唱这一句而已。另外一个对小朋友影响比较大的女歌手应该是“娃娃”金智娟，她那时候还在“丘丘合唱团”里。大家也都会唱那一句“就在今夜……就在今夜！”（越唱越高亢状），不过唱到后面基本上也都开始胡乱唱了。

而同时，最红的西洋歌曲可能就是*WEARE THE WORLD*。同样，每天下午扫地时常放这首歌，小朋友们也是只会唱这一句而已。到了1985年，台湾的众唱片公司及歌星，也来了一次大联合的“群星为公益而唱（BandAid）”，由罗大佑等人作词，写出了《明天会更好》这首歌，可以说是华语流行乐坛史上最成功的公益单曲。不过后来这首歌被国民党拿去当竞选主题曲，气得罗大佑不想回台湾。

20世纪80年代初小学生喜欢的电影明星

20世纪80年代初，有四位电影演员不只是小朋友喜欢，而且应该算是当时在影坛上最火爆的电影明星了，尤其是电视节目贫乏、电影有更多声光效果的年代。台湾电影市场简直就是整个蓬勃起来，主要是以娱乐片为主。

这4个人分别是陶大伟、孙越、方正、许不了。在大家的印象里，前两个人是一组的，后两个人是一组的，但是他们4个人也一起拍了好几部喜剧片。再加上当时这几部戏像林青霞、张菲、胡瓜、张小燕等人都有参与演出，可说是大牌云集。

许不了可以说是当时台湾的喜剧泰斗，他的出身非常草根，是一步步刻苦努力爬上来的，因为扎实的演艺训练，说学逗唱样样都会。那时候台湾流行“秀场”，即一边吃饭喝茶一边看艺人表演的地方。其他大牌艺人可能都要唱歌跳舞加上乐队才能撑完全场，但许不了光凭说笑话就能撑完全场。他的形象非常滑稽，电影《小丑》的形象深植在当时台湾人的心里，这部笑中带泪的电影可说是他的代表作。现在回头来看这部影片，会觉得他简直就是一个喜剧天才，周星驰可能还差他远了。他的人生也跟小丑一样，在人前尽量表现欢乐给大家看，但背后有各种如工作、黑道等的压力，只能借酒消愁。那几年他每年至少都有9部以上的电影，可见压力之大。就在事业如日中天之时他得了肝硬化，最后酒精中毒而死，只有34岁，让人不胜唏嘘，也结束了那几年的“许不了时代”。

方正跟许不了是同期的人物，当初大家都叫他“大馒头”，他跟许不了的配合默契简直已经到了天衣无缝的地步。但他在许不了过世后，也慢慢淡出影坛，后来做生意不太顺利，近几年出现在台湾是2005年的倪敏然过世的场合上，听说他现在在美国当牧师了。

孙越和陶大伟这对活宝兄弟，对那时的小朋友影响更大。

孙越也是个外省老兵，加入军队里的话剧队后正式开始他的演艺生涯。在早期的台湾电影里，他都是以大反派的角色出现，后来参与电视演出后，开始转型为谐星。1981年他跟陶大伟合作的《朋友歌》，可是当时大家都会唱的歌，后来一直到我上了中学为止，办什么活动都一定会放这首歌，影响很大。

他后来受陶大伟影响，也接受了基督教。1983年的《搭错车》是他演艺生涯的巅峰，得了当年的金马奖最佳男主角。这部片很多都是在讨论当时台北的眷村改造以及老兵的问题，但剧情很感人，有兴趣的朋友可以找来看。自此之后，孙越开始献身公益活动，现在在台湾虽然已经息影，但形象仍然十分良好正面，大家都叫他“孙叔叔”。

陶大伟就是陶喆的爸爸，在当时他是个绝无仅有全能型的天才艺人，不管是词曲创作、画图、演戏等才艺都全包了，可说是那个时代的代表艺人之一。他那个娃娃脸，其实大家看了都会觉得轻松。在他的电影或音乐作品里，总是诙谐逗趣，又有点儿童心未泯，很多都是小人物为主角，鼓吹着一种乐天、知足、存善的励志人生观。所以，民众对他的印象总是轻松、欢乐、有朝气。

当时的小朋友最喜欢的可能就是陶大伟，都叫他“陶叔叔”。主要原因就是他在演艺生涯达到最高峰时，不知道为什么，突然跑去做儿童节目，并担任主持人。那个节目叫“嘎嘎呜啦啦”。节目里陶大伟用孙越的形象做了一个小布偶叫“孙小毛”，跟他一起主持。这个节目大受小朋友欢迎，可说是影响了台湾所有20世纪70年代后半段出生的小朋友，家长也鼓励小朋友看。所以说，在这4个人里面，陶大伟对我们这群20世纪70年代出生的人影响是最大的。

说到这4个人的合作，就不得不提到朱延平这位导演。他在台湾是专拍商业喜剧片的，近几年的作品，可说是毁誉参半，2008年的《功夫灌篮》就是他的作品。现在回头看他几十年前拍的那些，会发现以前拍的水准怎么那么高，现在就拍成这样子了啊！

此外，1984年，香港导演麦当雄的电影《省港旗兵》也在台湾上映，是妈妈带我去看的。现在想起来，妈妈一定不知道那是什么类型的电影才带我去看的。片子里大圈仔的凶狠让我看得呆掉了，在滑冰场的那场枪战戏到现在一直忘不了。最后一幕，警察朝着阁楼扫射，全部死光光的画面现在想起来都觉得痛苦。有很长的一段时间，我总觉得香港的治安很差，就是看了这部片的原因。

1985

十信案

我家的电话号码很好记，选得很好。在我小的时候，每年总是在特定日子里有人打电话来骚扰，后来也习惯了。这一件小事，让我家与“十信案”稍微扯上了那么一点点的关系。

“十信案”为台湾史上最重大的经济犯罪案件。“十信”即“台北第十信用合作社”。信用合作社除了不能做外汇外，已经有点儿类似银行的功能了。而十信长期以来都是由国泰集团的蔡万春家族控制的。在1960年，蔡万春因需大量资金投资土地，想从十信调集资金，故在十信发起“一元开户”的方案，使得短短时间内台北十信存款就突破1亿元，成为当时台湾数一数二的信用合作社。

早期的台湾人，习惯把赚的钱通通藏在家里。改变这个观念的重大原因是20世纪50年代末期的“八七水灾”，这次台风造成的水灾使得中部灾情惨重，到现在为止，都还算台湾史上最严重的水灾。这次水灾，使藏钱在家里的百姓损失惨重，因此有了将钱存在金融机构的观念。相较于银行的高高在上，加入手续简单的信用合作社就成为一般民众存钱的首选。

到了20世纪80年代，蔡万春的儿子蔡辰州当选“立法委员”，并开始将大量资金投入房地产事业。大家都知道，投资房地产总要打通许多关节，所以其中的内幕可想而知了。但后来，当局开始发现十信有不正常放款及库存现金偏低的现象，经过多次警告，仍无改善。一直到后来，放款总额已经超过存款总额而终于一发不可收拾，导致崩溃。

“十信案”的爆发，严重伤害了台湾投资人的信心，弊案金额超过100亿元，数千存款户一生的积蓄也血本无归。这件事也导致一堆大小官员辞职或下台，牵扯到的人数达到200多人，最高的已经涉及当时的国民党秘书长蒋彦士。蔡辰州本人被捕后，在判刑前夕也挂掉了。

“十信案”让台湾民众看清了国民党与财政金融间盘根错节的腐败关系。蒋经国非常之震怒，在过去党政不分的时代，蒋经国下属的应该有3个秘书长：“总统府”“中央党部”“国安会”。本来蒋经国都很放心将事情交给他们做的，“十信案”以后，蒋经国开始变得事必躬亲，身体状况也因此越来越差。

有人说，“陈文成案”“江南案”让蒋经国看清了情治单位的摆烂以及流氓心态，那么，“十信案”让蒋经国看到的就是整个国民党权力核心以及中层党工极度腐败的真相。

蒋经国决定重振党风，革新体制，组成严家淦领导的十二人小组研议政治革新问题，这十二人小组的成员在“十信案”中涉案成分最少。而且蒋经国也借此机会安排李登辉和其他大佬们互动，在很多决策上，他会当面指示李登辉，以便于李在十二人会议上发挥影响力。而严家淦中风后，李登辉也就顺理成章出任召集人。

李登辉在党内的地位，从此又更上了一层楼。

至于我家的电话，当初是跟某位“十信案”的重要关系人买来的，而这个家伙在“十信案”后就被暗杀了。所以每年一到他被干掉那几天，总是有骚扰电话打来，一直到好几年后才慢慢消失。

这些人这几年都在干吗

离“解严”就只剩几年了，一切都已蓄势待发，就等冲破的那一刻。党外人士也开始越来越有组织，虽然美丽岛事件相关人物大部分都还在牢里，但年轻一代的人已经纷纷投入这波浪潮之中。而蒋经国在晚年也已看得很清楚，蒋家接班基本上是不可能的事，未来国民党的政权不可能重返大陆，所以必须为国民党在台长久执政埋下基础。打根基的步骤有二，其一为改造党的体制，其二为拔擢台籍精英以及国民党青壮的第三代，以本土化与反对分子对抗。

所以，不管是国民党党内还是党外，青壮一代都陆续在这几年出头了。

1981年，大家最熟悉的陈水扁和谢长廷，在担任“美丽岛”辩护律师后，同时都当选了台北市议员，并且都是在同一选区。往后十几年，从市议员一直到“立法委员”，他们两人都一直在号称全台第一战区的台北市第一选区竞选，每次两人也都高票当选。也许第一选区正是因为有他们这两位“巨星”，所以才特别令人瞩目。

我家刚好就是在第一选区，旁边有间小学的操场及广场，常常都是候选人发表政见的地方。从小，我就见识到这两人十几年来亦敌亦友、既竞争又合作的关系。说也奇怪，国民党籍的候选人很少办政见发表会，看到的都是党外候选人，而党外候选人的场子永远都比国民党的热闹，也许是国民党人都已经习惯那种笃定当选的情况了，所以不太积极。常常都是晚饭吃饱后，全家扶老携幼，到政见会场去听演讲，吃着民主香肠，逛逛小书摊。大人们都在前面听，小朋友就在后面玩起来了，那种感觉反而让人不觉得有什么政治气氛，像是种家常便饭后的娱乐活动一样。

虽然陈水扁当选了市议员，但他的政治生涯也不是从此就一帆风顺。到了1985年，陈水扁辞去议员职务，回台南故乡代表党外人士竞选台南县县长，但是落选。他老婆吴淑珍在后来陪同谢票行程中，遭到车祸，并导致终身残废，到现在，这到底是有意的还是无意的，一直都说不清。但也因为这一件事，陈水扁得到不少人的同情。

1986年，陈水扁因其担任社长的《蓬莱岛》杂志社因报道国民党籍“立法委员”冯沪祥论文抄袭他人著作，而被判刑一年。这件事有很明显的政治力介入，为“蓬莱岛案”。同一年，吴淑珍代夫出征当选“立法委员”。后来陈水扁出狱担任她的助理，可是大家都知道实际上是陈水扁在出主意的，所以那时陈水扁有个绰号叫“影子立委”。

谢长廷的从政历程跟陈水扁差不多，不过那几年他都在台北市担任市议员。跟陈水扁大刀阔斧的形象不同，谢长廷一直都给人细腻的形象，就是那种会把法案及弊案慢慢地、细细地一点一点切开，再慢慢地一点一点推翻的那种个性，一直就是给人细心又机智的形象。所以那几年总有人说，陈水扁是把关刀，揭弊时一刀让人毙命；谢长廷是把沙西米刀，可以慢慢解剖敌人。

他们两个人不仅是同辈、同期，又在同一个选区出身的，要叫谁服谁，都不会服气，但在后来为了大局，也常常会有自我牺牲的情况出现。

至于那时候刚开始崛起的国民党新生代人物，大部分都是循“党国体制”下的官僚升迁管道在进行，也就是可能在当局部门里担任过职务后，又在党里担任一些职务，但大部分都是政务及党职务同时担任的。

如马英九，他在留学回台后，因为家世清白，又是“忠党爱国”世家，因此被推选为蒋经国的英文秘书，从事翻译工作。当时小马哥可真是年轻帅气啊！每次蒋经国接见外宾，就见到马英九坐在中间翻译，新闻一放出来，不知道当时让多少女人为之注目。这几年间，马英九也担任国民党内的第三副秘书长。国民党设有好几个副秘书长，各有不同的职务，而马英九担任的这个第三副秘书长，其实就是专门针对大陆的。接下来，他也通过了进入官僚系统的甲等特考，正式开始官员的生涯。

宋楚瑜的经历也是差不多，但他比马英九早了一个梯队。他在20世纪70年代末从国外留学回来时，蒋经国还在担任“行政院长”。他也是经过推荐担任蒋的英文秘书，后来一路青云直上，成为政治红人的。后来他担任“新闻局”局长，尤其在台湾当局与美国“断交”时，他在记者会上宣布当局立场的“正气凛然”之貌，一夕之间吸引了不少女性粉丝。到了1984年，他在国民党中央担任副秘书长，当时算是小马哥的老板。

他们两位在二十几年前都非常帅气，又在党内有非常光明的前途，谁都知道他们以后的仕途是一片大好。

至于连战，他的经历也跟上述两位差不多。但当时他实在太过低调，大家也没什么拿来好说的了，只知道国民党内有这么一个普普通通的人物而已。

在这里，我无意把现在所有在台面上的人物拿出来点评一番。不过，这二十年来党里派系的分分合合、恩怨情仇，以及党与党之间的合纵连横、亦敌亦友实在太过精彩，可说是直追《三国演义》，只不过武器从刀剑变成言语及宣传策略，攻略从土地变成人心。有兴趣的朋友可以自己去查些资料，我在这里说的只不过是我所看到的侧面，一家之言而已。

第四台

早期台湾无线电视台只有3台而已，3台编排的内容也都大同小异。早上，开始晨间的新闻节目。后来有一段时间为了鼓励小朋友早起，早上起床时间也放些卡通影片。

到了中午，会有些小型综艺节目和新闻。一般说来，中午新闻都是闽南话的，待播完后，电视节目就停止了，到了下午4点才又开始播。下午4点后可能就是些主妇节目或卡通影片（因为小朋友都下课了），晚上7点则是新闻节目，新闻后是连续剧，从8点到10点这段时间称为“黄金时段”，8点播出的连续剧则称为“八点档”；10点后则播一些音乐节目，比起现在，算是很早就收播了。

前面说过，3台分属于党（中视）、政（台视）、军（华视），存在着一种既合作又竞争的关系，在某些特殊时刻也会进行联播。在我们那个年代，印象最深刻的就是“双十节”3台主播十几个人坐成好几排，轮流播报新闻的盛况。当然，在早期只有3台，并且新闻只有早、中、晚各报一次的时代下，新闻中所呈现的台湾都是一幅国泰民安、公平正义的美丽画卷。

但3台节目大同小异，又大多陈腔滥调，民众看了也无聊。因此，20世纪70年代中期后，有些商人开始自行在大街小巷间拉有线电视线，播放一些不具版权的录像带节目，这样，频道一下就多了十几个。当时这是不合法的，所以警察不定期都要来拆线一次。民众称这些节目为“第四台”，其实就是有线电视节目。

初期的“第四台”主要播放邻近国家（尤其日本）的卫星节目，还有一些电影的录像带、股市信息、摔角①等，甚至还有色情节目，反正影像品质普遍都不怎么好。后来有一段时间，第四台为了顺应民意，还会放一些候选人的政见发表、“立法院”的开会过程、街头运动实况等。

在小学课文里学习“蒋公的故事”

20世纪70年代中期以后出生的人，都是在80年代初纷纷进入小学的。小学共分低、中、高三个年级，又各有两个年级。一二年级的时候都觉得五六年级好大呀，心中充满了敬畏感以及期待感。但现在来看，不管是一年级还是六年级，还不都是死小孩！

台湾小学教育的课程，以传统又官方的说法，是“德智体群美”五

① 假戏真打的一种擂台艺术，是将体能发挥到极点的一种运动，包括拳打、脚踢、肘击、抛摔等几乎所有的徒手格斗技法，有时中间还穿插着表演和舞台特技。比赛场地允许延伸看台上，甚至休息室内。

育并重。因此，当时的课程设计，一学年分上、下两学期，除了主科——"国语"、数学、社会、自然、生活与伦理以外，还有体育、唱游、美劳、书法、珠算等课程，另外还有一个很有时代性的"保密防谍"教材。

我想大陆的朋友比较感兴趣的是，那个年代台湾小朋友政治社会化的过程，而过去当局也一直将政治思想及意识形态在教材里灌输给我们，所以就简单说一下吧！这些观念主要是在"国语"、社会、生活伦理以及保密防谍课程里出现。

在"国语"课本里，每一课都有些小文章，下面会有几个生字让大家练习。可能那一代小朋友印象最深刻的，就是蒋介石看小鱼逆流而上的故事了：

> 蒋公从小就不怕劳苦。他每天都要洒水扫地，帮着母亲到园里去种菜。母亲织布的时候，他就在旁边读书。
>
> 有一天，他到河边去玩，看见河里有许多小鱼，向水的上游游。因为水太急，几次都被冲下来，但是小鱼还是用力向上游。
>
> 蒋公看了，心里想："小鱼都有这样大的勇气，我们做人，能不如小鱼吗？"
>
> 蒋公小的时候，不怕劳苦，又很有勇气，所以长大了，能为国家做许多事。
>
> （以上源自小学二年级上学期第十二课）

一般死小孩看到鱼，大概就只会想抓来玩或吃掉吧。当年，老师们都喜欢拿这个故事来鼓励小朋友要努力向上。听到激动处，一些感性的小女生已经感动得稀里哗啦。

这是很典型的关于蒋介石的小故事。而政治教育也体现在儿歌里，以前有首大家都会唱的儿歌叫《哥哥爸爸真伟大》，是这样写的：

哥哥爸爸真伟大，名誉照我家，
为国去打仗，当兵笑哈哈，
走吧走吧哥哥爸爸，家事不用你牵挂，
只要我长大，只要我长大。

后来长大了，才知道这首儿歌还有后面3段，一段比一段激昂，一段比一段杀红了眼。到了最后一段已经是：

革命军人真伟大，四海把名夸，
拼命去杀敌，牺牲为国家，
杀吧杀吧革命军呀，我也要把奸匪杀，
只要我长大，只要我长大。

很儿童不宜吧！可能当时的教育工作者都还有点儿默契，觉得这最后一段儿童太难理解，索性不教了。

抗日歌曲的歌词也是课本里面的内容之一，最具代表性的是《旗正飘飘》。而且，这一定是老师指定要背并默写的课文之一，到现在我都还会背。“旗正飘飘，马正萧萧，枪在肩，刀在腰，热血似狂潮……”

我上到五六年级的时候，随着时代的开放，这些课程也慢慢地消失了。

至于生活与伦理，按照出版纲要，即介绍给小朋友做人做事的道理。那时，课本总是强调蒋介石如何在台湾复兴中华文化，以中华文化教导小朋友学习做人做事的道理——因为，蒋介石继承了中华文化的复兴使命。不知道听过多少老师陶醉地说，中国500年出一次圣人，所以蒋介石继承了尧、舜、禹、汤、文、武、周公、孔孟……朱熹……中山先生之中华文化5000年的道统，尤有甚者，一激动把蒋经国也给加进去了。

而保防教育，光是看名称就知道是什么内容，就一本小书，里面有许多的小故事，不外乎受不了美色诱惑、食物诱惑或金钱诱惑就出卖了机密和情报等。小朋友哪懂得那么多大人的世界啊！只有每次在保密防谍的演讲比赛上，最后总是要加一句“小心匪谍（音拉长），就在你身边（加重语气）”，然后再重复一次。

社会课主要就是介绍简单的社群及社会观念，比较城市与乡村的发展形态。到高一点儿的年级，就开始上些简略的历史及地理课程，以及台湾发展、社会现状的介绍，里面一切有关台湾社会的内容都是那么和谐美好、欣欣向荣。

小学的一天

我以前读小学时，早上七点半前要到校。不过可能是住得离学校太近，过于松懈，所以还是几乎天天迟到。一迟到，校门口就会有许多纠察队在登记班级名字，并报告老师，有时候还会罚站，再统一带回教室。

早上到学校后就开始早自习，然后会分派打扫任务，每个人都会有不同的扫地区域。另外学校外围环境也要出去打扫，只不过常常会顺便出去买零食。

早上时间会有校内广播节目，都是小朋友们自己录制的，每天会有不同主题。有时候居然还会有“访问台北市长”这种节目出现，不过这个“市长”也是小学生自己充当，所以也常常出现许多小学生一厢情愿的问题及答案。

8点左右要升旗，在小学三四年级时几乎是天天要到操场升旗，不过到了六年级后，就不是天天升旗了。到操场前，各班都会先在教室前面走廊排好队，然后音乐声响起，就一班班地慢慢走下楼，向操场方向前进。当时的台湾小学，以我在的都市区小学来说，一班几乎都是五十几个人，一学年约有十二三个班。所以学校操场比起大陆的小学，都大很多，足够容纳学校近4000个人聚集。

各班都走到定点后，台上的司仪就会统一喊整队口令，待整完队后就开始升旗。这时，乐队又开始演奏音乐，4个小朋友各拿着旗子的一角高高举起进场，走到升旗台上。升旗都会先唱歌，待唱完后，旗帜才会随着歌声缓缓升起。

升完旗就由校长、各室主任等人轮流上台讲话，不过基本上小朋友不太会听，都在下面偷偷聊天。朝会完后全校就会来一段“国民健康操”，台上总是有几个同学在带领做动作，小学时有被选上去做过一次，真是超丢脸的。每周一天是周会，就会请外面的讲员或表演团体来校。周会比较讲究，还要先读“国父遗嘱”及敬三鞠躬礼。不过周会时不用上课，坐在操场上就好了，台上讲得口沫横飞，下面聊得也不亦乐乎。

小学大概的课程前面有讲过了，另外就是体育、美劳、唱游等课。台湾的小学生，在体育课时最喜欢玩的大概就是躲避球，玩法简单来说就是外圈的人拿球砸内圈的人，被砸到的就只好出场到外圈去。这样，外圈的人越来越多，内圈的人越来越少，也越来越容易成为目标。后来几年，日本以躲避球为主的卡通《斗球儿弹平》大流行，我就看到一堆小孩子，玩躲避球时，当球一丢出去，总要喊些什么力量球（或焰之球、龙卷旋风球、闪电球……）之类的，球上也被画一些火焰之类的，然后学一些卡通里华丽的投球动作（虽然说那样在力学上根本使不上力），结果乱投还打到自己人，真是笨蛋小学生。除了躲避球外，体育课比较特别的还有教扯铃，但是我只会让它转动而已，每次看到其他同学做出一堆超华丽的动作，都会很羡慕。动作都是有名字的，比如蚂蚁上树、巴黎铁塔什么的，并且每次都会看到有人在比赛抛高。但是有一次自己试着抛高，掉下来打到了头，很痛，就再也不敢玩了。

美劳课有专门的美术教室，教些简单的素描、水彩、剪纸、雕刻等东西，大部分是一边玩一边做的。唱游就是音乐课，低年级时老师会把风琴搬进教室里，一边弹琴，小朋友们一边在教室里唱唱跳跳的。唱游课可能是当时最喜欢的课了。到了中年级后，有音乐教室。在台湾，小学几乎都会教吹直笛，印象最深刻的是吹完一节课后，口水都会从直笛口流出。恶劣的死小孩们，还会拿笛子里的口水去甩人。另外，音乐课里必教的歌曲一定有“蒋公纪念歌”及“国父纪念歌”，不管唱到第几册，前面一定有这些歌。

上课时间，若不是级任导师（班主任）的课，他们八成是在办公室里的，可能批改作业簿或写家庭联络簿。说起这家庭联络簿，就是老师跟家长联络的最好工具了。每天联络簿一发回来，总是忐忑不安地打开，看看老师有没有写今天在学校干的坏事，如果不是什么好事情，回家后还要再战战兢兢给妈妈看，这下，简直就是两个对付我一个了。

到了12点，吃午饭，每一班都有蒸饭设备，早上拿进去蒸，中午就可以吃热腾腾的便当了。不过像之前也说过，麦当劳这类的快餐业者也开始抢攻小学的外送市场，所以，每当中午麦当劳送餐的“大哥哥”出现在小学门口时，总是成为被包围的对象，中午吃麦当劳的同学会成为大家羡慕的对象。此外，也有许多外送的便当可以订购。虽然如此，大部分的人都还是自己带便当蒸饭。不过不知道为什么，我从小就不喜欢吃蒸过的饭菜，总是会剩饭，所以后来老师就派了三四个同学陪我一起吃，盯着我把便当吃完。

下午上课后，3点再扫一次地，4点就可以放学了。放学都有“路队”，就是以家的位置作为一组，区分你在哪个路队，算是一起走比较安全。高年级一点儿的小朋友每班轮流担任交通队，要负责交通安全指挥，带个黄色塑胶盔及反光背心，别上一个“交通队”的臂章，在早上及放学回家时在学校旁的路口，按着红绿灯，拿着长长的交通杆阻止汽车通过。说也奇怪，从小学一到六年级就有迟到习惯的我，一参加这个交通队居然一次都不迟到了。

放学后，回家的回家，上才艺班的去上才艺班，也有不少人流连在电动游戏间。那时候有个流行的名词叫“钥匙儿”，即回家后，父母上班还没回来，只好自己带钥匙打开家门。

上了小学五年级，学校也开始有社团了。不过小学时很单纯，大部分就是图书社、手工艺社、环保社等比较正常的社团。有个大陆朋友比较陌生的台湾学生社团叫“童子军”，是个国际性组织，跟军队一样有各种层级跟技能，还有专属的制服，但是现在比较偏向服务性组织及社团。在小学时一些同学都参加了，没参加的小朋友喜欢酸葡萄地说那是有钱人家小孩的游戏，其实童子军的配备一堆，还真的要家庭环境比较好的才能负担得起。

台湾的小学里还有一种特殊的活动，叫“自治市市长选举”，简单地说，就是小学是个自治市，要选出一个市长来。这是三年级以上限定的活动，就跟一般竞选一样，候选人要上台发表政见，于是好几年都听到“要建议学校盖活动中心……”终于，这个政见在我小学毕业15年后实现了。然后在竞选期间，由推出候选人的各班自己画海报到其他班去宣传，勇敢一点儿的也会“深入敌营”，这时就要老师出面来维持秩序了。当然也有如“大人的世界”一样，总是会有些绘声绘色的传闻存在，什么请吃糖果、请喝可乐啦，但总体说起来，小朋友还是比较单纯。虽然选出来的“自治市市长”也是象征大于实质意义，但在这种活动里，也学会了什么是投票行为。

1986

社运的启蒙

1986年，不管是台湾还是国际上都精彩无比。小朋友们印象最深刻的还是美国那橘色火箭的“挑战者号”，在现场播报者兴奋的语气中升空，一分钟后整个爆炸。看到这样的画面，大家都傻掉了。当年，说未来要做航天员的小朋友少了很多。

2月时，阿基诺夫人当选菲律宾总统，长期高压统治菲律宾的马科斯流亡到美国。这件事给国民党很大的震撼，也给党外很大的鼓舞。

除了政治事件外，1986年的两起民间发起的事件，也对台湾民间的少数民族凝聚力产生影响，并冲击了民众长久以来的思想观念，那就是反杜邦运动及汤英伸案。

在台湾的历史上，除了这几百年移居过来的人之外，还有原来就住在台湾本地的少数民族。在过去很长的一段时间里，他们被叫作“山地同胞”，简称“山胞”。

长期以来，当局对他们疏于照顾，导致不管在什么方面资源都极度匮乏，而“山胞”在台湾所占人数也很少，算是比较特殊的群体。而教育资源的匮乏，也使他们普遍受教育程度不高，年轻气盛就走进社会。由于没有文凭，他们能够选择的便是粗重的工作：建筑工，搬运工，出海跑船等。而女人，也常常沦为娼妓、雏妓。后来那几年，雏妓问题也一直成为社会运动关心的对象。

汤英伸事件就是在这种背景下发生的。汤英伸本来是师范专校学生，受到学校教官不合理对待后被处以退学而来到台北找工作，没想到，找到工作9天之后就杀了雇主全家，最后虽然主动投案，但他仍被判了死刑。随着案情越来越明朗，社会舆论也越来越支持汤英伸。

原来，汤英伸来到台北后，被介绍所介绍到一家洗衣店当杂工，老板以先代付高额介绍费为由，强行扣留他的身份证。汤英伸就这样待在这个既闷且热，每天需被强制工作18小时以上的恶劣环境下工作。他忍受没几天就想要离开，老板夫妇非但不准，还拿出手中那张汤英伸身份证，扬言说他欠钱未还，并加以辱骂。就在这其中发生了口角，再加上一点酒精的催化，汤英伸终于酿下大错。

汤英伸的经历是当时山胞们找工作时常遇到的事，一般雇主认为他们好欺负，歧视他们，所以汤英伸事件算是一个引爆点。这样一个没有前科，在校时表现良好的年轻人为什么会犯下这样的错误呢？社会上开始讨论这个问题，并展开了救援行动，不管是党外、社运界，还是宗教界都活动了起来。汤英伸固然罪有应得，但另一方面大家在检讨的，是整个畸形扭曲的社会对少数民族所采取的漠视与歧视，以及有形无形的莫须有排斥，不给他们一个合理的生存空间等。

后来汤英伸还是死了，但从这件事以后，社会开始关注山胞问题：社会是否给他们公平的对待，是否一直对他们有种有色眼光，是否尊重过他们的实际需要与诉求。

此外，这年的“反杜邦”也是环保运动的一个启蒙。大凡发展中国家和地区，都一定经历过这么一个时期：环保问题与经济发展政策相冲突。支持经济发展优先的人，认为人民经济发展问题最重要，可以牺牲一些环境。而环保人士认为，环境一旦破坏，以后花再多的金钱也挽救不了。这种问题在传统思维上常常是非黑即白的，因此也争论不休。

台湾第一起大规模的环保运动即反杜邦案。大家都知道杜邦是国际性的化工大厂，当初他们决定在鹿港（就是罗大佑的歌曲《鹿港小镇》里的那个鹿港）附近的工业区设立化工厂，但因生产品为高污染性的化学品项，故引起当地居民的群起抗议。后来反对声浪越来越大，当时还在戒严的情况下，抗议人士向当局进行强力抗争，用各种手段抵制杜邦设厂，为台湾史上第一次。

后来杜邦公司宣布取消于鹿港设厂计划，这也成为台湾首件环保抗争导致外商终止投资计划的事件。当然，若以上面那种环保问题与经济发展相对立的观点来看，到现在还很难说，当初杜邦中止投资及后续影响对台湾是好还是坏。但这件事代表了台湾民众环保意识的萌芽，在台湾社会运动史上具有里程碑的意义。从这件事以后，释放了各种相关的工运、学运、媒体运动等各种社会运动的强大能量。

来年的1987年，当局就成立环保署了。

新闻报道“民进党成立”，让很多台湾人惊呆了

在民进党成立以前，党外各种体制内外的活动已经频繁举行，这都还在国民党可忍耐的范围。另一方面，传闻蒋经国也有意利用这些党外人士的冲撞，对国民党内一些保守顽固分子进行挟制。比如说当时的朱高正，大家对他印象最深刻的就是他在“立法院”里跳上主席台，拔了麦克风乱丢，影响议会秩序，在当时可是惊世骇俗的，但他每次都没被惩处。蒋经国一直想在政治开放上有更多作为，但“国会”里的保守力量实在太大，朱高正这些举动，刚好用以对付那些食古不化的反改革老代表们。

这一年的9月28日，各个党外的组织以党外后援会的名义在圆山饭店里开会，并宣布成立民主进步党。目前，大家会觉得民进党内好像派系林

立，什么美丽岛系、新潮流系、正义连线之类的，其实就好像《水浒传》里面，各路英雄好汉带着自己的人马上梁山一样。所以说民进党在成立之初，就是为了对抗国民党而对各个党外的团体组织所作的大整合而已。

但当时党禁还没开放，也就是说法律上根本不允许组党，所以民进党的成立不仅使社会为之震撼，也引发了高度的政治紧张。当局到底要镇压还是顺势改革？这引起各方高度瞩目。据说民主进步党一成立，当局情治部门立即呈上“反动分子”名单，蒋经国未批，说道：“使用权力容易，难就难在晓得什么时候不去用它。”后来，蒋经国在“双十节”指示修订“人民团体组织法”“选举罢免法”“国家安全法”，开启台湾民主“宪政”之门。国民党要人则纷纷质疑，有人说：“这样可能会使我们的党将来失去政权！”蒋经国说：“世上没有永远的执政党。”

当时我跟着家人在小吃店里吃面，电视报道了这则新闻。虽然是快速带过，但坐在我对面的那位叔叔目瞪口呆忘记吃面的神情一直印在我脑海里。老板碎碎念，直喊着怎么可能怎么可能，也忘记了继续下面。但后来看得出来，那一阵子他心情都特别好，一天到晚在喊：“冲啊！打倒国民党！”每每这时，她老婆就会瞪他一下，叫他闭嘴，没想到他兴致更高了，“我呒惊关，呒惊死，冲啊！”（我不怕关，不怕死）果然是男人到中年后只剩下一张嘴。当时民间就是这样，并不一定是真的喜欢民进党，只是讨厌国民党而已，民进党成立，好像为自己出了一口气一样。

民进党刚成立的那两年，只要讲到民进党，报纸几乎都是写民×党、或×进党，搞得好像什么乱党一样。其实在那几年，民进党就是给人激进的印象，通过许多街头游行等手段与国民党统治当局抗争，所以很多人也叫民进党为“街头党”。但在国民党掌控一切资源的情况下，民进党也只能采取这种手段引起大家的注目，进而注意他们的诉求。

当年的“立法委员”及“国民代表大会”代表选举，民进党就拿到20%的选票。民进党成立之后，给异议人士很大的鼓舞，也开始了海外异议人士的返乡潮。

圆山动物园搬家

圆山动物园是很多台北市民的美好回忆。在市区的圆山动物园，及旁边靠近基隆河的儿童乐园，是许多市民假日会去的地方。园区门口有好多卖茶叶蛋、烧酒螺、渍芭乐的小贩，逛完动物园也可以顺便在旁边市政广播电台地下室吃小吃。小时候要到动物园，简直就跟要去朝圣般期待。

在动物园里，大象林旺永远是最有名的动物明星，可能也是动物园里最老的动物，它的栅栏前，总是围着一群小孩子在大叫。每年的林旺生日，动物园还会准备一个大大的蛋糕请它吃，它也总是很识相地伸出长长的鼻子来把蛋糕卷走。因为大象林旺太有名，在很长的一段时间里，很多人都以为，动物园里的大象只有林旺跟它的老婆马兰而已。

这只象也真的是长寿，总共活了86年，从西南的滇缅公路，又到湖南、广东，最后来到台湾，伴随着许多台湾人成长，跨越了好几个时代，已经变成台湾人共同的历史记忆之一。

当时的圆山动物园是以栏杆来圈养动物的，每个动物分的场地不大，动物躺在里面都懒洋洋的，任凭小朋友们喊叫逗弄，它就是给你一副爱理不理的样子。除了林旺之外，猴岛也是很引人注目的地方，没有栏杆，猴子都在岛上欢乐地玩着。小朋友总是喜欢拿东西砸猴王，但每次都被它灵巧地闪过，它的表情就好像在说“愚蠢的人类”一样，有时候还会见它的“护驾”把东西丢回来。有一次，猴岛上不知道为什么多了一只狗，只见那只狗一直被猴子戏弄，一副无辜的样子。

圆山动物园实在太小了，给动物的空间不够，终于要在这一年搬到郊外的木栅去，在那里，一整片山头都是动物园的场地。于是，动物园里所有的动物，通通进了特制的货柜，上了车，整个车队由花车前导，浩浩荡荡地经过大半个台北市。那可是当年的大事啊，群众扶老携幼夹道欢迎，许多老师也带学生在一旁列队表演，万人空巷。

那时候滚石唱片还特地为这次搬家作了一首歌，叫《快乐天堂》，由滚石众群星合唱，第一句的“大象的鼻子正昂扬……”就是指林旺。

后来到了木栅，那里场地就大了，占了整片山头，走一圈下来也要一个下午，号称全亚洲最大。圈养动物处也变为开放式的空间，有好几个主题的大型馆区，游客可以走在步道上穿越蝴蝶及鸟类的乐园。非洲狮的家更大了，可它们还是懒洋洋的。林旺也有了更多空间散步。这几年的无尾熊（考拉）、国王企鹅等明星动物，也都曾引发一阵热潮。但林旺死后，还是留给大家一阵空虚，听到这则新闻，我才又想到那个在我面前表演的老朋友。动物园现在好像没一个标志性的动物，所以有些人也开始期待熊猫了。

1987

台湾宣布“反攻大陆”无望

1987年是非常不可思议的一年，对台湾人来说，许多根本不可能、想都没想过的事都在这年发生了。当时我10岁了，基本的政治判断能力虽然尚未成熟，但在大人的言谈中似乎也嗅出不一样的气氛来。

一连串的事件，常常让人还没对上件事反应过来，就已发生下件事，对在国民党统治之下已经形成既有思考模式的台湾人来说，甚至不敢相信是真的。

很长一段时间里，台湾是“自由的灯塔”“反攻的堡垒”；在蒋介石的领导下，军民同胞都在为“反攻大陆”作准备。所以在早期的台湾，这种信念被当做金科玉律一样，很少有人敢质疑。

所以，这个“反攻大陆”的标语满街贴，信封、香烟、米袋、火柴盒上，生活中处处可见。

蒋介石提出的计划是“一年准备，两年反攻，三年扫荡，五年成功”。但老实说，这对台湾本地人实在没什么吸引力，因为大多数的台湾人也不知道大陆是什么样子的。不过当初跟着国民党来台湾的人，一直都以为他们很快就会回去了，不会在台湾久留，可是没想到，这一留就是几十年。

几十年过去了，政治的环境是现实的，这“反攻大陆”的口号越喊越弱，当然也越来越少被提起。有点儿脑袋的人都知道这是不可能的，可是没人敢明说。

最可怜的就是本来以为很快就会回去的那些人了。这些人中，属于“统治”阶层的人，觉得台湾不是他们的家，自恃身份而有些优越感，跟这个地方格格不入，但还是因为身份和地位而能保有一定的既得利益。有许多人认为，“反攻大陆”一直没人敢怀疑，就是因为他们不让人去怀疑，利用这个信念来维持他们的“统治”正当性。但凄惨的就是那些中下阶层的人员，这里面有许多人是军队里的中下层军、士官，组成成分很复杂，很多人半辈子都只会打仗，有些甚至是被强拉来当兵的。当局允诺并发给他们一张“战士授田证”，里面详细记载未来“反攻大陆”后，会给他们在什么地方分多少亩田地耕作。

所以，几十年来许多人是依靠“反攻大陆”这个信念活下去的，这也成为一个没人敢挑战的“神主牌”。所以当这一年台湾当局承认“反攻大陆不可能”时，你就可以知道，这引起多大的震撼了。因为这个神话已经松动而瓦解，当当局说出这句话时，等于为未来许多事，开了一扇大门。

开放大陆探亲

20世纪80年代后期，社会逐渐开放，就像前面说到的，外省老兵问题开始浮上台面，而长久思乡的煎熬开始渐渐凝聚成一股强大的力量，使威权的体制愿意退让，开放返乡之路。

这一年（1987年）的年底，老兵赴大陆探亲的新闻充满了所有新闻媒体的版面。在新闻里看到，大量“老芋仔”疯狂地抢进红十字会的办事处申请探亲，新闻也播出一群年近半百的老人挤在红十字会的探亲说明会中，操着各省的口音抢着发问，又看到许多隔了几十年重逢相拥而泣的画面。尽管我与他们是不同时代不同背景的人，但看了也为之动容。

有人说，要不是蒋介石带了那么多人来保护台湾，台湾老早就被共产党给解放了。而反驳者说，你以为他们是真的来保护台湾的吗？他们是没地方可去，才不得不到台湾来的，要不是蒋介石不争气被赶出大陆，台湾根本就没这些人。但不管怎么说，那些国民党带来的人里，中下群体永远都是牺牲最大的人。

不管当初他们是自愿从军还是被拉来的，这些人大都以为很快就可以回去，却怎么知道一待就是几十年！当初来台的青年，到了这时候也都年近半百。

在我小时候，每天下午都会有个外省老头骑着一辆破摩托车，卖着自己做的各式包子馒头。我永远记得开放探亲之初，他卖得更勤快了，勤快得有点儿浮躁。每天，他总是在下午4点整到我家楼下，用尽丹田的力量大喊一声，大家就知道他已经来了。停留了10分钟后，他又继续骑到下一个定点去卖。回想他那老迈的身影，很难想象他年轻时在战场上经历过的是什么样的阵仗。当时问他是不是也要回去看看，没想到他一副急得快哭的样子，恨不得每天多卖一些馒头，多卖几个小时，好存更多钱带回去。

大陆探亲的开放，了却了许多人几十年来的心愿，但毕竟两岸分隔了近40年，人事景物都跟当年不同，随之而来的更多现实问题产生了。最常见到的问题就是有些老兵在家乡已结婚生子，来台后觉得回乡无望，又在台湾结婚了。本来一切都很美好，没想到开放通信及探亲后，台湾这边的老婆才赫然发现丈夫在那边已经有了“原配”，自己只不过是个“二奶”而已。由此引发了不少家庭问题，惨一点儿的大闹离婚，有些妻子碍于人情，只好隐忍下来，看着丈夫越来越往“原配”那边倾斜。其实做丈夫的何尝不痛苦呢？一边是故乡年轻时结发的妻子，许多人回去一看，发现妻子根本没改嫁，一直在等他，心里自然会有极度亏欠的感觉。而另一边，当初台湾本省人讨厌外省人，台湾的女孩想嫁给这些外省汉子免不了是经过一场家庭革命而为爱出走的，胼手胝足几十年，突然之间让她从大太太变成小老婆，更是情何以堪。当年开放探亲后讨论的最热的话题，恐怕就是，这到底算不算“重婚”，后来还有赖法律的解套，这些“宝岛夫人”才有了合法的地位。

在许多远离家乡的老兵心里，一定怨恨过那摆弄命运的大时代。谁愿意失去和亲人相处的天伦时光呢？几十年后再回乡，难免有“少小离家老大回”的感慨。但毕竟分离了几十年，人事景物不复当年，思想看法也产生了很大的分歧，就跟很多老兵说的一样：“在台湾，他们说我们是外省人；在家乡，他们说我们是台湾人……”时代造成这些人与两边的社会都产生疏离，都不可能回到以前了。

荣民总医院就在我家附近，我小的时候坐公车总是很讨厌经过这一站，因为总觉得这些大嗓门老头又粗鲁又爱抢座位。长大一点儿了解一些事后，对他们也较能理解和体谅了。到现在，“大陆探亲”一词已经很少被提起了，若不是偶尔经过荣民医院见到他们的身影，也不会想起台湾曾经有这么一群人为了返乡而不惜冲撞体制。这群人早已不再是主流论述的议题，不再是生活中被投以关怀的对象，开放之初社会的热情已经慢慢冷却，而随着挚亲的慢慢凋零，他们也越来越少回去了，许多人还是选择老死在台湾，但故乡对他们来说，依然是梦里都会回去的地方。

就如同我初中同学的父亲，上海人，最近再见到他时，我开玩笑地用上海话问候他：“张家爸爸，长远未见喔……”没想到这个几十年没听过乡音的老人顿时呆若木鸡，激动得茶杯都掉在地上，眼泪差点儿就落了下来。

大度路飙车风

“飙车”一词大概就是1986年、1987年这两年出现的新词汇。那一阵子，台北市的近郊新开了一条快速道路“大度路”，长约4公里，又宽又直。刚开好那段时间没什么车，大家都习惯将车开得很快，享受那兜风的快感。

这个时候，开始有一些年轻人聚集在这里骑车追快。本来也只是少数人的行为而已，但经过媒体报道后，突然之间大批人和摩托车拥到这里来看飙车或参加比赛，最多时达到上千人。半夜的郊外路上突然热闹非凡，也聚集了许多卖香肠小吃的小贩，如同一个夜市一样。

青少年的心态就是这样，受到人注目或鼓励时，心里会HIGH，因此，每天晚上都有上百辆摩托车在这里比赛。当时刚推出50cc的速克达摩托车，这种摩托车轻巧方便，俗称“小绵羊”，但也因为太小了，所以骑士只要脚长一点儿就必须把脚分得很开才能骑，如果人再胖一点儿，那个画面看起来简直就是人比车子还大，极不协调。但因为这种车轻巧又便宜，且方便改造，遂成为许多青少年，尤其是无照驾车青少年的最爱。当然，50cc是入门级的，许多人骑的还是“名流100”，改过的伟士牌或RT、RZ这些车。

当时青少年喜欢将车改装，车斜板上自以为浪漫地贴满了“梦中人”“追梦人”“缘”等字样，斜板内侧装着的两个大高音喇叭放着音乐，还指定要有连续音效果的，大部分放的是那时候少男偶像杨林的歌（你可以想象，就跟现在的年轻人喜欢拿着山寨机大声放《那一夜》一样）；坐垫后面一定还要插一根天线，天线上可能还装一些亮圈，减震器加长让屁股翘得很高，排气管声音像放连环屁，改后的异型，有种俗艳美。但有些人没车，只好偷骑着妈妈买菜的车来飙，所以车前面都还有个菜篮。现在看来这些改装简直蠢毙了，但当时就觉得这样做很帅，不知道这些人回想当年那些装饰，会不会羞得无地自容。

比赛的方式很多，大部分还是竞速，但在竞速当中可以看到各种奇怪的坐姿：跷脚，坐在脚踏板等智障骑法。比较特别的还是这些人喜欢载着女朋友一起飙，可能越飙越快，女朋友就会越抱越紧，荷尔蒙及肾上腺同时亢奋，达到极乐的快感。此外，这些车飙的时候一定让脚架跟柏油地摩擦产生火花，如此，在夜色中会看到一条火花急速飞奔，大概这样会产生梦中人的幻觉吧！

在大度路飙车的全盛时期，全台湾的英雄好汉都组队到这里参加飙车，但血气方刚的年轻人也影响了正常的行车，甚至发生斗殴烧车等事件。后来警方调来一个分局的警力全力扫荡，终于把这股风潮平息下去。当然，大度路夜市也瓦解了，但从此之后，飙车的风气开始向全台蔓延。

好一阵子，台湾在办青少年活动时一定有“反毒”“反飙车”之类的口号。

电影《报告班长》轰动全台

在过去台湾电影的题材里，有一部分是“军教片”，即军事教育题材的片子。这一年，电影《报告班长》上映，造成大轰动。这部电影到现在还一直在有线电视频道上播出，因为太过经典，其中有一些句子变成日常生活的惯用语，也有些桥段成为后来不断被模仿的对象。

这部电影后来拍成一个系列，但还是以第一二集最让大家印象深刻且津津乐道。第一集描述的是新兵中心的生活。众所周知，台湾的男人到了一定年龄就要去服兵役，在真正分发到一般部队之前都要在新兵中心待一段日子，从“死老百姓”训练成为一个具有基本步枪兵资格的军人。在新兵中心里，菜鸟新兵接触最多的长官就是班长。在《报告班长》里，庹宗华饰演的外表坚毅严格但私底下关心新兵的班长，已经成为一个经典的形象，以至于在后来很长的一段时间里，庹宗华一直都只能饰演班长，永远都升不了官。还有柯俊雄饰演的连长，也因为形象过于正气，在后来一直都饰演基层军官“永远的连长”。

这部片的经典桥段是，新兵在聊天时不知道班长就在旁边而乱说话，后来班长在列队时抓出这几个新兵来，要他们大声说一遍之前说过的——

新兵A："听说班长很凶！"

新兵B："对啊！"

新兵C："班长有什么了不起，我小学也当过班长！"

新兵B："对啊！"

班长："再大声一点！"

新兵A："听说班长很凶！"

新兵B："对啊！"

新兵C："班长有什么了不起，我小学也当过班长！"

新兵B："对啊！"

班长："给我重复50遍！"

这是我们这代人一定都知道的电影台词之一。

许多尚未服兵役的年轻人也是经过这部电影对军中生活产生第一印象的，到现在都是如此。当兵时会遇到的情况，如打混摸鱼、装死、参加演习、兵变（当兵时女朋友变心）等都出现在电影里面。当然，还没当兵的人会觉得军队里的生活真是严格。不过，以前我的老师看了这部片以后却有点儿不屑，说："我以前当兵时当班长绝对比电影里严格一百倍。"本来就是嘛！当完兵的人都会觉得后来去当兵的人过得太爽。

这部片子上映之后，带动了台湾拍军教片的风潮，一系列的片子跟进。军教片其实不一定都那么强调军人的正面形象。大概是台湾兵力大部分都是由义务役组成，所以在这些片子里，很大部分常常都是描述些军旅生活的小细节：当兵时的打混摸鱼以及劣根性。可能也是因为这部分较具趣味性。当然，所谓的热血"兄弟情谊"也是少不了的。在军教片的最后，通常免不了来一场演习，也许是因为在整天扫地的军旅生活当中，演习还比较好拿来说嘴吧！

过了几年，当局不爽了，认为这些题材电影大部分都是打打闹闹居多，却不宣扬军人正面形象，故不再支持这类片子的拍摄，因此军教片也在台湾电影题材中没落下来。到现在，《报告班长》这部片还一直被拿来回放，当我转台转到这部片时也都忍不住停下来看一段，回忆一下那段难忘又不愿再想起的日子。

琼瑶剧《庭院深深》盛况空前

这一年，琼瑶阿姨小说改编的连续剧《庭院深深》在华视的八点档播出时，也造成极大的轰动。在那时，琼瑶小说改编的连续剧，以一年一部的速度在电视上播出。在之前的两年，已经有《几度夕阳红》和《烟雨蒙蒙》播出过了，有很多人喜欢，但都不如这一年播出的《庭院深深》盛况空前。

前面有提到，所谓“八点档”，就是台湾在只有3个电视台时，3台皆会在这8点黄金时段播出连续剧。这个时段也成为收视率比拼的主战场，因为这个时间是大部分家庭吃完饭，也洗好碗的时间，所以，全家都刚好可以在这个时间等在电视机前收看连续剧。在《庭院深深》播出的时候，我娘总是想尽办法在8点前把所有的东西都打理好，时间一到，主题曲一放，就已经准备好水果或零食，坐在电视机前了。

《庭院深深》迥异于过去琼瑶小说直线式的剧情，而以两段式故事，外带一点儿悬疑的剧情紧紧扣住人心。那几年，琼瑶小说改编的连续剧，男女主角肯定都是秦汉和刘雪华，还有一些基本的琼瑶剧班底，如赵永馨、林在培、李天柱等人。在《庭院深深》里，刘雪华饰演的章含烟嫁入种茶叶的柏家，因婆婆的反对硬是被拆散。就在一次冲突当中，章含烟在台风时掉入暴涨的溪水中下落不明，而柏家的山庄也在不久之后遭大火焚毁，秦汉饰演的柏沛文也因此失明，从此，柏家大宅也流传出章含烟鬼魂的传说。

整部剧的剧情以刘雪华饰演的家庭教师方丝萦入柏家教小女儿读书开始，其实章含烟没死，她只是以方丝萦这个新的身份回到柏家而已。因为家教的关系，她开始跟她的亲生女儿朝夕相处。整个柏家上下，也只有智能不足的翠珊认出她，但大家并不把翠珊讲的话当回事。于是，通过方丝萦，观众一步步了解了10年前那场悲剧的真相。

因为剧情太扣人心弦了，以至于全家人都为之深深着迷。每次，我跟妹妹都会瞄妈妈有没有看着看着又哭了。

我总是恶作剧地问："你怎么又哭了哦？"

妈妈擦擦眼睛说："你们小孩子不会懂的啦！"

这部剧得到很大的成功，每当广告当中播出《庭院深深》收视率突破50%时，我们还会大声欢呼，好像与有荣焉一样，其实关我们屁事！不过当时的确是，如果没看《庭院深深》，第二天到学校都不知道要跟同学讨论些什么了。

这部片子实在太吸引人了，几年后在中午一点回放时也造成了高收视率。而再过几年，宽带出现了，我、我妈、我妹三人，也是挤在电脑前，看着那华视网站上520kbps小视窗传来的画面。

这部片同时也捧红了唱主题曲的江淑娜。当年，所有人都会哼上那么一句："哦堆积堆积……哦堆积……"不过小孩子们总是喜欢自以为有趣地唱成："哦飞机飞机……哦飞机……"此外秦汉打刘雪华巴掌，下手好重，刘雪华每次一被打完一定趴倒在地，到底是真打还是假打也成为大家讨论的话题。

琼瑶小说很少被文学评论家称为"经典"，批评者常常说她的作品总是过于梦幻缥缈，不食人间烟火，男女主角都不用吃饭大便之类的话。不过也没有人能否认，她的小说曾在受到苦闷升学考试压力之下的台湾女学生中争相传阅，一解怀春之情。若是没有了琼瑶小说，台湾的社会生活史将有很大的缺憾。

她的小说最早以改编电影为主。在20世纪70年代的台湾，有所谓"双秦双林"的说法，即琼瑶小说改编电影里的固定班底：男主角的秦汉、秦祥林，女主角的林青霞、林凤娇。他们演出的这些梦幻式爱情电影，可说是当时青年男女效仿的对象。这类剧情通常都是两男两女的复杂多角关系：他爱她，她却不爱他，但她又爱着另一个他，不过他也不爱她，这样如琼瑶小说里绕口台词的错综复杂关系。此外，这类电影的剧情也常在咖啡厅、舞厅、客厅3个非常固定的场景，既健康（因为不随便进房间）又唯美，因此也被戏称为“三厅电影”。

早期大家都说琼瑶打造的是“爱情王国”，这倒也贴切。她从写小说、编剧本、自组电影公司拍电影，再自写主题歌，一贯是一气呵成。其实每部片的剧情都差不多，男女主角特立独行又感性纤细，若即若离，充满诗意的名字，以及如诗如歌的文艺腔和爱情语言，如同她的电影都有一套SOP（标准作业程序）般，再加上一定要有的经典画面——男女主角各在海滩一隅，在飘逸的海风中慢动作向对方奔去，都是大家津津乐道的影像。

到了电视剧的时代，秦汉及刘雪华变成非常固定的银幕情侣班底。老实说，大家都已经知道，秦汉永远是优柔寡断的富家公子，刘雪华永远是出身平凡的上进少女，每次都一样，但每次家庭主妇们还是被剧情紧紧吸引着。所以，这部《庭院深深》可说是琼瑶在剧情上的新突破，给人耳目一新的感觉。

现在长大了，全家人都在不同的地方了，我总是想念起那段全家人守在电视机前看《庭院深深》并讨论剧情的情景。

解严

1987年的解严，解除了在台湾长达38年，号称全世界最长的戒严令，这件事对台湾绝对有极大的影响。

虽然戒严对一般百姓的生活没什么太直接的影响，但就跟前面说到的“每个人心中都有一个小警总”一样，对心理到底还是会产生一定的压力，因为不知道什么时候就会被莫名其妙地牵连到。戒严时代，社会看似和谐，其实是暗潮汹涌。所以一解了严，就如同压力锅爆开来一样，一时间百家争鸣、百花齐放。当时参与各种抗争的分子，从基层的计程车司机、农民、工人、老兵、少数民族，一直到牧师、作家、教授等，社会上不管什么阶层，似乎都不想错过这个机会，压抑已久的各种力量顿时激荡而出，各种反对运动、社会运动突然有了宣泄的窗口。让人眼花缭乱的议题，从民主一直到劳工、环境、人权与女性等，每一个议题看起来都是那么让人血脉偾张，上街头的人士也陶醉在革命般的激情中向前冲。那是一段警察与抗议者对峙、棍棒与乱石齐飞、拉布条抗议及举牌警告的年代。

旧秩序已经崩解，但新观念还没开始建立，所以每天电视一打开，看到的尽是这些混乱的场面，给过惯旧有保守稳定环境的人一种社会失序的印象。

虽然解严了，但是电子媒体仍受到当局控制，对相关社会运动的事件也倾向于一言堂，许多议题诉求都被模糊化，而一律以暴民代之。但是，当时有个非常流行的“地下媒体”，就是在各大竞选及演讲中才买得到的一个自称“绿色小组”所拍摄的录像带。这个组织扛着摄影机到各个不同的抗议场合，在当时的各个场子里都看得到他们的身影，拍摄不同于当局掌控下一般媒体所叙述的真实。因为都是在抗议的第一线拍摄，那有时晃动得令人晕眩或免不了被喷到水的镜头，以及站在抗议方这一边不断向前冲或逃跑的场面，不管是视觉的震撼力，还是对事件真相赤裸裸的描述，到现在看起来都还绝对是生猛无比。

我那时候就特别喜欢看“绿色小组”拍的片子，但那时看的只不过是一种影像的刺激，后来上大学跟同学聊起这件事，才发现许多人都看过他们拍摄的这一系列纪录片，而且这些录像一定都是被爸爸好好收起来，自己偷拿出来看的，大家聊得津津乐道。“绿色小组”也是在台湾社会运动史上、台湾纪录片发展史上，头一次由人民拿着摄影机而提出不同看法的组织。

1987年的台湾社会

1987年，让人印象深刻的事还有年底的南非航空747失事事件。这架由台湾飞往南非的班机，在经过东非海岸模里西斯（大陆称“毛里求斯”）附近时爆炸失事，全机罹难。因为机上有不少南非华侨，再加上是由台湾起飞的，因此格外受人关注，后来还在机场附近建了一个纪念碑。

没想到这件事的隔天，又发生了朝鲜女特工金贤姬炸毁大韩航空客机的事件。两起空难掀起了大众对飞机的高度恐惧，好一阵子旅游业都很萧条。

这年发生的陆正绑架案，也是台湾第一起学童遭绑架撕票案，震惊全岛。虽然主嫌被判了两个死刑，但是一直没有执行。这件事发生的时候，全台湾的家长简直人人自危，到学校接小孩下课的家长一下多了起来，有些比较有钱的家长是开车来接送的，但也会故意开一辆比较破的车子。以前妈妈总是说，有钱人容易被绑架，没想到现在一般家庭也开始有这种烦恼了。

《倩女幽魂》也在1987年上映，算是当年最轰动的电影。对宁采臣与小倩的唯美爱情印象不深，不过我喜欢把软的侧背书包往头上一戴：“你看，宁采臣耶！”当时小学的扫地时间，倒是可以看到一堆死小孩挥着拖把不断转圈，学燕赤霞在那大唱：“道道道……非常道……”结果拖把上的水洒了老师一脸。

“很喜欢道道道是吧？给我用毛笔抄100遍！”师大怒云。

“老师！什么是Y道？”

“算了算了，去走廊上罚站。”

而前一年《英雄本色》里小马哥的潇洒形象，也给人留下了深刻的印象，风衣墨镜成为许多人在模仿秀及变装秀时的打扮。在小学里，一群小孩穿着爸爸的风衣，几乎可以拖地了，但里面穿的是短裤校服，风衣一飘，反而像个变态一样猥琐。年纪大一点儿的小混混，喜欢跟小马哥一样摆阔，拿百元美钞点烟，但是他们不可能真的拿百元美钞，这下又成了被耻笑的对象。

那也是个僵尸片当道的时代。从几年前开始的《暂时停止呼吸》开始，有点儿恐怖又有点儿喜感的僵尸电影流行一时，林正英也与灵幻道士画上了等号。僵尸片影响极广，后来有好一阵子，台湾的小学生间有种传闻，台湾嘉义某某地出现了僵尸，已经有好几个人受害了，并且那个僵尸正在慢慢地北上，搞得大家都在练习憋气。而问某人是从哪里听来的，每一个人都说是“我乡下的亲戚”说的，搞得老师也不得不赶紧出来辟谣。等到上了大学后，同学来自台湾各地，说到这件事才发现大家原来都有同样的回忆，只不过住北部的同学听到的是僵尸往北部跑，住南部的同学听到的是僵尸往南部跑。

在引进电影方面，《末代皇帝》的上映，掀起一股话题，也让我第一次看到传说中的故宫。《太阳帝国》也在这一年上映，不过里面有一幕，日军进入上海时，蒋中正的像被取了下来，却在台湾引起轩然大波，差点儿被剪掉。

这里不得不说到20世纪80年代末90年代初的电影四大女星：王祖贤，张曼玉，钟楚红，关之琳。这四位各有拥护的影迷，又互相攻击。王祖贤气质脱俗，张曼玉清纯可爱，钟楚红成熟动人，关之琳美丽大方，当时许多人喜欢在摩托车后方装一块有女星照片的挡泥板，以至于每次我看到王祖贤脸上被泼了一块泥，都想帮她擦擦。到了今日，王祖贤消失了，钟楚红最早嫁人，张曼玉跟外国男友同居了，只剩下关之琳还在拍电视购物广告。

录像带出租店

在过去，台湾一般家庭想要看影片，除了第四台和电视台经过配音的影片外，只能到录影带（录像带）店去租了。所以几乎每个家庭，除了电视以外，录放影机也是必备的。而录影带有大带（VHS）与小带（BETA）的区别，各有支持的厂商，有点儿像现在的蓝光DVD和HD的规格之争。小带的优点是画质较清晰，但放映时间较短；大带反之，不过后来VHS赢了，所以大家后来都用VHS大带。

因为一块录影带大概也都要当时的300多块钱，不太便宜，因此出租录影带的行业应运而生。在这类出租店里的影片主要有几大类：欧美电影，台产电影，综艺节目（通常是私录的），港剧，卡通，日本节目（含摔角、综艺节目、剧集等）。大部分人要租的话需要交一笔押金及预付金，然后再从这里面慢慢扣钱。当然啦，成人影片也是个很大的市场，业主怎么会放过这个机会！但是警察会抓的，怎么办呢？所以这些录影带店都有一个小隔间或暗室藏在成柜的录影带架后面，通常老板见到熟客才会帮他们打开这个暗门。那时候多想进去啊，每次门只要微微打开，我都会假装在旁边选片，事实上是在往里面一探究竟！那对我来说简直是通往极乐世界的天国之门，不过我那时候还是个发育不良的小孩，说是帮爸爸租的也没有人会相信。

录影带的影片与节目，陪我度过了很多没有第四台及电脑的童年时光。我尤其喜欢租日本综艺节目来看，因为不管制作还是喜感，都比台湾的综艺节目好多了。再说，台湾的节目也都是模仿日本的。那时比较喜欢的有志村加藤的“大爆笑”以及整人节目。

因为录影带是可重复读写的，但每次新存入又无法把旧的都覆盖干净，所以一些私自录制的影片偶尔也会出现些让人尴尬的场面。比如说，全家看小叮系列，大雄与恐龙看到一半，好感动的时候，突然宜静发出激情的呻吟声，然后脸一扭曲，画面变成了某种运动的场面，全家当场傻眼，默不作声地继续低头吃饭。等到画面又回到小叮时，妈妈总算松了一口气，忍不住说："喔！你看你快看，小叮又出来了。"

这种情况常有发生，害我到现在一直怀疑那时候是不是片名少看了两个字，其实片名是《激情小叮》。另外一种情况是，小时候好奇心比较强，片子完了之后，后面还有一大段雾沙沙的画面，想看看后面还有什么，结果一直快转，有一次还真的看到了以前录过没清洗掉的画面。喔喔喔！有好多日本女人没穿衣服呢！赚到了赚到了！从此，我看录影带都会看到它全部放完为止。

我家有录放影机的时候，也正值我性启蒙之时，很想去租一些黄片来看，可是老板又不让我进密室，所以只能租些片名比较意淫的片子，而且租的时候一定把这部片夹在其他片中间，可能又顺便附上一片自己都看不懂的艺术片做烟幕弹。所以就会有一些比较无良心的录影带商人，取名字特别有技巧，比如说《世界性娱乐》这部片，它的"性"字放得特别大，封面又放着比较诱人的图片，而且在一般区出租。等回到家一看，什么？内容竟是各国的花车游行啊，马戏杂耍啊之类的，原来内容是"世界性的娱乐"啊！

有时候出租店也会办促销，通常都是港剧系列，比如一次租10片会更便宜，但是有时间限制。所以常常都一次租一袋子装的港剧，疯狂看港剧赶进度，看到眼睛出油、眼压升高都在所不惜。而录影带店倒掉也是常有的事，这时候就会大喊赚到赚到了，不过妈妈马上泼冷水："可是还有500块预付金嘞！"

后来，这些个人经营的录影带出租店慢慢被大型连锁的出租店如百事达所取代。再到后来，录影带也慢慢被VCD、DVD所取代了。

1988

蒋经国去世

1988年年初，又有两个禁解除了，分别是报禁与发禁。在这之前，台湾报纸每天发行的篇幅数只有“三大张”，即3张纸叠起来折一半。第一张是政治新闻，不过大都是政令宣导或当局公布的新闻。第二张是民生社会新闻，第三张是娱乐版及副刊。报纸的编排永远四四方方，文章很整齐，字很多，图很少，当时的报纸都是这样。

而小朋友比较常看的是《“国语”日报》。这是一个为儿童读者和学习中文者设计的报纸，字旁边都附有注音符号，也有些连载的漫画可以看，每个班级都一定会订的。

1月1日解除报禁后，报纸的篇幅马上多了起来，新成立的报社也如雨后春笋般，各种言论纷纷出现。

而发禁则是指，过去台湾的中学生有一定的仪容规定，在发型方面，男生一律都是三分头，女生则一律都理着耳下1厘米，俗称“西瓜皮”的发型。发禁开放后，这个规定由校方自行考虑。实际上这是个象征意义大于实际意义的解禁，因为在后来几年里，许多学校仍然是这样要求学生的发型的，不过通常会做到学校与学生都可以接受的程度。也就是说，学生可以留长发，但男生不得盖住耳朵，必须露出后颈；女学生不可以超过衣领，超过衣领者必须扎马尾，当然是不准烫不准其他装扮的，之后十几年才慢慢开放。而真正没有了发禁，真正完全彻底解除发禁，应该是最近几年的事。现在高中生完全可以留任何发型，可卷，可烫，可染，想留多长都没问题。

发禁解除的隔天，1月13日，蒋经国就去世了。

1988年的1月13日，这一天我印象特别深刻，因为当天是爸爸的生日。那天晚上，我们全家一起在电视机前，收看华视播琼瑶小说改编的电视剧《海鸥飞处彩云飞》，我娘抢着看台视的《还君明珠》。在接近八点半后进广告，广告播到一半，电视上赫然出现蒋经国的遗像。全家一阵愕然，画面也停在那里，时间好像顿时停止了一样。

电视上遗像定格好一阵子后，画面就突然切到国民党的紧急中常会上（现在想起来，那真是个党政不分的年代），画面也带到李登辉在随后的宣誓就任上。

隔天到了学校，发现一早就弥漫着异样的气氛。当时是小学五年级，其实小朋友也不太当回事，但都能察觉到老师的神情有异。当天的朝会，降半旗。

这时候，学校中庭也出现了灵堂。每天老师都会带我们去鞠躬，然后老师就开始哭了。老师一哭，班上的女生也跟着哭，最后大家哭成一团。

“都是那些民进党把‘蒋总统’气死的，呜呜呜。”小女生一把鼻涕一把泪，愤愤不平地说着。

“新的‘蒋总统’怎么不姓蒋了？那以后要叫什么‘总统’？”小朋友也窃窃私语了，“李‘蒋总统’吧？”

那两个礼拜电视全都是黑白的，内容也都是些缅怀之类的影片，很无聊，并且禁止一切娱乐活动。所以附近租录影带店的生意都特别好，当然都是掩着门营业的，你要先敲那个铁卷门，老板从门上小孔看到是熟客后，才开小门放进来。后来电视又变回彩色的，不过还是播怀念的影片，好多卡通及影集都看不到了。

对于这件事，学校老师还是掩不住感激的心情谆谆教诲着我们这群无知的小学生：那是因为宋美龄女士不希望影响太多民众生活，所以要电视台把节目改回来。讲着讲着，老师又忍不住哭出来了。

接下来的几天，就是遗体要从荣民总医院移灵到“忠烈祠”这档事了。路线是从荣总经我家前的天母西路转中山北路往士林方向。学校三年级以上的同学都参加了路祭大队，学校给大家发块麻布别在手臂上，在天母西路两旁排开。

当时这个路线上，我家前面是块空地，还有一片废墟和杂草，像被炸过一样。但当移灵路线一公布，两天之内就变成铺满园艺用草的大草坪，几乎是我一觉醒来发现整个世界都变了，难得一见这么有效率。

到了路祭当天，大家都别块黑布。但对于天天被关在学校的小朋友来说，其实都是以郊游的心情出校门的，所以一路上嘻嘻哈哈的。

一到现场，就看到大批民众已经排在路两旁，还有祭品也都出来啦！这时，前导机车已经通过，只听到路的那端传来一阵闷闷的声音，后来越近越大声，才发现是哭声如潮水般从远方随着车队慢慢涌近，然后这哭声又继续从路的另一端消失。车队走了之后，我们就带队回校了。

移灵到“忠烈祠”后，当时台北市各处都还有免费的“瞻仰专车”候车处，民众也踊跃地去谒灵，不过大部分人的心态都还是难得有机会看一次蒋经国就跟着去的，当然热血着在现场哭得稀里哗啦的也不少。

再过不久，电视节目又恢复正常了。因为停播太久，怕观众忘记剧情，所以每一台的连续剧都来个“精华篇”，一次看好几集，可真爽了。这也是连续剧第一次有精华篇的形式，但我也从此改看台视的《还君明珠》。

话说蒋经国早期在台湾，因有苏联政战的背景，因此负责的是社会意识形态管制与监控的工作。但另一方面，他又能积极走入民间，与群众打成一片。经过了各方面的历练，他不仅党政军资历完整，政治实力在国民党内也无人能敌，再加上蒋介石的刻意栽培，很自然就成为接班人。

在蒋中正的时代，台湾上下都是为了“反攻大陆”而做准备，所以，对于台湾本地的开发并不积极。蒋经国掌握权力后，也许是深知“反攻大陆”已遥遥无期，进而才将注意力转到延续台湾发展的各项重大经济建设之上。

他在“行政院长”任内，虽然内外局势剧烈变化，但他带领的一批技术官僚，却力排众议，大刀阔斧地完成十大建设，使台湾经济有了更飞快的增长。而到了20世纪80年代，在这个新旧交替、激荡不断的时代，虽然是专制当局，也总算看清了时势，能采取宜时的决策，为台湾民主及经济的发展奠下重要的基石。

当然，这些历史的尘埃需要更长的时间沉淀，几代后才可能会对功过有更客观的评价。现在有许多人开口闭口总是“蒋经国在位的时候……”似乎那个年代比现在更好。我想，其实可能是怀念当时经济正在全力发展，人人埋头苦干、同舟共济的充实感吧！现在大家都富了，反而一点共同的目标都没了，有些空虚。

《爱拼才会赢》席卷台湾

这一年，有一首歌一经推出，瞬间便横扫了整个台湾，大街小巷都在放，后来也席卷了整个华人社会。虽然是首闽南语歌，可影响极大，以致前几年我在太行山的深山里旅行时，都听得到开拖拉机的师傅在哼着这首歌，那就是《爱拼才会赢》。

这首歌的原唱叶启田，在更早期就已经是台湾的知名歌星，早期的一些歌曲如《内山姑娘》《墓仔埔也敢去》后来也不断被翻唱及重制。但他在事业如日中天之际因故犯罪入狱，人生顿时跌到最低点，出狱后却又以一首《爱拼才会赢》咸鱼大翻身。

因为这首歌太火爆了，在当时不管走到哪一条大街小巷都能听到——公园里跳土风舞的在放，殡葬队伍在放，运动会在放，很长的一段时间里，许多选举时候选人的宣传车也都会放这首歌。

叶启田后来也拍了一部同名的电影《爱拼才会赢》，有点儿他的自传性质，但稍显胡闹了一点儿。而他后来的一些歌，如《浪子的心声》《故乡》等，也一样脍炙人口，不愧是宝岛歌王。

在台湾，似乎每个时代都有那么几首代表当时的歌，这些流行歌曲如同串起了台湾的历史。

比如说战后的台湾，经济不发达，生活也比较艰苦，有些人为了生计，只能从事一些低下的工作，如沿街卖零食、收破铜烂铁之类的。有许多人为了家计，只好放弃学业出来工作。当时就有一首歌叫《烧肉粽》，是这么唱的：

> "自悲自叹歹命人，父母本来真疼痛（疼爱），让阮读书几年冬，出业头路（工作）无半项，暂时来卖烧肉粽……"

其实这是一首非常心酸的歌，那个时代许多孩子因为家境清苦无法继续升学，只能在半夜街头大喊烧肉粽叫卖。

到了二十世纪五六十年代的台湾，经济开始发展，大家都为了改善生活环境而努力，为了赚更多的钱，可以没日没夜地加班做工。当时，台湾第一个电视台台视开播了，很快就有了综艺节目"群星会"。那操劳的工作之后，身心自然需要松弛，大家挤在电视前观看综艺节目里歌星的演唱便成为通俗的娱乐。于是，群星会的主题曲，就成为当时的流行歌：

> "群星在天空闪亮，百花在地上开放。我们有美丽幻想，为什么不来齐欢唱……"

“群星会”算是通俗娱乐节目的代表，但年轻人或知识分子总是相对叛逆一点儿，总觉得这些是“靡靡之音”，所以，20世纪60年代也是西洋音乐流行的年代。因为那时美军驻台仍有美军电台，因此许多年轻人也喜欢收听美军电台的音乐节目。在杨德昌电影《牯岭街少年杀人事件》里，就可以看出当时西洋歌曲在学生中的流行。

另一方面，在海外，许多异议人士因为流亡而有家归不得，他们最喜欢唱的歌就是《黄昏的故乡》：

> “叫着我叫着我，黄昏的故乡不时地叫我，叫我这个苦命的身躯。流浪的人无厝的渡鸟，孤单若来到异乡，有时也会念家乡。今日又是听见着喂，亲像在叫我的……”
>
> 这是当时海外的台湾人在聚会时最常唱的歌，以解思乡之情，结果这首歌也因为这样被禁。

20世纪70年代初的台湾，可说在“外交”上节节败退，但另一方面，因为如“保钓运动”等因素，民族主义也被激起。随后“唱自己的歌”的民歌运动开始了，舍弃了西洋流行歌，开始自己作词作曲，比如说三毛的词，李泰祥的曲，齐豫的歌，细腻又清新的歌词，触动了年轻人的心。另一方面，当局因为政策需要，推行“净化歌曲”，所以靡靡之音如“群星会”，也在此时被迫停播。

1979年，台湾当局与美国“断交”，气氛紧张又风雨飘摇，有办法的当然都到外国去了，但留在这里的，就更需要团结一心。那几年，最流行的不是讲情唱爱的流行歌，反而是像《梅花》这样的歌曲：

> “梅花梅花满天下，越冷它越开花，梅花坚韧象征我们巍巍的大中华……”

另一首当时很红的歌就是《龙的传人》，这首歌在官方授意下一再宣传，令歌曲变得家喻户晓。

进入台湾经济起飞的20世纪80年代，人是有钱起来了，但是精神却慢慢空虚。这时，罗大佑的歌曲又丢下一颗“震撼弹”，歌词流露出对社会现象及环境的不满和批判，如当时流行的《鹿港小镇》：

“台北不是我的家，我的家乡没有霓虹灯。鹿港的街道，鹿港的渔村，妈祖庙里烧香的人们……”

台湾许多年轻人都是从中南部乡下到台北工作的，在台北赚到钱稳定下来后，却又发现心里好像缺少了些什么。这首《鹿港小镇》在当时引起广大共鸣，成为流行金曲之一。罗大佑的《童年》也唱出了许多台湾“60后”的回忆：

“福利社里什么都有，就是口袋里没有半毛钱。诸葛四郎和魔鬼党，到底谁抢到那支宝剑？”

所以，到了20世纪80年代末，社会更开放，经济飞快发展，赚钱机会更多时，《爱拼才会赢》刚好唱出了当时台湾人的所想。这首歌除了本身就跟叶启田的际遇起起落落有呼应的效果外，也更符合当时的社会状况，这可能跟台湾长期是一个移民社会有关。台湾是一个资源缺乏的海岛，对外依存性较高，为了生存下来，商业不得不发达。在重商的精神下，只有努力找机会拼搏开拓才不会被淘汰，所以这首歌真的贴切地描述了许多台湾人的心声。

时代造就了流行歌曲，流行歌曲又勾起时代的回忆，让人不禁觉得，没有歌的时代是多么的寂寞。

汉城奥运

这一年汉城奥运，主题曲*Hand in Hand*（《心手相连》）简直就是火翻天。这是奥运会第一次有主题歌，而当时也被谭咏麟翻唱成普通话及粤语版本，连一向在打扫时间只放儿歌的学校，也一直放着这首歌。的确，这首歌歌词简单易懂，大家都能唱，老师们领唱时也特别喜欢选这首歌。其实，这首歌在汉城奥运前一年就在大力宣传了，所以到奥运前，大家都已经能朗朗上口。

大概是韩国离台湾近，不但台湾派出庞大的代表团，大家也都很关注这次奥运会。这一年奥运让人印象比较深刻的是男子奥运百米，卡尔·刘易斯和本·约翰逊的终极对决，媒体把这场比赛形容为夙敌间的最终决战。枪声一响，两人如猛虎出笼般冲出，最后本·约翰逊以9秒多破了世界纪录，但一天后，他被查出使用禁药而被判出局。本来用禁药的人也不少，但大概是他这场比赛太受人瞩目了，所以当他被查出用药时，大家纷纷为之愕然。

在女子田径方面，“花蝴蝶”乔伊娜拿到3面金牌，成为焦点人物，而她努力的过程，也常被老师拿来当样板。

中国代表队在这年奥运的乒乓球项目有杰出的表现，陈静拿到了女单金牌，被比较多的人拿来当八卦说事的就是这场比赛的让球风波。当时争冠的都是中国队选手，同为队友，据当时流行的传闻是说陈静接到指令，要让球给另一位较资深的选手，但陈静很有个性，硬是把队友打败拿到金牌，自己从此也被冷冻起来。当然，后来当事人否认了。这场比赛太过精彩，两人都是杀气腾腾，我跟着喜爱乒乓球的爸爸看了好几遍，到现在都还觉得这是我看过最精彩的乒乓球赛之一。过了3年，陈静来到台湾，改披中国台北队战袍。

“5 · 20事件”

中国历朝历代总是在上演着“官逼民反”的戏码，而农民起义就是这历史剧场中的最高潮，也是农民利益和统治者利益矛盾冲突的最高表现形式。中国的农民总是生活在社会的最底层，大部分时间都是默默承受着苦难和牺牲，这种情况过了几千年还是没有改变。

1988年4月，台湾当局与美国谈判美国进口农产品问题，牵涉到进口大宗谷物。这不但影响台湾本地稻米的产销，更剥夺农民兼种杂粮的收益。时代像是进步、全球化了，但农业又成为对外贸易的筹码，农民利益又再度被牺牲。

每隔四年的5月20日，是台湾当局领导人就职的日子。但当年因为这进口农产品的问题，南部农民北上抗议，要向甫上任的农经博士李登辉请命。本来是单纯的抗议事件，结果没想到大暴走，变成台湾史上最大的警民大混战。

在刚解严的台湾，出现这样的壮烈与混乱并存的场面是非常惊世骇俗的。人们在电视上看到，整个街头，一边是密密麻麻的抗议者，另一边是更密更麻的镇暴部队与宪兵。当时台北市的铁路还没有地下化，街上的人多到连火车也被迫停在铁道上，进退不得。

在电视新闻及地下录影带里看到的内容，是说这次事件的冲突有两波，第一波是在“立法院”前面，此景我只能以“震撼”来形容。那种场面有如在玩《三国无双》，一堆农民为了抗议当局，把整篮整篮的菜丢向镇暴军警，造成当时路上到处是菜，蔚为奇观。这次警方大败，“立法院”的招牌被硬生生拆下来丢在地上践踏。

第二波是入夜后群众与镇暴部队展开的“都市游击战”。整个冲突中心中华路附近的街道就有如战场一样，棍棒、石块飞舞，高丽菜、鸡蛋到处乱飞，抗议群众及镇暴部队不断地互相大放无双，不断冲击及反冲击。虽然当晚电视及广播一直叫大家不要到现场去，会有危险，但还是有一堆好事者挤在天桥上看热闹。那天夜里，也看到不少卖民主香肠的骑着车，一起跟群众向前冲，也一起逃命。

当然，在早上是比较单纯的农民请愿啦！但到了夜里就几乎没有农民了，变成热血过头的群众在那边摇旗呐喊，大概是台湾刚开放，大家都想那么去热血喊一下，不想错过这个机会。有认识的人刚好那时候在当"宪兵"参加镇暴，据他说一开始的确是打不还手，但是大家被要求留守战备而取消休假已经极度不爽了（对台湾义务役男来说，假就跟性命一样重要），因此一等到正式驱离的命令下来，大家简直就是杀红了眼：谁叫你们害我们不能放假！

"5·20事件"在当时，媒体一律以"暴民"及"乱源"称之，但是，看到那些震撼的画面，我开始思考，这是我所熟知的那些"淳朴"的农民吗？为什么他们会变得如此"暴力"？那时候我心里不禁产生了疑惑。

附带一提，现在台湾的"二把手"萧万长，大家都叫他"微笑老萧"，大概就是这时候被媒体封的。当时他任"国贸局长"，负责和美国谈判农产品进口问题。发生冲突时，他出面缓解，结果遭蛋洗后还笑眯眯，从此"微笑老萧"之名不胫而走。

1989

“无壳蜗牛”夜宿忠孝东路

电视荧幕上播出柏林围墙倒了。从东柏林那边冲来一群作拥抱状的人，然后，越来越多的人跑过来。画面一带，一群人站在墙上挥舞着旗帜，下面辣妹与猛男HIGH得脱光衣服拥抱接吻，整个布兰登堡门广场挤满了欢欣鼓舞的人群。东欧解体的风潮，在这一年达到了第一个高潮。

解严以后到1993年，这是台湾剧烈变化的几年，对于小孩子来说，每年都有新奇的事发生，整个社会热闹无比。老师在台上讲得咬牙切齿，小朋友还是嘻嘻哈哈；大人们开始敢畅所欲言，但是一有小孩在旁边又闭口不提；各个阶层纷纷走上街头，这个举动仿佛成为全民运动。

20世纪80代末的街头运动不断，令人眼花缭乱。这段时间当局刚从威权转型，重新学习如何“执政”。而习惯当顺民的民众，也开始懂得争取自己该有的权益，但又常常有点儿过火。总之，这段时间是一个磨合期。不过，这几年间，大家体会到原来当局对待抗议事件还是很宽松的。

这一连串的街头运动可能到现在大家都记不起来有哪些，但这年的“无壳蜗牛夜宿忠孝东路”一定让人印象深刻。

那一夜，全家至忠孝东路逛街，只见整个忠孝东路及附近几条街道已经全部被封闭了，密密麻麻的人或躺或坐，占据了整条路面，前面的舞台上唱着歌，演着舞台剧，放着烟火，还有一些高高的人也在一边舞动着。整个现场不像是在抗议，反倒弥漫着一种嘉年华的气氛。

抗议地点所在的忠孝东路，就是动力火车那首《忠孝东路走九遍》里的忠孝东路，台北人习惯叫这一带“东区”。“东区”一直都算是台北市高档百货与精品店的所在地，因此选在这里办活动可说是非常有代表性。

有别于那阵子杀气腾腾的抗议活动，这场“无壳蜗牛夜宿忠孝东路”是非常软性且带着一点儿幽默及讽刺气氛的。从20世纪80年代后半期开始，台湾的房价突然开始狂飙，前一年可能还买得起房子，隔一年可能只买得起厕所了，财团及炒家疯狂炒房，导致许多年轻人买不起房子，成为“无壳蜗牛”。在这场活动之初，他们本来只是找一块地方作为抗议地点，没想到越来越多的民众自发地加入，结果整个忠孝东路都被占满了，最后那一夜，几万民众夜宿在全台地价最高的忠孝东路上。大家很平静地唱唱歌，看看表演，聊天，打牌，吃消夜，打发长夜。

这是场议题本身比活动更吸引人的社会运动，过程非常和平。现在看来，这场第一次由民众自发而成的活动，对台湾公民社会意识的建立，有非常大的影响。

我想，住宅是基本人权的一部分，不是商品，更不应该变成玩金钱游戏的筹码，那么多人风餐露宿为的就是要争一条改革的路。不过，18年前高房价让人走上街头，18年后房价依然居高不下；18年前那些人应该房贷都付得差不多了，但这一代年轻人买房子的问题恐怕依然没解决。另外值得一提的是，当年那场活动的愤青总领队李幸长，现在已经是横跨两岸的锅贴儿连锁店“四海游龙”的老板了。

这年的两部电影：《七匹狼》与《悲情城市》

这年，绝对热血的电影《七匹狼》上映了。这部融合了友情、爱情、动作与音乐的片子，汇集了当时演艺圈最大牌的年轻艺人，是许多20世纪70年代出生的人的美好回忆。

片子至少集合了王杰、张雨生、邰正宵、星星月亮太阳（金玉岚、马萃茹、胡晓菁）、东方快车合唱团及庹宗华等明星参演，卡司（阵容）超强，内容描述一群年轻人的故事。因为总是“不打不相识”，因此剧情也稍显火爆，在追星效应以及剧情所呈现的年轻人“反社会叛逆”情绪的双重鼓舞下，这部电影受到大批年轻人的疯狂喜爱。整部片可说是一气呵成，再穿插进好几首热血的插曲，成为当年的经典电影。后来这几个主要演员也以“七匹狼”的名称上遍各大综艺节目。

就连小朋友们也为这部电影疯狂。全班至少四分之三的人有买电影原声带，扫地时间大家也索性不扫了，就拿着扫把一起大唱《永远不回头》。老师当然不愿意见到这种“反大人”的风气在小朋友当中弥漫，因此积极导正大家电影情节里不对的地方。

片子里的几位主角都是当时年轻人崇拜的对象。如王杰，一出道就是一副孤傲浪子的形象，当时的《我要向太阳怒吼》，简直越唱越热血，到了过几年的保钓运动时，还变成了主题曲；张雨生高亢的歌声让当时的歌坛为之一亮，《天天想你》《我的未来不是梦》都是大受欢迎的歌曲；庹宗华当时演班长已经大红；邰正宵在片中虽然戏份儿不多，但之后也开始大红；星星月亮太阳是当时的少女偶像组合。

不久，张雨生就在歌迷的簇拥中入伍。《七匹狼》后来也拍了续集，但续集是以悲剧收场。

再后来，“七匹狼”这3个字也被注册掉了。

禁忌了几十年的“二·二八事件”话题，也在这一年突然浮上了台面，被当作显学来研究，因为，《悲情城市》这部电影得到了威尼斯影展金狮奖的殊荣。

一般认为，本片的导演侯孝贤预料到直接在台湾发行这部片是行不通的，因此带着它到威尼斯影展上赌一把，没想到这部影片真的成为在世界级三大影展上第一次荣获首奖的台湾电影。这下“新闻局”不得不认可了，还很形式地给侯孝贤祝贺一下。于是，这部直接挑战台湾政治史上最禁忌话题的影片，得以一刀未剪而上映。

《悲情城市》这部影片主要描述基隆附近九份地区的某家人，在1945年日本投降到1949年国民党迁台间的故事。在“二·二八事变”后，一介草民也不由得被卷了进去，改朝换代后身份认同的冲突是这部片所讨论的主题之一。梁朝伟饰演的哑巴可圈可点，片子里有意借这个角色表达当时台湾人的敢怒不敢言，隐喻了台湾人在台湾光复初期的国族身份认同困难。

这部片得奖的消息在电视上公布后，妈妈对祖母说：

“妈，那是在讲‘二·二八事件’，‘二·二八’你知否？”

“什么事件？哪有什么事件，你别乱讲话。”祖母瞪大了眼睛否认。

“二·二八！哈哈，二·二八！”看到祖母生气了，我故意又大声乱喊开玩笑。

“小孩子不要乱讲话，小心被警察抓走！”说完祖母气得走回房间，妈妈也做了一个嘘的手势。

倒是外公马上就从台南打电话来了：“告诉你们，你们一定要去看这部电影，国民党谎话说不久了……”他激动地发表自己的感慨。

《悲情城市》的拍摄地，九份及金瓜石，本来就是侯孝贤电影很喜欢的取景地，但这附近一直是个破败的废弃矿村，《悲情城市》火了之后，这里突然就变成了旅游胜地。据说日本前几年的宫崎骏动画《千与千寻》中的街，便是以九份为原型，而九份的知名度在一般日本观光客中也一跃千丈。现在的九份观光客，大多数是日本人及香港人。

后来到了20世纪90年代中期，有好一阵子，每到2月28日这一天，电视台就会回放《悲情城市》这部电影。

《爱到最高点》

这一年最受欢迎的流行歌，除了销量超过百万张，传遍大街小巷的《梦醒时分》以外，另一首是伍思凯演唱的《爱到最高点》。这是收录在《等着你，爱着你》这张专辑里的一首歌，这首歌成为当年“爱台”运动的主题曲，到现在我都还会唱：

昂起我的脸
走在黎明的面前
我想告诉全世界
我对你的爱永远都不会改变
闭上我双眼
想你一遍又一遍
不管是现在或从前
我和你的爱已经自成一个圆
爱到最高点
爱到最高点
不靠一句誓言就把你放在心里面
爱到最高点
爱到最高点
不靠一句誓言就把你放在心里面

现在来看当时的那股运动，也许有些人会百思不得其解吧，不过“流行”本身就很莫名其妙。当然，后来有人认为，那几年各种思潮不断对国民党统治进行冲撞，这股热潮是当局长久以来的价值观开始被怀疑动摇而做的一次转移视线的活动。

但是，要把这解释成“政治运动”，对当时还是小孩子的我们来说实在太沉重，充其量只是一股流行的风潮。那时候，电视上不断播放那首《爱到最高点》，配合着一片旗海飘扬的画面，学校也是早、中、晚三餐放这首歌，所以大家不得不会唱这首歌。

在那张专辑里的另一首歌《生日快乐》，也成为当年“双十节”的主题曲，在后来的很多年里，“双十节”都会放这首歌。

当初伍思凯因为这首歌上了各大节目，好像也变成当局的形象大使一样，不过这几年他也改口说，当初这首歌变成爱台运动的主题曲不是他的本意……

海外异议人士返乡潮

刚刚解严那几年，也是海外异议人士闯关返台的高峰期，有些成功混进来，有些被发现后遣返。在以前，当局对于居住在海外的异议人士，都有一套管制名单，俗称“黑名单”。

这些黑名单分子清一色都在海外拥有傲人的高学历，政治立场为反对国民党或支持“台独”，因此被列入黑名单不得回台，几十年来归不得。早期这些人士的“台独”思想还是比较具有理想性的，不像现在，只变成一种政治语境加以操弄。既然这些人在海外被标记了，就代表情治机关在海外有眼线。以前反对人士都说海外校园里有所谓的“职业学生”就是这个原因，其实很多人也并不是真的支持“台独”，只是偶尔小小地抱怨一下被听到，或者单凭“职业学生”的主观爱好就被扣上了帽子。

早些年台湾当局常在宣传，有所谓的“三合一敌人”（三合一敌人随着时代也有所不同），也就是民进党、“台独”、中共。小时候看了一幅图，在那幅图中，代表“台独”的是一个长得很可怕，手中充满血腥的人物，上面写着的两个字不是“台独”，而是“台毒”。大概是那个可怕的脸孔在我幼小的心灵上留下了阴影，现在一听到这两个字，都还会有点儿负面阴影存在。在我们那一代用过的参考书补充教材里，也有一幅图，是小朋友捡到“台独”的宣传单，交给警察叔叔。

那几年，不时可以听到某某人又要闯关回台湾的风声，而当局也是严阵以待。黑名单人士如风起云涌般闯关，其中最戏剧性也最让人记忆深刻的，就是1989年郭倍宏的闯关。郭当时是黑名单中的头号，当局发出12道“金牌”（12张通缉拘票）要捉拿他，正好时值大选，郭就放话，某月某日他将在某某人的场子公开现身助选演讲。而当时的“行政院长”是郝柏村，怎能忍受这种正面的挑战，遂悬赏300万元抓他。

终于到了公开现身的当天，现场挤满群众，大家都屏息以待。而外围布满了准备抓他的军警，肃杀的气氛与场内热闹的气氛形成极大的对比。待时间一到，郭倍宏不知道从哪里出现的，果然准时上台演讲，现场也在这个时候HIGH到最高点。正当他讲完，军警也准备抓人时，全场灯光却忽然一暗，也不知道发生了什么事。等到灯光再亮起时，群众很配合地已经全部戴上当时最流行的代表黑名单的面具，结果军警认不出谁是谁，郭倍宏顺利地离开了现场。

这是在当时一些流行的地下录影带工作室里看到的全程实况，我觉得真是太神奇了，太像电影剧情了。后来更大一点儿，再来看这些录影，还是觉得当时这些人真的很热血。随着时代的转变，这些当年充满理想的异议人士纷纷身居要职，掌握了权力，但他们后来的一些如争权及腐败的行径也非常让人失望，那是后话了。

黑名单是时代背景下的一个产物。虽然当时当局在社会及政治上其实已经不断在进步，但对海外异议人士仍不愿用沟通的方式化解歧见，反而加强压制。只能说当局对自己的改革还是没有信心吧，怕他们回来会“煽动群众”。

“小虎队”爆红，歌迷疯狂

1987年左右，华视在星期六下午1点有个节目，叫作“青春大对抗”，由汤志伟及曹兰主持，大概就是一些人上节目表演才艺等，算是那时候的选秀节目。这个节目刚好赶上小朋友们周六中午放学回家吃完饭的时间，所以有为数众多的小学生观众。过了两年，这个节目改名为“TV新秀争霸站”，形式跟原来差不多。

在前一个节目中，让人印象深刻的是宋少卿及郃智源上节目说相声，当时郃智源就要去当兵了，所以这一集就让他们搞笑了一场。后来节目改为“TV新秀争霸站”后，还记得阿亮卜学亮与当时他就要入伍的大学学长一起上电视表演了一段街头卖药。后来，张小燕组合了卜学亮、宋少卿、刘尔金、黄子佼这4个曾经参加过节目的年轻人，组成了“帅哥综艺团”，成为节目中固定的搞笑班底。

在《青春大对抗》节目里，有个类似助理跑龙套角色的少女团体，叫作“小猫队”。但总不能一直只有红花没有绿叶吧，因此到了后期，节目里出现了另一个少男组合，就是“小虎队”。“小猫队”后来一直没红起来，倒是“小虎队”，从这个节目出道后，一路开始爆红。

“小虎队”出道后，并没有马上推出专辑，严格说起来，是1989年1月在“忧欢派对”的《新年快乐》专辑中加进了两首男声曲及合唱曲。不过明眼人很清楚地看出来“小虎队”是在模仿日本当红的“少年队”。“忧欢派对”则是在模仿“WINK”。但无论如何，推出这张专辑后，“小虎队”一下火了起来，成为当时最受瞩目的偶像。那也是许多小朋友一生当中，第一次认认真真地崇拜起偶像来。在学校里，许多女生都会搜集他们的歌曲、海报，搜集他们的个人专辑，剪下所有关于他们的报道，仔仔细细、小心翼翼地贴在剪贴簿上、资料夹中。还有印着英姿的垫板、纸礼物袋、信纸信封，都被带到学校去，彼此交换资讯。

一般家长对于小孩迷恋偶像多少是有些反对的，但对于“小虎队”来说，这句话并不适用，因为“乖乖虎”苏有朋在当时就读于全台湾第一重点高中——建国中学，后来也考上台大机械系。在台湾的高中，校庆都会办园游会对外开放，各班都要有卖东西或游戏的摊位。当时建中办园游会时，大批歌迷跑进校园，逛来逛去就是要找苏有朋，后来苏有朋他们班索性也不做摊位了，就早上下午各办一场签名会，据说排队的人从楼上排到楼下。“小虎队”就是因为有苏有朋这个好学生，成为许多家长鼓励小孩学习的对象。而“小虎队”的整体也给人年轻、健康、活泼、阳光的印象，所以对于崇拜“小虎队”，家长的抵触比对其他艺人小很多。

3个月后，“小虎队”正式推出第一张专辑《逍遥游》，引爆了“小虎队旋风”，成为青少年眼中的超级偶像。4月开始，他们办了一场叫做“万人马拉松”的签名大会，现场至少来了5万人，他们签得手都软了，有许多歌迷看到他们那么累而不舍，简直就是一边哭一边拿给他们签名的。

接下来，就是展开为期一个月，横跨全台的“逍遥货柜小虎队”货柜车演唱会。这场演唱会简直让大家为之疯狂。但因为“小虎队”的形象如此良好，所以也提出了“重荣誉，守秩序”的口号。说到“小虎队”，就不得不说到这次巡回演唱会。这辆神奇的货柜车每到一地，就会变形为一个大舞台，基本上都是选择一块大空地举办，并免收门票。除了“小虎队”外，更请到当时飞碟唱片的许多歌星，如王杰、姜育恒等人也前来助阵。在台北的那一场，因为正值周六的晚上，好多同学都是早上11点就以各种名目请假回家，然后跑去演唱会现场打地铺占位置。这辆货柜车在高速公路上行驶时，周围也总是绕着许多歌迷的车子追逐“护驾”。

“小虎队”也瞬间成为各种才艺表演时的模仿对象，男生们总是对吴奇隆在《青苹果乐园》里最后的那个后空翻着迷，而女生一看到那个后空翻就会尖叫。但不是每个人都能翻得出来的，所以老师也常常劝导大家别乱后空翻，在才艺表演时大家也只好几乎都是用转身一圈来代替后空翻。

他们走红的那几年，歌迷的行为只能用“疯狂”来形容。当时在一些班级里，你只要无厘头地大喊一声“小虎队！”马上就会换来一堆歌迷的尖叫声，叫完了就会互相看着傻笑。当然啦！也不能以现在的团体来跟他们比较，看谁更红。只能说在当时那个年代，出现了一个新形态的表演组合，让大家眼前为之一亮，并留下美好的印象，所以成为一个经典。

现在“小虎队”三人都有自己的事业了，但近年来一直都有好事者想要撮合三个人再度同台演出，只是苏有朋似乎一直对“小虎队”有心理阴影，以至于这计划一直没有实现。唉，希望我有生之年还能够看到他们再度同台演出啊！想必这也是许多歌迷的愿望。我似乎能想象那个画面：三个老头在台上弱弱地唱歌跳舞，简称“老虎队”，而台下也有一群老头和大妈摇着荧光棒。

股市首次上万点

20世纪80年代末，整个台湾社会弥漫着一股浮躁的气氛，不仅仅是因为政治上刚开放，更大的原因在于经济的快速发展，大家突然变得有钱，整个都是暴发户急功近利的心态，尤其这年的股市首次上万点，更是将这种气氛推向最高峰。

那几年的台股大起大落，最后居然还到了10000点，在现在看来，仍然是任何金融及商业法则都不适用的，只能说，群众一窝蜂的盲目很可怕，更可怕的是背后操纵这一窝蜂的大户。台湾股市从20世纪60年代初才开始，到了1986年时，才刚破1000点而已。但自从破1000点后，在短短9个月内就破了2000点，再过两个月，破了4000点。其中遭全球股灾影响，大跌重挫51%，1987年12月跌至2298点。虽然这时已经有人看出，台股根本就是底气不足，因此才在全球股灾中伤亡惨重而发出警告，但这怎么能抵挡得住整个社会的一头热呢?

半年后的1988年6月，台指反弹，突破5000点，7月6000点，8月8000点。涨幅太快，导致当局不得不出面干预，开始征收资本利得税，又重创股市，马上跌到5000点以下。但被冲昏头的投资人，心里预期的都是10000点。而当时当局也害怕失去民心选票，在政策上不敢坚持，便顺应民众做出些让步。到了1989年6月，台指终于突破10000点，1990年初达到12000多点的新高，简直就是上下欢腾，全民如同集体嗑药般HIGH到最高点。

股市像无限提款的提款机一样，不管怎么买都会赚，就算你不懂什么是月线、季线、K线，就算你买一些鸡蛋水饺股，依然能被炒得老高而大赚一笔。炒股成为全民运动，或者应该说，突然而来的暴富，使大家突然间有些不知所措而开始迷失。

不管是什么阶层的人，通通投入了股市；不管是商人、军人、工人、读书人，甚至是出家人，皆为此而着迷。媒体也大幅报道什么“炒股神童”之类的神话，出版社还出版了一堆教人如何炒股致富的书。当时有个名词叫“菜篮族”，即一些家庭主妇提着菜篮本来应该到菜场买菜，却跑到“号子”（证券公司）里看股票去了。于是，股市也造就了一堆新富阶层的富太太们。当时股市9点开盘，12点收盘，整个交易时间只有短短的3个小时，所以那些暴富的太太们生活得可滋润了，收盘之后先吃结伴大餐，下午再来逛街、唱歌、跳舞、购物什么的。因此，号子旁出现了一堆高级餐厅，百货公司的生意也随之大好。

此外，股市一片大好对社会的冲击更是明显，比如工人发现炒股比工作更好赚，干脆不工作了去炒股，造成劳工短缺，许多公司的产品无法顺利交货。工厂老板索性把工厂给卖了，因为炒股有更高的利润。公务员也在炒股，干脆去办公室打个卡就跑到号子里，造成行政效率降低。在学校里也差不多，有些老师一边上课一边戴着耳机收听股市行情，听到一半就突然叫小朋友自习，自己跑出去。小朋友在学校也开始攀比谁家里赚得多，谁买得对，哪支股有潜力，仿佛大家都可以上电视当“老师”一样。而大学生干脆课也不上，专心炒股。更令人觉得夸张的是，在证券公司里上班的倒茶小妹，也领着一般上班族羡慕的高薪，年终奖金居然能领到几十个月的薪水那么多。

有个笑话是这么说的：两个朋友相遇，一位朋友问另一位，“现在几点了？”朋友很自然地回答，“10000点。”种种迹象表明，当时的台湾社会简直是全民狂欢，病态的疯狂。

难道当局没有什么干预措施吗？当然，有识之士看出了其中的许多危机。简单来说，当时台湾刚解严，除了民主化加快外，经济自由化的速度更快，相对地，行政力量也在减弱，“国会”力量又开始膨胀。但想进入“国会”，选举可是要钱的啊！所以，财团们索性送人进“国会”或支持特定“国会议员”。因此，每当当局提出干预措施，就有民意代表或政党人士反对，迫使行政部门让步。这样的结果就是，“国会议员”、金融市场、财团统统被绑在一起。

当然，这种炒出来的盛景，仍要回到市场规律内，“擦鞋童理论”仍然是有道理的。接下来的股灾，加上伊拉克入侵科威特的致命一击，导致股市在半年内跌掉了10000点。许多人倾家荡产，最可怜的还是大部分散户，在高点时一窝蜂跟着买，但等到崩盘后，连续跌停，想卖也卖不掉。这时，社会上充满了焦虑的气氛，自杀，甚至是带着全家自杀的新闻时有耳闻。

当时班上就有个同学，家里靠着股票大赚了一笔，简直不可一世，大家都想巴结他分些小好处。但股票崩盘后，他家也跟着破产了。这时候，大家反而落井下石，嘲笑他，他受不了这种嘲笑，不久后就转学了。死小孩的邪恶劣根性在此暴露无遗。

这一时期的暴起暴跌，使得整个台湾如同做了一场梦一样，一切回到原点。但至少也让大家了解到，股票不是那么好赚的。

小学的课程

1989年的上半年，是我小学的最后一个学期。此时的我对初中充满了恐惧，好像那边都是坏人一样，各种关于初中的绘声绘色的传说，散布在六年级的校园生活中。再加上我就读学区的那所初中，一直以来名声似乎都不太好，许多家长在几年前就已经把小孩的户籍转到好一点儿的学区。不过我家倒是没这样做，于是我就只好乖乖去读那个初中了。

来回顾一下小学生活，先讲“国语”课吧！小学“国语”课本里，除了课文外，下面还有每课生字，课文旁边会有注音符号。注音符号是台湾使用的一种拼音符号，其实就跟汉语拼音的规则一样，只不过是一个用符号，并在旁边标注几声，另一个是用拉丁字母代表。我还记得，小学一年级第一课的内容是，“爸爸早起看书报，妈妈早起勤打扫”。后来这篇课文还被妇女团体痛批：凭什么男人就可以舒舒服服地看报纸，女人却只能劳动?

我们这些生于20世纪70年代的人很奇怪，“国语”课用的课本有十几册，课文加起来也有一百来篇了，但永远只会记得小学一年级第一册里的课文，并常会津津乐道地聊起这些。

比如有一篇影响了几十年的课文，是讲渔家的：

> 天这么黑，
> 风这么大，
> 爸爸捕鱼去，
> 为什么还不回家……

问台湾25岁以上的人，应该没有不知道这篇课文的，而且莫名其妙地很多人还会背。

但当时，这篇课文都会被我们乱改：

> 天这么黑，风这么大，
> 爸爸捕鱼去，为什么还不回家？
> （听妈妈在家怒吼，真叫人害怕。）

我一直印象很深刻，当时有个同学，可能是特别早熟吧，当老师念到“天这么黑，风这么大，爸爸捕鱼去，为什么还不回家”的时候，他冷冷地接了一句“因为在阿姨家”。小朋友们大笑，当时的老师刚从师范学校毕业，一听这个，马上就窘了。

不过“国语”课本里的插图，爸爸妈妈穿的永远都是西装旗袍，看得我们好自卑。

“最好是有谁的爸妈在家里都穿西装打领带穿旗袍的啦！”一个老师这样不爽地骂着。这看起来像笑话，但回想起来，当时台湾要是多一点儿这种老师，学生就能听到更多不同的声音，更有助于培养独立思考的能力。

除了“国语”课本外，还有另一本“国语”习作的簿子，就是回家作业了，里面有各种生字的练习，还有“造句”“文字替换”等练习。不过像“国语”这种图片多的课本，里面一定都充满了涂鸦。男生的课本里，永远都画满了大胡子，要不就是独眼龙，背上被插了好几把刀。女生的课本里，人物一定都是充满了星星般的水汪汪大眼睛。

来说说比较特别的课程及活动吧！数学的教学法其实差不多，都教些简单的算术和几何。此外，还有自然课、生活伦理课、作文课、书法课、说话课等。先讲自然课，就是简单的物理、化学、生物等常识，通常会伴随着一些小实验。比如说讲到电流时，就要自己动手做绕线式直流马达，当转起来的那一刻，我们心里想：真是太神奇了！不过就有些脑残的同学更富有实验精神，直接拿自制马达的电线插进插座里，后果可想而知。

另外，在物理方面，还有齿轮并排游戏，这要学习计算齿轮并排后，不同齿的齿轮各会转多少圈。很多的实验都是老师要求小朋友自己做，小朋友有拿着牛奶罐钻孔的，有用接水管做水压实验的，还有自己做风车、做针孔照相机的，做太阳聚光实验的。聚光实验时，不知道为什么，大家都特别喜欢去烧叶子。明明就是很热的天气，偏偏要站在大太阳底下，看叶子烧了起来就会开心。不过我倒是烧过课本，在上课时太无聊，照着照着就把课本烧起来了，还好老师一转过来就扑灭了，当作没事一样。在化学方面，也做过实验，把鸡蛋丢到醋里，看几天后蛋壳会融化；也拿着不同液体，如果汁、酱油、醋之类的，来用试纸做酸碱值测定；或者用蜡烛烤爆米花等。

那时候，妈妈给我买了整套的小学生实验原料器材组合，我在家里总是喜欢乱搞。组合里有一堆什么硫酸铜、硝酸、锌片、钾之类的玩意儿。前面也说过，我上小学一年级时，台湾发生过小学生被泼硫酸的事件。那件事让我印象深刻，使得我当初一看到“硫酸”两个字就有一种莫名的兴奋感，后来才知道硫酸跟硫酸铜是两种不同的东西，真是蠢。话说回来，我总是喜欢将它们乱混合在一起看有什么变化。不过现在想想，都还是要冒一身冷汗，还好没被我搞出什么变化来，不然爆炸都有可能。自己被炸伤就算了，把爸妈还没付完房贷的房子给炸烂那就惨了。

生物的实验就比较偏向养些小动物，比如说台湾小学生一定都养过的蚕宝宝、蚯蚓等。每年一到自然课教养蚕时，学校外面的文具店就很神奇地开始卖蚕宝宝了。蚕就是蛾的幼虫，白白胖胖，其实蛮可爱，养在一个小纸箱里，我就天天看着它们吃桑叶。但是台北哪里来的桑叶呢？所以文具店也都囤积了一大堆叶子卖。每天都忙着帮它们换叶子，还要很仔细地把桑叶上的水珠擦干。通常养一次蚕宝宝都至少养五六只，有时候同学还会比谁养得多，所以叶子也吃得很快。那时候清明节要回乡下，也只好把整盒蚕带回去，最后还劳驾爸爸去外面偷摘别人家的桑叶。

蚕宝宝开始结茧后就不动了，等它破茧而出时就变成了蛾，不过也飞不起来。曾经有小朋友看到那么可爱的蚕宝宝变成那么丑的蛾，心里无法接受而号啕大哭。如果蛾里有公母并且交尾的话，就能生出很多卵，生完卵基本上蛾就死了。而生下来的卵，如果没有好好保存，很容易被蟑螂吃掉或被蚂蚁搬走。这样还好，如果全部孵化出来的话，那简直就是一场大灾难。不过大多数的小朋友都会在这个时候就把卵丢掉，我有试着让它们孵出过几次，小小黑黑的比蚂蚁还要小。

后来我无意间知道蚕宝宝的血是绿色的。有一次我上课时用书遮着把蚕宝宝拿到桌上把玩，没想到老师突然走过来，我一紧张就把书重重合上了，等老师离开后再把书打开时，才发现，怎么书粘在一起了……

蚯蚓也是小孩子会接触到的活体生物。那时候学校里面还有很多土壤，老师会要求小朋友自己去挖蚯蚓来观察，不过蚯蚓黏黏软软的很恶心，很多人不敢抓。上课时，老师要求大家一人准备一条蚯蚓，但很多人没有，所以我就抓了好几只蚯蚓，切半卖给同学，结果还被老师训了一顿，说怎么可以赚同学的钱……

另外，将豆苗放在湿棉花上种也是课程之一。种上之后，每天都要记录它的生长状况，最好是画下图案。在暑假，还会有种菜的作业。不过在台北市这种地方，怎么可能种菜嘛！所以大家都是互相抄的。

现在想想，小学教自然课的老师真是要耐心十足呀！不然小孩子做出什么让人晕倒的东西，或是什么把人气炸的结果，都是有可能的。

所谓生活与伦理课，就是教导小朋友做人做事的道理。这是一堂很简单的课，但是也要考试。虽然要考试，却很容易拿到100分。只要认得汉字，昧着良心作答就可以了。比如说选择题：想想看，上学最重要的是什么？（1）可以懂得做人做事的道理。（2）得到好成绩，很光荣。（3）可以参加远足。（4）可以和同学一起玩。

做这种题目，真是会让幼小的心灵倍受摧残：如果选了“正确答案”

（1），是否会跟老师说的“做人要诚实”产生价值观的错乱呢！同样的还有是非题：

（×）在学校里，我不敢和老师说话。（嗯……这应该是看跟哪个老师吧！）

（○）我喜欢结交新的朋友。（真是违背良心！）

此外，小学生活与伦理课必背的是蒋介石对礼义廉耻的定义：礼，规规矩矩的态度；义，正正当当的行为；廉，清清白白的辨别；耻，切切实实的觉悟。这也是每次必考的，所以会有这种题目出现：

小明的朋友坚决不受安非他命影响，是什么的表现？（1）礼。（2）义。（3）廉。（4）耻。多少受填鸭教育的小朋友一遇到这种应用题就“阵亡”了。

另外，在小学每一周都会有所谓的“中心德目”，比如“忠孝”或者“仁爱”“信义”“和平”什么的。黑板的一角一定会印上“中心德目”及“周”字，每周都要填上中心德目主题及周主题，可能是“友爱周”“团结周”“自强周”之类的。当初有个老师的绰号叫“老鼠”，似乎是很讨厌死小孩的老师，有一天早上，突然发现那个周字上面写了大大的“灭鼠”两个字……

书法课也是我痛恨的课程，不仅仅是因为我书法写不好，更因为我很讨厌磨墨，每次都会弄得黑黑的。每次上课开始，老师都会发给大家每人一张字帖做范本，基本上都是颜真卿或柳公权的字帖，有大楷跟小楷之分。因为这种课只要上完就没事了，所以大多数同学都把字帖垫在下面跟着描，描得又快又漂亮，被老师发现了就会被叫出去骂，但是骂归骂，大家还是继续描。另一个让书法课老师无法接受的，就是用自来水毛笔写。有次我用自来水毛笔写，又用描的，被老师发现了，自然是罪加一等，老师当场发飙。但老师还是很有文化的，把毛笔象征的中华文化的意义洋洋洒洒讲了一遍，然后结论就是，我是摧毁中华文化的败类。听完，我就只好摸摸鼻子到走廊去罚站。

珠算课，这是高年级才有的课程。老师拿着一个大的磁力算盘挂在黑板上，慢慢教小朋友；小朋友也一人准备一个算盘，慢慢跟着老师学，不过一下课，大家都把算盘当做玩具车在地上推来推去。还好我娘以前是做会计的，是珠算高手，在家里还会教我。那时，外面有很多珠算的补习班，有些人进去学到最后，索性连算盘都不用了，看到题目直接手指抖个几下就算出来了。那时候珠算的神话就是，珠算比电脑还快。电视上总是表演一个“神童”与一个用电脑输入的比运算速度，题目一揭开两边马上开始算，当然都是珠算获胜。这简直就是废话了，利用盲点来制造珠算优于电脑计算的假象。

作文课，多亏我娘很早就塞了一堆书给我看，所以从小我就很会引经据典，胡诌的功力特别强。小学生的作文题目很简单，大部分是“我最爱的……”“如果我是……”或者议论文的“看……有感”，书信文的“给……的一封信”这类的。小学生作文要拿高分其实也很容易，只要大量引用成语，使用排比、比喻的方法，老师就会很喜欢。当年有个女生，用的辞藻之华丽，简直让六朝骈文都相形失色，老师就特别喜欢。但到后来，遇上了另一个老师，特别讨厌用成语的，他彻底改正我滥用成语的习惯，教我写出一篇篇情通理达、不滥用成语的白话文，才慢慢使我形成现在的文风。但作文课对我来说最痛苦的还是错别字，我不太喜欢去更改，每次老师都会用毛笔蘸红墨水圈出来，并在上面画方格，就是要我罚写的意思。错别字一直是个坏习惯，所以一直到了大学，当我在某个全台性的作文比赛拿到第一名后，到现场看到的评语是这样的：“立意深明，条理清晰，唯错别字太多。”

另外说话课也是很有趣的。每次说话课，因为总是没有人先举手，老师就会先点几个同学上台说话，想说些什么都可以，比如故事、笑话、谜语、看图说话之类的，讲完的同学，可以再自由地点人上台说话。可能是我从小就比较闷骚，每次都不好意思主动举手上台，但是又希望被老师点到，如果没有机会讲到话就下课了，还会有不吐不快的失落感。所以每次说话课前，我都会在家里先准备好一个故事或其他什么，希望到时候被点到。可是到真正上台时，讲了一半，又常会突然忘记下面的内容，这时就会紧张得开始胡扯，张飞大战岳飞，米老鼠与Hello Kitty互殴都讲得出来，变成一个完全不知所云、没有高潮起伏的故事，并且在稀稀落落的掌声中丢脸下台。虽然如此，说话课还是我非常喜欢的课程。

小学生活杂谈

健康检查

健康检查是二十世纪七八十年代小学生的回忆之一，其中最让大家印象深刻的就是蛲虫检查，每学期会做一次。在低年级时，老师会统一带同学到检查的地方，然后不分男生女生，检查的时候每人大庭广众之下就把裤子脱下来，露出一个白白嫩嫩的屁股，拿了一张玻璃纸来粘肛门，看看有没有蛲虫蛋在上面。到了高年级后，大概是为了顾及大家的隐私，就把纸发给大家自己回家去做。

等到要收的时候，总是会看到有几个粘纸粘到了黄黄的东西。负责收这些东西的同学，通常是卫生股长，他还要把这些东西按编号排好，所以总是看到他一脸大便样在做这些事。有些比较顽皮的同学，居然把这些纸拿去粘校犬小黄的屁屁，还好小黄够健康，没有寄生虫，要不检查出来的结果恐怕会很可怕。现在想想真是太神奇了。

每次检查后不久，结果就被公布出来，这时就紧张万分，祈祷没有自己。通常老师会让有蛲虫的同学到前面，并发药给他吃，这些同学就会被取笑为“蛲虫人”。有一次，有位非常漂亮、我暗恋已久的女同学“中奖”了，让我心里久久无法接受。天啊！正妹的屁不是都是香的吗？大便不都是粉红色的吗？为什么她会有蛲虫呀！我不要啊……这件事让我沮丧了很久。

在小学，同样的检查还有粪便及尿液，都要回家自己取样，你仍然可以看到卫生股长在收这些东西并排号时的一副大便脸。有一次尿液检查时，某同学把维大力（台湾一种金黄色的饮料）灌了进去交上去。检查结果出来后，老师面色沉重地把那位同学叫过去讲话，要他好好到医院检查一下，注意身体。当然，真相大白后他少不了一顿毒打。

防空演习

每个学期总会有一两次，经常是配合着当局办的演习一起做的。每次防空演习的警报声一响起，全校师生统统都要躲到地下室或者桌子下面。若在地下室，那是非常痛苦的事，因为地下室通风不良又闷热，感觉好像没被炸死也会窒息而死。

防空演习当中会有好几种不同的警报声，代表着不同的攻击形式，比如说轰炸、毒气、核弹、解除等。我到现在只记得毒气是一连串鼓声而已。除此之外，防空演习时还要做出各种动作，比如说用四指把眼蒙住、拇指塞住耳朵等，因为要避免在袭击时会眼瞎耳聋。另外要呈跪姿，用双肘把身体撑起，这是为了防止核弹的震波将内脏震碎。老师那时候形容得很恐怖，让我有很长一段时间都活在那种空袭的阴影里，觉得很可怕。所以要是天空传来一点儿音爆或喷射机飞过的声音，或者街上传来大声一点儿的警报声，我都会心头一惊，以为战争开始了。

参考书

其实，在小学里用参考书是被禁止的事，但一般来说老师都会用，因为老师可以收回扣。为了这种事，教育局常常也会派督学来学校查，这时老师就要教小朋友说："等会如果督学有问，要记得说没有啊。"等到督学要来时，全班就会统一收起参考书，藏在蒸便当箱或扫具箱里。不过，督学来的消息十次有九次都是假的。

同乐会

每次学期结束前，最后一次考试后到放假的这段时间是最快乐的。老师都忙着改作业、算成绩、开会等，而学生想要干什么都可以。平常不能带的电动玩具、漫画等也都可以带来学校玩，还可以带许多零食来吃。这时，老师通常会把教室里的桌椅重排，排成一个大圈圈，中间就变成了一个表演场地，同学想要表演什么都可以。有些人会带收音机放音机来放音乐，大家就开始混乱地跳些不知名的舞蹈。这个时间里几乎天天都是开同乐会，而且每天都是中午就回家，简直就是快快乐乐地上学，快快乐乐地回家。等到大家都疲乏时，假期就开始了。

带动唱

当时台湾小学里很流行一种叫“带动唱”的唱唱跳跳形式。通常都是放一些小学生耳熟能详又轻快的歌曲，配合着歌词，以简单的手势与夸张的肢体活动来解释歌词。这种带动唱往往是用来带动气氛的，并时常要求观看表演者一起参与表演。

比如说最常见的带动唱就是《登鹳雀楼》，一边念着“白日依山尽啊依山尽，黄河入海流啊入海流”等诗词，一边身体跟着摇摆用手做日出日落、水流等动作；或者会用一些歌曲，像当时小学流行的儿歌《虎姑婆》或当时最流行的歌曲《年轻不要留白》《青苹果乐园》等，都可以带入动作大家一起做，精力过盛的小朋友们也乐于一起唱唱跳跳。

不过，等我上了初中之后，开始有反社会倾向，就觉得这种带动唱活动简直就是弱智，做了智力八成会退化。不过带动唱在一些团康活动里还是很流行的。

纠察队

同类型的还有卫生队和之前提过的交通队等。

小学中低年级时，都很羡慕高年级的能当纠察队。因为纠察队可以管人，而且，小学生每次迟到都会被纠察队登记，对纠察队充满了敬畏之心。好不容易等到五年级，可以自己当纠察队管别人了，也感觉终于熬出头来，扬眉吐气。每天早上，总是在出门前，就要把那黄布绣着红字的臂章别在袖子上；放学了，也不肯拿掉臂章，走起路来，特别神气，大摇大摆地回家。

纠察队除了早上登记迟到的人，平常也负责校内风纪，比如午休时有没有人不睡觉，走楼梯有没有乱跑、边走边吃等琐事。不过，有时候看到低年级的萝莉们被登记后一副快要哭出来的样子，还是会不忍心的。有一次，我为了登记一个人，抱着负责任的热情，跑到对方教室里把他揪出来，没想到他们级任老师也在教室里，我没看到，反而被那个老师骂了一顿。

现在看到小学生纠察队还是那副样子，就会觉得当年的自己很可笑。

小学鬼故事

其实，小学流传的鬼故事也多少反映出，小学生所谓的“恐怖”只注重表面现象，而不是恐怖的本质。比如说好像每一所学校，以前一定都是坟场、刑场之类的，要不就是音乐教室里的钢琴半夜会自动传出琴声，贝多芬像的眼睛会转动等，或者是那几尊看起来很邪恶的动物雕像会吃人之类的。排在第一名的还是蒋介石或孙中山铜像半夜会自动起来巡逻。并且，这类故事一定要配上“我朋友”来加强公信力，并且“我朋友”一定都是忘了带东西回家，晚上回学校去拿。

小学时，一个很有名的传说是，前任校长的遗体其实都藏在校长室里，而校长常常在换，就是因为都被学校里的恶魔给吃了。同学在描述时，表情还十分严肃。后来长大问起其他人，怎么大家听到的都是差不多的鬼故事呢？小孩子的脑袋果然装的都是一样的东西，这肯定是大人们编出来要小孩晚上不要到学校乱跑的说法。

日本学校与美国学校

我家旁边的一条马路，每天一到下午三四点左右，几乎全都是日本人和洋人。马路一边是美国学校，马路正对面是日侨学校。虽然在一般台湾人的小学里，偶尔也会冒出金发碧眼的洋人或名字是4个字的日本人同学，但绝大部分的外侨还是读这两家学校。所以，从小学开始，我们这里的小孩几乎都跟这些不同国家的小朋友有着爱恨纠葛的关系。

先说日本学校。小学时每年都会跟日本学校学生做交流，他们每次都会准备很精彩的民俗才艺表演，而我们每次只不过唱个简单的民谣，什么《茉莉花》《梅花》《望春风》之类的。在台湾的日本人很低调，虽然台湾基本上没什么反日情绪，但偶尔被激起时，他们学校的墙上会被乱喷漆，而他们只是低调地将其清除掉。

日本的小孩在台湾，即使在冬天也常见他们穿短裤短袖的。他们总是很有礼貌，当然这跟家长本身也有关系。所以，尽管语言不通，但是在公园里面玩球，大家也能很快打成一片。

美国学校前面的那片红砖人行道，以台北市的标准来说，显得异常平整。每到下午3点，那条马路一定会塞车，几乎都是来接学生的车子。与日侨学校的纯日本人相比，美国学校里的学生其实四分之三都是黄皮肤的伪洋人。在那个年代，台北市还没有禁街机，不管是哪一国的小朋友，常常都挤在机台前面玩着或看着。那时候最受欢迎的还是如快打旋风（街头霸王）、格斗天王之类的游戏，这时免不了有“国际友谊赛”的情况出现。当然啦！小学生不一定懂得外语，但是，诸如“干”“Shit”“Fuck”“八嘎”这类国际通用语还是听得懂的。不过说来奇怪，跟日本人就是不容易吵起来，但是跟美国学校学生常常玩一玩骂一骂互看不顺眼，儿童版的街头霸王很容易就当场上演了。

也许，住在这附近的小朋友从小就很懂得如何抵抗帝国主义的压迫吧！

蒋经国死后的“宫廷斗争”

蒋经国去世的前几年和后几年，是台湾社会、政治、经济环境变动得最剧烈的几年。不仅民间变化剧烈，在高层，也暗潮汹涌地上演着一幕幕精彩无比的“宫廷斗争”。可以这么说，后来社会上发生的许多反对运动与抗争都与国民党内部的斗争有关。

蒋经国的去世，表明蒋家父子“政治强人”统治时代的结束。谁来接他的位置，一直都是人们讨论的话题。当然，依照法定程序，李登辉理应马上继任。但是党务方面，“主席”谁来继任还未确定。因此，在当时，国民党中央常务委员会是由“中常委”轮流主持的，表面上一团和气，但私底下却是暗潮汹涌，大家都觊觎着那个“主席”的职位。因为明眼人都知道，掌握了“主席”的职位，实际上就是掌握了台湾大权。

蒋经国一死，李登辉的动作如鸭子划水般，不温不火的。他在就职的第二天，就去拜访宋美龄，并以继任者的身份谦卑地下访“党国元老”，且勤跑蒋经国的灵堂，一点儿都看不出来他的野心。虽然国民党内多数人都支持李登辉继任主席，但党内实权仍在元老派这边。而就在蒋经国去世后没几天，当时还是“立委”的赵少康，突然与其他三十几个国民党“立委”公开发表声明并联署，要求推李登辉出任“代理主席”。当时，赵少康在一般选民心目中是有非常良好的正面形象的，与当时的陈水扁、谢长廷一样，都是两党内各自的明日之星。因此，他的这一联署，不管是在党内还是民间，都掀起了一股李登辉旋风。

当然，经历过这次“宫廷斗争”的人大多还在世，因此有许多当事人仍然不便多提，只能是简单地描述一下。

后来斗争的战火也延续到了“国民大会”的选举里，直接引发1990年的“三月学运”。所谓“党政军”，李登辉已经掌握了两者，剩下就是军权。为了掌握军权且安抚非主流派，李登辉后来任命“参谋总长”郝柏村为“行政院长”。后来几年，宋美龄也跟着离开台湾，再也没有回来过。关于宋美龄的离去，大家印象深刻的是那架华航747专机起飞的画面。

林强《向前走》

那年，有首闽南语歌打动了所有人的心，那就是林强的《向前走》。摇滚以其充满节奏感的旋律，热血的歌词，让人听几次就朗朗上口。跟以前大多数的闽南语歌曲不同，这首歌给人耳目一新的感觉。在歌词里，你可以感受到一个初生之犊的乡下小伙子，对大城市及对未来充满了希望，发下豪语，要在城市里闯下一番功业的心情，非常励志。当初，我在午间综艺节目里，看到林强忘我又热切地舞动着唱这首歌，马上就被吸引了。

在过去，可能是历史或文化的影响，闽南语歌总是给人一种“悲情”的感觉。当然，这样说不一定精确，但闽南语歌的确因受到许多因素的影响而有种特殊的沧桑感。日本的统治之后，闽南语歌有了些演歌的江湖气息，再加上后来的酒场酒家文化，闽南语歌开始有了酒的气息，或者说是一种风花雪月及风尘般的苍凉。

后来，随着台湾社会的演进，许多年轻人纷纷到大城市工作，所以，也有很大一部分闽南语歌是在描述这些——大概就是以后一定要衣锦还乡，故乡的爱人请等我成功回来，爱人的离别之类的主题。粗略地说，早期的闽南语歌，主题不外乎社会底层、风尘沧桑及市井小民的生活，所以有浓厚的苦命和不认命的哭腔。虽然以前也有些曲风比较不同的闽南语歌，但仍然成不了主流。

因此，《向前走》一推出，马上就引起一阵轰动与旋风，在流行乐坛中投下了一颗震撼弹。不仅仅是那种创新的曲风，同时它也让大家发现，原来闽南语歌也可以这么摇滚、前卫、流行、有人文深度。在当时处于十字路口、人心茫茫的台湾，林强以那种傻傻的形象，用不太标准的普通话，唱出了许多到台北奋斗、不向现实低头、充满生命力的年轻人的心声，也激起了许多人“只要向前走，什么都不怕”的雄心壮志。有很长一段时间，这首《向前走》都是许多人喜欢选用的竞选歌曲。

这首MV的拍摄地是当时刚建好的台北新火车站，背景画面很好地描述了许多外地人对台北新火车站的第一印象。我的大学同学说，当初他坐火车北上到台北读书，对前途一片茫然时，随身听里放的就是《向前走》这首歌。在这之前，他从来没有到过台北，台北对他来说，像是另一个世界。

其实他这样讲，多少也表现了“台北”这个地方与其他地方的差异性。因为许多住在台北市的居民，心里很自然地会有种首善之区的优越感，过了淡水河出了台北市，就算是河对岸的台北县，也好像低了一级。总之，这里的人很习惯用台北市的角度去看台湾的其他地方。

再加上一些历史和文化的因素，台湾一直有所谓的“南北差异”，北部人跟南部人在思想及个性上都有较大的差别。当然，这个“北部人”指的是台北人。南部人会说台北人太冷漠，还是南部人热情；可是台北人会说那是因为台北人够理性冷静，不像南部人常常那么粗鲁做事不经大脑。长久以来，电视节目也有这样的画面：台北人低调奢华，中南部人有钱却像暴发户；台北人“高水平”讲普通话，中南部比较“乡土”讲闽南话。诸如此类的事，从个性、思想，一直到建设、政治立场，都能拿来吵或互相讥讽。所以现在有个名词叫“战南北”，就是南北部人在那边打嘴仗吵来吵去，大部分都发生在网络上。

总之，台北人常常有种莫名的优越感。最近台湾经济不景气，股市一泻千里，所以，当财政官员在电视上表示希望“中南部的有钱人一起救台股”时，你就知道这句话又将要引发“战争”了。

台湾有些人会觉得台北人有点儿骄傲。于是他们一方面讨厌台北，但另一方面又想要到台北来闯闯。同学说，台北车站对他有特殊的意义，当初刚一下车，他就突然发现自己开始与台北这座城市发生关联。

林强在那一年可说是红透了半边天，那一句“向前走，什么都不怕”也成为当年的流行语。不过，他后来也慢慢退居幕后。而这首《向前走》在台湾百大流行歌曲里排名第六，在一向是普通话歌曲统领的流行歌坛里，能得到这种成绩是非常不容易的。可以说，从这首歌之后，闽南语歌如同灌入活水般有了新风气。

现在我也在外地工作了，心情郁闷时就会听这首歌，特别有感触，推荐大家有机会听一听。

初中

1989年初秋，我进入了初中。小学毕业的那个暑假，妈妈总是骑着脚踏车载我到学校附近的补习班先预习初中一年级的功课。妈妈跟大多数妇女一样，总是希望自己的儿女比别人更强，喜欢拿别人家的孩子来作比较。当时我不了解，为什么她们这些妇女都喜欢这样比来比去。后来更大一点儿时，我才明白，原来她们那一代人，成长在台湾最穷困的时代，成长过程中不一定能做自己想做的事，等到现在有些钱了，总是希望儿女好，去完成一些他们以前无法做的事。一方面，看着儿女有成就，她们会有成就感，另一方面，也弥补了心中的缺憾。

在妈妈载我去过几次后，就换我自己天天骑着那辆买菜用的淑女车，穿梭于家和补习班之间。后来，初中也办了入学前辅导班，妈妈很自然地把我送去读，提早感受初中的生活。这一年，我终于不再想弹钢琴了，妈妈似乎也放弃让我继续学了，转而逼着妹妹继续学下去。在传统台湾人的心目中，如果有点儿经济能力，家里的女孩子都应该送去学钢琴，而娶媳妇若能娶到一个会弹钢琴的，那似乎就是幸福家庭的保证。

9月，正式入了学，许多女孩子不得不把漂亮的长发剪短。我也剪了一个比较好整理的平头，感觉很蠢。我们这个学校还好，是男女合班的，有些学校是男女分班，甚至还有纯男生或纯女生的初中。

同学们都来自学区内的不同小学，但也有几个同学是以前就认识的，幸运地被分在同一班。比较特别的是一对双胞胎，张忠仁和张忠义，因为是台湾成功分割的第一对连体婴兄弟，所以不管在哪个阶段，他们都是社会注目的对象。在小学时，他们也跟我同校，但不同班，初中时同班。在小学时，其实大家并不太喜欢他们，因为他们总是对别人有不太礼貌又粗鲁的举动。倒是老师和其他同学的家长都能对他们有所理解，并劝小朋友们多多体谅他们。也因为他们，我们班教室从四楼搬到了一楼，方便他们两位行动。不过这样一来，教室就在训导处旁边，我们变成了天天被盯的对象。

因为在训导处旁边，所以天天都可以看到许多惊心动魄的场面。只要一听到训导主任广播“某年某班某某人，到训导处报到”，就知道有好戏看了。过了不久，就能传来打屁股的声音，响彻整个走廊。

上初中后，可能是认识的人更多了，看得更多了，欲望也就更多了。有一阵子，我偷父母的钱偷得很凶，偷到妈妈每天早上都要检查我身上有没有多出财物来。我又喜欢摆阔，这些钱都会拿去买东西请同学吃，因此交了一堆酒肉朋友。但是，后来有一天，也不知道为什么，偷钱的欲望突然全都消失了。跟几个初中同学不经意间聊起这个话题时，才知道大家几乎都偷过父母的钱，以前都很不懂事，都是大了后才去跟父母道歉。

初中的生活不如小学那样快乐，经常都是在考试及体罚中度过，因为老师也有业绩压力。可的确，那时候玩心太重，不受点儿小小的处罚也不会主动去读书。其实在那个时候，很容易看得出来谁主动谁被动，谁能用功读书谁爱玩。而到底谁未来有出息，等到我们这几年同学聚会时，才发现，这还真没有个定数。

1990

三月学运，李登辉开始一连串的政治改革

20世纪90年代的第一年，世界各地都不太平静。这一年世界发生了许多大事。年初，南非人权斗士曼德拉获释，引起全世界瞩目，也让国民党有点儿尴尬。在台湾与南非还有“外交关系”时，这两个难兄难弟其实在国际上的人权名声都不太好，在许多国际场合也受到些抵制，所以两边关系也特别紧密良好，互通有无。等到曼德拉获释后，台湾人权运动人士受到了很大的鼓舞，纷纷要求当局有更多的开放，挑战体制的动作也变得更大。

北欧波罗的海三小国，也都在那一年脱离苏联，各自独立。那几年，东欧国家解体的速度快到让人来不及反应。那年台湾事情也挺多的，从2月的政争、3月的学运，一直到影响台湾社会的职业棒球赛开打。20世纪90年代的气氛，似乎一下子跟80年代不一样了。

在1990年3月的某天，天气还有些寒冷，我经过“中正纪念堂”，听到远方传来歌声。那歌词奇怪得很，我印象里，只听到一句“什么什么就一定要实现”。在广场上，坐了数千名大学生，广场中央竖了一座野百合的像。

“中正纪念堂”其实泛指台北市中心的一个大广场，广场末端有一个3层台座，是个约70尺高的宫殿式建筑。1980年建成时算是当时台北市内最高

的建筑物，里面有个蒋中正的巨大坐姿铜像，是纪念蒋中正的地方。后来，在这广场的两边又建了如太庙般古典式的音乐厅及戏剧院，与纪念堂呈三合院的样式。据说，当初在设计这个纪念堂时，还考虑到中轴线与黄帝陵遥遥相对，不过在广场公园里休憩的凡夫俗子市民同胞们，大概也不会去理这类的解读。从20世纪80年代末开始，这里也常常变成各种政治性集会的场所。所以啦！这里的大门也常常惨遭喷漆，作为抗议什么的。又因为这里太过象征和具有个人崇拜性，反对人士也喜欢戏称这里为“中正庙”。

当年在台湾的这场学运，号称“三月学运”；又因为用代表纯洁崇高的野百合作为象征，因此也称为“野百合运动”。这次学运可说是20世纪90年代争取民主改革的街头抗议的最高潮，完全由大学教授及学生发起，因此也得到社会上的普遍支持。在那之后，李登辉召开“国事会议”，开始了一连串的政治改革。

那年2月，台湾的“政坛”（在很长一段时间里，“政坛”指的就是国民党内部）爆发恶斗，对“大选”方式产生歧见，形成所谓“主流派”与“非主流派”之争，也就是国民党内的领导权之争，是为“二月政争”。此一恶斗，导致政局不稳，直接戳爆了当年虚胖的万点股市，也让民众对政局产生了反感。另一方面，因选举时召开的“国民大会”也通过了“临时条款修正案”，将任期延长为9年，创下“国会议员”自行通过延长任期的恶例。

台湾除了一个“立法院”外，另外还有一个“国民大会”负责“修宪”及选举等任务。而不管是哪一个“国会”，当时都还有许多的老代表，即1949年时跟着国民党一同来台的“国会议员”。因为不可能回到大陆再重选，因此他们的任期一直从当年到现在。只有等他们去世或其他原因，“国会”中有空缺人选，才能选新的代表。当年他们被称为“老法统”，“国会”也被揶揄为“万年国会”。

因此，这次学运，一方面是对政局混乱的控诉，另一方面也是对“国民大会”制度的不满。在学运之初，只有台大一些学生社团参与，但很快成为全台大专院校学生的大串联，接下来在社会各阶层也引起广泛的回响，普遍都是给予支持。终于，在数天后，李登辉接见了学生代表，并对当前的政治局势达成一定的改革共识。不过有八卦消息说，学运刚开始时，只是几个大学生喝完了酒发发牢骚，不满老“国大”，就决定晚上一起去中正纪念堂静坐抗议，没想到擦枪走火，第二天事情一传开，越来越多的人响应，终于成为一场全台大学大串联的学运。

在台湾近30年的民主运动中，有种“世代”的说法。比如说，最早参与美丽岛事件的那些人被称为“美丽岛世代”；参与美丽岛事件辩护的那些年轻律师被称为“辩护律师世代”；而参与这次“三月学运”的领袖人物则被称为“学运世代”，他们很多人后来加入了民进党或与民进党有较接近的理念，开始成为民进党内或台湾社会的中坚力量。但那次学运，完全可以说是学生们草根性的社运。当时，虽有一般民众及创党之初的民进党声援，但为了避免给人与政治挂钩之嫌，在运动之初，他们就已与非学院人士有效分割了。

洁白纯真的野百合学生形象，已经成为台湾民主运动历史之中的一个醒目图腾。因此，近年来，许多当年参与学运的人，都跳出来抗议民进党将这次学运作为泛绿阵营的正当性的一部分。也就是说，民进党已经将这次学运当作是自己的“党产”来消费，而且民进党在执政后也忘了当初学运的初衷。

我到现在都还记得在那有点儿阴冷的寒风中传来的带唱歌声。等我上了大学才知道，那句拗口的歌词是国际歌里唱到的“英特纳雄耐尔就一定要实现”。当然，国际歌的内涵似乎也跟这次学运甚至是台湾大众当初想要的走向不同。

职棒开打

这一年，职业棒球赛开打，将台湾已经流行许久的棒球运动推上一个新的高潮。棒球运动在台湾的发展已有百余年历史，最早是日据时代传进，到1945年以后，棒球运动更是蓬勃发展。20世纪60年代，来自台东深山里的红叶小学少棒队，击败了来访的日本冠军队，为这支最初只能用木棒和石块练习的队伍增添了更多的传奇色彩；而来年的金龙少棒队参加美国少棒联盟于威廉波特举办的世界少棒锦标赛，并夺得冠军，更将全民对棒球的疯狂推上了新高点。经历过那个年代的人，半夜守在电视机前面看代表队在国外的比赛，是一种共同的回忆。而那些年，青少棒代表台湾出去比赛也是夺冠连连，打遍天下无敌手，拿冠军如探囊取物般容易。

当然，那些都有时代因素。事实上，美国的少棒联盟本质是夏令营式的玩乐棒球，台湾却处心积虑地营造“台湾人是世界一等”的自我催眠。人家是夏令营杂牌军，台湾是集中苦练的梦幻队，为了求胜硬是土法炼钢式地练习。

在那个年代，台湾当局的“外交”连连遭遇挫折，国际局势不利，台湾民众士气低沉，这一切使得棒球更多是被赋予了一些民族主义的色彩，产生了莫大的激励作用。

在20世纪80年代，台湾成棒（成人棒球）也是扬威世界，历次打败如古巴等世界超强队伍。可以说，当时的棒球选手都是从小就参加世界赛事。但是，当时并没有良好的职业队伍制度，只有类似联赛的赛制，所以当初也使得不少球员离开台湾去外国打球。

1990年，为了避免甲组成棒联赛观众日益减少以及优秀球员流失，“中华职棒联赛”终于开打了。成立之初，共有统一狮、兄弟象、味全龙、三商虎（排名不分先后，否则就会知道球迷是很可怕的）这4家企业成立了球团，投身职棒运动。当年上半季和下半季总冠军分别是三商虎和味全龙。翌年，中国台北奥运棒球代表队更在巴塞罗那奥运上拿到银牌，让全民为之疯狂。在各种媒体以及亲朋好友间的推波助澜和口耳相传下，从此，棒球不再只是参加世界比赛拿冠军这样的意义，而是真正成为台湾人生活中的一部分。

虽然后来职棒队伍增加为6队，但职棒运动的发展并不是那么顺利。几年后发生了职棒签赌案等事，职棒陷入黑暗期。在这期间，就连创始的味全龙及三商虎队都解散了，伤了许多球迷的心。而许多一流的好手，也相继被美日等棒球强国挖走，以至于我许多朋友在很多年后，看到中国台北队赢球，全场的蓝彩带（三商虎的颜色是蓝色的），会感动得哭着喊："三商虎终于夺冠了，呜呜……"另一个朋友，在康师傅回台并购味全龙之后，裁掉棒球队，他跑到顶新的办公室前大喊："康师傅，还我味全龙！"一直到2000年后，热潮才重新回来了。

总之，棒球是台湾唯一能够超越族群党派，将台湾人心凝聚起来的运动。

全家出游，在飞机上第一次接触大陆人

1990年夏天，爸爸到肯尼亚开会，因为要与一些人同去，索性组了一个团。在开会之前先到一些地方旅行，同行的当然还有与会者家属。全家托爸爸的福，也跟着去了。

第一站是以色列。这一行程很符合当初台湾基督教徒喜欢"圣地游"的习惯，但因为衔接问题，必须转机很多次，因此先经香港转机到罗马。在飞往罗马的飞机上，爸爸认识了一位从大陆来、要去非洲某地做生意的先生，这是我第一次跟大陆人接触。印象很深刻的是，他说话的方式以及用词与我们都有很大不同，虽然同样是说中文，但总觉得有非常大的差

别。在认识之初，大家的对话好像都有些试探的意思，但后来也越聊越开，什么话题都开始说了。像爸爸这种爱传教的人，当然也会利用在飞机上的时间，向这位先生传福音，送了他很多书。因为这位先生一点儿都不懂外文，因此到罗马机场后，也是我们的同行团员帮助他办理了所有转机相关手续。总之，这次的接触，对我算是一个很大的冲击，原本只能在画面或书本里看到的平面的大陆人，一下子都变得立体起来。这其实跟许多台湾人对大陆的印象转变一样，从文字到画面，再从画面变为实体。

我们到罗马后待了约5个小时，接着要飞到希腊雅典转机。降落雅典前，我第一次由空中看到爱琴海那湛蓝的海水。在雅典过境大约要6个小时，大家在机场里觉得无聊，干脆跟那些海关去争取，没想到还真的争取到了落地签证。于是，全团约20个人，从机场包了几辆出租车直奔雅典市区。同行的一个牧师，特别问了当地导游亚略巴谷（圣经使徒行传里，保罗在雅典的传教地）在哪里，原来就在卫城旁边的一个小谷地，那位牧师走过去一看，竟泪流满面。接下去看了柏拉图的“学院”遗址。当然，那时候很笨，并不在意，多年以后我读大学哲学系，才理解到那个地方意义多么重大，只恨当时没能多看几眼，多拍几张照片。

晚上，飞机由雅典直飞以色列特拉维夫。因为那阵子东欧集团陆续瓦解，犹太人掀起了返国潮，因此机上有四分之三的乘客都是犹太人。当飞机降落在特拉维夫机场，机轮触地的一刹那，整个机舱爆出了热烈的掌声及欢呼声。等到下机时，发现还有不少人眼眶红红的，有哭过的痕迹。

特拉维夫机场安检极其严格，导致出海关的时间非常久。来接我们的导游是个知识渊博的老头，不过他是个巴勒斯坦人，以至于在后来几天，他一抓到机会就骂以色列政府，幸好司机听不懂英语。在以色列的几天，大概就去了耶路撒冷、伯利恒、加利利等几个《圣经》里比较常出现的地方。以色列虽然是个犹太教国家，倒也挺会操作这种以宗教为卖点的行程，这些与《圣经·新约》有关的景点也大多数都有东正教会。看来，世界各地有一堆来“圣地游”的游客。

在某天的夜里，半梦半醒之中，听到寂静的远方传来一声枪响，响彻整个夜空。当时就心想：“该不会开战了吧！”然后又昏睡过去。没想到第二天起床，一打开电视就看到新闻：伊拉克入侵科威特。整个气氛顿时就紧张了起来——街上军人比前两天增多，连战车都直接停在重要的街口。当然，这也给观光客更多的机会找荷枪女兵合影。

在以色列待了几天，就从陆路往埃及走，在边境检查更加严格。与其说严格，不如说刁难。有经验的导游拿了一些钱出来塞在海关手里，结果海关连检查都不检查就让过了。过安检后回头再看，好像所有旅行团都是这样做的。

过边境后，各旅行团的班车都已经在等，但要等这一批旅行团全部都过关上车后，整个车队才会前后都有军车保护着前往开罗。这段路要穿越西奈半岛的沙漠，沿途看到不少废弃的战车遗骸，都是当年以埃战争时留下的。行驶大约7小时后，到了苏伊士运河，连人带车都上渡轮，过运河后再次上路。这时离开罗已经不远了。

这段路大约走了9个小时。因为行程的关系，只在埃及停留了3天，只在开罗玩而已，能想得到的景点如金字塔、狮身人面像也去过了。第四天清晨坐飞机至沙特的吉达转机至肯尼亚。当时正值战争爆发，沙特又是在最前线，机上每个乘客表情都很凝重，生怕飞机就这么被飞弹射下去。顺利到了吉达机场，安检又是严格到极点。虽然只是转机，但前前后后被安检了7次，连爸爸那本厚厚的《圣经》都被拿起来翻，大概是怕里面藏枪吧！

那一年的前不久，刚好沙特与台湾当局“断交”，但当地人对台湾还是熟悉的。在机场里的商店乱逛，说是台湾来的都还挺吃得开，再加上我们几个小朋友……嗯……应该还算可爱啦！所以那边的免税店店员，一直塞糖果给我们吃，还一直叫人来看。原来台湾来的小朋友那么稀奇啊！

顺利到了肯尼亚首都内罗毕，爸爸与同行人员参加为期一周的会议，家属们则参加大会组织的游览行程。每天都有许多不同行程可以参加，不过在肯尼亚就是每天都到不同的地方去看野生动物。大会安排的餐厅是会场楼下，后来才知道那是一个广东老头开的。这个老头已经在肯尼亚住几十年了，虽然我们都听不懂他在讲什么，几乎都是他儿子代为翻译的，不过看得出，老头看见同样是黑头发的中国人后，非常激动。

从肯尼亚回来后，顺路又飞到罗马玩了3天。当然，对小孩子来说，什么千年之都呀，不是重要的，唯一的印象就是在那些街边或百货公司，用羡慕崇敬的眼神仰望资本主义第一世界神奇华丽的各类商品。此外，也忘记了因为什么事被妈妈处罚，在餐厅吃饭时被叫出去大骂一顿，并在一群洋人面前罚站，原来这就叫“出洋相”。

我一直非常感谢父母给我这次机会，带我们出去玩。大概就是因为这次经历，培养了我对旅行的爱好，我比较喜欢自助游的习惯大概也是那时确立的。因为当初不能脱团到处乱跑去看想看的，让我觉得很痛苦。现在一赚到钱，有机会就往外跑，游山玩水的，结果导致一事无成，不知道是幸还是不幸。

初中课程

1990年暑假过后，我上了二年级，原来的班级没有被打散，倒是换了个杀手级的班导师（班主任），比较年轻，教数学的。教得好是有口皆碑的，但同样的，体罚起来也毫不手软。初中二年级的学习科目有“国文”、数学、英文、理化、地理、历史、生物，上了三年级还多加一科地球科学。每天早上都会来一次考试，老师会给每个同学设标准。本人资质较差，数学只要考60分就好，偏偏我又常考不到这个分。其实大多数同学都考不到标准分数，所以每天中午吃完饭后就成为大家心惊胆战的时刻。老师一边狡猾地笑着，一边念名字发考卷。同学们一个个到台前领考卷，若是没考到标准，就自己乖乖伸出手来，该打几下打几下，最多20下。不过说来也怪，虽然大家都害怕考不好被处罚，但就是不懂去努力读书考得再好一些，而是一次次心存侥幸。

说起体罚，每个老师有不同的风格，就连教鞭用的都不一样。有些喜欢拿热融胶棒，有些喜欢拿长长扁扁的木棒，有些喜欢用细细的藤条。所以，最后大家也养成一个习惯，新老师一进来，我们就看他手上有没有拿教鞭。有些老师把教鞭带进教室，就让人感觉寒光四射。

后来，同学们也发现了被打时的反制方法，比如说先在手上涂酒精或红花油，跟老师硬碰硬。另外也有一个以柔克刚的方法，就是每次被打到的一瞬间，手掌顺势往下掉，减低冲击力。但终极方法是一个很聪明的同学运用物理学的原理发现的，就是双手不要合拢，尽量张开一点；并且靠近老师手腕的那一边要比较高一点，如此一来，打到的部位是手掌肉多的地方；而且根据杠杆原理，越靠近持鞭处力气越小，打下来碰到另一只手掌时已经没什么力道了。从此，我们根本不怕藤条棍子了，但还是要装得很痛的样子。

处罚方式也是五花八门的，除了打手外，有些老师还会捏眼皮，捏嘴角，捏耳朵，而且可以把耳朵扯到整个人都抬起来（隔天都会淤青），拉完以后还真怀疑耳朵还在不在，或者有些老师喜欢罚半蹲，双手抬椅子罚站。更狠一点儿的会叫你去操场跳上几圈青蛙跳，这时你就会恨不得被鞭子抽，早死早超生。不过老师处罚学生，似乎要看对象，好学生偶尔犯错不会被处罚。当然了，在老师心目中，学业成绩优秀的，当然就是好学生。

其他课程，还有音乐、美术、家政、工艺等副科，后面这两科比较特别一点儿，当时是男生上工艺课，女生上家政课。工艺课有专门的工艺教室，会教学生做一些木工或简单的铁工。家政课则是女生学习做菜烧饭、缝纫之类的课程。但是到了妹妹上初中时，这两科已经变成男女都要上了，大概和那时候妇女团体强烈要求男女平等有关。总之，初中的学习只有一个目标，那就是升学，一切以升学为导向。一切与学业无关的课程都尽可能被忽略，那些课程时间也都尽量被拿来上主科课。

我比较了数理化及英文等课程，发现，其实大陆与台湾的课程内容都差不多；而在“国文”方面，当时台湾的“国文”教科书，则几乎都是文言文，一册里大概只有两三课是白话文，占全部的二成而已。并且，文言文几乎是每课必背。其实，并不是所有老师都那么喜欢文言文。初中三年遇到不同的“国文”老师，有些要求能写出简单的古文，有些则抱持着古文无用论，要求能写出词义通顺的白话文即可。

另外，值得一提的是历史与地理课程。历史教学，是从中国几千年历史一朝一代慢慢教下来的。几百年以前的事还好，但到了近代，可能是时代近了吧，烦琐的事越提越多，比如清末的一大堆条约，每个条约签订的年代、为何要签订、签订后的影响等，都要求填鸭式地背下来。这时候你就会特别咬牙切齿地深深叹息，恨铁不成钢，哀叹为何我国到了近代是如此的羸弱不振，搞得条约一大堆。其实背到最后，除非记忆力特别好的人，大都会搞混淆。在当时初中的填鸭教育环境下，不只是文科要求背，更极端者连理科也会要求背一些定理公式，老师也没有太多时间告诉你这些定理公式是怎么推演出来的。

另一个极端的例子是地理课的教学。初中三年的地理课，四分之三是中国地理，其余是世界地理及概论。在中国地理方面，是一省或直辖市为一课。当时台湾教的还是沿用国民党时代的地图，所以东北还是“九省”，北京还是“北平”，乌鲁木齐还是“迪化”，“首都”还是南京。其实地理课让我看尽各地的图片，是挺好玩的。当时教到山东省一课，一张青岛的图片——红瓦的德式洋房，隐藏在海岸边的绿树丛中。我可完全被雷到了，从此爱上了青岛。那几年，两岸比较开放了，妈妈也买了一整套《放眼中国》的画册，这套书及地理课本算是我对祖国各地风情的初步认识。

地理课程看似有趣，但真的为了考试来教就很极端了。学生被要求牢记各省的城市、山系、水系、铁路、气候、天然资源及农作物，所以要背地图。考试时，常常是一个空白的某省地图，要学生们填出题目要求的东西。

比如说，漠南四大盐区是哪里？答案是：乌珠穆沁旗的乌盐，苏尼特旗苏尼特盐池的苏盐，阿拉善和硕特旗吉兰泰盐池的吉盐，鄂尔多斯的鄂盐。当我看到这种题目时，脑袋神经就好像“啪”的一声突然断掉，瞬间大暴走，一头撞死的念头都有了。

还好，那时我地理还算不错，以至于到现在，我还深刻记得大陆各地的山系、水系分部。比如现在问我，湖南省的4条重要河川是什么，并从南到北依次排列，我还记得是湘、资、沅、澧。江西省主要水系顺时针排列，是昌、信、赣、修……

20世纪90年代初，两岸间开始有些交流了，许多以前不让百姓知道的事也渐渐藏不住了，编课本的单位不得已，只好在课本后加了几句：“此种划分，殊不合理，将待‘光复’大陆后，予以调整。”真是一种让人尴尬的鸵鸟心态。

以中学课程的编排来说，重理科而轻文史，着眼主科而忽略副科，当然这跟升学导向有很大的关系。但从另一个侧面来说，这多少也跟台湾的环境有关。因为台湾是个海岛，一直以来都是以出口贸易为导向，并非是百工备俱的社会，也就是说台湾是靠制造业和海外贸易起家。台湾地狭人稠，土地不足以养活人口，制造业及贸易是台湾的经济命脉。因此，与制造业、贸易业息息相关的理工科和商科是被台湾人选择最多的科目，进而因为工作导向的关系，无形中也影响到台湾人的价值观。

台湾各大学里不同专业的热门程度，往往是反映就业市场的风向标，往下就反映到了中学课程中重实用的理科而轻文史，因为没有人愿意拿饭碗开玩笑，家长也不愿意。

1991

“动员戡乱时期临时条款”废除

1991年，台湾当局废止了“动员戡乱时期临时条款”这个运行了四十几年的奇怪法令。

在很长一段时间里，因为有这条暧昧不清的法令，当局可以依照自己的喜好来解释它，以利自己的“统治”。几十年来的政治及社会发展历程，都处在这条法令的阴影之下。

所以，我们仿佛昨天都还在那片“秋海棠”上度过，突然间醒来，却发现自己只是在一个番薯小岛上。

举些例子，比如过去有许多的所谓“反共义士”，他们只要驾机或劫机投奔台湾，当局马上赏一个官位，还可以领黄金。但“动员戡乱时期临时条款”一废止，大陆人劫机来台，叫劫机犯，依法判刑，刑满还要遣送回大陆。在1990年初，一直不断有大陆民航机被劫持来台湾，无形中造成了很多次直航。

离题了，总之，这条法令的废除是相当有意义的，不但表明政治发展慢慢回到“宪法”正轨，连带的许多不符合体制的组织处、室和黑机关都一并废除了。

那两年，警备总部和“人二室”都相继废除。警备总部在前面已经提过了，这边就提提“人二室”吧！关于“人二室”，以前的大学老师曾经讲过一个笑话，是这样的：有一次在某校，老师在讲台上讲美国总统大选，写了一个“民”代表民主党，写了一个“共”代表共和党，老师指讲台上的“共”说他赢了，指着“民”说他输了，刚好窗外走过的一个人听到，第二天这位老师就消失了。

这样也就想到小学时的一件事。1987年以前，学校都会有些“反共爱国”教育课程。在这类课程里，比如说作文课，就要写一些关于政治的题目。当然，不管什么类型的作文题目，文末都会来一句“拯救水深火热大陆同胞”这类的制式结尾。

当然，那时候比较小，不识相，竟然就举手问了老师：既然大陆武器这么烂，那为什么我们还不快“反攻大陆”呢？那是一定会成功的啊！

“呃……因为我们都是同胞，所以不能用武器攻打他们，这样会伤害到同胞啊……”

老师讲了一堆道理，其实我听得一头雾水，但还是以为很有道理所以才听不懂。那时候老师心中应该是捏了把冷汗吧！如果回答有个闪失，隔天可能就看不到他了！

当初，不仅学校里的教职员工有言论的压力，一般公务员也会有。过去，台湾的各级行政机关或校园里有一个特殊的处室，就是刚才谈到的“人二室”。对公务员来说，这是个让人印象不太好的单位，表面上“人二”里的人也是公务员，也有正式编制，但实际上，他们又不归工作单位的首长管，人员都是调查局空降下来的。这个处室的工作，就是负责行政机关或校内师生的政治侦防、思想检查考核工作。因此，可以说，当初每个人都会有份“档案”，伴随着你一生，你到哪里它就跟到哪里。

“人二”把老师分成三人一组，组长要监督组员的言行举止是否“政治正确”，以此作为考核的标准。除此之外，教师还要不定期去听“演讲”，简单点说，就是洗脑，然后还要写心得报告。老师也有作业——有一次我打扫时，在垃圾堆里捡到老师的剪报作业，上面贴了一堆内容和谐无比的新闻及长官讲话，加上老师的心得报告。捡回家后让爸爸看到了，还被耻笑了一顿。

还有一次，我在老师的办公室里，看见几个老师正在聊着政治八卦。聊得正开心，突然间话题一转，变成了风马牛不相及的国泰民安、政府英明、如沐春风之类的，桌上的《自立晚报》（当初比较开明的报纸）也被他们赶紧收了起来。原来是“维安秘书”走过来了。

所以啦，在校园里负责“人二”的“维安秘书”，可以说是大家都不喜欢、但又不敢得罪的人。人人都怕被记上一笔，对考核及升迁产生影响。因此，“人二室”的废除，可以说是对校园内思想言论自由的进步起了很大的作用。

至于警备总部，那更是“动员戡乱”时代下的产物。它的任务包山包海，从前线支援到后方维安都包办，其实任务有点儿像警察，但又有政治侦防的功能。由于国民党当局非常害怕共产党的“思想渗透”，对于“可疑”的言论，一向采取“宁可错杀一百”的毁灭性扑杀手法，因此，管理最广泛深入、任务无所不包的警总便成为当局最方便有效的管理工具。

警总最令人诟病的业务，就是对台湾地区人民的思想与言论的管制。前面也曾说到，“每个人心中都有一个小警总”就是指台湾长期处于这种政治环境下，思想言论都会先“自我检查”一番，每个人心里多少都有些压力。因此，随着“动员戡乱时期临时条款”的废除，警总这种不符合规定的黑机关也跟着一并撤除。其实它背后的意义是非常大的，不仅代表台湾当局未来再也不能依自己好恶来对民众任意进行拘捕，也代表体制慢慢回到正常的道路。

中学生的政治价值观

1991年的1月，海湾战争爆发，全台上下的人都很关心。与其说是关心，不如说更多人把它当成茶余饭后的娱乐话题在讨论。许多人都知道，CNN是在这次一战成名，因为这是世人第一次可以及时看到战场实况，因此，许多人根本就是守在电视前看报道的。在学校，因为教室里没有电视，所以一到下课时间，一堆学生就跑到老师办公室外面，围着看电视里的报道。对于联军及伊拉克两方的态势、飞毛腿飞弹或爱国者飞弹，每个人都好像是专家一样，说得头头是道。

另一件事是苏联解体。当时已经是暑假了，那一天，我跟爸爸在外地玩，夏天的酷热让我在车上昏昏欲睡，突然听到广播中传来苏联解体的新闻，头好像被炸了一下，立马醒过来，不太敢相信。

台湾那两年也有几条新闻让人印象深刻。最让文艺青年惋惜不已的是作家三毛的自杀。我没看过三毛太多的文章，但也是看着她翻译的漫画《娃娃看天下》长大的。许多女同学为了她的死，好一阵子愁容满面，茶不思饭不想的。后来我大一点儿时，再看这部南美漫画家季诺的作品，颇能感觉到欧式风格，人物造型及个性极其简约苍白，就跟随处可见的芸芸众生一样；许多桥段都有隐喻，结合作品产生之时南美洲的政治气氛，再比对这部漫画刚出版时台湾的政治风气，就会发现有种只可意会而不可言传的心照不宣。三毛在生前写的最后一首歌词《说时依旧》，由林慧萍演唱，也成为当时的畅销曲。读者只能通过这首歌，去怀念这位一向给人乐观独立感觉的女作家。

比较重大的政治新闻是，台湾当局成立了“国统会”及海基会，希望能以对等的立场与大陆展开各方面的接触及谈判，这也促成了1993年的“汪辜会谈”。另一件事是，那几年间，一些欧美国家开始出售先进武器给台湾，比如美国的F16、法国的幻象2000、拉法叶舰等。其中，后来影响最大的是“拉法叶舰军售案”。1993年发生的海军军官尹清枫命案，牵扯出全球最大的军售弊案，连带着后来一些相关事件人或追查者，不分国籍，纷纷神秘死亡，故事简直可追《死亡笔记本》的那种离奇。那可以说是台湾20年来最大，也是最神秘的悬案。

其实，在初中阶段，政治社会化的过程大都还是受到家庭的影响。因为台湾政治气氛的逐渐宽松，老师们也比较敢在课堂上发表些意见。当然，不同老师会有不同的政治取向，但顾忌家长的抗议，大多也都不敢太明讲，因此在课堂上也常会灌输一些政治思想给学生。

“各位同学，我们都是生长在台湾对不对？那生长在这块土地上是不是要好好爱这块土地，学这块土地的语言呢？你们大家都知道长江、黄河的长度跨过哪些省，可是你们知不知道浊水溪的长度？能不能排列出台湾从北到南的县、市名呢……”

印象深刻的是有个音乐老师，上课时教我们唱了一首好像儿歌的歌曲。

“乌鸦黑，乌鸦白，乌鸦是黑还是白？你说乌鸦黑，我说乌鸦白，乌鸦是黑还是白？”

这首歌的曲调是用闽南语民谣《雨夜花》来唱的，而《雨夜花》歌词开头是“雨夜花，雨夜花……”用闽南话读起来刚好就是“乌鸦黑”的谐音。所以，当时只觉得这首歌还蛮有趣的。

过了几年，在一个电视节目里面，主持人提到这首歌，我才知道，原来这是以前一些“政治犯”编出来讽刺司法黑白不分的戏谑歌，并不是字面意义那么简单。那这位老师到底为什么教我们唱这首歌呢？

老师喜欢隐晦或直接发表一些自己的意见。当然，大陆的朋友很习惯地会将台湾的政治光谱简单地二分为非蓝即绿。这样分过于粗略，至少在20世纪90年代初那段时间，还没有这种区分。又或者说，台湾地区的政治发展到现在，大多数群众虽然心里有政治取向，但并没有多深。只要公民们觉得哪一个政党或候选人能带给他们好处或前景，就支持他们。当然，这也是他们二十几年来不断自我学习的结果。

反正，初中生的确是有一些初步的政治思考。但我觉得，可能是当时台湾学生长期受到填鸭式教育下“标准答案”的影响，再加上看得不够多，思考过于粗略，也常常流于二分，非黑即白，容不下其他人的政治价值观。

那几年，国民党党争非常严重。先是二月政争告一段落后，李登辉用了军人出身的郝柏村任“行政院长”。对这件事的看法，同学们大都是从家里听来的，不外乎“军人干政”之类的。另外有些同学就反驳啦：郝柏村的强势作风让社会治安改善了很多，果然还是应该让军人来做这些事。

李登辉、郝伯村这对搭档被称为“李郝体制”。李登辉当时说他们是“肝胆相照”，合作无间。不过李登辉老谋深算，当然会料到由郝柏村引来的反对声浪。当时李登辉已经掌握了党政大权，只剩下军方还未掌握，因此他沿用了非主流派的郝柏村任“行政院长”，一方面堵住非主流派的口，另一方面借此架空郝在军中的影响力。

等到李登辉觉得他已经可以控制军方，不再需要郝柏村了，便开始将其权力架空，郝柏村自认受辱，不干了。到此，“肝胆相照”变成“肝胆俱裂”。之后，李登辉起用了连战担任“行政院长”。

为此，同学们也会讨论这些话题，但大多流于表面，没有自己的思考，因此聊一聊，发现聊不下去后也闹得不欢而散。套句台湾网络最近的流行语就是：“你的王道不等于我的王道！”不过，当时大家都不懂得这一点，真是一群脑残的初中生。

1992

“四大天王”抢滩台湾流行歌坛

20世纪90年代初的台湾歌坛，掀起了港星大举入侵的新高潮。主要原因是台湾本地唱片市场开始萎缩，而像国际唱片品牌如宝丽金，开始推出刘德华、黎明等人的专辑，其外形和包装都是台湾本地歌星无法比拟的。事实上，有许多港星如刘德华、张国荣、张学友等人，在20世纪80年代中期就已经开始试着抢滩台湾，但当时他们的曲风不对路，对台湾市场的敏锐度也不够，因此就铩羽而归。等到20世纪90年代初他们再度抢滩时，可真非昔日“吴下阿蒙”，一下就席卷了整个台湾市场，引领风骚。

在这期间，香港娱乐媒体首次将“四大天王”称谓给予了张学友、刘德华、黎明、郭富城四人。此举突然将四个人的地位推向高点，无形中也将其他歌手贬了下来，而当时当红歌手还不少。这种封法虽然多少有些玩笑成分，但被封的人却是幸运的。在当时香港歌坛，前三位都已是畅销歌手，只有郭富城是前一年才突然蹿红的。

郭富城是怎么一夜爆红的呢？在1990年台湾的一个摩托车广告中，当时还只是名不见经传的舞者郭富城，在广告中被女主角泼了一杯水后，开始骑着那辆小速克达追女主角。唯美的广告画面，配上高明骏与陈艾湄合唱的《谁说我不在乎》，大家纷纷开始讨论那个被泼水、一脸无辜的帅哥是谁。郭富城就这样一夕成名了，不久，他便推出了自己的专辑《对你爱不完》。郭富城那个如同一个M字形的麦当劳头型，成为年轻男生模仿的典范。“对你爱爱爱不完……”那个挥手三下再转一圈的手势，也成为大家喜欢乱学的动作，尽管大家都只会唱这一句而已。所以说，郭富城是从台湾红回香港的。

所以，可以说，虽然港星抢攻台湾市场，但也表示台湾是华语流行歌坛的重镇，能在台湾大红就能在各华语地区大红。如郭富城，在台湾大红后也红回香港去，瞬间成为四大天王的一员。另一个红回香港的歌星是杜德伟，他在台湾由滚石唱片推出的《钟爱一生》，是由著名制作人小虫为他量身打造的，深情而有点儿灵魂乐的歌声，销售成绩成为所有港星中的第一名。当然这两个人有一个很大的共同点，就是都很会跳舞。在那几年，会跳舞的歌星特别受欢迎。

在台湾本土歌坛方面，“小虎队”的成功带动了许多男孩团体纷纷成立，但大多是昙花一现。在男孩三人组方面，只有香港来的“草蜢”大有接班的声势，而“小虎队”队员们免不了也会遇到兵役问题。兵役问题一直是许多未服役，尤其是偶像型男艺人心中的痛。一旦服役，就意味着接近两年的时间从舞台上消失，马上会被观众忘掉，因此许多台湾男艺人纷纷以拖待变，延后服役，或想尽办法不要服役。反正，“小虎队”的陈志朋是乖乖去当兵了。为了抢攻“小虎队”留下来的这个偶像市场，各家公司纷纷推出偶像型新人，其中最受欢迎的就是“小旋风”林志颖。他唇红齿白，目送秋波，全身如会发光一样，让少女极其疯狂，号称“志颖之后，再无志颖”。当时，初中班上曾有女生一天之内把林志颖专辑听坏的纪录。

但不知道为什么，到后来有一阵子，好像很多人突然开始讨厌他，喜欢林志颖的都会被排挤。几年后，林志颖也要去当兵了。入伍当天，从电视上看到大批歌迷把火车站给挤爆，甚至有疯狂的歌迷不惜跳轨挡住火车，搞得林志颖只好自己改搭出租车到营区去。

不过，20世纪90年代初的流行音乐，对所谓“文艺青年”来说，最受欢迎的应该是优克李林。这个合唱团体——李翼和林志炫，一人演唱，一人伴奏。当年他们第一张专辑里的那首《认错》，林志炫那悠扬的假音犹如天籁般惊艳歌坛，技压群雄，也让这张专辑大卖。后来他们推出了《少年游》专辑，这首歌几乎成为每次郊外活动大家必唱的歌曲之一。

也不是所有的歌曲形象都那么正面。当时有位歌星叫李明依，总是以一副叛逆形象出现。他出了一首歌《只要我喜欢，有什么不可以》，也成为一个口号在广告里大肆播放，成为当年的流行术语，结果在社会上引起轩然大波。后来，为了避免造成不良的社会风气，相关广告歌曲即遭禁播。到了现在，每次一讨论到青少年的叛逆问题，还总是会引用这句话。

从那几年开始，KTV在台湾大为流行。KTV的原型是MTV，名字是取自美国MTV音乐台，即影片放映厅，是一个一个包间的，许多朋友可以在里面一起看影片。后来KTV也采取这个方法，加上卡拉OK，就变成这种包间唱歌的形式，唱歌开始成为全民运动。KTV也带动了“口水歌”的流行。所谓口水歌，即沾别人口水的翻唱歌曲，所以有许多歌星也推出那种包含一堆过去的畅销歌曲的专辑，大杂烩般集中在一起。因为每一首歌都是耳熟能详的，这让民众买来一次听个够，颇适合用来练歌。

初中能力分班

上了初中三年级，我就读的学校也如同大多数学校一样，以学生的学习能力来分班，虽然没有明说，但大家都知道是分为A段班、B段班。说好听一点儿是因材施教，其实就是一切以升学率为导向，将一切资源都集中在A段班升学上。B段班呢？就是所谓的“放牛班”，放牛吃草去也。

所以，到了初二升初三的暑假，学校在决定分班时，台面下就会暗潮汹涌，各种请托送礼的事不断，家长都想把自己的儿女送进A段班去学习。老师受了拜托，学生资质又不怎么样，那该怎么办呢？因此，又出现了所谓的“人情班”，其实大家心照不宣，都是这种原因被集中到这个班来的。本人资质驽钝，又不太好学，因此，虽然妈妈也千方百计打点，不幸还是被丢进B段班了。

学校大概是怕A段班学生被干扰，因此以中庭走廊为界，将A段班跟B段班分开。每次走到A段班教室区，都会感受到所谓的“风声雨声读书声”，当然还有教鞭的鞭打声、被处罚时的哀号声。反正，走到这里都会觉得环境特别美好和谐，草木似乎也特别青翠。而一走到B段班教室，就好像来到另一个世界。就算是上课时间，也常传来吵闹及音乐声，走廊好像也比较破旧，偶尔还会有窗户被打破的凄厉清脆之声传来。两边反差之大，令人恍惚。

以当时一般的社会价值观来说，A段班就是爱读书的好孩子，B段班就是不爱读书的坏孩子。B段班也真的是这样，鱼龙混杂，老师也不太管，不出太大乱子就好。身在其中，就算有心念书，也会被不爱念书的影响及嘲笑。

初中的能力分班制，的确造成当时大家的“族群对立”（好班与坏班的对立），这是可以理解的。当时有种奇怪的现象：好班学生不屑与坏班学生为友，觉得自己层次高人一等；坏班学生也不爽与好班学生为友，觉得他们态度太跩。就算学生本身单纯，心里没有这个分别，老师也会提出警告。当初班际篮球赛，B段班的赢了A段班的学生，就听到A段班的一个老师放了一句话：

“哼！让我来做教练，我把A段班所有最聪明的学生集合起来，照战术打一次，肯定打赢你们。”

就是这种心态，让A段班与B段班之间的鸿沟越拉越开！但不止B段班里有不爱读书的问题，A段班里也存在着同学情感疏离的问题。因为自己班上同学实力过于接近，所以竞争更为激烈；一旦竞争太过，每个人都自顾自的，恨不得少一个敌人而自己考上好的高中。

当然，也有许多热情的老师抱着不放弃B段班的心理认真教学，这些大多都是刚从学校毕业的年轻老师。但我们也眼睁睁地看着这些老师的热情理想被硬生生打碎，一个接一个黯然地，甚至是哭着离开。毕竟，不是每个人都是鬼冢英吉或金八老师，于是最后只留下学生们继续嘻嘻哈哈。当然同学们也不是没有自觉，常常组织起来自我检讨，但不久又萌发故态。所以啦！聪明老练的教师被派来教B段班，都懂得先跟学生称兄道弟，然后再约法三章，说明上课时什么可以做什么不可以做。如此，不但能得到学生的尊重，上课过程也会比较顺利。

当时不太爱读书，在B段班挺开心的，但又看到父母忧心忡忡，所以心里真是有些矛盾，心有余而力不足。现在回头来看，那些所谓不爱读书的坏小孩，其实都是比较缺少理解和关心的。社会价值观就是这个样子，谁来体会他们嘻嘻哈哈背后的焦虑呢？几年后，台湾的社会掀起了一股要求废除能力分班制的声浪，认为凡是学生都有受教育的权利，不能因学习能力而有所区别。但实际上，不是每个人的资质都一样，能力分班是必要的。对于B段班来说，主要还是看老师的教学态度，是真的让学生放牛吃草呢，还是有技巧地引导学生。

后来，台湾当局明令禁止能力分班，但是上有政策下有对策，这种现象还是一直存在于台湾的初中里。

当时，学校还有另一个比较特殊的技艺班，即面包班，也是一些不爱读书但想学一些技艺的学生组成的。现在来看，可能最聪明的就是这些人了。虽然当时许多家长很鄙视这些人，认为读书才有用，但若以目前社会价值观来论成败，当时读面包班或学习汽机车修理的许多同学，现在的收入都远远超过后来一路读大学上研究所、进公司上班的人。而且，生活又悠闲，他们在同学会时一度成为大家羡慕的对象。所以，人生真的是很难说。

1993

迈克尔·杰克逊台北演唱会

20世纪90年代初，许多事情的发生，对台湾来说都是第一次。1993年，有一件让台湾社会及无处发泄的青春为之疯狂的大事，就是迈克尔·杰克逊的台北演唱会。作为国际流行乐界的超级巨星，他要来台办演唱会的消息也早在一年多以前就公布了，所以前一年时，他那长达11分钟的MV：*Black and White*便在台湾引起一阵轰动。那一年，迈克尔·杰克逊的模仿秀也在台湾流行到最高点，从综艺节目到小朋友的游戏，大家都在学月球漫步及倾斜45度（不过根本学不来）。

从迈克尔·杰克逊刚下飞机的那一刻，他就无时无刻不被媒体及歌迷紧盯，载着他的车子后面，总是跟着一大群歌迷骑着摩托车疯狂追逐。令人印象深刻的是，有个歌迷带着一条小狗，追着迈克尔的车子，追上后拍打着车窗，要将小狗送给他，没想到迈克尔真的开窗把小狗给收下了。此外，当时他所住的晶华酒店，楼下时时刻刻都有大批歌迷守着，每当迈克尔出现在窗前挥手，总会引发歌迷们仪式性的尖叫及哭泣。

迈克尔在台的生活花絮也是媒体所关注的。让大家印象最深刻的是他要求洗澡都用矿泉水，这引起了许多非议。当然，那时候该牌矿泉水也热卖了一时。而在1993年的台北市，市区里仍然混杂着一些老旧眷村小区，当时晶华酒店背后就是一个旧眷村。说是眷村，其实那里已经是个贫民区了，当时拆或不拆一直悬而未决。所以，当迈克尔住进五星级的晶华酒店顶楼的总统套房时，社会上就有一种声音出现：非要把那片棚户区拆掉不可，不然以后国外重要人士来访，住在这里看到台北破旧的一面，那真是丢脸。这个地区等到几年后陈水扁当台北市长时才开始拆除，变成了一个都市公园。

演唱会当晚涌入了40000观众，到现在一直都是台湾演唱会人次最多的。虽然门票一张5000元，在当时已经算超高价，但大家就算用抢也要买到。早在开唱前48小时，就已经有人在露宿排队了。

我们同学几个，不管是前几个月就开始打工挣钱还是死缠烂打地跟家里要钱，都好不容易抢到了票。所以这48个小时，我们也排班轮流在那边排队，因为毕竟摇滚区那么大，大家都想最先冲到前面一点的位置。

虽然连夜排队累得要死，但到进场这一刻，大家都好像又活了过来。在舞台正前方的摇滚区非常拥挤，天气又热，那么多人身上散发出的热气是非常可怕的，几乎要让人窒息，真是又HIGH又痛苦。

等到演唱会正式开始，迈克尔在那爆炸性的出场后就在舞台中央定格了3分钟不动。现场尖叫与哭声不断，每个人都用尽全身力量宣泄般大吼大叫。这个时刻，他的确是流行音乐之神，如同在接受现场数万信徒宗教狂热式的顶礼膜拜。观众也在这种狂热的迷幻兴奋中得到了无比的释放。不过，也有人光是在这3分钟间就已经晕倒被送出去了，搞得整场演唱会都没看到。

整场演唱会，时而震撼人心，时而又让人感到温馨，这种交错的感觉都加深了迈克尔神秘又危险的感觉。观众是如此的狂热，导致现场温度越来越高，因此水柱也不停地洒向观众。我以前以为演唱会上喷水柱只是一种效果，这个时候才知道原来在降温上是真的有很大作用。可真实情况是，观众被喷到后不但没有降温，反而更亢奋。

现场是如此的闷热，所以也不断有人晕倒——说是晕倒，其实人已经挤到你连倒下去的地方都没有，就像一具软绵绵的肉体被人夹立着而已。工作人员也挤不进来把他们送出去，那该怎么办呢？工作人员只好三人一组，踩在一个又一个观众的肩膀上慢慢走进去。到了晕倒者旁边时，因为他是被挤着，所以工作人员只能如同“拔萝卜”一样，蹲下去慢慢把那个人给“拔”出来，然后再一起踩在观众肩膀上把他给抬出去。

当晚，不管是台上的表演还是台下观众的种种反应都是让人印象深刻的。对台湾人来说，不管是迈克尔的演唱会还是他的排场，都让人见了世面。

从他来台湾前到离开台湾后，台湾的舆论界、教育界、文化界、流行乐界爆发了一阵阵的大论战，或者说是大混战更恰当，3个多月后才平息。

现在想想，全世界应该只有迈克尔·杰克逊穿黑裤白袜而不会被时尚界嘲笑。过了3年，他的“历史之旅”全球巡回演唱会，再度来台演唱，把什么航天飞机、战车都开上了舞台，依然令人印象深刻。20世纪90年代前半期，欧美流行乐界的天王天后们相继来台湾演出。我至少看了惠特妮·休斯顿及玛丽亚·凯莉的演唱会，这些都是那几年令人难忘的回忆。但到了现在，迈克尔永远和我们告别了，惠特妮吸毒废了，花蝴蝶凯莉也过气了，等了十几年，台湾还是没等到麦当娜的演唱会，这实在是个遗憾……

“新党”成立

1993年，国民党党内的政争到此告一段落，李登辉终于掌握了大权，政局也随之稳定了下来。原来在国民党内的非主流派人士，后来成立了党内的次级团体“新国民党联线”，与主流派的次级团体“集思会”相对抗。到了1993年，新国民党联线人士终于出走国民党，另组“新党”。

新党在成立之初，形象是非常正面、良好、清新的，其组成人士皆为一时硕彦，并以小市民的代言人自居。若撇开政治立场来说，新党在当时的确是受到许多民众，尤其是中产阶级人士的欢迎。

自从党禁解除后，台湾各种奇奇怪怪的小党纷纷成立，但大多是泡沫。新党的成立并得到支持，有其时代因素。一方面，当时民众看到国民党金权政治泛滥，腐败成风，严重败坏了形象。另一方面，民进党的政治立场常常又过于激进，不利于政局稳定。因此，新党的形象正符合民众的要求，很快成为台湾第三大党。

台湾民众认为，20世纪90年代初是黑金政治最严重的时期。所谓黑金政治，即政治与黑道及金钱间有纠葛不清的关系，这些情况在地方上尤其显得严重。有很多人认为，这是李登辉纵容的结果，但我个人认为，实际上国民党从创党之初就有这种现象。不管是早期哥老会还是洪门、青帮，一直都跟党政军有所瓜葛；或是后来为了选举，各党都结合地方角头黑道势力，这种现象是一直都有的。这些本来不能提，只是进入20世纪90年代后，政治较开放，媒体也较自由了，民众原先看不到的事突然间都被摊在阳光下接受检视，因此使人印象深刻。

话说回来，新党成立后，算是政治立场不同的非主流派从国民党内正式切割出去了。而国民党现在要面对的，是日渐强大的民进党。台湾从20世纪90年代初开始，即有种“四大族群”的论述，即台湾组成人口里有闽南人、客家人、少数民族及1949年后随着“国民政府”迁台而来的外省人。而在很长一段的时间里，台湾所谓的“本土化运动”是独尊闽南族群的，这造成其他族群的不满，但同时也激发了客家人和少数民族的自觉，如少数民族在1993年也掀起了正名运动。本来在身份证上，少数民族都被迫要用汉名登记的，此后他们也能用族名登记。因此面对民进党争夺本土论述的主导，国民党也在思考转型。

“四大族群”的说法很快就被台湾社会所接受。20世纪90年代初，台湾的省籍矛盾正在消融中，但取而代之的，与当局认同为主轴的对立反而越来越严重。当初新党的形象除了“都市中产阶级”外，还给人有“大中国主义”“中国党”的印象。在台湾，传统上，以浊水溪为界，以北支持国民党，以南支持党外、民进党，在这个情况下，新党几次欲南下跨过浊水溪，都发生了严重的冲突。台湾进入多元社会后百花齐放，对政治认同的论述可自由发表。但不幸的是，不同的政治认同，其主张常常是对立的，而这些主张又回过头去渲染省籍问题，导致省籍对立在后面几年变得越来越严重，一到选举时，就被当作工具拿出来利用。

尹清枫命案：台湾二十几年来最大的政治悬案

尹清枫命案是那年让人印象深刻的一件事，是台湾二十几年来最大的悬案。本来只是死了一个上校而已，看上去没有多复杂，但这件事就如投石入水般，涟漪不断地扩大再扩大。突然间大家才惊觉，事情原来不像表面上那么简单。

20世纪80年代末90年代初，台湾海军曾编制巨额预算向其他国家购买武器，而当时任海军武获室执行长的尹清枫，就是这些计划的执行人。在稍早之前，传出台湾和法国双方有人拿巨额回扣的小道消息，不久，身为最直接知情者的尹清枫突然失踪，之后就在东北部海域发现了他的尸体。

尹清枫命案留下了许多疑点：尹清枫费尽心机先录好的自清录音带被奇怪地消了磁；其他一些证明文件也失窃；案发当日，他的寝室有被人翻动的迹象。更令人匪夷所思的是，案发到现在，已经有近10个涉案关系人或调查人员，不分台湾或法国，均死于非命，这更让这案件扑朔迷离，疑团越滚越大。

2000年，陈水扁上台后，曾经宣示重办这起悬案，就算“不惜动摇国本”也要查到底，结果他8年当完，“国本”都摇得差不多了还是没办成。可笑的是，当初陈水扁在当“立法委员”时口口声声说他手上有关键性的录音带，但后来他当“总统”，别人再问起这件事时，他居然改口说“录音带在搬家的时候搞丢了”。我看，他自己都不相信这是他说的吧？但的确，这件案子牵涉太广，横跨海内外，就连法国高层也涉入，怎么会那么容易办呢？好几次媒体都以“拨云见日”之类的要题表示办案进度，但最后都不了了之。就连侦办检察官都被明升暗降丢去闲差，这一切都让人觉得背后黑幕之大。

有人说，查清政治性悬案的方法就是查出最高受益者是谁。我想，尹清枫命案这种永远查不清的事，台面上最大的受益者应该就是“来来豆浆店”。这个尹清枫最后出现的地点，经过新闻报道之后，名声大噪，生意一直火爆到现在。每次经过这家店，大家总是忍不住注目一下。

尹清枫命案不愧是台湾这二十几年来的最大悬案，光是把那些离奇死亡的涉案者之间错综复杂的关系整理出来，可能就堪比侦探小说了。

初中四班

初中毕业后，要参加高中联考，相当于大陆的中考。不过对大多数B段班同学来说，只是去“陪考”，当炮灰而已。对初中毕业生来说，整个7月可都是考季。考完公立高中联招后，再来就是五年制专科学校联招，之后还有高职高工联招、独立学校招生、私立高中联招等，整个7月可真是挺折腾的。

以公立高中来说，当初可分为“北联”（台北市公立高中联招）及除了台北市外的“省联”（台湾省公立高中联招），是在同一天举行的。一般来说，台北市的学生会参加北联，除台北县、市外的都参加省联。但是台北市的建国中学及北一女中算是全台最好的高中了，因此北联也吸引了许多外地优秀考生报考。

考试共两天。这个时候，就可以看到许多考生由全家老小陪同，带着桌椅书报等东西出现在考场一起陪考。考生在这个时候简直就是饭来张口，旁边必定还有人帮他扇风。每节考试出来后简直就是众生相，几家欢乐几家愁。而对于补习班来说，联考时也是宣传的好机会。每节一考完，联招会公布考题，补习班马上就组织补教名师们解题，抢在第一时间印出来到考场散发，每一家补习班都在比速度，竞争很激烈。

公立高中联招后，紧接着而来的是五专联招。五专已经可算是“大专”了。在台湾的“大专”，指的是“大学及专科学校”，跟大陆的“大专”概念是不同的。当时台湾的五专反而比较像大陆的中专。许多同学因为想“提早感受大学生活”，所以会选择五专就读。能考上好的五专，其实在高中联考时也不会考得太差。

再来就是高职高工联招及私立高中联招。大多数学生不会去考虑是不是真的适合读这些职业学校，大家一路考下来，也就跟着考就对了。而私立高中联招通常是学生及家长的最后考虑，因为私立高中学费贵，学生素质及教学品质常常又不怎么样，所以排在最后考，也算是捡别人剩下的。

此外，还有一些私立的明星高中会单独招生，这些学校当然是以升学为导向。因此，以管理严格、师资优秀为号召，也吸引了许多学生去考。不过，大多数去考的学生都是抱着姑且一试的心理，反正多个机会。所以，在当时的整个7月，就可以看到一群考试部队，从甲处考到乙处，再从乙处考到丙处，看来看去都是那些熟面孔，累倒了考生，也累死了家长。

成绩烂如我者，没考上也是可预料的事。本来可以随便混所私立高中来读，但大概那时候看了太多的日本漫画如《魁！男塾》那类的，总觉得私立高中像大乱斗般可怕，所以也放弃了。再加上当时重考班的招生人员到家里对我父母洗脑一番，讲得我父母龙心大悦，遂帮我报了高中重考班。重考班另有一个戏称为初中四班，就如同大陆的复读班一样，只不过是在补习班里面。

想想初中三年，我真的是不怎么学好，虽然家里用尽心力栽培，到处去补习，但我只会整天沉迷在模型和动漫里（老实说，联考前一天我还在偷组模型）。结果有一天，我娘真的怒了，拿起从大陆买回来的木剑（当时爸爸刚去大陆几次，很喜欢买这些奇奇怪怪的纪念品），对着那些模型就砍了过去。然后又把我收集已久的各式漫画、画册、VHS影带通通带到空地去烧。啊！我的整套《银河英雄传说》啊！她还逼着我看着莱茵哈特俊美的脸庞逐渐焦黑扭曲。所谓幻灭是成长的开始，我的青春就随着这些冉冉上升的白烟而逝去了。

离题了，反正我就这样进了重考班，就是在一栋没有窗户的大楼里。重考班干部一律都是公务员似的打扮，个个扑克脸。集中在这里的学生基本上是考场失利者，已对重考班恐怖的疯狂体罚有心理准备。在开班之初，最高班主任还上台安抚大家“嗯……我们这里是以鼓励代替处罚……”刚稍松一口气，当天回家就看到班导师拿着一整袋规格统一的木棒放在柜子里，看得心惊肉跳而自知不妙。后来才知道，那就是“鼓励棒”。

在重考班的日子是天昏地暗的，基本上是早上进去后就出不来。唯一能见外面的地方是墙上方抽风机的小孔，所以也特别珍惜当值日生到楼下搬便当的机会。教室里也没有时钟，以至于到后来我都能用飞机飞过来辨别当时的时间。一天中，唯一能出来的时间是中午午休后，全班整队慢跑到班本部前，听最高班主任的训示，然后再统一地大喊一些口号——因为就在马路的人行道上，所以感觉还蛮丢脸的——然后再一起带队回教室外的小巷做体操。

每天早上，到班里第一件事就是考试，考两三科，考完后就开始上课。上课老师就是所谓的“补教名师”，这些老师都很善于插科打诨，并在笑话中让同学们记住考试重点。比起初中里的老师，其实这些补教名师更有自己的个性，也更喜欢发表自己的政治言论。反正只要教得好、受学生喜欢，也没有人管得着。但同学们更在意的是上课时笑一笑，能暂时忘记被处罚的压力。

上午的课上完后，吃饭午睡。午睡后出去放风回来，头皮就准备绷紧了，只见班导师一一念名字来领考卷，然后差几分就该打几下。被打的同学很自觉地把手撑在桌上，班导师充满杀气地挥起木棒，不，是鼓励棒，然后拉弓，将满满的鼓励从屁股下方几寸的大腿肉上注入全身。只见被打的同学脸上一阵阵的扭曲，尤其是老师在下手的那一瞬间，表情忽然变得非常狰狞，让后面的同学觉得更加恐惧。惩罚好不容易挨完，还要谢谢老师，强装没事如关公刮骨疗伤的样子走回座位，继续跟旁边的同学谈笑风生，但是一坐下时就会感受到那种痛得销魂蚀骨的感觉了。班导师打人时用力之猛，一班六七十个学生打下来，一天总要耗损几根棒子，挨打的同学常常都被打到手掌及屁股都瘀青变黑。到后来，同学们也喜欢在屁股后面打击区塞些卫生纸或纸板，或者先涂些酒精或绿油精，据说就不会那么痛了。说也奇怪，大家还是不懂得努力一点读书，避免被打，反而研究起被打时怎么不痛。但后来我才晓得，一起研究这些事情是增加革命情感的好方法，体罚已经不是单纯的体罚，已经变成一种社交了。不过后来导师也会很体贴地劝告大家，别在被打的位置上贴东西垫东西之类的，因为我们天天都要挨打，要是被打得皮肉伤又贴这些东西会不通风，导致溃烂。听到这里，同学们内心忍不住要呐喊："原来老师您也是用心良苦啊！"

下午也是上课，晚上也是统一叫便当来吃。晚上都是自习，到晚上9点放学，放学之前还会来个精神训话，反正每次老师上台讲的都差不多："你们这些联考失败者，是废物，是不会念书的垃圾！不读书未来只有捡破烂的份儿……"

初中四班的教育理念就是这样，认为不断这样污辱你，还有考不完的试，才可以激励你奋发向上。以升学为主的封闭式军事化管理，使很多人的皮肤都变得越来越白，身体也变差了许多。

而荷尔蒙分泌旺盛的青春男女，长期处在相同的密闭空间面临共同的压力，免不了由革命情感发酵为特殊情感。虽然偷偷地眉目传情及小纸条是免不了的，但就如电影*Speed*里桑德拉·布洛克说的："压力下产生的爱情不会长久。"不过有段地下恋情还是轰轰烈烈地爆发了。后来，女方离开了班上，据说临走前留给男生一封信："我一定要考上北一女，所以，请你也一定要努力考上建中……”留给大家无限茶余饭后的八卦，也算不枉国四一年。后来那个女的有没有考上北一女是不知道啦，倒是男的后来还是没考上好的学校，被家里弄到外国去了。

读重考班的压力很大，不仅仅是害怕被处罚，还有来自亲友们的眼光。尤其像我在的教会里，年纪比我稍大一点儿的，几乎都是优秀的建中北一女或前三志愿的学生，所以教会里也对我寄予厚望，希望我考上一个好学校。不过自己程度到哪里自己最清楚，所以越到后面我越逃避去上课，常常借故生病，想尽办法就是不想去。此外，当初重考班所在的那条路上也是许多重考班的聚集地，在公车或路上也常会遇到其他重考班的学生，常常是彼此看不顺眼，但又有种心照不宣的相互同情。倒是导师们都很害怕学生跑到其他重考班去，所以重考班间互相攻击诋毁的情况也时常发生。

到了来年又快联考时，老师也不体罚了——反正到这时候体罚也没用——反而在这时传授一些在考场上临场应变的技巧，还会讲一些顺风耳千里眼的笑话。此外，为了让吹了一整年冷气的学生适应7月的考场酷暑，这时候也逐渐关起冷气。你想想这六十几个人被关在没有空调的房间里是什么情况，简直就跟烤炉一样。但说也奇怪，这招还真的有用，等真正上考场时还真通体清凉。不过，我宁愿相信那是终于离开那个变态又惨绝人寰的环境而感到的放松清凉。

重考班是当时台湾教育环境下一个很特殊的状况。记得以前有部电影叫《国四英雄传》，里面令人印象深刻的一幕是，一群重考班学生，男生被带到北一女门口大喊：“我爱建中！我爱建中！”女生被带到建中门口大喊：“我爱北一！我爱北一！”小学时第一次看到这里只觉得好笑，但等到真的在那个环境里才发现，那种事是真的存在的。初中四班是台湾错误的教育体制下的产物，只有经历过的人才能体会电影里描写的酸甜苦辣。

淡江高中的一年

我在重考班读了一年后，再次参加联考，成绩一样不理想。虽然五专的成绩还不错，但从大家的眼神中能察觉到，似乎都希望我读高中然后上大学。所以，我也顺着大家的意思选择去读高中了。靠着爸爸的一点儿小关系，进了长老会办的学校，也就是到淡江高中去读书。

这所学校的教学成绩其实不怎么样，但是大概因为有些宗教的熏陶，而且又是百年老校，所以学校风气虽然自由，学生顽皮，但也不会有什么流氓气息。

每天早上7点20就要到学校，开始在教会学校的一天。入校门时，那条长长的林荫走道，规定男生走一边，女生走一边，彼此不能谈话。教会学校还有些保守，规矩挺多，比如说，其他很多学校，女生的冬天制服有长裤，但是这所学校就认为，女生就应该有女生的样子，所以只能穿裙子。回到正题，这所学校的橄榄球队很有名，所以走在这条路上也可以看到球队队员在晨练“撞树”。

早上到校后开始早自修。到8点后，一般学校是要升旗的，但这所学校因为是教会学校的缘故，因此是一天升旗，一天做晨间礼拜。当然学生们是比较喜欢做礼拜了，全校坐在大教堂里，唱唱诗歌，读读圣经，祷告一下，其实大多数时间都是在补眠。尤其是唱诗歌时，不知道这所学校的学生音乐素养特别好还是怎样，唱诗歌时很自然地都能听到两三个声部在合唱。

其实每所学校的高中课程都差不多，到了二年级会分一类组或二类组。一类组就是大陆说的文科班，二类组就是理科班。有些比较重学业升学率的学校，则会从一年级就开始分班。这间学校比较特别的地方就是有几节“伦理课”，其实就是外国传教士来给同学上课。当时是一位上了年纪，看起来慈祥和蔼的女传教士来上课的，内容大概就是聊聊天，讲些简单的人生哲学。当然，同学们起来发言都是讲得天花乱坠的。但这女传教士就是有办法把同学们讲的导进正题，阐述一番道理给大家听，所以大家都还挺服她的。现在想想，这些传教士也挺伟大，年纪轻轻的来到台湾，也没结婚，一待就是几十年，算是一生都奉献给了台湾。

台湾的高中还有一种比较特殊的课程，就是军训课。跟大陆的“军训”是在入学前一段时间不同，这个军训课是整整3年的常设性课程，大学也有军训课程。并且，上课者是教官，他们都是在军队里面真正挂衔的军官，转到学校里担任军训教官。有时候想想，他们在部队里至少都是少校营长以上的职务，来管我们这些学生真是委屈他们了。军训课的内容大部分是“国防”教育，不过上课也常流于聊天打嘴炮。当年来给我们这男生班上课的，是位充满制服诱惑的漂亮女中尉。所以，高中男生荷尔蒙过盛的气息，在军训课中无限意淫的嘴炮中得以解放，真不知道当初那位女教官怎么忍受得了。

这所学校因为年代久远，校舍也是中西合璧，古色古香又优雅，于是，校园内的建筑里常常可以看到有歌星在拍MV。此外，这所学校也算是活动特别多的学校，很注重学生的课外活动，会用各种名目来办活动。记得当初的社团有瑜伽社，还请了位正牌的印度瑜伽大师来上课，每次都看到他仙风道骨的身材，穿着白纱服飘来飘去的。但那时候瑜伽并不流行，所以很少有人去上这个怪人的课。此外，像圣诞节也有圣诞礼拜及晚会。到圣诞节那个礼拜，配合着教室布置的活动，简直都像在玩一样。当时，我们会把整个教室布置成一个类似大山洞的迷宫，放着音乐看着电视，都忘记是来上学的了。

学校所在地是淡水，作为一个古朴的小镇，镇上民俗活动也是常有的，比如镇上办庙会或大拜拜流水席。所谓流水席，就是台湾民间一种请客吃饭的形式，开个几桌可能从中午吃到晚上，反正就是人跟流水一样随到随吃，吃饱就走，再换下一批人继续吃，菜也不断上，常常出现在婚丧喜庆或大拜拜时。这时学校就会放半天假，因为下午公交车开不进镇上，所以索性就先放学回家了。不过，当然班上同学抓住这个好机会是不可能直接回家的，都跑到海边去游泳，玩够了就去家在镇上而且开大拜拜流水席的同学家里吃饭。

台湾的高中里面也常办军歌比赛。各班由教官组织，会选择几首军歌来唱，再加上行进间的一些队形变化及枪法动作，不过通常高中生都唱不到要领，只会一味地大声吼。但这所学校比较特别，没有军歌比赛，取而代之的是各班的圣诗比赛，那简直就是一片祥和啊！比赛的那几天，整个学校都在一片和谐之中。

淡水的黄昏暮色是有名的。学校刚好位于淡水河出海口附近，每天放学要坐公交车回家，许多同学总是喜欢往前走一站，那样会有座位坐。但对我来说，就喜欢走在那条洒着夕阳余晖的马路上，远眺淡水暮色，听着阵阵潮水拍打的声音。那是我高中生涯最美好的回忆。

约莫到高一下学期中期之后，因为对自己有点儿小自信而蠢蠢欲动，一方面准备学校的课程，一方面又开始准备再考一次高中，所以我就只在这所学校待了一年而已。

后来对自己自信过度，还是考得不怎么样，不满意但能接受，学校也在家附近，就将就着去读了。同年，妹妹也上了高中，步上我的后尘去读了淡江高中的音乐班。那年音乐班是第一年成立，那一班20个人而已，周杰伦就在那班上。而前两年的《不能说的秘密》，就是在淡江高中拍的。

1994

千岛湖事件

1994年的时候，台湾政治缓和了，此前，“国统会”成立，“国统纲领”也颁布了。前一年举办的“汪辜会谈”，也是海峡两岸50年来的首次协商，两岸一切都朝着和解的方向发展。在当时，支持“台独”的声音虽然已经可以公开宣传，但也成不了主流，倒是一般民众心里总觉得，不管喜不喜欢，两岸最终都会走向统一。但这年开始的几个事件，却又开始让两岸关系走向恶化。

首先就是这年的“千岛湖事件”。这起事件中，在浙江千岛湖游船上的台湾旅行团及船工一行32人遭到劫船并灭口。

在“千岛湖事件”之前，台湾是有一阵“大陆热”的。从台湾开放大陆探亲之后，虽然只能以“探亲”的名义赴大陆，但台湾当局虽不鼓励却默许一般民众到大陆从事各项活动。其实在台湾的俗语当中，有很多都是跟大陆地名有关的。比如说，“牛牵到北京还是牛”，就是代表一个人的牛脾气非常顽固，就算换个环境也还是一样；还有“去苏州卖咸鸭蛋”，则代表某人往生去也，驾鹤西归；“乌鲁木齐”则是莫名其妙、不知所云的意思。台湾人对一些大陆地名都听过，就是太陌生，而一开放到大陆后，电视台上也开始出现了好多介绍大陆锦绣河山的电视节目，对从不认识大陆的台湾人来说，看了真是向往不已，所以旅行团也是源源不断地前往大陆各处旅游。当时，在台湾街上可以看到不少人穿着写有如“我登上了长城”“桂林”（不过下面图案居然是熊猫）等字样的文化衫，现在看起来虽然蠢得不得了，但在当时的确很流行。

这种情况，到了“千岛湖事件”后，一切都改变了。好一阵子，台湾几乎没有旅行团前往大陆。

千岛湖很长一段时间变成台湾旅行团的旅游禁地。在电影《赌神二》里，赌神高进在散心旅游，来到了“千赌湖”，遇上劫船事件，就是改编自“千岛湖事件”的。

1995风波

约莫是从1992年年底开始，在台湾的教会界出现了一个奇怪的传言，说是上帝憎恶台湾社会的混乱，公义荡然无存，为了审判台湾，在1995年会让大陆攻打台湾以作为惩罚。而这个传言的始作俑者，是一位美国回来的余姓传道人。他自称原本是做生意的，但上帝给他启示，看见这个异相，在台湾各地宣讲他所看到的。这件事在台湾的教会界引发了大地震，也连带着整个社会都受到影响，造成当时一拨的移民潮。

这件事印象甚是深刻。当时这位余先生为了宣讲他的信息，走遍各大教会与团体，与台湾许多牧师交换意见。又或者说，余先生非常固执地认为这是上帝给他的启示，以《圣经·旧约》中的守望先知自居，抵挡他的就是灭亡之子。当时我家里有场地，父母开放每礼拜四在家中举办聚会，这个聚会每个礼拜会请不同的牧师或讲员主理。很自然地，余先生也成为某次聚会的讲员。他在讲座里引用各种资料以及不断强调上帝给他的异相，说得大家心惊肉跳的。因为家里的这个聚会在教会圈子里还算有些名气，参加者不少，而这次的主题又非常敏感，因此不待余先生讲完，只见坐在里面的那些教会领袖及大头级的人物，个个脸色凝重，时而交头接耳。当然，这些教会领袖基本上都是持保留意见的。

在此之后，余先生继续传播他的灾难预言，结果越来越多的人相信，教会领袖们见此风不可长，邀请余先生公开辩论，且要他节制言行。当然，立场不同没有交集，也就不了了之了。总之，这件事几乎造成了台湾教会界的分裂。接下来，又有人传言，上帝为台湾的基督徒预备了“流奶与蜜之地”，就在中南美的贝里斯。结果，一批基督徒，甚至是整个教会中的牧师带着信徒，都逃到贝里斯去了。

后来，这种现象引发了社会广泛的关注，也引起了一个自由撰稿人郑浪平的关注。他被启发灵感，写了一本书《一九九五闰八月》。这本书从各种角度，不管是政经军事，还是历史灵学角度来分析，指出历史上每逢农历闰八月都会发生重大事件：第一次在20世纪，1900年八国联军；第二次是1957的“反右”斗争；第三次是1976中共领导人相继去世；第四次，他又引用推背图推断，这一次中共将在1995的闰八月时攻打台湾。如此耸动的说法，立刻在台湾社会造成轰动。当然啦，他的说法也引起相当大的争议。但这本书顿时洛阳纸贵，再版又再版，成为当年的超级畅销书。结果那阵子也出版了许多搭顺风车的书，名字都挺耸动的，什么《台湾大灭绝》之类的，危言耸听搞得整个社会风声鹤唳，许多人也跟着移民。

后来黄安和林瑞阳还合演了一部电影，就叫《一九九五闰八月》，不过情节跟政治无关，是部搞笑电影。虽然书中提到台湾教会有人在传1995年大陆攻打台湾的预言，但大多数的人的确不知道，《一九九五闰八月》这本书的原始构想脉络是作者从当时基督教会里的传言得到的灵感。这些书，这些人，这些事，十年后再来看，只能一笑置之。但这件事不仅仅是社会上的一个小风波，更可以从中看出，在台湾人心中，面对大陆越来越强大的一种敏感与焦虑。

陈水扁当选台北市长

以台北市来说，20世纪90年代初的这段时间，有许多重大工程在同时进行。其中最重要的是大众快捷运输系统，简称“捷运”工程的进行。也不全然是地铁，捷运工程有地面、地下、高架3种，并且好几条在施工。所以那时候台北市简直就像一个大工地，到处都有工程在进行，因配合地下开掘，地面上到处是铺满了钢板的临时马路。那段时间是台北的交通黑暗期，塞车问题特别严重，再加上捷运弊案连连，市民对市政的满意度跌到了最低点。当时的台北市长是黄大州。其实这个人也没有什么不好，事情也在做，就是长期以来整个官僚系统的古板腐化，再加上这几年的施工问题，搞得大家怨声载道。

所以，大家都认为1994年的台北市市长选举是个改变的机会。这是台北市改“直辖市”以来的第一次市长选举，以前都是官派的。因此，这次的选举特别引人注目。同时举行的还有同样是“直辖市”的高雄市长选举，以及台湾省长选举。我就提一提跟我住的台北市比较有关的选举吧！

这一次的选举是三强鼎立：国民党的黄大州，新党的赵少康，民进党的陈水扁。新党当时形象佳，派一个形象声势都不错的赵少康出来选自然没什么问题。而黄大州，许多人认为李登辉让他出来选是为了要搞垮国民党。其实，虽然当时大家看不到他有什么实质政绩，但他也没出过什么大乱子，算是四平八稳型的，不让他出来选市长也是说不过去。

民进党这边可复杂了。当时如日中天、一时瑜亮的陈水扁和谢长廷都在争取这个机会。前面说过，两个人都是一同从美丽岛辩护律师团发迹，并在台北的同个选区担任过市议员及“立法委员”，可说是亦敌亦友，在这次党内提名中，谁也不让谁，竞争激烈。但戏剧化的是，在党内初选的前一刻，谢长廷宣布退出初选，全力挺扁。

其实这次选举，从一开始大家就不看好黄大州，所以基本上也是陈赵两人相争。在这两个人里面，大家是很难抉择的，因为都是一时之选。我个人认为，最后陈水扁会胜出，跟竞选主轴有很大的关系。当初，赵少康阵营把这场选举的层次提高到了“中华民国的保卫战”，有点儿言过其实了——只不过是个地方首长的选举而已。

“有那么严重吗？”陈水扁当时就喜欢用这句有点儿戏谑讽刺的话反问赵少康。

所以，当时赵少康反而给人更激进、有某种政治洁癖的感觉。反观陈水扁阵营打出的口号“快乐、希望”，整个竞选气氛就给人一种办嘉年华会般快快乐乐的感觉。

所以啦，当时的民调，以年龄分布大概有这样的结果：中年以上支持国民党的居多，中产阶级支持新党的居多，年轻一点儿的支持陈水扁的居多。很多高中生、大学生也是支持陈水扁的，不过他们没有投票权，只能跟着摇旗呐喊而已。

说到摇旗，这次选举也有些创举，就是第一次有竞选用的宣传旗与竞选主题歌出现。一时之间，能看到街上许多的汽车、摩托车，尤其是支持陈水扁的计程车车队，车上都插满了旗子满大街跑。当时的竞选主题歌，除了后来变成新党党歌的《大地一声雷》外，就是陈水扁的《台北新故乡》跟《春天的花蕊》了，尤其是后者，因为曲调悠扬歌词优美，有好一阵子都是KTV里的点播冠军。总之，民进党在选举中善于运用各种营销策略，就是从这次选战开始的。

所以，在当时的高中校园里，许多同学喜欢将陈水扁的竞选旗帜缝在书包内侧，每次一看到有人翻开书包露出那面旗帜，自己也会装作无意地露出那面旗给对方看到。而支持新党的同学，也会把新党竞选时的那件红T恤穿在制服里面，并有意无意将领口放开两颗扣子给其他人看，这样大家就心照不宣，知道对方是“同志”了。现在想想，这种愚蠢的行为倒也不是真的在挺扁，因为学校上层或教官大都还是支持国民党的，所以，这么做应该是种青春期特有的、藐视权威的叛逆行为而已。

陈赵两人实力在伯仲之间，几乎是一种欢乐气氛与悲壮气氛的对决。情势非常紧张，选举前的最后关头，甚至传出了李登辉弃黄大州保陈水扁的说法。这些年来一直有很多人相信这种说法，但我持保留态度啦！因为黄大州声势本来就弱，就算陈水扁有百分之五的票是从他那里争取过来的，扣掉这些票，陈水扁还是胜。当然，不可否认的是，国民党的分裂是造成陈水扁这次当选的原因之一。

至于在台湾省长方面，国民党的“宫廷大内高手”（当时对手这样称呼）宋楚瑜最终胜出，高雄市长也是国民党的吴敦义胜出。

市政的建设与规划，有其延续性，这点在硬件方面尤其重要，且承前启后经营市政，台北才有今天。但是在软件方面，就的确很能看出一位市长的个人风格。陈水扁在市长任内，当然不是说大家都喜欢他做的，但很多重大工程都是在其任内完成的，对于只看结果的民众来说，这当然是有加分的效果。但更令人感到印象深刻的，是官员对人民态度的变化。

长久以来，市长都是官派，因此不免沾染官僚习气，且影响到一般公务员，对民众总是爱理不理的。面对这样的一副嘴脸，民众也只能无奈地摇摇头。陈水扁担任市长期间，这种情况有了明显的改善。比如说，与民众生活最息息相关的区公所（区政府）办事处，从前柜台是高高在上的栅栏式，民众必须站着办事，现在改成可与办事人员平起平坐的开放式。并且，民众一坐下，马上就会有人倒茶水给你，原来的晚娘面孔，也取而代之为亲切的笑容。不管他们是不是真心的，至少让民众感觉受到了尊重。公务人员的官僚做事方式有了很大改善，这可能是陈水扁任内最让人称道的地方。

1995

李登辉“私人访美”，两岸之间的“飞弹事件”

李登辉上台后，积极推动“务实外交”。

台湾当局所谓的“邦交国”都是一些“穷小黑”，即穷国、小国、黑国。后来，台湾当局的“邦交国”增加了，但几个仅剩的主要“邦交国”也纷纷失去。比如说1989年与沙特阿拉伯“断交”，1992年与韩国“断交”，当时还掀起了一波反韩风潮。对台湾当局打击比较大的是与南非“断交”。过去几十年来，南非与台湾地区，在国际上一直被列为人权不及格的地区而遭受杯葛[1]。因此两个难兄难弟只好同病相怜，互通有无，关系一直都还不错，并且也差不多是在同一时期，在政治上开放。而人权领袖曼德拉获释后，也在1993年来到台湾访问。没想到1994年曼德拉当选总统后，还是宣布跟台湾当局“断交”。当初曼德拉有意选择所谓“双重承认”的模式，不过还是迫于国际现实，选择跟台湾当局“断交”了。

李登辉“务实外交路线”的一个高潮是在1995年，他终于争取到了“私人访美”的机会，回到他的母校康奈尔大学进行访问并发表演讲。电视上转播

① 中文的“杯葛”是来自人名“Boycott”的音译，集体抵制之意，中国台湾和港澳地区常用，在大陆并不常用，大陆常用“抵制”这个词。

的，是他发表题为《民之所欲，长在我心》的演说。虽然他的英文充满了日本口音，实在不标准，但这以台湾当局“外交”的立场来说的确是一次突破。

结果在同一年，大陆方开始导弹试射，一枚射到台湾东北方海域，来年初另一枚又射到西南边海域。所以台湾当时也出现了一个词，叫“文攻武吓”。

飞弹试射引起全世界的关注，不在台湾的许多亲友也纷纷打电话回来，担心说是不是要开战了。不过台湾内部都还一派歌舞升平，马照跑舞照跳，一点儿紧张的感觉都没有呢！当初飞弹公告试射的那一天，电视台居然还现场连线跑到东北角海岸的岬角上去，一堆老百姓已经等在那里，说要看飞弹掉下来，真是愚蠢到了极点。反正，在当时，一般民众根本感受不到一点儿紧张的气氛。

接着，大陆又开始在东山岛附近展开一连串军事演习。来年就是台湾地区的首次“大选”了，所以也有人认为这一连串军演，是有警告性的。

比较有紧张感的是到了第二拨飞弹试射时，开始有人嗅出一点点不对劲的味道，据说，在台湾的美国公民都已经收到可能撤侨的预告。有人将这些事跟之前的“一九九五闰八月”的预言联想在一起，而引起社会上一阵恐慌。当时机场飞往美国、加拿大的班机，可以说是班班爆满。不过，大多数老百姓还是不知道事情的严重性。

好多年后，我听当时当兵的人回忆，一些实兵部队里，那阵子都是全副武装在睡觉的，官兵被要求先写好遗书，部队里的尸袋也已经准备了不少。在金门，各炮阵地已经被要求清除视界（即砍树），电话里一直传来射击坐标，就等着看谁发了第一炮。听他们讲，才知道那时候的情势之紧张非一般人所能想象。

这次危机成了台湾发展的重要分水岭，各方面的发展在几年内快速急转直下，一直到近两三年才慢慢恢复。而从那时开始，台湾内部便分裂为与大陆对抗和与大陆交往的两股力量，随着台湾内部选举更激化了族群对立，自2000年更分裂为蓝绿对抗，一直延续到现在。政治的空转也让台湾的经济发展跟着一蹶不振。

1996

台湾地区第一次“大选”

1996年3月的“大选”，是第一次台湾地区领导人的直接民选。台湾地区领导人本来是由“国民代表大会”选出的。“国民代表大会”在过去算是台湾政治体制下的一种特殊组织。依孙中山当初的政府设计，政府的治理权由“五院”（“行政院”“立法院”“司法院”“监察院”“考试院”）行使。但是，关于“监督政府”“领土主权”及修改“宪法”等，则是交由“国民代表大会”行使，并将“国民代表大会”的“宪法”层级置于“五院”之上。而“立法院”委员及“国民代表大会”代表皆由人民选出。如此，通过“国民代表大会”，人民也能有效地控制监督“政府”。

当然啦，这一切都很理想化，到了20世纪90年代的台湾，很多现实都不像当初设计时的情况了。1996的大选，各方的人马如下——

国民党：李登辉、连战；民进党：彭明敏、谢长廷；无党籍：林洋港、郝柏村（实际上是新党支持）；无党籍：陈履安、王清峰。

其实，这是一场从一开始，起点就不太一样的选战，因为国民党李、连这一组，从一开始就声势浩大，支持率一直遥遥领先，再加上庞大而细密的辅选网络深入台湾的每一个角落，单就“资源”一项，其他各组候选人已望尘莫及。

而民进党在这次选战中可是低估了李登辉的“魅力”。另一方面，民进党当时挟着前几次大选都有不错成绩的气势而来，但的确是HIGH过了头，忘记了民众对“台独”仍没什么信心，大部分都还是想安稳地维持现状。

其实这次选举，从中期之后，大家都已经看得出来李、连这组人马是一定会当选的，只是没人愿意认输。并且，台湾的选举就是这样，就算支持率低，也要搞得气势高昂、热热闹闹的样子。所以不管哪一个阵营的场子，现场一定是一片欢乐，HIGH到最高点的气氛。台湾地区“大选”为什么会选在年底到年初这段时间，我猜想是因为这段时间刚好是职棒休赛期间，天气又冷，所以民众需要一些可以尽情大喊的热情活动宣泄一下。

虽然说民进党在当时的支持率已经落后了，但民进党的场子依然可说是最好玩的，这可能是因为该党从街头运动起家，办起各种活动来，掌控节奏的能力是一流的。在选前最后一个晚上，民进党的场子里，台上主持人及台下群众互相呼应，再加上演讲时不时穿插着背景音乐，最后伴随着候选人出场而达到最高潮，结束后再放个烟火，现场简直就是又HIGH又热血。整个台北市到处都有“选前之夜”，每一个场子都在比谁能更晚结束，似乎先结束的，在声势上就输人一等。

当晚，每个候选人的场子都结束后，几乎已经11点了，但民众意犹未尽，一群一群地走在街上逛着。支持民进党的群众很热情，自发性地开始“散步”，从市政府广场一路走到“总统府”前，在每个路口都有人摇旗呐喊，一呼百应。如果遇到其他阵营的支持者，倒也不会对骂，就是隔着街互相对喊口号，隔空交火，也是好玩的成分居多。当走到“总统府”前，看到已经是重兵把守，整个府前广场都已经被围住，大家也就自然地散了。经历过那么多次“大选”后我才了解，选举的结果其实不是最重要的，原来大家喜欢的是那种选举中的狂热，和那份如同办嘉年华会般的感觉，等到选完，日子还是要继续过下去。

总之这次选举是李登辉阵营胜利了，拿到超过半数的选票，总算是为他的“总统”位置立下了“正当”性、“合法”性。

这场选战后，李登辉的地位可说是完全确立，得以开始党内中生代的布局。林郝、陈王代表的国民党非主流派自此之后可说是彻底瓦解。而李登辉从此也跟民意基础颇高的省长宋楚瑜开始形成对立。

高中补习班与名师的故事

在台湾的高中生，除了每天在学校的课程外，下课之后十之八九都会往补习班跑。说真的，看似很用功，但其实是因为大家都去了补习班，也就跟着去了。补习的内容大部分是数学、英文，也有物理、化学，后来居然也有补习“国文”的，可说是无所不补。

一些有名的补习班，几乎都是集中在台北车站的市中心附近。台北车站前的“南阳街”，可算是传统补习班聚集的地方，后来以这个地方为中心，附近办起了各式各样考各种证照或是学校的补习班。而高中补习班喜欢在高层大楼里，甚至有些大楼有好几间补习班在里面。有些补习班的大厅装潢之豪华，简直堪比五星级饭店。这些补习班都会用名师来号召，高中生们也喜欢追着名师跑。在这些补习班里，教室之大，动辄可以坐下三四百人，越坐到后面就越看不清楚，所以教室里也装有数台电视。而坐得越靠后面越不容易专心，所以后排座位也很容易变成看他校女生，或者聊天的好地方。

当然，比较有心想读书的人是不会想坐在太后面的，而大家都想上名师的课，所以要在几百个人中划到好位置就显得非常重要。因此就可以看到一种现象，每到一个班又要开课时，许多高中生会在报名划位的前一天就开始彻夜排队，几乎每次这种现象都会上新闻。但事实是，许多高中生也把这种事当做一种乐趣——能够跟同学一起排队，通宵在那边打牌聊天，跟别的学校的女孩瞎扯胡闹，那是多美好的事啊！所以这也是许多人高中生涯的回忆之一。只不过有一年我看新闻，某名师的补习班，排到第一个划位的居然是个菲佣。看来是哪个有钱人家的小孩懒得排，叫家里佣人来代排的。

而名师不愧是名师（或者他们会自称为某某科天王），个个都充满了传奇性。首先，这些名师一定都会有个传奇性的故事，比如说台大法律或医学毕业跑来当老师啦！或者在外国留学回来之类的。不管真实性如何，唯一能肯定的是，这些名师都是领着超高薪以千万来起跳，补习班的成败，全靠他们的嘴上功夫，学生总是被唬得一愣一愣的。当然了，超高薪的背后是一直在各处上课。有些名师，早上在台北上课，下午就坐着飞机到高雄上课，赶来赶去的几乎没假日。所以你看这些老师，几乎都有同样的特征：脸色稍苍白，声音略沙哑，可能还有些黑眼圈。

教相同科目的名师之间也会有心结存在，常常会在课堂间顺便揶揄其他补教老师，有更直接者，在几百名学生面前就直接开骂了，内容通常不外乎是抄袭授课内容讲义啦！教法错误啦！但是学生们通常会听到更多小道消息，比如说某某名师的徒弟投靠另一名师，或者抢学生之类的。补教界还是有很多高中生所不能理解的黑暗面。

名师有其魅力，因为他们都有自己的一套教学方法，不同名师都有不同的教学风格及逻辑。不知道为什么，也许是名师这两个字本身就有催眠性，同样在学校里听都听不懂的问题，一到名师口里，就变得化繁为简，条理清晰而易懂。以教数学的名师来说，肯定有什么速算法或解题口诀之类的。另一方面，名师的口才肯定很好，插科打诨样样都会，常常在授课时穿插一些笑话、内幕消息之类的，讲得天马行空让大家哈哈大笑，很懂得怎么激励同学，让大家用功。学生们用崇拜的眼神看着这些名师——他们可以3个小时讲下来，硬是面不改色，精神焕发，一点儿也没有冷场。但是啦，名师嘴里讲出来的，笑笑就好，十句有九句不能相信。而且，讲出来的笑话还不都是那几个，问了好几个不同届的，听到的内容都差不多。

补习班也是个交朋友的好地方。当时有些学校是纯男校女校，就算男女合校的也几乎都是男女分班，因此，人数众多又是男生女生混在一起的补习班教室，就成为发泄青春的好地方。所以，上课时传纸条这种事从来没有停止过，通常帮忙传纸条时，已经不知道是后面哪一个人传来的了。又或者，发现纸条的收件对象是自己心仪的女生，又会趁人多偷偷把纸条给没收，或者偷换成一张白纸传过去，装作什么都不知道。

彭婉如命案与刘邦友命案

1996年底至1997年初这段时间，可能是许多台湾人觉得治安最黑暗的时期。因为在这段短短的时间里，连续发生3起命案，而这3起案子都跟名人有关，分别是：桃园县长刘邦友命案，彭婉如命案及白晓燕命案。而前两件命案，到现在都还没有破。

发生在年底的刘邦友命案，凶手在侵入他家后，将在场9人通通干掉，结果是8死1重伤。这么残忍的手法很显然是职业杀手干的，但是，他惹到谁了呢？当时就盛传是他牵扯有关砂石业弊案，因此遭到仇家杀害。但实情一直弄不清楚，民间也是议论纷纷，因为这是第一次有现任的县长被干掉的事情发生。

唯一的幸存者，在医院里住了很长的一段时间，因脑部严重受创，记忆受损，故未能作证。但是，也有人认为他是故意装傻不讲而已。总之，这件事至今仍是悬案，当初的刘邦友公馆也已改建为警局大楼。

过了9天，在高雄参加民进党临时代表大会的民进党妇女发展部主任彭婉如，在返回饭店途中失踪，虽然知道计程车司机是犯案对象，但就是找不到这辆车。案情至今也一直没有突破，从而成为悬案。

也许因为彭婉如当时是位名人，又是女性运动的带领人，所以这件案子在社会上引起了强烈的震撼，妇女人身安全也成为社会大众关注的焦点，给了当局许多压力。很快地，《性侵害犯罪防治法》以及一些如“有前科者不能开计程车”之类的规定都公布实施，从没想到一向以拖待变的“立法院”会那么有效率。所以说，若不是这案件，很多管理条例会推迟好几年。只是那时候，只要妈妈或女性朋友稍微晚一点儿回家，心里都会有些不安。

连续发生了两起命案，而且都是名人，因此不免给人治安败坏之感。总之，那时候大家都没想到，在来年不久后，又有一件更惊心动魄的白晓燕命案及其后续，对台湾社会造成的影响更大。

1997

电视剧《姻缘花》带来的热潮

台湾电视剧一直有两大热门时段，一个就是之前提到的八点档，另一个是九点半以后。八点档大多是一些阖家观赏的剧，取材也较丰富，什么社会、警匪、伦理、爱情、亲情、武侠、科幻等题材都播过。但九点半以后的剧集，清一色的都是较社会写实的家庭伦理剧，剧情多半偏向现实生活，剧情方向有时会根据社会话题来撰写。

通常这些剧的剧情都比较煽情，这也不代表它们有什么情色成分，而是这个时段播出的剧集，剧码不外乎都是些婆媳冲突、豪门恩怨、外遇第三者等内容。在这些剧里，角色的个性鲜明，剧情常有互赏巴掌、拉扯、推倒、虐待、苦情、误会等大洒狗血的内容，都是一些儿童的纯真心灵无法理解的大人世界。很可能正因为如此，才排在这个时段播出，但这些剧集通常很受妇女观众的喜爱，她们戏称这些剧为“九点半档”。

在20世纪90年代初，中视在每个礼拜天晚上10点推出“中视剧场”的单元剧，每一部剧都以某种花的名称作为剧名，比如说太阳花、罂粟花、姻缘花、君子兰花等，大概播了10年。这一系列的剧就是以上面所说的那些剧情走向为卖点，而演员通常都是那几个人。因为这系列剧为刺激收视率，剧中一定都有手段狠毒的反派，通常是第三者或恶婆婆之类，所以演过这系列剧的演员也几乎都被定型。比如说，陈莎莉成为永远的坏婆婆，张晨光通常都会扮演夹在婆媳中间的为难丈夫，王淑娟几乎都是演苦情女，张庭常常都演第三者……这些系列剧后来俗称为“花系列”。

1997年时花系列中的《姻缘花》是社会极大的话题，到最后简直就是全民参与，都融入到这部剧里。《姻缘花》也成功地塑造了不少角色，可以说是花系列中最成功的一部。剧情描述一位失去父爱的小太妹顾小春，后来受到社工云生的感化。但云生本人为不孕症者，而她的婆婆又想要抱孙子，顾小春为了感谢云生，遂自愿成为云生的代理孕母。没想到顾小春生下孩子后心性剧变，不但强占孩子，又勾引云生的丈夫发生性关系，用尽方法来骚扰云生想取而代之，就在云生快崩溃时，又有另一个男人进入云生的生命中给她力量……光听这些剧情就觉得够变态够洒狗血了吧！当初编剧简直就是把顾小春塑造成一个无可救药的恶女，每次观众看到顾小春那种歇斯底里不择手段的样子，简直想把她碎尸万段。

这部剧是慢热型的，越演到后面越引起话题，这个议题不仅仅让整个社会掀起了讨论代理孕母的问题，居然也因此入“立法院”讨论了。另外，声讨顾小春也成为全民运动。潘仪君饰演的这个恶女顾小春，抢尽了全剧的镜头，有好一阵子观众都无法接受潘仪君演别的角色，据说剧组每天总是收到恐吓的传真收到手软，要潘仪君小心点儿，让她不得不申请警察保护。后来制作人眼见此剧太成功，居然开放观众决定大结局，没想到收到的几乎都是顾小春五花八门的死法。

（关于我家看连续剧的生态总是如此：首先，一定是妹妹盯着看得入迷，这肯定会惹来妈妈的一阵骂声，但妹妹也不理会，每次妈妈经过电视机旁骂她，她都会乐在其中地解释剧情给妈妈听，妈妈也会顺便瞄几眼，久而久之，便不再骂她了，因为妈妈自己也跟着沉沦在剧情中了；而我对连续剧总是抱着批判的态度，这时候就会引来她们两个女人的反驳，我为了要再反驳她们，只好看看到底又演了什么荒谬的剧情，久了，我也堕落了；最后是爸爸，他总是早出晚归，偶尔赶上播出时间，为了展现对全家的爱，便乖乖地坐着跟大家一起看，断断续续几集之后，他变得很准时地回家。）

这部剧在播出时，我正值高三的下学期，就要大学联考了，但大家都在讨论，似乎大家都在看，生怕自己不看，就跟不上话题。并且，看过前一天剧情的人，隔天才有机会跟女生讨论，找借口聊天。不过后来才知道，每个人都说他们在看，但是真正问起剧情时，才发现大家都不知道。

这是当年影响最深的一部剧，所谓1997年的三大恶人：白晓燕命案的凶手陈进兴、高天明以及《姻缘花》里的顾小春。反正在台湾，这类剧一定要有两大要素：婆媳和生病。恶婆婆虐待媳妇，生病的人谈悲惨的恋爱，有了这两项要素，收视率想低都很难。

高三的最后

在我的高三下学期，快要考大学的4月，台湾爆发了半年内的第三起重大命案，即知名演艺明星白冰冰之女白晓燕命案。加上凶手陈进兴、林春生、高天民等三人又于逃亡途中犯下多件刑案，“白晓燕命案”可算是台湾有史以来最重大的刑案之一。

白晓燕是在上学途中被绑架的。当晚，白冰冰就接到歹徒的电话，要她到指定地点，结果白冰冰除了在该地发现女儿的物品外，还找到歹徒要求500万美元赎金的绑架勒索纸条，以及女儿的半裸照片和一截小指头，三名绑匪的凶残由此可见。

但因绑匪是用所谓“王八机”（盗拷SIM卡的行动电话）的手段，所以虽然一直有联络，警察却也无法掌握行踪。在其间，歹徒多次约定交款地点又爽约，至此，受尽折磨的白冰冰终于召开记者会，请求全民一起救白晓燕。各大媒体均以头版扩大报道，媒体记者与电视台SNG车挤爆白冰冰的家门口。而这次事件，也让台湾民众第一次见识到媒体SNG的泛滥，以及抢新闻的恶形恶状。

为了人质的安全，在报道前，许多媒体虽然收到了消息，但仍然很有默契，暂时不报。但有某平面媒体忍不住抢先报道出来后，其他媒体虽然口诛笔伐，不过也生怕新闻报得比别人慢一步，终于开始跟着嗜血般地抢新闻，甚至在白冰冰坐车要去交付赎款时，天上就有媒体的直升机跟着在SNG直播，导致打草惊蛇，让歹徒逃了。

后来白晓燕还是被撕票了，三名歹徒开始亡命全台。而很多民众在白晓燕的告别仪式上看到有日本的黑社会人士前来致意，也才知道白晓燕原来是当初白冰冰赴日发展时，与有黑道背景的漫画剧作家梶原一骑生下的女儿。

白晓燕遭绑架期间，案情发展几乎天天都是报纸的头条。虽然联考已近，但大家一到学校，首先看的几乎都不是课本，而是报纸，然后又开始发表自己的猜想。

而许多报纸的报道同样遭人诟病。比如说有些报纸为了抢独家，刊登出白晓燕的裸露照片或惨遭凌虐的尸体照片，加上一些记者编出来的想象情节，严重违反新闻伦理，让人见识到媒体丑陋的一面。但是民众也一边骂，一边看哪家媒体的新闻最多，爆的料最多。

到了5月，这起案件的悬赏奖金已经高达1000万元。当局也有限期破案的压力，再加上之前两个未侦破的重大案件，简直就是满头包。

总之，那时候的气氛就是给人以整个台湾治安非常差的印象，民众当然非常不爽。这些民怨终于在5月的游行中爆发出来。

游行的主要诉求本来还是以追求妇女、儿童人身安全为主轴，希望为他们谋求安全的生活空间与成长环境。李登辉当时又太不识相，居然说游行是大陆的“统战阴谋”，结果引起更大的民愤，诉求反而变成“李登辉认错，撤换内阁”，要当时的“行政院长”连战下台。在游行中，很令人震撼的一幕是10万人同时跺脚，那声声低沉的巨响我到现在一直都还忘不了。

这是台湾有史以来第一次不分党派团体，一起联合的大游行。在那阴霾的天空下，游行队伍在“总统府”前广场停下，高喊“认错！认错！认错！”等口号，又用激光束将“认错”的脚丫图案直接投射到“总统府”塔楼墙上。这个画面，在国民党主政末期的这几年，是极为震撼的。

白晓燕命案发生后，三名歹徒开始了亡命生涯，并且在逃亡途中犯下多件刑案。这些过程都非常戏剧化，曲折离奇，不愧是台湾有史以来最轰动的刑案，台湾当局倾全台之警力大办案。等到陈进兴被捕获时，已经是半年之后了。

高中三年很快就过去了，又要再面对一次联考。因为我重考了两次，年纪比同学都稍微大了一点儿，等到去了兵役体检，并且抽了军种之后，我才意识到事情的严重性：如果我没考上大学，马上就要入伍了！

那时候，台湾的义务兵役制度是这样的：正常男子凡年满18岁即要入伍当兵1年零10个月，但是如果考上大学可以等毕业后再去当，或者又考上研究生或博士生也可以等到学业结束后再去当兵，最晚到32岁为止。所以也会看到许多年轻艺人不愿意那么早去当兵，在那边死撑，一个学校换一个学校继续读。

但兵役的身体体位（身体健康等级）分为甲、乙、丙、丁4种：甲种是身体毫无毛病也没近视，乙种是有点儿小毛病（含近视），丙种毛病稍微大一点儿，丁种就可能是身体有残疾了。甲乙两种身体状况是要服兵役的，丙种只要服国民兵，去训练一两个礼拜就好，丁种则是完全免服。这些身体状况标准都是在役龄男子毕业前，做征兵体检时决定的。

兵役体检一次都是几百个人，一站一站排队，检测身体各项功能。所以啦，你在现场可以看到几百名“环肥燕瘦”的年轻男子的肉体，只穿着内裤在那边走来走去。大概就检查些心肺功能、血压、视力、牙齿、听力、血液等，顺便会叫你做一些动作如交互蹲跳、俯地挺身（俯卧撑）的动作。体检的最后一站是抽血。抽完血是盖指印，所以，几乎台湾所有的成年男子都有一份指纹建档。之前提过，靠着指纹辨识而破案的例子最有名的就是王幸男邮包爆炸案，在那个还没有电脑辨识的年代，几乎调来了全台最优秀的大学生一份份地人工鉴识，居然也把人给抓到了。因此，当兵体检时的指纹建档一直是很重要的工作。

兵役体检完不久之后，判定甲、乙标准的役男就会收到一份通知，要你某月某日在某地抽兵种，并给你一个排序号，轮到你这个号码时，你就上去抽。

在兵种的签桶里面，陆军最多，其次是海军舰艇兵，反正空军最少，海军陆战队也很少。因此在大家的观念里，空军都是爽兵，所以大家都想抽到空军。海军陆战队最辛苦，当然大家都避之唯恐不及。正所谓陆军乞丐，海军绅士，空军少爷，海陆流氓，在一般人心目中就是有这种刻板印象。但是，命运是残酷的，总是有人要下地狱，因此，每当有人抽出签交给报签者，紧张的一刻来了，抽签者心里忐忑不安。当报签者大声读到“某某号，海军陆战队”时，你就会看到抽签者脸都绿了，如丧考妣的样子慢慢如游魂般离开。但台下这时就激动啦！当“海军陆战队”这5个字被报出来后，台下就会“举国欢腾”般传来一阵欢呼拍手声，因为，自己抽到陆战队的机会更小了。

而大家都想抽到空军，反正不要是陆军。可是那时候不知道为什么，我却很想抽到海军陆战队。轮到我抽时，我看到签箱内有支签似乎远离了其他签，想也不想地就把它给抽出来，没想到一报：“空军。”我顿时感到台下一双双嫉妒的眼神朝我射过来，一片寒意啊！谁知道我心里其实是一阵遗憾。

有一种情况是请人代抽，可能是没空来，或者是不知道要来，又或者是根本不敢自己面对，所以就请亲人或里长代抽。据说请里长代抽手气会比较好，但我就曾亲眼看到里长及妈妈代抽的，抽出了海军陆战队，那个里长脸都绿了，肯定不知道该如何回去面对里民。妈妈的脸也绿了，回去肯定一直自责，送自己小孩去受苦。另外一种说法是，抽之前，在手上喷点儿香水，或者在手掌中画个眼睛，这样抽时据说长眼一点儿，不过这都是牵强附会的说法啦！

反正，正常是抽完签不久后就会去当兵了，但我后来侥幸地考上了大学，所以也暂时逃过一劫。

高中三年我并不太认真。本来高中以前比妹妹高了两个学年，但现在变成一同入高中，又会同一年毕业。亲朋好友问起来，虽然还是理直气壮地回答他们，但心里就是不太好意思。

在高中一混就混过了3年，比较值得一提的是我常常参加征文或作文比赛，原因是当初没有经济来源，只好到处找有高额奖金的征文比赛来参加，并且会先研究大概有多少人报名，拿到名次的几率有多大。说真的，拿到第一名的次数还蛮多的，不仅靠此赚了一笔钱，跟奖金猎人似的，又能拿着受奖通知跟学校请公假，有些在外地颁奖的，还可以多请几天。就这样，到了台湾好多地方去玩，高中时对此简直是乐此不疲。

都说越到高年级越皮，我也不例外。就拿一件小事来说好了，学校规定7点40分以前要到校，迟到就得罚站到升旗完才能进教室。但我还是几乎天天迟到，后来再迟到就索性在学校旁边的早餐店吃早餐，看完报纸，等升完旗再进校门。进了校门后，再直接去警卫室前登记写下自己的名字，免得看纠察队的那些脸色心烦。后来又大胆一点儿，虽然警卫就坐在正前方，但填写登记本时就欺负他那个角度看不到我填什么，就假装做个写字的样子，其实什么都没写。再后来，脸皮更厚更无耻了，走进校门后，连登记都不去了，就直接朝着警卫室相反的，也就是教室的方向走，尽管被警卫大声地叫“站住，站住”，还是以坚毅的步伐，头也不回地往教室走去。对我来说，不这样干，会天天被记迟到，那样的话，大概还没到毕业，我就会因操行被扣到不合格而退学了。

不只是脸皮越来越厚，就连生活上也越来越懒。在三年级上学期，每天早上都会听到妈妈的大叫：“快起床，要来不及了！”结果到了下学期，早上已经睡到七点半了，才听到妈妈懒懒地问：“你今天想不想去学校喔？”

到了高三，我的读书跟别人不太一样，变得不太爱听老师上课讲的内容。反正在学校就是从早上睡到下午放学，中间难得起来吃个饭或看看报纸，跟同学瞎扯一下，总之，就给人一种自暴自弃的感觉。不过晚上一回家，精神可来了，开始读书，其实并不是真的那么想读，只是因为家里有线电视坏掉了，妈妈索性不修。再加上那时候还没有电脑及网络，除了读书外也没其他事情可做，为了打发时间，就开始伏案读书啦！

考前最后一个月，我跟妹妹一起报名参加外面的“考前冲刺班”，也是在台北车站附近，七点半就要到，每天早上挺早就要出门。说也奇怪，我就是不喜欢跟妹妹一起去，非要分开走。不过说起来，比起我，妹妹的高中三年更不注重学科了，因为是音乐班的缘故，所以术科比较重要。尤其她又在那种活动特多的学校，玩得简直就是不亦乐乎，只要术科够强，再加上一些学科能力，通常就能“KO胜”。妹妹的主修是长笛，但她也不是从小就学长笛，是上了初中后半路出家，从钢琴改学长笛的。之前说过，从小我们两个都是学钢琴的，但是我在上初中后因为老师太严格，恨透钢琴，所以放弃了。妈妈只好把希望都寄托在妹妹身上，学什么乐器啦，参加合唱团啦！花大钱买一整套音乐百科全书或古典CD之类的，钱都舍得撒。其实那一代的父母只要有些钱，总是会送小孩去学音乐。可能是因为有这种情结，到现在，妈妈还是处心积虑，想要帮我找个会弹钢琴的媳妇。

反正，我们两个终于成为“同学”。不过，在400人的教室里，我坐一角，她坐一角，不相往来，只有晚上10点下课后跟她一起回家。考前冲刺班的课程安排是非常紧凑的，通通都是各科名师来上课，把高中3年课程的精华部分都系统地讲一遍，并且隔天就考这些内容。反正到了最后，基本上我已经不太去读课本内容了，就是一直不断做模拟试题。唉，没想到高中又玩了3年，等到有兵役压力才知道严重性。

后来有一天，我突然把浓密且有点儿长的头发通通剃光了，六根清净。一个大光头出现在教室里，引起全班一阵轰动。从讲台上看过去黑压压的一片，突然有一个光头，那多明显呀！所以我也变成老师常常点名问问题的对象。

大学联考是在每年7月的前三天，第一天是文科考试，第二天是共同科考试，第三天是理科考试，看报名哪一组就考哪一天。有些强人可以横跨文理科，但弱者如我，只能在文科的边缘挣扎。

果不其然，我的作文又拿了接近满分，但也救不了我的分数，侥幸让我捞到一所学校来读。唯一遗憾的是，我本来是想读历史的，但分数不够，只好去读哲学了。就这样，学业反而是高中回忆里面最微薄的部分，大部分课本知识，与联考一起随风飘逝。

高中“三民主义课”

当时台湾的高中课程，除了“国文”、英文、数学、文组学的历史地理、理组学的物理化学外，还有一个很特别的课程是两个组都要学的，那就是“三民主义课”，即孙中山先生所创之民族、民权、民生的学说。说实在的，这类政治思想的课程教了几十年，刚开始不免有为政治服务的意图，但在台湾越来越开放的时代，课程的编排不得不随着时代而有越来越多的变化。

当时很多教三民主义的老师，可都是“三民主义研究所”——简称“三研所”的硕士生毕业的。不过你想，孙文的三民主义专著都已亡佚，现在看到的都只是他有关三民主义的演讲稿而已，这样居然也能发展成一套学说加以研究，真是不得不佩服那些加以“阐述发展”的学者了。

而高中的“三民主义”，的确是一门非常需要记忆力的学科，因为在联考里，这门科目是要考申论题的。但所谓申论题，也不是“抒发己见”的申论，而是假申论之名，行填写有标准答案的默书之实，简直就是集填鸭教育之大成者。所以啦，在当时，大家都习惯把三民主义课本“分解”，拆成一章章重新装订粘好，变成薄薄的“易读本”，随时随地都能拿出来背。补习班居然也开三民主义的课程，而且专门教你怎么去背，怎么去写才会拿高分，还发明了一堆奇奇怪怪的口诀。令人匪夷所思的是，明明就是标准答案，按课本内容写出的，偏偏就还是要给你扣个一两分，因为，申论题是不可能得满分的。还好，后来全部改成选择题来考，简直就是可喜可贺。

说也奇怪，明明就是“三民主义”，但是课文里蒋介石说的话永远都比“国父”还多，套用一个现代一点儿的语汇就是“消费”孙中山。并且，课文里每说到一个理论，就会有这种格式出现：“首先”是“国父”说，“其次”是蒋介石说，“进而”是蒋经国先生说，“然后”是李登辉说。并且其间穿插着编者好心使用的连接词，内容繁杂，各种标点符号，如冒号、上引号、下引号及挪抬[①]，让人看得眼花缭乱。

可以说，只要高中三民主义学得好，背得好，将来专门帮当局写政令文书都易如反掌。不过，在那已经开放一阵子的社会里，课程再这样继续编排下去，实在不符合时代性，所以，课程也出现了些简单的西方政治哲学、历史哲学发展、政府运作、自由民主之类的。反正，不管怎么写，最后一定会有个结论：三民主义好。

三民主义在联考中改成只考选择题后，学生的负担减轻了很多，但台湾的学生受到“三民主义”课程的影响如此深远，以至说起“三民主义”就能信手拈来。前几年，网络上就有轰动一时的恶搞小说《铁拳无敌孙中山》，用港漫里《天子传奇》的模式，把孙中山由一位文弱书生，变成一个身负惊世绝学的真命天子。而里面的招式，当然就都是引用些孙文学说的名词，比如说五拳“宪法”：行正拳（行政），雳法拳（立法），丝发拳（司法），烤世拳（考试），奸铡拳（监察）。三明主义：明拳（攻

① 中文文书在行文中，为表示尊敬，在人名及称谓前面留一个字的空白（相当于一个全角空格“　”）。现在大陆已经不用这种书写习惯。台湾的正式文件上还有使用。

击），明足（轻功），明身（内功）等招式。

后来，三民主义研究所开始转型，慢慢改名为“国家发展研究所”“中山所”之类的，研究的内容也越来越偏向多元化的政治与社会的研究，好像三民主义背负着什么原罪一样，生怕留着这个名字，就没有人想要读。

1997年过世的名人

1997年去世的名人还真不少，每件事似乎都对台湾产生了一些影响。首先，就是年初的邓小平逝世。他逝世的隔天，台湾各大媒体都在头版做了大篇幅报道，引发新闻战。因为每隔一阵子就会出现一次邓小平逝世的消息，到最后大家都已经搞不清楚是真是假了，所以等到这次消息一发布，新闻界又乱成一团。而这次最引人争议的是《中国时报》，除了头版“中国时报”那四个字是原来的红色外，全版都是黑白的。结果民进党人趁机批了《中国时报》一番，认为《中国时报》“媚共”，引发了一连串的口水战。

但邓小平之逝世，的确让台湾紧张了一阵子，战备程度提升了很多。那几天，各报也在不断报道邓小平过去的经历及政绩。

到了8月，考完联考，正在等待入学的那个炎热的、懒洋洋的下午，我在半梦半醒之间，听到广播新闻中的插播传来戴安娜王妃车祸身亡的消息，马上惊醒过来，还以为刚才是在做梦，等到打开电视才确认是真的。

结果那一阵子，像我爸那一辈的男人简直就是无限的唏嘘呀！当初戴安娜世纪婚礼时的风采可说是迷死他们那一代的男人，爸爸甚至好一阵子都在怂恿妈妈去做个戴安娜的发型。所以，那阵子，每当他打开电视看到戴安娜去世的后续消息，都会感叹几声。但对于我来说，印象更深的是在她的葬礼上，艾尔顿·约翰的那首《风中之烛》。

过了几天，世界知名的特蕾莎修女也过世了。我还记得戴安娜王妃过世时她发表的简短谈话，没想到没过几天她也跟着过世了，真是生命难测。紧接着，教会也开始了一连串的纪念活动。

年底，张雨生车祸去世，这位陪着我们那一代人一起长大的音乐才子就此陨落。那时的张雨生，已经转到幕后，并成功捧红了张惠妹。在更早之前，他可说红透了半边天。虽然他跟许多歌手一样，当兵之后就不如当兵前那么红，但大家也记得他当兵那年，台湾的区运开幕典礼上，有一架军方的直升机从天而降，直升机上走下一个穿军服的阿兵哥，随着音乐开始高声唱《我的未来不是梦》的那个震撼画面。他退伍后，成功地从偶像型歌手转型为创作型歌手。不过他也慢慢被主流大众所遗忘，直到他车祸去世后，又勾起大家对他的回忆。大批歌迷拥入“国父纪念馆”，等到《天天想你》的音乐响起时，大家都哭了。

那几年，台湾的有线电视台有专门播出日本电影的频道，所以我也大量收看日本老电影，尤其喜欢看日本的武士片。所以年底，演过《罗生门》，经常饰演宫本武藏以及许多硬汉角色的日本演员三船敏郎的过世，也让我感叹不已。他也是许多台湾老一辈人的偶像。那阵子，三船敏郎的纪念合集推出，虽然很贵，但卖得特别好，据说都是上了年纪的人买去的。

大一的流水账

上大学前的那个暑假，我在补习班打工兼差，就是按照专门收集来的各校毕业纪念册里的通讯录，一个一个打电话，说服他们来复读班报名。打这种电话还真的要脸皮够厚，常常被人家挂电话又骂得狗血淋头的。不过也常常遇到许多友善的女孩子接的电话，大概她们也是刚上完大学太无聊，就这样聊开了。不过那时候在家，我也常常接到别人打来的这种电话，所以也都挺能体谅的啦！话说回来，这工作除了有底薪外，每拉到一个人就有3000块的奖金，所以大家也都拼命拉人。妹妹那年考得不太满意，所以，她就成为我兼差的第一个牺牲者。

9月，我开始大学生活，那是在阳明山上的文化大学，我在这里待了一年。这所学校，从我家阳台仰望山上就看得到，从小看到大，没想到就这样去读了。这所学校不怎么样，学生又收得超级多，每天放学就看到一车一车的学生被载下山去。不过我常常是跟同学在放学以后，骑摩托车一车一车地往更深的山里跑。其实那附近环境还不错，毕竟是在阳明山上、国家公园的旁边。但我们常常是走在学校旁边专门服务学生的商业街上，就会忘记是在山里。

虽然这所学校的水平不怎么样，但几乎每个老师都是放洋回来的，学术功力一流，要是好好听，还是可以学到很多。前面提到，哲学不是我的第一选择，不过也将就听了，倒是我的逻辑学一直学得不错，为以后写研究报告奠定了比较好的基础。

另一方面，我上大学后才真正开始接触网络。以前学的都是DOS界面下的各种操作方式，所以没事也都躲在计算机中心上网，大概打字变快，也是从那个时候接触网络聊天室开始的。

这所学校因为是建在山上，所以常常风大雨大。同学们都知道要准备一把破伞来用，因为好的伞遇上这里的大风，几乎都被秒杀。此外，学校这一带雾也特别大，空气中湿气稍浓一点儿时，就是一片雾茫茫，前方十几米就看不到了。并且，这也是一所鬼故事特别多特别有名的学校，各种奇奇怪怪的传说如典故般充斥在学校每栋楼的每个角落，有时候真想去试试那是真是假，但又不敢太铁齿（闽南话：嘴硬），所以这些传说也就一代一代在这个学校流传下去。

上大学后，很自然地跑去加入了社团。我首先参加的是一个服务性社团，专门在假期时到偏远山区服务少数民族儿童。其实我一开始立意没有那么崇高啦！就是尾随着心仪的女同学加入，结果没想到她过了不久就退出了，我就只好乖乖地继续待着啦！另一个社团，其实不能说是社团，就是教会团体而已，有时在学校里活动。一开始我并不想去，有一次被同学带去后就被盯上了，不过他们也实在是够热情。后来想想，有时候去吃吃喝喝也不错，就开始参加他们的活动了。

“白晓燕命案”主犯陈进兴落网

白晓燕命案的三名凶手——陈进兴、林春生、高天民展开了全台的大逃亡。虽然他们三个受到黑白两道同时的追杀，但还是能在亡命逃亡的几个月内又干下好几个案子，又有不少女性受害，搞得全台湾人心惶惶，简直就是梦魇。在这之前，从来没有哪一个匪徒可以影响台湾民心达到这种程度。

三个歹徒第一次与警方交手是在台北五常街。当时警方接到线报他们在这边出现，遂把这一区封锁起来。很自然，电视又开始做SNG现场连线了。于是，大家都知道他们三个出现在这里，并且警方准备攻坚。于是，一堆好事的民众就出现在封锁线外围观了。这样，现场除了有警察、记者、民众，还有一堆卖凉水零食的摊贩，简直就是一团糟。开始攻坚后也是这样，警察冲了进去，记者也跟着冲了进去，于是观众在电视机前看到一堆记者在激战中跟着蹿来蹿去，上下楼梯，简直就是妨碍警方行动，成何体统！后来，虽然这次行动把林春生给毙了，但其他两人逃脱，并且也有一名警察殉职。这次行动简直就像闹剧一场，事后要求检讨的声浪很大。

过了一个多月，台北市发生整形名医方保芳诊所命案，医师方保芳、妻子张昌碧、护士郑文喻三人被杀。一开始，大家本来都是半开玩笑地讨论：这该不会也是陈进兴干的吧！过了不久后证实，果然是他们干的，大家又打了个冷战。原来，他们逃亡过程中想要整形易容，等到整容手术成功后，为了灭口，就把他们三个一起干掉了。

当时的电视节目，不管是什么类型的节目，都在讨论这个案件。因为陈进兴在逃亡期间又犯下不少强暴案，所以甚至有的谈话节目请来心理专家、性学专家之类讨论陈进兴是不是性能力太强，让女受害者产生斯德哥尔摩效应而藏匿他，简直就是乱七八糟的。

这其中又发生一个小插曲。逃亡过程中，陈进兴因为怀疑警方刑囚他的老婆而大感不爽，所以大量投书各媒体，不过也让大家很惊讶，这样一个毫无人性的冷血凶杀犯，字体居然那么工整娟秀，让大家一时无法接受。

到了11月中旬，高天民某天在台北市的石牌这一带做指压按摩，警方早接到线报在那边埋伏，最后展开枪战，高天民自知难逃被捕命运，自己结束了生命。

经过几次对他们出现位置的地缘分析，民众得知他们已经往台北市的士林北投这附近来了，所以我们家这一带，气氛突然间变得很紧张，到处都有警察拿着步枪设岗临检，一时间风声鹤唳。

就在高天民自杀的隔天，11月18号，陈进兴被捕了，这也是一连串事件的最高潮。这天，我跟往常一样上山去上学。下课之后，留在计算机中心上网，看看BBS，聊天瞎扯着。到了6点左右，计中的管理员出现在门口大喊："怎么都还不回家啊？陈进兴已经逃上山来啦！"结果现场女生一片尖叫，很快，计中里的人众纷纷作鸟兽散，学校也很快宣布封闭，不准进出。

这天晚上坐公交车下山，看到通过阳明山的主要干道仰德大道上布满了警车、持着步枪的警察及宪兵。这附近的山区都正在展开大规模的搜山行动。整条马路上不断闪烁的警灯使气氛显得非常紧张。我回到家后，每一台新闻都在现场直播搜索的过程，如同身临其境。

后来紧急快报来了，大家心头一惊——陈进兴潜入位于半山腰行义路附近的南非武官官邸，就在我们家附近。果然就在这一带！原来陈进兴他知道自己插翅难飞了，索性带着剩下的弹药挟持武官一家，企图把这件事搞成国际事件。

于是，整个气氛就这么紧张着，大家也一直守在电视机前看最新的发展。到了9点多，突然枪声大作，整个状况更加紧张起来。照后来武官的说法是，当时陈进兴以为警察试图攻坚，一时紧张，先用右手的枪扫射楼梯，没想到另一把枪走火，射到武官的膝盖又穿过武官女儿的腹部。这枪声加上尖叫，使大家都认为事件不妙了，准备要冲进去。结果当时的刑警大队长侯友宜决定先亲自上前问陈进兴到底发生了什么事，陈进兴才说是枪支走火，射到人了，要医护人员赶快把人送出去。侯友宜自己一个人进到屋内把两人给背了出来。

受伤的两人被送到医院后，局面继续僵持着。虽然已接近午夜，大家仍守在电视机前，妈妈也趁空当跑去煮夜宵。我往窗外一看，哇！灯火通明呢！大家都在看实况转播。

到了零点，事件又有了最新发展，大家本来已经开始涣散的注意力又重回到了电视机前。原来是台视的记者不知道从哪里得到官邸里的电话，打电话进去对陈进兴进行访问。结果，主播就在新闻里，与陈进兴一问一答，聊起案件，聊家庭，聊儿女，聊陈的犯案心路历程，全台民众都听到了陈进兴这个凶残又冷血的变态杀人犯的声音。等台视主播电话访问完，又有媒体开始连续不断地打电话进官邸要找陈进兴，陈进兴索性开始接听这些打进来的电话。后来这些访问就变得奇奇怪怪，有些记者要陈进兴跟着他一起唱儿歌《两只老虎》，还有弱智记者问他："什么时候要自杀？"顿时惹得陈进兴大怒，破口大骂。那真是紧张又奇妙的一夜。

事后想想，虽然这些媒体自以为抢到新闻了，但其实好像都被陈进兴左右——陈进兴他们把台湾搞得人心惶惶，又利用媒体把自己塑造成悲剧英雄，媒体也只能跟着他的步调亦步亦趋，配合他的计谋而已。

反正，这件事让全家整夜没睡而守在电视机前看现场转播。到三四点我小睡了一下，早上又上山去上课了。到了学校，大家都还是在讨论这件事，看来大家都看了转播。开始上课后，老师一开口的话题也是这个，问了全班，几乎有九成昨天都在看转播，最后索性开了电视，继续看现场实况。

原来，陈进兴要求重新调查他老婆是否有被刑囚。经过谈判后，他老婆亲自到现场喊话劝降。到了下午，陈进兴要求谢长廷进去跟他谈判，并要求谢担任他的辩护律师，在谢的保证之下，终于，气氛开始缓和。等陈进兴释放最后两名人质之后，他与自己的老婆及侯友宜一同步出屋外。在刺眼的闪光灯不停闪烁之下，台湾半年多来的恐惧也到此结束。

事后经过调查得知，原来陈进兴等三人在逃亡过程中，犯下比想象中更多的强暴及勒索案件，让大家心有余悸。陈进兴则被判了五个死刑，在两年后被枪决。

侯友宜在此次事件中可以说是一战成名，后来官运亨通，一路当到陈水扁“政府”时的“警政署长”（台湾最高的警察头子）。而谢长廷，本来在大选失败及被卷入神棍事件后，政治生命已跌到最谷底，这次事件又让他重新翻身，但也使白冰冰对他极度不谅解。

陈进兴的老婆最后生活很潦倒，前阵子有八卦杂志爆出她沦落到以跳脱衣舞为生。而他的两个儿子，因为在台湾一直受到排挤，最后被一对美国夫妇收养，并带到了美国。

这一连串事件都成为1997年台湾的最大新闻，尤其是那一夜，大家都守在电视机前观看现场转播的情形，让人记忆犹新。

看电影《泰坦尼克号》

不知道为什么，1997年有太多的事好提。也许是上了大学，脱离了纯粹的读书生活，有闲暇来注意其他的事，所以，一些小细节也被放大了。

这年年底，《泰坦尼克号》上映，简直就让全球观众为之疯狂。这部片在上映之前其实已经够引起话题了，光是看那个拍摄现场的花絮就足够让人感到震撼。那时候一般评论并不看好这部影片，纷纷认为这部影片会赔得很惨。但大家都已经跃跃欲试，想要去看看这部号称影史上花了最多钱的电影到底拍得如何。

《泰坦尼克号》在台湾上映是跟北美同步的。这一天，我准备看10点早场。因为预期心理，我在清晨6点就到西门町的电影院前准备排队买票。没想到，9点开始卖票，在6点时，电影院前的广场已经挤满了人，万头攒动，绕了一圈又一圈，完全不知道从何排起。那一天，几乎西门町的主要戏院都在上映这部影片，因此，越接近戏院区，人就越多，大家一看人都往那个方向走，心里就更急了。

西门町是台北传统的电影街，在台北要看首轮的好莱坞大片，这里几乎都找得到。记得我小的时候正是西门町的全盛期，西门町主要的武昌街上，两侧一家家的电影院林立，一到假日电影散场，整条街道简直就水泄不通。大家一说要看电影，都会想到这里。后来，台北的主要商业区开始向东发展，即所谓忠孝东路的东区一带，西门町也跟着没落。一直到20世纪90年代后，整个西门町重新规划为步行街，然后被定位在青少年次文化的主要聚集地，这里才又好像复活一样，重新热闹起来。现在，只要假日到西门町的步行街，一定可以看到歌手在这边举办小型演唱会、签唱会、唱片首卖会等。当然啦，这样的活动是极少在东区办的。因为现在一般就已经有刻板印象认为，西门町这一带是属于青少年的地方，东区那一带是属于较成熟的白领小资的地方。

西门町的主要电影院，好几家都是那种大型电影院，几千人的座位，银幕好几层楼高，声光效果皆是一流，如台北市传统上最有名的国宾戏院、乐声、日新等。到后来电影业开始不景气，才慢慢流行起大厅，再配合几个小厅放其他电影的形式。

回到主题，《泰坦尼克号》上映的那一天，虽然各大小戏院大厅小厅都在放映，但大家的认知里，觉得这样声光效果一流的电影就应该去那种超大厅看，因此每个人也都提早来买票，想尽办法抢头香。

所以，等到9点整戏院的电卷门一拉，票房一开，整个这一片盲目、不知从何排起的黑压压的人群还不等门全部拉上，就开始海啸般冲进售票区，尖叫吵闹及哭声不断。我也奋勇往前冲，好不容易抢到一张座位票和一张无座票。

话说，我在高三时认识了一个小女朋友，当时她才初三呢！后来等到我上大学、她上了高一时，我才开始追她。不过大家也知道，小女生总是娇气十足，对“大哥哥”总是爱理不理的。有时候我会想，如果没有结果，干脆设个“停损”放弃了，免得我花太多时间和金钱。没想到这妞古灵精怪的，我一“停损”，她就来个技术性反弹，又撒娇得让我狠不下心了。反正，那一天我约了她去看《泰坦尼克号》。她当然不可能陪我那么一大早去排队，因此我只好先去冲锋陷阵，抢到两张票后又赶紧去把她接来看电影。

进场后，我当然把那个座位让给她坐，我自己则坐在旁边的走道楼梯上。因为一般大厅的戏院，座位编排都是如楼梯般一层层往下的，所以也不会有挡到视线的问题。这戏院也真够黑心的，位置都坐满了还继续卖票，所以还有一堆人也是这样坐在走道间看的。

电影的内容就不提了，反正我是对里面的特效看得目瞪口呆。尤其是海水冲进船舱后大家四散逃命的片段，不知道为什么看了特别有快感，大概是从小就爱看有关海洋灾难片的影响。

等到电影结束，灯光打开后，可以发现现场观众都是眼眶红红的，激烈者也不在少数，大多数的男朋友都在安慰他们的女朋友。我的小女朋友呢，也是眼眶稍红。看她哭了，我没有哭岂不是显得我很冷血，于是我也假装擦擦眼眶，挤出几滴鳄鱼的眼泪，表示我感同身受。

等出了电影院，没走几步路，她突然拉起了我的手。我又惊又喜，不过后来又想到，其实她并不是在牵我的手，只不过是在想她心中的杰克。

这是我第一次交女朋友，第一次跟女生看电影，第一次牵女生的手，都赶上了那一年末《泰坦尼克号》上映时的疯狂热潮。

第一次上网

我第一次上网，或者说，第一次使用Windows界面的电脑是在1997年升大学的那个暑假。台北车站前有一排空间，摆满了IBM赞助的电脑，免费提供给来往的民众上网。每天我经过那里，总是要花几十分钟东看西看。那时候个人网站也还不流行，大部分都是商业网站，因此我只记下几个网址，如台湾早期知名入口网站番薯藤、SONY、华纳等，逛来逛去也就那几个。

但严格说起来，我第一次接触电脑，是在1983和1984年刚上小学左右。那时我常去一个哥哥的家里玩，他家里有一台当初宏碁仿AppleII的“小教授”电脑。这台“电脑”并不像我们现在所说的电脑，反而像一个盒子，内置处理器等零件，盒子正面下方则是小小的键盘，所以，这是需要接在电视上作为屏幕的。

当然，这台电脑只被我们拿来当游戏机用。当时的游戏卡是类似录音带一样的东西，放进录音机里读取。立体声的录音机还不行，要单音的。经过漫长的读取时间，终于可以玩了，但如果不慎动到什么，还会造成读取失败，又要再读一次，简直会让人疯掉。虽然那时候的游戏超级简陋，只有八色而已，但我们还是玩得很开心。

“小教授”系列总共出了三代，可以说是宏碁电脑的成名作，虽然口口声声说跟AppleII并不完全兼容，但大家都知道其实就是仿AppleII的。当年，买得起“小教授”的家庭可以说都有一定经济水准。而宏碁推出“小教授”，也算是一战成名。“小教授一号”，前几年在国外也曾看过，还有推出当作教学机用的，真是吓死我了。

后来另一家的一个老师，家里买了一台PC，我看那里面的游戏更好玩了，遂撇下“小教授”，转投PC的怀抱里去。真是现实的小孩！

大一点儿后，Apple推出了Mac系列，许多人会炫耀买了一台

Mac128K。当然那几年仿Mac的厂商抓也抓不完，台湾就一堆厂商在效仿，而且仿得又比原厂的功能更强，那种情况就像现在山寨机，功能超强，把什么功能都做进去，掺在一起，像做撒尿牛丸一样。如果说现在台湾一些国际性的知名计算机信息大厂，当初都是搞仿冒起家的，也不为过。也许是这个原因，所以Mac干脆关起来搞自闭，这也给了PC做大的机会。在小学时，学校仅有的几台电脑都还是那一体成型的Mac128k，但到了初中上电脑课时，教室里面放置的，全部都是PC了。

大学的时候我曾经跟一群朋友在外面吃饭，聊到这个问题，大家都认为Mac的开放性不如PC佳，没想到邻座一位不认识的中年大叔突然转过头来大骂："你们PC的开放性才差嘞！"

高中的电脑课算是陪衬的，大家也都还是当作休闲去一下。那几年，Windows95及Windows98的上市，出现了世界各国排队疯狂抢购的现象，还成了国际新闻。

妈妈虽然一直说家里要买电脑，说了好几年，但也一直要到我上大学时，才真正买了一台电脑。上了大学后，我经常要用电脑，没事也都跑到计算机中心上网，网络的世界对我来说简直就是太新奇了，什么资讯都看得到。有鉴于计中的人太多，又常抢不到位置，所以我也常偷溜去研究生教职员专用的计算机房，图个清静。

当时上网还是以去聊天室居多，尽管在1997年，当时聊天室每25秒才会刷屏一次，但我们还是聊得不亦乐乎。第一次交网友嘛，总是小鹿乱撞的。有一次跟新认识的网友约好，下个礼拜某某天网上再见面，不料忘记这天居然是假日，所以，当时心急地催妈妈在这天之前一定要买台电脑（当然不可能跟她说是为什么了）。结果，电脑是买来了，也安装就绪，而那个不知名的女生在约好的那一天反倒没出现。就这样，我的第一台电脑出现了：P2—233，3.2GB硬盘，32mRom，外加一台56kbps的数据机。这台电脑后来也被我不断升级，用了8年才寿终正寝。

那阵子，正是微软跟网景的浏览器大战得最火的时候。我个人偏好是

Netscape的浏览器，当初4.0中文版推出时，我还花了400块买了一张附送有那个“N”标志的网景棒球帽，当时戴在头上简直是炫死了。但从这边也可以看到，比起IE的免费，Netscape居然还要花钱购买。这样一来，虽然他们打赢了反托拉斯官司，但还是逃不了被IE干掉的命运。

我买的第一本电脑杂志里，刚好有教人怎样做网页及简单的图像文字处理，也提供一些免费空间。我就废寝忘食地研究了好几个晚上，做出第一个网页来。而我买的第一本电脑专业书就是教人写HTML的，于是我开始学用HTML一行一行写出网页来。有一阵子，我甚至很鄙视用网页产生器写网页的人，但最后还是向Dreamwaver屈服了。

我那几天做出的一个网站是文艺性的，专门让网友投稿注销，或是一些专题，其实这个网站有点儿实验性存在，专门让我试验新学到的网站建设技术。一开始很简陋，没想到越做越大，分类也越来越详细，我整理的时间也越来越多，终于导致我不务正业。在这期间我也跟一些媒体配合过一些活动，也有人与我接洽是否要商业化，但当时我可是热血得很，总觉得网络是个乌托邦，资讯在网络上应该是自由又免费地流通，怎么能让商业来污染呢？遂回绝掉了。而这个网站也在2001年时，随着服务器公司的倒闭而消失。说实在的，现在已经变市侩的我，回想这件事，真是后悔不已。

但制作网站在当时真的是很赚钱。尤其是在2000年网络泡沫之前，做网站都是随便喊价的，可能花十天做出来的网站，只要别太差，不用加程序都至少可以开到四五万以上，太好赚了。当时我也借此赚到不少钱。而我制作的最成功的一个网页，是当初有个非营利的基督教网站“信望爱资讯网”，为了迎接情人节的到来，计划制作一个情人节的专题网站。当初就是出于友情帮他们做一个，没收什么钱。没想到，这个网站一推出，马上被台湾当时最大的入口网站在首页推荐，当天就塞爆信望爱的专线，从此我也对网络媒体的印象改观了。

在还没有DSL专线之前，上网都是用数据机（大陆好像是称为

“猫”）。那时电信局可黑心了，上网不但要算电话费，还要算上网费。因此，我每次上网都很着急，想要看很多东西又怕花太多钱，尽管这样绑手绑脚地在上网，每个月都还是花三四千块的电话费，妈妈几乎要气死。

而数据机要拨接上网时，会先发出拨号的声音，接下来总会有很尖锐的“哔……”的声音，所以，每当妈妈一听到这个声音总要念个两句。因为这个声音太尖锐，每次半夜，父母都睡着后想要上网，我只好总是把门关好，然后又拿棉被把数据机盖住，降低它的响声，真是偷偷摸摸喔！

至于什么ICQ、OICQ、MSN什么的，那都是后来的事，以后再提吧！近10年的事，很多都跟网络有关。

1998

上成功岭

1998年的暑假，我干了两件事。一件是参加转学考，考进了东吴大学。与原本读的文化大学相比，一个在山上，一个在山下，好处是不用再倒车。另一件事比较值得一提，就是我去了成功岭。

成功岭是一个地名，是台中附近的一个小山丘。但严格说起来，我去参加的是“成功岭大专集训”。原来成功岭这个地方是个军事基地，台湾男生每个都要服兵役。在过去，只要是大学毕业生，都是义务役少尉预备军官，随着时代演进，大学生越来越多，后来变成硕士生，再后来变成博士生才是预官，到现在则是大专以上毕业后考取的，才能预官任用。唯一不变的是，大学男生都要在暑假到成功岭接受一个月的军事教育，才有考预官的资格。过去是强制参加，为期两个月，后来则变成自由参加，一个月。当然，若你参加了，不考预官或没考上，在成功岭的一个月也可以抵扣后来兵役的一个月。

因为基本上大家都报名了，于是我也跟着报了名。那一年，是成功岭大专集训举办的最后一年。往年每次大专集训都是会上新闻的，而这一年暑假是最后一次开办，当然是特别受到瞩目。

那一天早上就在车站集合，与梯次不同校的同学到集合点，点名之后就上了专列直奔成功岭。车到成功岭站，还没停稳就看到站台上每隔一个节厢站着一名穿着迷彩服的士官，一下车就听到有点儿破音的扩音喇叭高分贝地传来那首熟悉的《成功岭之歌》，一群一群的大专男生就盲目地跟着这些迷彩服离开，去坐接驳车了。

到成功岭一下车，就看到许多牌子，上面都写着“跟我来”。每个牌子后人数一满，那一群人就走了，原本在车上认识的很多人也分到各班队去了。之后就是剪头发、体检、领服装等，一切都很赶，再加上班长在旁边大吼着催促，一向娇生惯养的大专宝宝们都吓得胆战心惊，尤其我们这一梯次①，几乎都是“不知民间疾苦”的台北市人，所以许多事一开始都是哇哇叫。

开训的头几天行程很仓促，学员们已经完全没有自己的想法，好像头发被剃光之后连智商都变低了，反正，班长要你做什么你就做什么，完全都不用去想。头几天，主要就是教军人礼仪、仪态等，就是大陆所说的军姿。接下来，就做些射击预习、枪支分解、打靶、刺枪术的教习、手榴弹的投掷等。那一个月每天都是烈日当头，正是夏天最炎热的时候，简直苦不堪言。

此外就是每个礼拜四的莒光日，全台湾的部队都在这一天统一守在电视机前面看着电视上的“精神教学”。难得有一天是在室内上课，全连在这天都集中在“中山室”（文康室的统称）里，看着节目里的美女主持人、宣导短片、军事新闻还有弱智短剧。大家看得津津有味，不过班长、排长们都已经睡着了。

军歌教唱也是重点项目。比较重要的如《陆军军歌》《英雄好汉在一班》《黄埔军魂》等歌，还会有各连间的军歌比赛。但是在成功岭这个地

① 在台湾，根据各军种的人力需求、入伍时间不同，按照梯次划分，每一梯之间通常隔半个月到一个月。简称T。

方有独一无二、只有这里才会唱到的《成功岭之歌》，只要每个来成功岭参加大专集训的学员都要会唱。

在中后期，学员会全副武装地到战斗教练场进行班战斗练习。战斗教练场其实就是在野外，但有许多模拟如战壕、围墙、草丛小丘等地形，班长在这里会教些地形与地物的利用。在这之前学员都要先背一些战斗教练的准则口诀，等实际上场时，一边跑到该地形旁，一边复诵战斗要领。

但是，大专男生还是很调皮的，在这种场地都会恶搞，比如会学电影里的美国大兵乱叫："西贡！西贡！"然后作开枪姿势，最后假装中弹了，还躺在地上虚弱地说："我……我……我……好想回阿拉巴马啊……"可见，是前两年《阿甘正传》的影响太深。

不过班长也是义务役，总不可能都那么精实，所以有时各班带开后，遇到些混日子的班长，就把班兵们带到比较隐秘之处，索性也不上课了，大家就开始聊天打屁起来。到这个时候才知道，这小小的偷懒原来是那么幸福。

其实办这个大专集训，这些教育班长们也是有苦难言，因为不能像一般兵一样要求，又生怕大专宝宝们出了什么差错，一不小心又上了报，所以一切都保护得很好。比如说啦，规定你每天一定要喝多少水，有没有固定打电话回家报平安，天天都问有没有正常大小便之类的琐事。刚去的头几天因为太匆忙了，居然有好几名学员一个礼拜没大便，攒了一肚子的大便。班长听了大惊，马上送他们到医务所去。上级长官也很重视大专集训。有次在野外战斗教练时，突然有长官来视察，副连长见状大惊，马上冲过来随便点了3个人："你、你、你，去大便。"全连当场雷死。

在成功岭时，学员也要站夜哨。因为是让你体验军事生活，所以也不可能让你拿真枪，就拿支木枪，连部左右各一个人，两小时一班哨。因为这整个营区是依山而建，每个连的建筑都是东西向，东侧是靠山坡面，总是传说成功岭的东侧特别"阴"，班长也会绘声绘影地跟你说，晚上要上厕所千万不要到东侧的厕所去，否则，出了什么事自己负责。“自己负责”这4个字，还会阴森森地说。所以，每当我半夜站东侧厕所旁的哨时，我总是想探头进去看看到底有什么，总是希望看到什么一样。结果看来看去也没发生什么。后来真正去当兵后，才知道每个部队总有这些传说，还不就是班长吓新兵，怕新兵晚上乱跑而已。倒是站西侧哨，可以看到远处整个台中市的夜景。

成功岭大专集训的最高潮，也是大家都知道的课目——“震撼教育”。即学员们全副武装，拎着枪，以匍匐前进的姿势穿过长约25米的铁丝网，穿越时头顶上有机枪扫射，旁边空地也有火药爆破，是一门模拟战场情境的课程。在真正要穿越时，班长会在前面领爬，学员跟在后面，一拨一拨前进。而轮到我时，我一趴下开始爬的时候，就什么都不晓得了，只是死命抓着枪往前爬，太紧张了，好像连爆破声机枪声都没听到，只记得爬我前面的那个人放了一个屁，我差点儿熏死而不是战死在里面，而爆破后的沙也撒得我满嘴都是。其实我爬到15米处就已经快挂掉爬不动了，但铁丝网太低，屁股又无法翘起跪着爬，再一想到会挡到后面的，所以还是用尽吃奶的力量爬出去，弄得全身都是沙。

爬出铁丝网后，有块十几米的空地，大家就大喊“杀……”往前冲。冲到最后是个小丘，卧倒，开始跟着班长喊“劝降”口号。不过大家都已经累得跟狗一样，只能弱弱地喊着。

“震撼教育”的结束也等于成功岭大专集训告一个段落，剩下来的几天，就是出出公差、参加结训典礼而已，很轻松。

结训典礼全程是托枪姿势的展现，即手肘成90度捧着枪托，枪靠在肩膀上，有别于开训时枪放在地上持枪，表示学员都训练过，有臂力了。尽管如此，托了约7斤重的步枪近一个小时还是会让人虚脱。那时候怎么知道，过了几年后当兵在仪仗队，托那把重13斤的礼枪两小时都没事。参加大专集训，因为一切都按新兵身份办理，因此，结训时每人也拿到了5000多块的二兵薪水。

大专集训结束了，学员们又在《成功岭之歌》的音乐中被班长送到车站坐专列回台北。我又遇到当初来的时候坐在旁边的人，当时他被发到别的连去了。他抱怨说：为什么你们那一连看起来比较轻松喔？我只能开玩笑地跟他说：谁叫你当初跟错牌子排错地方。列车开回台北时已经是晚上了，等车过了淡水河铁桥，学员们看到当时台北最高的新光大楼时，已经是暴动状态。而火车进入地下，在台北车站出现的那一刻，整列车几乎疯狂，大家夸张地开始拍窗；等到下了火车，居然还有人做亲吻土地状，真是弱智。

几十年来，有100多万名大专生在这边参加过大专集训，在当兵之前让你体验一下部队生活。成功岭可说是许多20世纪80年代以前出生的大专男生的共同回忆。前阵子在上海的某天凌晨，我跟以前的一位同学喝了点儿小酒，一边沿着延安路走一边聊天，想唱歌，一时想不起要唱些什么，结果，我们最后大声唱起了《成功岭之歌》。说也奇怪，都过去10年了，歌词还是记得那么清楚。

台湾的“大学三学分”

升上大学二年级，我就转到东吴大学去读书，还是哲学系。大二一开学，就看到几乎所有的男生都会戴着棒球帽。为什么呢？因为几乎所有男生都去了成功岭，被剃光的头发都还没有长出来，所以戴着帽子遮丑。

台湾大学里过去有一种说法是，大学必修三学分：课业，社团，爱情。结果，我第一项搞得一塌糊涂。倒也不是说没好好念，只是自己的专业不是很用心，反而一天到晚跑去旁听如社会学、心理学、经济学之类的外系课程，要不就是整天躲在图书馆里看书，索性课也不去上了。台湾的大学里面，几乎都有所谓的“二一”制度，即每个学期有二分之一个学分未达60分，就会被退学，所以我除了某些学科特别突出外，有时候也有这种二一危机，幸好每次都化险为夷。

当然不是所有的同学都像我那样混日子，有些同学是很有目标的，立志以后要读研究生，几乎都是从二年级或三年级暑假就开始去补习班上相关的课程了。这些研究生考试科目的补习班课程，只要你想得出来的科目，几乎都有开课。比如，有些同学立志未来要到国外读书，也会开始到专门的补习班上一些如GRE、TOFEL的课程。总之，大学里什么样的人都有，有认真的有不认真的，有正常人也一定会有怪人，当然，这些分界也常常不是那么清楚。

那阵子正流行两岸间学术交流团活动，各类教授或学生团体来来往往于两岸间。据说许多教授或同学到了大陆后，对大陆大学生总是清早起来在校园内读英文的举动大为震撼，回到台湾后当做异闻开始大肆宣传，通常都是在寒暑假后刚开学时，听得大家直感到惭愧，立志发奋了好几天。

再来说说社团吧！社团在台湾的大学里算是相当兴盛。主要还是可以分为几个大类：学术性，服务性，宗教性，兴趣爱好性等。学术性的定义很简单，比如说国学研究社、英日文社、天文社之类的，以研究为主，但通常又不会太严肃。服务性社团如儿童课辅社、法律服务社等，都是一些比较有爱心的同学在参加，几乎以女生居多，但同时也吸引着一些别有用心的男同学加入。宗教性社团通常是比较神秘的，可能都是外面的教会或者各种宗教团体在校内成立的社团，通常这类社团都负有传教的使命，但大部分同学对这些社团的成员也常敬而远之，因为一聊一定是没完没了。东吴大学跟基督教稍有渊源，后者校内还有一间教堂，所以基督教社团在这里面还算吃得开。兴趣爱好性社团，几乎都是一堆各个领域的怪人撑起的，常见的有电影社、登山社、武术社、动漫社等，不过这类社团几乎也都流于联谊性质。

当然还有一些比较不知所云的社团，比如说什么“看海社”，就是结伴去看海。“大冒险社”，嗯……这群人脸皮又厚又爱玩。当然也有些地下社团平常不曝光，但登记有案，如“彩虹社”，就是同志社团，采取邀请制等。

一般大学里的社团几乎都有一百个以上，只要找得到一定人数联署申请，学校几乎都会通过。通过后每学期都会拨经费下来供社团运作，也会给一个社团办公的区域，因此会看到许多同学中午吃饭都是跑到社团办公室去吃的，其实就是边吃边聊天，还有电视、电玩可以用。但常常也不乏社团招不到人而倒社的例子，这个时候对社长也有些惩罚啦！

我参加的社团也很另类，是个过去常在搞“运动”的社团，里面的人学的不是社会学就是经济学，一天到晚在那边研究“左派思潮”，说话三句不离哈伯马斯或葛兰西、马库色等。反正我参加这个社团也不是真的那么爱这些东西，只是觉得好玩又热血而已。当然，作为当时快过气的左派学运社团，去参加几次街头运动是必要的，因此，除了在学校搞些串联之外，我也跟着去参加了好几次如劳工秋斗、反对高学费等街头运动，只是跟以前的学运比起来喔，简直就像小孩子在办家家酒！只能说，社会越来越开放，越来越不知道该反对些什么，导致愤青们很失落。

后来，这个曾经辉煌过的传奇性社团就倒了。

至于所谓的爱情学分，上大学交男女朋友那是一定的。班上干部也会提供很多机会给大家认识异性朋友，比如跟其他系办联谊，通常是理工科男生多的班跟文科女生多的班合办。要不然就是跟别的班一起抽学伴，即抽一个异性的别系同学做朋友，以及类似的活动。但通常，无知的大一女孩都是被看起来成熟的学长给追走。留下同班的男生遗憾不已，然后过了一年自己升级后，再恶性循环一次。

台湾的大学生几乎都会骑摩托车，而摩托车除了当交通工具外，通常还具有送货、交友等功能。所以同学们也常会办摩托车联谊活动，找一些女同学出来一起去郊外玩。这时就要抽钥匙啦！男同学把自己的车钥匙都丢在一个安全帽里让女同学来抽，来决定谁载谁。这个过程可真是残酷呀！要是自己的钥匙被漂亮的女生抽到，那简直整天都会心花怒放，骑着骑着都好像要飘起来一样，然后在骑车过程中还会故意踩几次刹车，让女生的胸部靠上来，或者故意开快一点儿，女生就抱得更紧。但如果遇到被恐龙抽到的情况，虽然大家表面不说，但也会忍住不笑地默默拍拍你肩膀表示“辛苦你了，龙骑士”，这简直就是折磨啊！有时比较恶劣的同学就会玩技术性的手段，骑了没多久就假装车子出毛病，反正就是想尽办法把她给甩下就是了。

台湾的大学生情侣们，并不像大陆那样，有很多一毕业就各分东西。台湾其实就一个岛而已，再远距离的恋爱也还是在岛内，相隔其实不会太远。因此，大学生情侣的最大杀手就是“兵变”，即女方在男生入伍当兵时变心。这也难怪，情侣毕业后，男生马上去当兵，而女生进入职场，男生在部队里与世隔绝。女生在职场里，遇到的又都是工作了几年、“成熟又多金”的魅力男，自然不是原男朋友可比的，再加上男朋友无法时时照顾的寂寞，在“前辈”适当的关心下，很自然地就“兵变”了。所以当初康康那首《兵变》，不知道唱出了多少台湾男生的心声，许多人唱着唱着就哭了。

结果，等这些男生退伍后进入职场，过了几年也成为魅力男后，又去泡那些寂寞的职场新鲜人，一代又一代，又是恶性循环。

那几年，网络成为大学生的新玩意儿，网恋自然也成为交往的新形式。在我的同学及认识的人当中，产生了许多凄美而又愚蠢的爱情故事。1999年，《第一次的亲密接触》推出，不知让多少纯情男女流下“时代的眼泪”，更把网恋的流行推向第一次的高峰。不过，大部分的网恋通常是无疾而终，少部分修成正果的也常被人戴着有色眼镜看待。毕竟，那时候网恋就好像更早以前的电话交友一样，是不正经的小孩才会做的事。

台北市长的世纪之战：马英九击败陈水扁

1998年末的台北市长选举，被认为是“世纪对决”。国民党及民进党中生代的超级精英马英九及陈水扁，终于正面交锋。双方可说是旗鼓相当，战情紧凑。陈水扁挟着4年市长任内高达七成的高支持率寻求连任，而马英九又以一贯清廉、形象佳，再加上泛国民党大团结特点，可以说是来势汹汹。

马英九在1997年白晓燕案后就因表示对政局失望，请辞“政务委员”的工作，回到大学里教书。当时面对陈水扁的势在必得，1998年的台北市长选举，国民党可是一点儿信心都没有，几个被点名的人都认为是去当炮灰的。唯一有实力的宋楚瑜，那时候却因冻省问题已经与国民党中央闹翻了，摆明就是不出来参选。而马英九，也好几次表明绝对不会参选，国民党简直就是陷入了窘境。

但是，除了马英九，谁还有能力跟陈水扁一搏呢？虽然马英九已经表明态度，但大家都知道，他最后一定会参选的。果然，他在最后一刻决定接受征召，参选台北市长，并且，宣布竞选那一天，支持率马上超越陈水扁。国民党可说是起死回生，士气突然大涨。

而当时的陈水扁可说是声望如日中天，在市政上的政绩做得有目共睹，领导能力又强，很快成为民进党内掌握资源最多的人。1997年县、市长的选举，他以个人名义成立的助选团为各县、市民进党候选人助选，所到之处皆引起轰动，全台掀起一阵陈水扁热潮，也让民进党的县、市长席位首次超越国民党。

反正，这一年的台北市长选举是双雄对决。其实，还有一个新党的王建瑄。这时王建瑄的角色就相当微妙了。因为陈、马两人的支持率几乎一样，虽然一般都认为陈水扁会当选，他所到之处的确人人为之疯狂，尤其是年轻族群。但实际上马英九一直领先陈水扁些微的票数，所以王建瑄能得到多少选票，就关系着这场选战谁能胜利。

陈水扁在这场选战中简直将行销策略发挥得淋漓尽致。在这次选战中，陈水扁除了本身的竞选总部外，另外成立了一个名为“扁帽工厂”的另类竞选总部。那是一整栋充满了后现代气氛、像酒吧一样的建筑，里面有咖啡吧、演讲厅、视听间等。而所谓“扁帽”，那是一顶墨绿色的毛线帽，本来只是筹备选举经费而做的义卖品，没想到这个玩意儿的推出却意外地造成全台的大抢购，成为当年的时尚流行商品，全台湾到处都可以看到有人戴着扁帽。于是，陈水扁方面索性将“扁帽工厂”作为一个创意性品牌，继续推出一些周边商品，如个性笔记本、鼠标垫、马克杯等，也造成一股收集及流行的热潮。一件由政治人物产生的附属产品，竟变成商场上供不应求的热卖商品，我看世界上也只有把选举当成全民运动的台湾会创造这样的奇迹。

但这次选战，陈水扁却犯了一个错误：越到选战后面，越来越挑起省籍情结，又有民进党内人士说马英九是“新卖台集团”的一分子，结果，选战越打越悲情，反而不如4年前那充满了“快乐、希望”的气氛。虽然这次选战，省籍因素也没有全面发酵，但陈阵营的某些言论的确刺激着外省族群。

反观马英九阵营，选战越到后面越欢乐，泛国民党阵营算是团结了起来。所以在他的场子里，不只可以看到国民党党旗，还会有新党党旗。

马英九这场选战越打越欢乐，陈水扁则是越打越悲愤。这种情况在选前一夜两方的造势大会上特别明显。陈这边，不断地重复以往民进党一贯的台湾人悲情诉求。反观马这边，现场越来越HIGH。“电视机前面的朋友们，快来现场跟我们一起欢呼！”镜头里的马英九这样热情地说，让当时很多支持陈水扁的年轻人也忍不住心动。

结果隔天，马英九以6%的优势击败陈水扁。这次选战是国民党分裂后的首次大团结，但同时也造成了新党的泡沫化。陈水扁落选致辞时也算够有风度的。过不久，陈水扁将市长交接给马英九。谁知道10年后他们两个又交接了一次。

陈水扁拥有大批的年轻支持者，其实很多人都没有投票权，只是跟着喊爽而已。但两年后的大选，他们都已经可以投票了，成为一股有力的票源。

同时间的高雄市长选举，一样翻盘，民进党的市长候选人谢长廷，南下远征，击败了时任的市长吴敦义。到此，台湾北蓝南绿的局面基本上已经形成。

“冻省”让宋楚瑜和李登辉结下梁子

一个有争议的话题是，省长选举及台湾地区“大选”，要是省长拿到的票比“大选”候选人的票还多怎么办？是不是代表省长更有统治的正当性？会不会引起所谓的“叶尔辛（叶利钦）效应”？还好后来1996的“大选”，李登辉总得票数还是比1994的省长宋楚瑜票数高。

1949年国民党到台湾后，一个台湾岛就有“中央”、省、县市、乡镇四级“政府”。1998年，李登辉为了斗掉宋楚瑜，干脆把省给“冻结”起来了。这一“冻”，也“冻”掉了李登辉及宋楚瑜的关系，导致后来国民党的再次分裂。

当1993年连战从省政府主席转任“行政院长”后，也许是感念宋楚瑜“护驾有功”，李登辉委任最后一任官派台湾省主席时就想到了宋楚瑜。宋楚瑜在省主席短短一年的任内也干得有声有色。1994年，挟着高民望，宋楚瑜以470多万票，赢了民进党100多万票，成功问鼎首任民选台湾省省长，政治生涯可谓达到顶峰。

宋楚瑜在省长任内，不仅长袖善舞、八面玲珑、领导能力强，事事处理得妥妥当当，又深得蒋经国的真传，勤走民间，所以可说是具有高亲民度。而他的“省府团队”，风靡全台，在当时几乎成了“高效”“亲民”“清廉”的同义词。并且，宋楚瑜除了经营自己的省府团队外，更将自己的人脉系统扩展到社会各个领域，当初谁都不难看出他有更上一层楼的野心。

1999

第一次到大陆

1999年，升大学三年级的暑假，我第一次踏上大陆的土地。

起因是认识了在美国某大学的郑教授，刚好他要带一批美国学生到北京大学做参访，问我要不要一起去。我心想，反正闲着也是闲着，就决定跟着去了。

那一天，从澳门转机后一路往北，我看到了过去只有在课本上及电视上才看得到的大陆土地，飞过了长江黄河，那种心情真是激动得无法表达。

飞机顺利地降落在北京机场，当时还是20世纪80年代建的那栋旧机场。停妥后，空桥接上，机门打开。因为我坐在最前面，当机门打开的那一刹那，外面地勤人员浓厚的京腔对话顿时传到耳朵里，虽然他们讲的我都听得懂，可又跟我们说的不同，平常只能在电视上看到听到的，现在突然亲眼所见并亲耳所闻。那时候他们讲的几句话我已经忘了，但那种震撼与冲击却一直忘不了。

北京旧机场从航站到海关间的通道有个瓷砖壁贴让人印象深刻。到了海关闸口前："咦？怎么没人？"旁边一位大叔说是在换岗，要等会儿。过了大概5分钟，工作人员拿着钢杯各自上岗。终于开始进关。

我带着稍微忐忑不安和有点儿怕被刁难的心情走了过去。毕竟，过去听得太多，但又几乎是陌生的。

“台湾同胞啊！呵呵呵……”海关大叔看了看台胞证，然后还给我，我心里才轻松下来。现在看来，这么平常的一件事，那时候居然那么紧张。

驱车前往北京大学，一路上也挺震撼。天啊！北京的路居然那么宽而且直，高楼大厦居然那么多（走的是机场高速接北三环，当时四环还没完全建好），跟我以前的印象完全不同。我的妈呀！自行车还真多！种种的惊叹，简直就是文化冲击，就像没见过世面的老土。车子最后从旧的北大东门进去，穿过校园，最后到达招待所住下。

先来说说我对那时候北大的印象好了。第一印象就是大，完全符合我对大学的印象：有湖，有森林小径，而且因为大，所以可以骑脚踏车载女孩呢！这是我多么羡慕的大学生活呀！哪像我读的学校，骑车从前门进，一不小心就发现到后门了；而且，校内到处都有烧烤摊和餐厅，简直就是一团糟，但生活很方便。北大南墙那时还都是店铺，早期有名的飞宇网吧在那时只有一小间阴暗的店面而已，没想到后来生意越来越大。而东门外，则是旧胡同区。

那几天大部分时间都在上课，不过我自己买了一辆自行车到处乱逛，把校园的大道小径都摸熟了，又骑到隔壁的台湾“清华大学”去玩。那时候就深深感到两所学校的风格有很大的不同。比如说北大总是一些弯弯曲曲的小径，而清华可能有讲求实证的理工科精神，所以校园里的马路也都是方方正正的。再远一点儿就是五道口，那时候有“火爆五道口”之说，晚上都是大排档，乱成一团，但很热闹。反正，我在这一带玩了一个礼拜。

当初说要买书，朋友们说可以到南门商店墙的“风入松”书店及走出东门的“万圣”书店买。两间我都去过了，尤其是万圣书店，隐藏在出东门后的那条破烂的成府路之中，一走进去，小小的店面四面墙都摆满书，中间有桌椅供人坐下，真是慢慢挑人文类书籍的好地方。

离开万圣书店要回东门，眼尖地发现旁边咖啡馆里沿窗坐了个大美女，心花怒放之下也走了进去，正准备搭讪，没想到她就离开了，留下我懊悔的泪水。这家咖啡店就是最早的雕刻时光咖啡馆，我也因此认识了老板庄仔。后来几年，这条巷的怪店越开越多，也吸引了不少附近学校的怪人异士聚集，整条小路却又充满了浓浓的人文气息。

在1999年到2001年的暑假，我几乎每年都会去一次北京，但第一次到大陆的经历，我一直都忘不了。当初随口的答应，居然改变了我后来的人生。

金援科索沃

过去几十年来，台湾当局在欧洲的“邦交国”也只有教廷一个，所以与马其顿的“建交”，具有相当的象征意义。结果李登辉一爽，马上开口说要捐3亿美元作为科索沃战后复兴之用，这一说，果然震惊四方，隔天就登上世界各大报的重要新闻头条。

3亿美元绝对不是一个小数目，但以当时巴尔干半岛的情势，以及各方交错的势力，这是说捐就捐得成的吗？所以，一开始这件事就让北约及欧洲国家很不爽了，因为这一举动无疑又是为巴尔干半岛增加更多不确定的因素。另一方面，在台湾内部，抗议的声浪也四处响起，觉得那么一大笔数目，在台湾还有许多人需要的情况之下，居然就这样撒了出去。再加上过去当局一直给人“金钱外交”的印象，所以一听到又要捐钱，就有先入为主的不良印象，反对声浪不断。

跟马其顿“建交”后，台湾浩浩荡荡派了各种代表团及医疗团去参与援助，甚至还有传言说台湾应该把研发的新武器拿去那里作实战测试之用。马其顿在那个时候刚脱离南斯拉夫不久，内外问题也很多，不仅有北方科索沃难民的问题，东北方保加利亚也对马其顿虎视眈眈。而它又跟南方的希腊，在民族及历史问题上吵得不可开交而交恶，唯一较友善的，是西边的阿尔巴尼亚。所以，当局当初本来就有意以马其顿为滩头堡，继续寻求建立与阿尔巴尼亚的“外交关系”。

不过，这个“建交”似乎从一开始就注定会没好下场。首先，这是“秘密外交”，是总理决定的而总统不知情，虽然外交权是在总理手上，但此举也造成他们的政治风暴。再来，马其顿大选后，台湾押宝的政党又选输了，换了一个有不同外交倾向的政党上来。所以，很自然的，与马其顿的“外交关系”在两年后就结束了。

后来“断交”时，已经是陈水扁当局了。当时的“外交部长”讲过一句名言：“这次我们还是赢了，因为是我们主动跟他们‘断交’，不是我们被他们‘断交’。”据说，他说完这句话后大家笑成一团，但是也道出台湾的“外交”困境及尴尬。

“9·21”大地震

9月的天气还是很燥热，尤其不知道为什么，20号这一天似乎特别的热，而我家一贯都是习惯晚睡，所以，那天我上网上到凌晨1点多才下线睡觉，而妈妈还在客厅里看书。

就在半梦半醒之间，觉得背脊传来如地底深处有股震动上冲的感觉，然后一阵摇晃，感到像是地震，等会儿就停了。没想到摇了两三秒，突然变得剧烈起来，天摇地动，我立马被吓醒：大地震啦！身子从床上一翻，毫无多余动作，翻到旁边书桌底下躲着大叫，这时候才知道原来我身手那么敏捷。而妈妈则在客厅里尖叫着大喊上帝。楼下排班计程车也在大叫，而车子的警报器也被震响，只有爸爸还在睡觉，早上才知道有大地震。

结果半夜这一震，全部都停电了，赶快打电话给亲友却又总是占线。而整夜又余震不断，许多人全家扶老携幼都逃到马路上或车上。因为完全停电，也不知道什么情况，只好翻出好久没用的收音机来了解情况，里面传来台北市的东星大楼倒塌发生大火的消息，但不知道其他地方如何。但这就已经知道了整个地震非同小可，就这样度过了惊恐的一夜。

在台湾，地震是常有的事，大家也都习惯了。我一直以来好像都没有什么怕的事，但最怕的就是地震，一点儿小小的地震我都会很紧张。我觉得地震是最可怕的，不是它的大小，而是永远不知道下一秒会不会突然变大。而9月21日凌晨的这场地震正是这样，台湾已经有好几十年没有如此强烈的地震了，吓得民众人心惶惶。那一阵子，只要一躺下，似乎都感觉一直在摇。

早上还是没电，继续听收音机，原来震中在南投，是7.3级的地震。不只是南投，就连台北县市也有严重灾情，新闻宣布全台湾已经停止上班上课了。早上本应是繁忙的上班时间，但外面却异常安静，难得传来车声。空气中似乎只有收音机的声音，每隔一段时间又传来失踪及死亡人数不断攀高的新闻，让我听了又急又想哭。

偶尔，来个电，就赶快跑去开电视看新闻，发现南投地区的联外道路已经全部中断，只有军方直升机已经飞入，其他记者或运补什么的，只能在外头待命。但很快地，电又停了。

我那时在医院担任志愿者，在病房组服务一年多了，那天下午依然如往常到了医院，才发现整个医院除了必要设施外，其他电也全部停掉。许多病人都吓坏了，我那一天也就在医院里不断地安慰他们。尤其有位从南投来台北就医的病人，一直打电话回家都不通，焦急地直骂人，我也只能不断地替他拨电话，默默忍受着他的臭骂。

到了晚上，因为没电视看，又不用上班，所以大家都跑到路上闲逛，到处谈论的都是这件事。跑去看电影，电影也放一半就停电。那一天，大家都不知所措，一片茫然。

很快知道些情况了，各国的救难队也在第一时间到达台湾，并赶往各灾区现场展开救援。从电视上看到各地的惨况，忍不住流出泪来。

第二天到了学校，也是气氛凝重。有好几个同学没来，原来是他们家在灾区，赶回家去了。也有几个同学，住在灾区，仗着开学头一个礼拜不想来学校，没想到发生大地震，想出也出不来。后来听那些同学说，他们当时回家，换了好多趟车，费尽周折才到原本交通方便的市镇上。还有同学说，他们那里一整座山就这样凭空消失，整个地貌完全改观，整个村庄就这样瞬间被埋得看不见。这几年也一直有新闻，震中附近山区常会挖到一些骸骨，大概就是当初地震时失踪的人口。

“9·21”地震后，官方的重建及后续措施反而不如民间团体有效积极，或许可以说，若没有这些民间团体有效率的组织及配合，救灾及重建工作会更加困难。而地震过后的创伤是更难抚平的，地震后的几年，一直有当年的灾民自杀的新闻传出。这样的悲剧到处都是，让人一听到这样的消息，仿佛觉得还逃不出当时地震时的阴影。

那次地震对全球股市也造成严重的影响。因为台湾是全球重要的半导体制造基地，那几天没有人知道这场地震对产能有没有影响，结果全球股市陷入一片愁云惨雾之中，直到台湾半导体产业的产能确定未受到影响后，全球股市才又止跌回升。

其实早在当年的7月底，台湾南部山区就有座电塔倒了，导致全台约五分之四的地区大断电，两天之后才恢复正常。断电当晚也是不知道发生什么事，大家心里都有点儿紧张，连在国外的亲友都打电话回来关心。后来才知道是传输电塔倒塌，大家也才发现原来台湾的电力系统那么脆弱。当时在BBS上面，就有人以电塔倒塌这件事，加以其他许多的佐证，推断可能是地层出现异变，否则地基深厚的电塔不可能轻易倒塌。作者在文章里预测，不久极有可能发生大地震。当时此篇文章一出，网民们嗤之以鼻。没想到过了两个月，真的发生大地震了。当然，这两者到底有没有关系还值得探讨，但这篇文章马上又被翻出来受大家膜拜，真是网络乡民性格喔。

“9·21”地震之后，也发生了许多次大大小小的余震。有次余震，我正坐在马桶上，如同罗丹沉思者的姿势思考着国家与民族的未来。突然，背脊一麻，对地震特别敏感的我，意识到又余震了。本来还小小的，心里想应该没什么，就没多作反应，没想到摇了几秒，突然变得剧烈起来，我整个人只能在密闭的厕所里大声号叫，绝望的回声在满室的臭气中回荡着。我面对着两难：该冲出去呢，还是继续坐在这里？想要冲出去，可是我还没有擦啊！躲在这里，地震时躲在厕所其实是最安全的，可是看到马桶里的水在那边如沸水般汹涌地翻腾着，哇！要是这些屎水溅出来该怎么办？好脏啊！

结果还在想该怎么办的时候，地震就停了……

2000

2000年台湾地区“大选”：“国民党内讧”导致陈水扁当选

2000年的3月20日当天下午5点开始，全台各地的民众几乎都守在电视机旁，或者听着收音机，紧张又期待地收看或收听台湾地区“大选”的开票实况。各电视台也很应景地，在开票实况中加入战鼓或充满壮烈的背景音乐，更增添了让人不得不屏气凝神的气氛。开票过程简直就是缠斗，陈水扁与宋楚瑜两人的得票数一直互有高低，大家都在期待下一个开出的是自己的票仓，再度胜过对方。反而是实力及资源最雄厚的国民党候选人连战，一直处于落后的状态。电视上陈、宋两人的竞选总部前，人都聚集得越来越多，反而是连战那里人越来越少，颓势已现。最后，陈水扁阵营以30多万票的优势击败宋楚瑜。回首这次选举，陈水扁从一开始未被看好一直到最后取得胜利，内外的因素夹杂，过程可说是戏剧化的。

前面提到，冻省之后，宋楚瑜就已经跟李登辉反目，但仍然留在党内。以宋楚瑜的个性来说，怎么就甘心这样被摸摸头乖乖蹲着呢？所以到了1999年，临近“大选”前，国民党内部提名态势日趋明朗，理所当然地由当时的“副总统”连战出任候选人，而在国民党内部，仍是希望能够力拱连战和宋楚瑜搭档参选，这才是黄金组合。

但宋楚瑜终于出走脱党自行参选。他以原有的省长政绩为基础，以“勤政爱民”和“清廉”为号召，再加上挑选了本省籍的医生张昭雄作为副手后，声势一路看涨，一度将对手抛在后面，顺利地完成无党籍候选人的联署。

“连宋配”破局后，国民党找了萧万长作为连战的竞选搭档。

在民进党方面，由陈水扁出马竞选。两年前，他在台北市长落选那一晚，支持者就拱他出来参加“大选”。加上1997年他组了一个“宝岛希望助选团”，走遍全台湾为民进党的县、市长候选人助选，掀起一股“陈水扁旋风”。他启用了当时任桃园县长的吕秀莲作搭档。唯一的小插曲是，民进党前主席许信良因争取党内提名未果，遂也脱党参选。此外，李敖也决定参选这次的“总统”，但象征意义还是大于实质意义。

所以，2000年这次“大选”，候选人虽然有5组，但实际上，是连萧、宋张、陈吕3组人马在对抗。

选战前期，国民党几乎是动用一切资源在为连战辅选，就如那时当兵的同学好几个都跟我说，他们那阵子一直都在看《抢救雷恩大兵》（大陆叫《拯救大兵瑞恩》）这部片，看过两三遍了，辅导长还会暗示：“选陈水扁就可能会成为战争，大家可不希望战争对吧。”

陈水扁阵营可也没闲着，陈水扁当时的文宣战非常高明，主打年轻改革的路线，又推出了周边商品，这次新推出的是“扁帽娃娃”。而当时他的电视广告可都是名家亲自操刀的，无不让人动容。虽然陈水扁后来做得够烂，但那些广告到现在看起来都还是让人激动不已，有一些甚至被誉为台湾选举史上最成功的电视广告，自然这样的诉求会打动人心。可以说电视广告成功消除了陈水扁激进的色彩，取而代之的是温情、改革的形象。正如每个广告人都知道的，“不要卖牛排，要卖牛排的嗞嗞声”。陈水扁这次奉行的原则是，“不要太卖政策，要卖当选后的美好愿景”。

终于到了“大选”前一天，三方各自又在全台各地办选前造势大会。当时班上有四分之三的同学都是到陈水扁的场子去，就在学校附近的中山足球场。于是下课后，大家带着自制的牌子旗子、造势晚会必备的高音喇叭，还有水和零食之类的，一群人就这样骑着摩托车往晚会地点去了。一路上，遇到许多也是要到现场去的民众，大家互相挥着旗子欢呼，旗帜鲜明地合流，搞得跟飞车党大会师似的。下午4点到了现场，许多人已经在现场抢好位置，等晚上6点晚会开始，真像是演唱会现场。

总之，走群众路线起家的民进党对于这种晚会啊活动什么的，对气氛控制一直是一流的，总是能把民众带到一种很HIGH的集体狂热境界。某某人士讲完了，可能会来首音乐表演，然后再来个台上台下的互动节目，接下来又换下一个人继续讲，反正不会让人觉得闷就对了。那天晚上的高潮是一人发一根仙女棒，全场十几万人同时点起来，璀璨无比，让人产生一种"选给陈水扁台湾未来就无比光明"的迷幻感觉。当场大家心情激动无比，我也趁机在这种如见证时代般浪漫的气氛下抱了心仪的学妹好几次。接下来，又从台上滚下好几个巨大的，上面写着如"贪污""腐败"等字的充气大球，让现场民众用手顶啊顶的，一直把这些球顶到场外，代表用人民的力量将这些东西赶出去，哎……真是创意无限。

因为中山足球场刚好在台北市松山机场的航道正下方，接近跑道了，而松山机场的末班机通常是10点左右。那一天节目已经进行到晚上11点了，天上却传来飞机飞过来的声音，大家都很有默契地知道，那是李登辉或连战的专机飞回来了。结果等飞机飞过上空，果然看到那个"总统专机"，十几万人同时欢乐又示威般向着飞机喊叫，不知道当时他们在机上有没有被吓到。

反正晚会最后的高潮是陈水扁的演讲，但是很多人觉得已经HIGH够了，所以也不听完就先离场。半夜12点多了，路上还都是人，看见公车开过来，也不用管是不是站牌，大力地挥着旗子，车子就停了下来。

民进党在那几年的选战很奇怪，只要基调是欢乐的，就会选胜，如果又打悲情牌，一定会输。但台湾人喔！只有在选举期间才会那么疯狂，一过了选举日子还不是要照常过下去！这几年许多人已经不再那么狂热了，但是造势场子有时间还是可以去玩玩的，到现场吃点儿小吃，听听演讲，乘乘凉，感觉还是不错的。

选举的结果是陈水扁获胜。就在陈水扁几乎确定要当选之时，“参谋总长”在电视上宣誓依照“宪法”会恪守军队本分，服从新“元首”。这段简短的话非常有意义，台湾从1949年来，首次结束国民党的统治，政权和平转移，平稳过渡。

但陈水扁实际上是在国民党分裂的情况下取得了“政权”，只拿到相对多数的接近40%的选票，只有“合法性”但没有正当性。接着而来的后遗症，都在后来几年慢慢出现，如“统独对立”、省籍矛盾、南北对立等。而陈水扁在任的8年实在做得不怎么样，让许多当初支持他的人极度失望。这一次政党轮替唯一比较有价值的，可能是造成8年后的再次政党轮替。民众知道了自己选票的力量，让这种轮替成为常态，政党也会有所警惕。

国民党选举失利的当晚，支持者在街上抗争连续数天，要求李登辉下台。结果李登辉辞去国民党主席职位，连战为代主席。翌年，连战当选国民党首次党员直选的党主席。后来，国民党内部要求清算李登辉的声音不断，李登辉最终被开除党籍，李系人马在国民党内失宠，导致了国民党的再次分裂。

八掌溪事件

发生在2000年7月间的“八掌溪事件”，是陈水扁当局上任以来遇到的第一次危机事件。起因大家听了可能会觉得没什么，就是四名于八掌溪河床上施工的工人被突然来的洪水冲走的事件。但坏就坏在，电子媒体用实况转播的方式，从他们遭洪水围困、苦等救援不至，到最后不幸灭顶，一再回放令人触目惊心的画面，透过媒体全程实况报道而惊动台湾社会。

后来就有人质疑了，这两个小时的时间，怎么都没有人来救？台湾河流因为属于荒溪型，所以夏天时一旦上游下大雨，雨水聚集量极快，不过多久，滔滔洪水便滚滚而下，如果事先没有设置预警措施，在河床上的民众往往就会因为措手不及而受困。所以，每年全台各地消防单位都会处理相当数量的民众受困河流事件，因为都是单纯事件，而且绝大多数事件都以获救收场，大家也就见怪不怪了。没想到这次竟然出乎众人意料之外，在大家众目睽睽之下以悲剧收场。

那这两个小时里，相关单位在干吗呢？就是因为他们之间的权责沟通不良而造成迟滞。可能甲单位说这是乙单位的管区，乙单位又说这是丙单位的职责范围，丙单位又说要跟甲单位沟通协调，而真正等到甲单位要出发时，人已经被冲走了。

那几天，电视新闻一直不断回放二人被冲走一瞬间的几个画面，很不可思议地在社会上变成一种人溺己溺的痛苦，这也造成许多民众心理的阴影，甚至还有些人看太多次回放受不了，被迫前往医院向精神科求医。

最后，在媒体与舆论的不断指责下，这件事终于演变成一发不可收拾的政治洪流，使刚上任不久的陈水扁的支持率一度严重下滑，陈水扁也因此两次道歉。当时的“行政院”副院长游锡堃因此辞职，“消防署”和“警政署”的署长也自动请辞，一堆人被记了大小处分，这件事对当时的新“政府”可是一大打击。后来，台湾每次一有这种该救未救或可能会发生危机又不补救的类似事件，媒体几乎都喜欢用“八掌溪事件翻版”来作为标题。

八掌溪事件让人记忆犹新，尤其是当初那4个人被困在河中惊恐的表情，一直到被冲走时的最后一幕，都还清楚地记在民众脑海里，一想到就让人不舒服。这件事也让人开始注意到媒体SNG现场转播的影响力。在灾难事故和重大事件面前，SNG的方式是否有过度报道及炒作新闻的嫌疑，引发不少学者及社会民众的批判。

台湾掀起的“上海热”

2000年的9月，台湾某知名商业杂志的封面，用了上海的那张经典照片——隔黄浦江远眺陆家嘴大厦群。照片上面写着豪迈的5个大字作为标题——“前进大上海”，好不震撼。当期用着大量的篇幅报道上海这几年来的巨大变化，咨询了许多的上海官员对上海的未来规划，访问了许多上海台商对上海与台湾比较的看法，走访了许多上海进步繁荣的地方。最后，结论就是，上海越来越繁荣，到上海发展肯定机会无穷，创造美丽前景与人生……当然，以大家对这家杂志的印象来说，这样的报道手法倒是很符合他们的风格。

而这一年稍早以前，有个在上海做生意的台商陈彬，写了一本《我的上海经验》，描述他近10年来高不成低不就的事业，生意中遇到的种种以及上海与台湾生活习惯的不同。本来是极普通的描述，没想到这本书一夕火爆，原本名不见经传的陈彬，突然变成名人。而当时媒体也号称，台湾经香港转上海的班机上，几乎人手一本《我的上海经验》。

从那时候开始，台湾掀起了一股“上海热”，市面上出现一堆与上海相关的书籍，教你怎么在上海买房子，怎么在上海做生意，怎么在上海生活等。媒体也开始讨论上海好在哪里，开始大力吹捧上海，上海一切都好啊！所有有关上海的资讯铺天盖地般席卷而来，“前进上海”成了新显学。

当然，在那几年上海的硬件是有很大的翻新变化的，快得让人目不暇接。但是，在台湾社会，又是什么力量推动这股流行与热潮的呢？我一直觉得这要从陈水扁当选后开始说起。

当时民进党虽然取得“执政”地位，但是，国民党仍在“国会”中掌握多数，而且，沦为反对党的国民党，似乎又常为反对而反对，所以台湾政局基本上还是属于动荡不安的。再加上民进党当初突然决定停止建设第四核能发电场，又造成股市大跌，媒体又整天报道负面新闻，民众简直对台湾就失去信心了。

而那几年的大陆，经济快速发展，上海尤其突出。所以，在台湾发展看似停滞不前，而上海似乎又一飞冲天的对比下，“上海热”可以说是结合了不满现实、追求发展、媒体大力吹捧、民众心理集体焦虑之下出现的如宗教神话般的造神运动。

上海热的高潮甚至可以在一些综艺节目里看到。比如说啦，当时有个政治模仿秀的节目，里面有个单元，就由艺人大炳来模仿当时的民进党主席谢长廷，搭配一个上海姑娘夏帏老师，将一些经典的闽南语歌曲改编后用上海话来唱，顺便做上海话教学，这个节目还一度引起轰动。

我对这次上海热的第一印象是，拿起一本讲上海的书，里面刚好讲到古北，配了一张图片——仰角拍摄一位穿着时髦、戴着墨镜的女人在高档住宅大楼的中庭花园中散步的镜头。由此我对那一带有了个大概的印象。没想到，过了几年我会经常在那里出没。

早期到上海的台湾人都算是比较有钱的台商阶层，群聚效应的结果，使得他们几乎都在古北那一带居住。所以，这里一些专做台湾人的生意，或台湾人开的餐厅、商店应运而生。

当然，也不是所有台湾人在上海做生意都那么顺利。有时候在一些台湾人开的餐厅里吃东西，会突然有台湾人跑过来跟你攀亲带故地搭讪，跟他聊起来后，他还会告诉你一些此地人心险恶、投资风险之类的事情，最后免不了留下一句要投资找他，一副古道热肠的样子。等到他走后，餐厅老板又会过来跟你说那个人有多坏，专门骗台湾人，不要相信他之类的警告。原来，这一带也是所谓“台流”的出没地，尤其是仙霞、水城路一带的餐厅。这些人大多数是早年就来上海经商，但失败后又无颜见江东父老，不敢回台湾的。好一点儿的，就乖乖地留在这等家里微薄的接济，恶劣一点儿的，就专门欺骗更后来的台湾人，造成了不少的问题与纠纷。

但换一个角度讲，台湾人对上海也常有不切实际的浪漫幻想，比如大多数人的记忆都还停留在“十里洋场”的风华上，要不就是类似老式留声机传来的“夜上海，夜上海，你是个不夜城……”那种情调当中，非要亲自到这里来才体会到，真实的上海，也是一样柴米油盐的社会。

其实上海本身何尝不是这样呢？我一直觉得，《长恨歌》的最后其实是一个隐喻：长脚代表的是一切以市场经济为主的现代社会，杀死了王琦瑶代表的旧十里洋场的风华，不仅杀死她，还要继续消费“老上海情调”的最后记忆——李先生送她的首饰。

话说回来，那本杂志在几年后，又在封面大做一次文章，不过标题改为“上海大撤退”，鼓动大家往二三线城市发展。不过这时，大家也比较能一笑置之了。

亲民党成立

亲民党是在2000年“大选”后成立的，党主席是宋楚瑜。虽然说宋楚瑜在当初参选“总统”时是以无党籍候选人参选，但竞选班底团队也都是当初在省政府里的那些人马子弟兵。再换个角度来说，就算你以无党籍身份当选，没有政党奥援[①]，你的这些政策要谁替你背书呢？对于没选上的宋楚瑜来说，若要延续他的政治生命，组党当然是他唯一的选择了；就算选上了，这也是不得不走的一条路。

宋楚瑜在省长任内，一直强调自己是“新台湾人”，在选举时的团队也叫“新台湾人服务团队”，其实就已经有政党雏形了。后来几经波折，在“大选”后不到两个礼拜，这个新成立的政党终于定名为“亲民党”。

亲民党在草创之初，延续了宋楚瑜省府团队的魅力，享有较高的支持度，除了原本他的手下外，许多成员也来自国民党与新党——亲民党成立

① 暗中支持、帮助的力量，有力的靠山。

后，新党又被边缘化了不少。不过这些脱党加入亲民党的，也大多是一些墙头草。基本上，这是国民党泛蓝分裂之下的产物，也是一个以宋楚瑜个人魅力在支撑的政党。

到了2004年“大选”，连战与宋楚瑜搭配竞选，再不幸落败，亲民党及宋楚瑜的声势也大不如从前了。再加上宋楚瑜参加2006年的台北市长竞选时，得票数居然只有6万票，怎一个惨字了得。果然，以前那些墙头草们为了自己的选举考虑，纷纷又跑回国民党。元气大伤的亲民党，现在也正面临着泡沫化的危机。

那几年，有好事者将台湾政坛上几个主要政党比喻为古典四大名著：

> 国民党——《红楼梦》：《红楼梦》里的贾家，金玉其外，败絮其中，只剩空壳子。
>
> 民进党——《水浒传》：《水浒传》的梁山泊，山头分布，以造反起家，谁也不服谁。
>
> 亲民党——《西游记》：《西游记》中以孙悟空撑场面，其余均为跑龙套的。
>
> 台联党——《聊斋》：《聊斋》是鬼话连篇。

2001

乡土剧

乡土剧的流行，从这两年开始火爆起来。或许不应该说是乡土剧，精确来说是用闽南话来发音的连续剧。这个原因就跟之前说过的，因为资源集中，北部较发达，使用普通话为主流，南部发展较慢，是北部人（尤其是台北人）眼中的乡下，又惯于用闽南话，所以“乡土剧”这一词的使用多少也包含了电视台的刻板印象。长期以来如老三台八点档的连续剧，几乎都是以普通话发音，大家看连续剧说普通话都习惯了。民进党上台后，标榜“本土”，在政治影响下，以闽南话来发音的连续剧，逐渐变成主流及收视率的保证，许多演员也只好纷纷学闽南话，这其中以无线电视台的民视以及有线电视台的三立为闽南语剧的大宗。

2001年绝对轰动的闽南语连续剧是《飞龙在天》，这部片在大陆某些地方电视台也有配音回放过。故事描述的是在中法战争前后的台湾，一家叫忠义堂的武馆，师父带着众徒弟徒孙参加反法战争的故事。而其中也夹杂了武馆里恩恩怨怨、亲情爱情的故事。这部连续剧跳脱以前闽南语剧总是一些小市民婆婆妈妈般的啰唆，启用了一批年轻的演员，像贾静雯当初就是拍了这部片而大红的。

这部剧在一开始其实没多少人注意，但随着剧情的发展，在口耳相传的效果之下，几乎是一夕间引爆，结果满大街小巷，一到8点，一定会听到主题曲“飞龙，飞龙，飞上天……”

其实也并不是说它的剧情编得多好多吸引人，应该说，它的剧情常常极不合理。比如说，死的人其实没死，重新出现后武功又更高强；再不然就是演得欲罢不能，为了增长集数，编剧绞尽脑汁制造冲突戏码，加强悲情火力。所以，这类剧一定都有个让人恨得牙痒痒的坏人和受尽欺负的好人，但通常坏人到了后期又会改邪归正，一起对付新出现的坏人。在剧中，居然还出现什么“海贼王”之类的角色占领台湾（奇怪！那时候台湾不是应该被日本人统治了吗？）。所以，这样的剧情几乎已经变成一种恶搞，但观众居然就会为了知道下一集还会出现什么新的恶搞而继续看下去。《飞龙在天》在那个台湾已经有100多台可以看的情况下，居然创下12%的收视率，一演就演了快300集。当年某大学的合唱比赛，居然有个系就是演唱《飞龙在天》的主题曲，可见这部剧的影响力。

民视推出的闽南语剧可以说是部部轰动，尽管很多人说恶俗，但就是有人爱看他们能恶俗到什么程度。这类片的剧情都差不多：家族纷争，身世之谜，豪门恩怨，婆媳不合，兄弟阋墙，两代恩怨（为了延长集数，收视率高会一直演到第二代、第三代……），总之就是曲折不断，洒尽狗血，让人觉得一个人怎么会苦命到这种程度喔！不过再怎么争夺，最后也会应观众要求，先来个你死我活，再来个和好如初。所以不管哪部剧，你看来看去剧情其实都差不多，消耗了太多可能的剧情变化，让民视的故事公式被破解，人人都猜得出未来的变化。

所以，当观众慢慢弹性疲乏时，三立电视台播的闽南语剧又是另一个选择了。三立以前也拍过许多闽南语剧，但真正开始大红的是《台湾阿诚》。这部片湖南卫视也有播过，不过只播了第一部而已，大概是因为第二部以后看了都会吐血。这部片描述阿诚奋斗的一生，一开始阿诚很命苦，卖什么都会失败，就连卖米都会发霉。后来他凭着自己的努力，终于成功了。三立的闽南语剧，从这部之后都有一个固定的模式，就是一定会演到商战。编剧都是一边拍一边写剧本，所以可以随时更动，有时还会把一些社会事件、商业竞争编到片里，当对手台在预告剧情或是媒体将结局曝光时，就把它先演掉，先播先赢。而剧情更是下尽猛药，打巴掌已经是最简单的了，一定都还有什么撞车、跳海、落崖、床戏、多角恋情之类的。反正，成为有钱人的阿诚后来都在打一场又一场的商战，最后当然是圆满大结局。这部片也让演阿诚的陈昭荣真正大红起来。

到了2003年，三立的《台湾霹雳火》更是无人不知无人不晓，收视层横跨3岁到103岁。因为剧情实在太夸张不合理，反而引起观众收视的兴趣，大家几乎是一边看一边笑。当时大学宿舍里的交谊厅，每到8点一定都是放这部片。剧情描述卧底警察李正贤（陈昭荣饰）办案的故事，但不知道为什么演一演又变成商场恩怨，不管是黑道白道警察坏人都通通跑去开公司做生意了。但这部片的亮点反而是在大反派刘文聪身上，他够狠够猛，无恶不作，他的名言“你若是嘎挖屋抓狂，我丢A送你一桶汽油嘎一支番仔火（你若是让我暴走的话，我会送你一桶汽油跟一根火柴）！”简直成为当年超流行的名言，就连小学生都会这句狠话。不过为了剧情需要，刘文聪最后又变成好人，并且替大家摆平所有的事。当然，还是为了收视率要求。

因为那么成功，所以三立的闽南语剧后来一定有几大要素：商场斗争，黑枪泛滥，正邪分明。而如果有闽南新剧要上演，或收视率稍微下滑时，就代表剧中又有重要人物要死了。这类剧的模式说起来也很固定，前几集一定都是大手笔的外景加爆破，但越演到后面，就变成总是在那几个摄影棚里拍戏了，像办公室、不同人家里的客厅（一定都是豪宅）、餐厅等。观众就会看到，剧情永远是几个人跑到别人的家里或办公室放狠话——闽南话说“呛声”，下一幕又是这伙人跑过去呛回来，好像他们的家里或办公室都不用锁，可以随意进出一样。

那几年，这一类的闽南语剧流行，并且剧情模式固定，的确引起很多讨论话题，在此就仅陈述当年的盛况，不作评价了。

开放大陆媒体驻台

2001年初，台湾当局宣布开放大陆记者来台作新闻采访驻点，第一批是新华社的范丽青与陈斌华。因为那时候我开始对大陆产生了一些兴趣，遂很关心他们来台的相关新闻。

果然如预料的，他们一下飞机，马上被大批的记者镁光灯包围，反而成为被采访的对象。在随后的日子里，他们走遍台湾各地。对台湾当局来说，这是第一次有大陆记者来台驻点；对新华社来说，也是第一次有机会到台湾驻点。那时候似乎大家都在摸着石头过河，思考着要怎么相处。所以，在那个时候会看到电视台用SNG的方式，每天都播着他们去采访什么新闻，又访问他们采访的感想，而电视台也会恶搞，把监视他们的情治人员也拍出来了。

第一次在大陆长途旅游

又是一年的7月，我再次来到北京，这次又见到郑教授。他除了带学生，顺便还带了一堆美国老头到处游玩。爸爸也来北京啦！他也带一些音乐团体来北京的教会交流演出。因为这次机会难得，所以，当北京的行程结束后，我们跟这群美国人干脆组了一个团，继续往西安去。

在西安，爸爸去教会交流了一下，就开始旅游的行程了。在西安的旅行团常会去的地方有兵马俑、华清池之类的，但那些美国老头都是很虔诚的新教教徒，最有兴趣的还是碑林里的那块大秦景教流行中国碑。

离开西安后，搭机前往成都，在机上第一次清楚地看到中国地貌的变化。从西安的一片沧桑之黄，随着一路往南飞，变成一片翠绿。后来几年，我从陆上坐车经过这条路，跨过秦岭，这种感觉更明显。

早就听说成都的女人很漂亮，第一次到成都，坐在车上眼神就如同猎犬一般到处锐利地搜寻，想要印证这个说法。那时候春熙路也刚在修，不知道要到哪里逛街看美女，倒是导游小姐真的是一个英语流利的美丽小姑娘，可惜她只喜欢同团的美国帅哥。

成都也只去了那几个地点，什么杜甫草堂之类的，但这些对外国人比较没吸引力，而就如预料的，一到熊猫保育基地，这些美国人简直为之疯狂了，付了一些钱就抱起小的熊猫一起拍照。

隔天清晨，驱车往九寨沟方向出发。中途在都江堰停留了一会儿，然后就一路循着岷江而上。

我倒是很深刻地记得汶川这个地方。在车行中，导游小姐很随口的一句“现在阿坝师专修得那么好呀？”让我记住了这个地方。以至于“5·12”地震时，我一直很关心汶川的情形，毕竟是曾经路过的地方。

车绕过弯弯曲曲的山路，当天晚上在茂县住下。喜欢乱跑的我，还是跑到市区去上网。在网吧里我看到一个年轻人在网上看着新闻，乱逛着，居然逛到天涯网站。那时候可是冲击呀！在这个资讯不发达的地方，可能网络就是他们了解世界的工具。所以，等我后来回台湾后，很快又筹备了一个网站，专门对大陆的年轻人来报道台湾的各种资讯，以文化及娱乐为主。那时候可热血了！之前有说过，我本来就有一个网站，那阵子我简直就是用原来那个网站的收入来支持这个新网站的，不过很可惜，后来两个网站双双倒店。

第二天从茂县继续往北到九寨沟，好像在松潘附近的山丘上有个巨大的红军长征纪念雕像，美丽的导游美眉用流利的英文解释给那些美国人听，美国人听得啧啧称奇。

当晚到九寨沟，晚上看了一些民俗歌舞表演。第二天早上开始游览，这里就不提了。隔天早上又到黄龙去，下午开始进景区。在黄龙这个海拔较高的地区，本团最快走到顶的居然是一个七十几岁、穿着像嬉皮士的老头。走到最顶的黄龙寺，看到另外的台湾团的一行人，穿着白色薄唐装，头系红头巾，手拉手围着一个不知道叫什么的坛，唱着《桃太郎之歌》。我彻底被雷到了，怪不得人家都说台湾人什么都能拜，千里迢迢地跑到这山上只为了进行这个仪式而已。另外，团里有个看起来就像美国情场失败者的中年怪叔叔，上山途中就看到他在跟不知道哪里的小妹妹搭讪（尽管他一句中文都不会说），等到我下山，在出口附近再遇到他时，他已经牵着那个小妹妹的手，两人洋溢着甜蜜的笑容一起走着。

隔天一早，就飙回成都了，当天傍晚到。开车师傅技术好，美国人却被吓得要死。

爸爸要回台湾，其他团员有的要回美国，有些要去西藏和新疆。我决定自己继续往东走，遂住到新南门旁的交通饭店，过两天后往重庆去。

坐了4个小时的成渝高速到达重庆。是一个网友来接我的，一个很漂亮的重庆女孩，结果她连她男朋友跟妹妹都一起带来，呜……心里有点儿失望，不过有人接风还是挺不错的。

第一次吃麻辣锅，跟台湾的麻辣锅不同，台湾的是改良过的已经偏咸辣，重庆的则是偏麻，简直是吃得不亦乐乎，但偶尔会咬到花椒就有得受了。吃完后，重庆的朋友们把我送回旅馆，关门前拿出一包药给我：“嗯……我想你第一次吃，这个东西应该用得上……”

当时还在想有那么严重吗？没想到第二天一醒来果然腹泻不止，全身无力，吃了药，虚弱地躺在床上，一边想他们实在是太体贴了，连这个都帮我想好。

对重庆街道的第一印象是，这实在太适合封起来做城市房车赛的赛道了，尤其是朝天门前的那个大弯道，简直是个经典。在重庆两天，去了歌乐山、解放碑等地。都说重庆是火炉，其实根本就是蒸笼，那种天气我真受不了。

离开重庆后，又去了武汉。武汉其实没什么好玩的，但我还是很喜欢那里。从黄鹤楼出来后，我特意步行走过长江大桥。武汉还是属于比较市井的地方，所以呢，居民看起来也都比较随意一点儿。我比较喜欢那种感觉。

离开武汉前往合肥，坐高速大巴坐了6个小时，两天后又经南京转火车往上海去。这是第一次到上海，一出车站简直不知所措，连住的地方都没先找好，路也不知道怎么走的，现在想起来好像在二号线东昌路附近找了一个很破的招待所住了，总之就是那种卡车司机住的。那时好像在火车上得了感冒，很严重，就在那个地下室的窄小房间里咳个不停。那个房间又很热，空调也没力，不盖棉被就一堆蚊子叮，盖了又太热，所以几乎整夜睡不着觉，又在那边自怨自艾，心想没事干吗要来受这种苦。

第二天，我马上换了个稍微能接受点儿的便宜旅馆。旅馆老板人还不错，帮我买了药。睡了一天，晚上才起床。那时候对上海没什么概念，只知道人尽皆知的外滩，所以就搭着地铁去逛逛。

外滩就是那样，第一次去的人会对那里奢华般的视觉效果感到兴奋无比。现在回想，“以后一定会到上海工作”的想法应该就是那时候产生的。大概是那时候觉得自己太惨了，又看到一堆奢侈的享受，所以心里特别不爽，再加上一堆红男绿女在那里大放闪光，所以对这个地方非常的欲求不满。第一次到上海，我就只知道两个地方：外滩、南京路。

过两天，我又继续往杭州和宁波去，都是很不错的城市。在那边待了几天后我就去了广州。

去广州前，在那边的朋友问我在哪下车，我说广州站，于是他说要来接我。我说不用了我自己去找他，他还是很坚持要来站台上接我。看他那么热情，我也就接受了。

等到在站台上看到他，一起走出站时，他突然回过头来，神色严肃地说：“等会儿一定要紧紧跟着我。有人叫你不要回头，跟着我直直往前走就对了。”

后来对大陆更熟一点儿，又回想他那时的行为，才知道那个地方是令无数外地人闻风丧胆的广州站呀！那几年也是广州站前最乱的几年。原来他坚持要到站台上来接我，是怕我这个笨蛋第一次来广州就发生什么事。

不过广州也的确爽快，路上到处都是甜品店，非常合我爱吃甜的胃口，所以后来我也把握每次去广州的机会，就为了一直吃。

这是第一次在大陆长途旅行的经验，除了北京外，其他地方都是第一次去，很值得我怀念。也因为这次旅行，我发现这真是个太神奇的地方，萌生了研究大陆的念头。后来几年，我几乎没事就这样在大陆到处乱逛着，专挑一些奇奇怪怪的地方看。这些以后再说吧！

台北捷运淹水事件

在我小的时候，台北有一条支线铁路——北淡线，即从台北车站开到淡水的。这条铁路一路上的景色很特别，从一开始在城市的居民楼间穿梭而过，然后进入关渡平原，接下来过了一个山洞后，景色就豁然开朗，一路傍着淡水河摇曳而行。

在我3岁前，我家就在这条线路的士林站边，每天我都看着车场里的火车进进出出。那时候士林站也有兼作货运托送，有许多的黑皮货车停在那里，也成为我们这些住在附近不怕死的小孩玩乐的场所。我喜欢火车就是从那个时候开始的。

这条铁路连接着台北市区及淡水，而台北北郊的发展也因为这条铁路，逐渐由农村慢慢变成以工商业为主的小镇，甚至变成住宅区，因此在以前，这条北淡线除了货运之外，还肩负着上下班上下学的通勤任务。

除了通勤之外，这条线一到假日，就变成旅游专线。尽管那时候交通已经发达很多，市区到淡水的短距离客运班车也很方便，但很多人就是喜欢搭着北淡线，慢慢晃到淡水，感受那种闲情逸致。虽然车头用的还是内燃机，车厢也没空调，但卖点就在于那种怀旧。一路吹着风，感受湖光水色，与一旁海鸟竞速的逍遥感觉，真是心旷神怡。并且，北淡线沿线有很多小站根本是无人售票点，又可以先上车后补票，很容易逃票。在台北这个大都市里，还能搞这种小便宜，或者说寻求这种小刺激，都是那一代搭乘人的成长回忆。

后来，北淡线的利用率越来越低，再加上台北那时计划建大众便捷的运输系统（捷运），遂决定停驶并拆除，原线改建捷运。在大陆的时候，很多朋友问，地铁就是地铁，轻轨就是轻轨，为什么要叫“捷运”这个怪名字。事实上，到现在就可以看到，捷运其实是一整套运输系统的规划，所以有地铁部分、平面铁轨、高架线路以及缆车线路，无法简单地用地铁或轻轨来概括，因此还是称捷运较精确。

台北在20世纪80年代末开始修建捷运，而其中的淡水线就是照原来北淡线的线路而建。当初在建捷运时几乎是“六线齐发”，也就是6条线路一起建，所以台北各个重要道路都可以看到捷运在建设，整个陷入交通黑暗期。而捷运兴建期间传出许多负面消息，比如说一些弊案啦，跟原厂的诉讼案啦，以及试车时发生的火烧车等事件。那时候，台北市民对捷运的信心简直掉到最低点。那一阵子，报纸总是见猎心喜地看捷运又出什么纰漏，标题总是会命名为“劫运……”

捷运完成的第一条是木栅线，不过有一半不在市区主要干道上，而是从台北市东南方近郊开进市区的高架轻轨，所以不是住在那附近的居民，利用率也不高。后来，捷运建成的速度变快了，几乎是以一年一条的速度，把整个捷运的路网完成。而淡水线这条线路又比较特别，整条线有的在地下，有的在地上，也有在高架上的，大概是因为这条线还有观光功能，方便乘客欣赏吧！

2001年台北捷运可说惨遭“灭顶”，原来这一年9月的纳莉台风带来大水，几乎所有的抽水站都告阵亡，一半以上的台北市成为水乡泽国。一向住在台北的居民真是非常不能接受这种事实——平常只有在电视上看到，一般是在南部乡下才会发生的事情，居然发生于繁华的首善之区台北。

整个台北几乎都被淹了，在地下的捷运怎么逃得了？洪水从驻车场处涌入，围堵失效，结果短短的时间就灌满了好几条线路。说“满”并不夸张，我从电视新闻上看到，自地上的捷运入口处以下，全部都是水，连同下面的什么地下街当然全都挂了，还要出动海军的潜水人员潜下去帮忙抽水，让我忍不住想到电影《水世界》里主角潜到深海里发现城市的画面。

当然啦，那次事件损失惨重，我还记得报纸标题很耸动地写“台北繁华如梦逝水流”之类的。更令人印象深刻的是，有个捷运电车司机，说到当天他们要把电车开到高处时，很生动地描述他一直在加速逃离，因为洪水就跟在后面冲过来了。听他的描述，光凭想象，就觉得只有灾难片里才会出现这样刺激的画面。

所以，这件事后，相关部门就开始大力检讨捷运的防洪功能了。因为这件事让大家记忆太深刻了，现在在捷运台北车站里，还可以看到一个“台北车站淹水纪念铭板”，类似什么碑文一样。只不过在这立个碑，好像跟环境不搭调，于是弄个金属的牌子贴在柱上，柱上还画了一个高度，告诉大家曾经淹到了这么高，真是有点儿黑色幽默啊！

结果，已经习惯捷运出行的台北人，那阵子真的是如丧考妣，仿佛又回到交通黑暗期。尤其是台北车站前，本来大家都会从地下街穿过，突然都走在地上了，交通灯变绿的时候，从高处看下去，就如同一群黑压压的蚂蚁冲出去，还要出动警察分批放人。还好，捷运居然以惊人的效率，3个月之后就恢复了正常营运。更惊人的是，那些车站内硬体居然完好如新，都被努力地清理过了。

捷运真的是台北很有特色的风景线。走过很多城市之后，发现台北捷运规划得真是不错，不仅在外观上不同站有不同站的特色，在细节或动线上也常常可以见到一些贴心的设计。使用者的素质也不得不在这里称赞一下了，大家都很爱惜这个公共建设，也建立了一些使用默契。比如说，就算出站再拥挤，大家也会很自动地站在手扶梯的右侧，左侧留给赶时间的人通过。并且，在捷运站或车厢里，大部分的人都很习惯小声讲话，所以不会太嘈杂。最重要的，冷气够凉快，空气够清静。老实说，在台北坐捷运是种享受。

2001“棒球世界杯”在台湾

棒球是台湾人成长记忆中的重要一环。在台湾这个社会，不管你是什么信仰、政治倾向或意识形态，哪怕平常总是对立着的，但一讲到棒球，又总能把大家的心紧紧凝聚在一起。在台湾，也只有棒球有这种魅力。

所以在台湾，从老到少，几乎大家都有看棒球比赛的经验，尤其职棒成立后盛行的那几年，几乎没有人不关心这些事。就算不关心，你也会听到周遭的亲朋好友和同学在讨论这些事，如果不能插上几句，就好像有种被孤立的感觉。

在职棒创始之初，有味全、统一、兄弟、三商四队，而后来又有中国时报、俊国、兴农、和信等公司集团加入职棒球团的经营。职棒也带动了棒球运动的兴盛。那几年，棒球、垒球运动特别流行，每当假日，总可以看到许多民间团体组队在一些宽阔的场地上进行友谊赛。

但是，就在台湾职棒最流行的时候，居然爆发了签赌案、放水打假球等事件，严重打击了球迷的信心。所以，从1997年开始，球迷突然减少了很多，整个职棒陷入严重低潮。当时涉入签赌案最深的时报鹰队，就这样被迫解散。当初时报鹰算是球员年龄最年轻的团队，帅哥又多，所以当他们解散时，一帮迷妹哭得死去活来。当年另一件影响职棒市场的事是电视转播权的纷争。原本从职棒开打后就一直转播职棒的年代电视台，因为失去转播权，因此另立联盟，许多球员也纷纷跳槽。虽然两个联盟在相互竞争下开始展开职棒环境的改革，但终究难敌签赌案造成的致命伤害。所以，那阵子球迷流失很多，一场比赛甚至出现不到500人观赏的惨状。以前那轰隆雷动的欢呼声，气势惊人，让大家怀念不已。

更惨的是到了1999年，三商虎和味全龙两支创始队接连解散，让球迷伤心得要死，尤其是康师傅顶新买下味全之后把球团裁掉，居然还有好多球迷跑去抗议。

职棒签赌案重创了台湾的职棒，那时候大家一谈到职棒就失望地摇摇头，职棒的一些不良影响使棒运跌到了谷底。

2001年，世界杯棒球赛在台湾举行。这件让全台湾人为之疯狂的事，无疑给低迷已久的台湾棒坛注入一支强心针。因为难得有这样的大型赛事在台湾举办，而且又是台湾人最热爱的棒球，所以，就算平常对棒球毫不关心的人，也很容易会被那种热潮所感染。

这次比赛总共有16支队伍参加，传统强队有古巴、美国、日本、韩国、中国台湾和中南美洲国家球队，也有纯粹抱着观摩心态来的如菲律宾、意大利等国，分别在台湾的几个球场举行。我家附近就是天母棒球场，所以我也去看了几场球赛。我就是那种平常不是很关心棒球的人，但是这种时候就喜欢跟大家一起狂热。

第一场球赛就是中国台北队对意大利队，在天母棒球场比赛。中国台北队如预料的那样，很轻易就取胜了。宣布比赛结果的一刹那，从满座的观众席中，一条条代表中国台北队的蓝色彩带飞到场内，好不壮观，跟总冠军赛结束一样。结果好多原三商虎看了好激动，直感叹得大喊："三商虎终于得到总冠军了啊（三商虎球衣也是蓝的）！"

所以，那几天几乎所有外面餐厅的电视都在转球赛实况，学校旁边的餐厅更不用说了。翘课跑去看球赛的也就算了，就连中午吃饭也要配合着球赛吃。就在某餐厅，中国台北队在紧张的时候一连得了好几分，这时就会看到一帮正在吃饭的同学也顾不得嘴巴里还有饭，当场喷饭喷汤地欢呼起来，可怜了餐厅老板要清理。

再有，日本韩国之间的宿敌之战也是很有看头的。在天母这个地方，日本侨民本来就多，所以这场比赛也涌进了大批的日本人进场观战。很多日本人几乎都还是穿着西装进场，可见他们是一下班马上奔过来的，整个加油的气氛就像在看日本职棒时的加油感觉。另一方面，韩国则是从本土派出美女拉拉队，在另一座位区加油，不时露一下大腿什么的，只是气势就弱了很多。再加上场内台湾观众几乎一面倒地帮日本队加油，日本队也越打越旺，韩国队就弱掉了。这场比赛韩国输掉后，教练以下全部都剃了光头。

与这场比赛同时进行的，是在另一个球场的中国台北与荷兰之战，那里当然爆满。虽然这里正在进行比赛，但球场内的一些电视，还是吸引了一帮球迷围在电视前关心那边赛况。在那场比赛里，球迷居然抬出了一个大大的郑成功像，表示“打败荷兰人”。所以在过几天的中国台北对日本比赛上，也可以看到球迷抬出一个大大的蒋中正像，意为“打败日本人”。与韩国比赛，球迷便在观众席上大吃泡菜。还有一堆奇奇怪怪的标语及加油方式，反而都比赛事更有趣。

中国台北队与美国队的比赛也是全民关心的。不仅球场内挤满了人，就连球场后方的公园里，大家也都攀到溜滑梯或高塔上去观战，不过有人在太激动时两手一放摔了下来，等他想再爬上去，已经没位置了。这场比赛，中国台北队不幸输了，所以只能跟日本队隔天争第三名。

隔天早上是中国台北队与日本队的决战，大家对这场比赛的关心度反而胜过当晚美国与古巴的总冠军战。没想到面对强敌日本，中国台北队硬是打败他们取得第三名。在台湾，棒球常常跟民族情绪牵扯在一起，尤其是对日本及韩国的时候尤其明显。这么说好了，棒球在奥运会里对大多数人来讲虽然不是什么重要的比赛，但配给亚洲的参赛队伍就只有两个名额而已。所以，中国台北队及日韩队常常要为了这两个名额抢破头，偏偏这三个队在世界棒坛上实力又都不弱。所以连带的，若能在其他场合击败韩国或日本，尤其是亚洲最强的日本，那简直就是全民为之疯狂的事。

目前全世界棒球公认最强的国家是古巴，号称红色闪电，连霸世界棒坛几十年。但他们在前几年开放职棒球员参加的世界经典棒球大赛上被日本打败，未来是否能继续称霸还是未知数。

再说说美国。美国其实对这种世界性的棒球赛没什么兴趣，因为他们觉得他们的大联盟就代表了世界最高水准，很跩，所以他们认为，这种世界性的赛事只要派出储备球员或后备球员就可以把其他国家打垮。但这种情况也在以前的世界经典棒球大赛上被打破常规，虽然那时派出的都是大联盟球员，但还是被日本队打败。

中南美国家的棒球也是很兴盛的，台湾有许多洋将都是从那边来的，美国许多大联盟球员也出生在那里。

欧洲也有一些球队，但普遍不强。亚洲地区，就是中国台北、日本、韩国了。这3个地方都有职棒运动，一般说来日本水准高一些，而台湾地区跟韩国水准差不多。所以，归纳以上，台湾人在球赛时支持队伍的方式常常是：

> 中国台北队—某国队：当然支持中国台北队。中国台北队其他的比赛亦然。
>
> 中国台北队—日本队：当然还是支持中国台北队，打赢日本就冲出亚洲了。
>
> 韩国队—日本队：支持日本队，谁叫高丽人常藐视我们。
>
> 日本队—美国队：支持日本队，谁叫美国不派大联盟球员来。
>
> 美国队—古巴队：支持古巴队，只要能把万恶的美帝干掉就很爽。

由此可以看到，台湾人常常还是会把自己的情绪带到赛事上的。总之，这场比赛虽然只是争第三名，但打败了日本队还是很爽，HIGH得跟拿到总冠军一样。待球员坐大巴离场时，整条马路上挤满了欢呼的群众，车子动也动不了。

当天晚上是美国与古巴的大决战，天母这边美国侨民不少，所以观众席上美国的加油阵容庞大。再加上当时大概是“9·11”事件刚过不久，美国人爱国情绪高涨，所以这些美国佬一直大喊：“USA！USA！USA！”不过场子的另一边，不知道哪里来的，平常也不会出现的古巴国旗到处挥舞着，摆明了就是要支持古巴。

两队势均力敌，缠斗到最后，满场观众都很紧张。没想到最后美国教练似乎下错了战术，给古巴有机可乘。终于，在古巴胜利的那一刻，我看到转播席上古巴来的转播人员激动得大喊，跳到桌上跳舞。

这次比赛再度掀起台湾人对棒球的热情，而两个棒球联盟也在两年后合并。但2007年再度在台湾举行的世界杯棒球赛，反而没当年火爆狂热了。

台风

台湾的天灾，除了地震之外，应该就是每年都会来个数次的台风了。每次来台风，或大或小，都给台湾造成不少经济损失。因为气候的关系，在西太平洋形成的台风，几乎都是朝西北方的台湾跑，所以台湾每次都首当其冲。

有一年夏天，在北京坐出租车，刚好听到广播在讨论台风的问题，那阵子海棠台风来袭，对台湾及大陆东南沿海造成相当大的破坏。开放听众发表意见，就听主持人读了某听众传短信来的意见：台风可以减轻长江中下游地区的酷暑……真是一听就令人火大，心想这家伙八成是住在北方的人，没尝过台风的滋味才会这么说，而且用“长江中下游地区”这个专有名词，我看是个中学生吧！

可能大家都看到过美国飓风的威力，实际上台风跟飓风一样是热带气旋形成的，只是不同地区名称不同，但台风的威力常常不比飓风弱。在大陆东南沿海一定都会遇到这些事，但其实吹到东南沿海时威力已减弱一大半了，因为台风只要吹过台湾，威力就减弱了很多。

有一次在厦门时，我听到好多导游都这么说——“因为鼓浪屿上的郑成功像保佑，所以几乎都没有台风直扑厦门……”听着就相当不以为然。废话啦！因为台风依照路线经过台湾中央山脉时，结构及强度就已经被破坏一大半了，通常就会转向，不会依照原路线继续往厦门方向过去，就算到厦门也是很弱了，台风不会直扑厦门也是理所当然的。相对地，通常台风破坏力最强的地方首当其冲就在台湾东部。

2001年，接连来的两次台风——桃芝台风及纳莉台风，简直就是那一年的噩梦。桃芝台风来之前，大家普遍认为是中度台风而已，太过轻忽，结果造成200多人死亡失踪的惨剧。这些灾情大部分是集中在东部花莲及中部山区。在前两年，台湾刚经历了“9·21”大地震，震中的中部山区土质已经松动，没想到这台风跟着一来，造成大规模的泥石流及塌方，灾情惨重。大家都没想到会那么严重，算是台湾40年来灾情最严重的一次台风。

一个月后，纳莉台风也跟着来了。这次台风死了九十几个人，而带来的超大暴雨，让全台从南到北几乎都被淹在水里。在高雄市区，甚至出现了比较高的地方当作“码头”，用摆渡来接送的情形，好像回到几十年前。

在台北就更惨了，半个台北市都泡在水里，就连地铁都被淹没了，台北市几乎从来没有遇过这种事，所以应变也不足。但更严重的，是对从来不知民间疾苦的台北民众心理的打击，当时就看到新闻里，一位民众愤怒地对镜头大喊：“这里可是台北耶！”好像“高级”的台北就不应该发生这些事一样。结果，那阵子最忙的可能是海军陆战队了，一辆辆海军陆战队的两栖战车一直在淹满水的街道上破水穿梭前进，每一辆上面都坐满了民众。

没经历过台风的人可能很难想象台风夜风雨交加的景象：强风在窗外咆哮，如同要把窗户吹破般恐怖。台湾人从小就被教台风来时的防台准备，比如说窗户钉好（不过现在没人再住木造房了）、离开低洼地区到高地区（基本上现在高点儿的地方都有泥石流）、要准备充足粮食（这通常是吃零食的借口）、不要到外面乱跑（这倒是真的，什么东西倒下来都不知道）之类的……

当然啦！台北的小朋友可能会没有这些防台准备的经验，但以前一定有台风夜停电，窗外风雨交加，屋内点着蜡烛全家聚在一起听广播里各地民众一直打电话进来报告灾情的经历，并且好像一定要吃泡面配罐头这种“战备粮食”才有台风夜的感觉（明明就有煮饭）。在台风夜里，晚上不睡觉好像都没关系，都不会被骂，全家就围在一起聊天。父母好像都变得特别慈祥，好不温馨。而且，隔天通常都会放假。

不过这通常是台北等大都市人的经历。这种看似温馨的夜晚，可能是一些偏远山区或沿海地区民众生死存亡的关头。小时候总是很希望台风大一点儿，因为那样就可以放台风假，若是在电视上看到台北市出现在停止上班、上课的名单里，那简直就跟中奖一样高兴。而许多都市的上班族也喜欢台风假。有时前一天晚上宣布隔天放假，结果隔天发现根本没风没雨，甚至还出太阳，这一天，百货公司及电影院的生意一定很好。

但是随着年纪越来越大，越来越懂事，就会觉得宁愿不要放这种假，只要台风造成的灾情越小就好了，因为那些偏远地区的灾情是我们都市人无法想象的。台风造成的另一个影响是菜价一定会上涨。倒不一定是菜都被淹烂了，更多时候是一种预期心理造成菜价在台风前或台风后都会上涨。

靠天吃饭的农渔民最可怜。有时候农民的菜还没有收成，台风一来通通泡水，算是这一季的成果都没了，血本无归。渔民更惨，尤其是一些沿海养殖业。许多电视机前的观众都会觉得他们怎么这样不自觉，台风那么危险还跑到海边，到时候还要别人去救。其实这些养殖户当然知道危险了，抢收老早就从台风前开始了，但一定是收不完，抢收到最后一刻，还是只能眼睁睁看着这些心血被大海吞没。

在台风时，另一些比较无辜的人是登山客。每次台风，总有当局出动直升机或部队搜救登山客的新闻，大家就会不爽，觉得这些人真是不知好歹，台风来了还跑去登山，还要出动搜救队伍，浪费社会资源。其实像台湾这种多高山的环境，登山队一进山里都是一两个礼拜，这一两个礼拜就够台风从形成到一直扑到台湾了。登山队也够无辜，出发前可能根本不知道会有台风，台风一到台湾他们就被困在山里了。

另外，在新闻极度综艺化、SNG车遍地跑的台湾，台风来时也是记者表演的好时机。记者非要展现出台风严重的一面，就身涉险境，看起来越危险越夸张就越能吸引眼球，所以之前有记者如考拉般攀在下面淹了水的电线杆上播报。前几年还有个记者，在水淹及胸的地方现场联机播报，看起来灾情好严重，结果画面后方突然一个民众骑着脚踏车就这样飘过去了，观众恍然大悟，原来他是蹲下来播报的。

2002

澎湖空难

代表台湾的中华航空公司，在过去一直有个如诅咒般的“四年大限”，即华航每4年就会出现一次重大空难。这个都市传说在2002年的华航澎湖空难后被广泛传开。那几年，坐华航的飞机总是有阴影在。

2002年5月的一天，我正从午睡中蒙蒙眬眬地醒来，一打开电视就看到每一台都在播报华航班机从雷达上失踪的新闻，心想不妙，又出事了。果然，不久后证实这架台北飞往香港的747客机，在空中解体坠海。唉……又是一场惨剧。

后来报告出来说，是这架飞机二十几年前蒙皮损伤，而又未依标准程序维修，导致后来金属疲劳在空中撕裂。倒霉的乘客，在这架老飞机脱手前的倒数第二趟航程中跟着送命。当时空难发生后也是阴谋论四起啦！什么被隐形战机撞到、陨石砸到、恐怖攻击之类的。总之，全机罹难。

时间回到1998年，华航一架由峇里岛飞回台北的空中巴士客机，在降落前欲重飞失败，失速坠毁，机上所有人罹难，连带几间地面住屋也遭撞毁，地面也有人不幸遭殃。机上，当时到印度尼西亚开会的“中央银行”总裁及一行官员全都罹难。事后，搜救现场可以说是一片混乱。那是台湾

SNG刚开始流行的几年，记者也抢在第一时间跑到现场播报，所以，当晚台湾的观众就在晚餐时间看到空难现场，血淋淋的，一片混乱。甚至有尸体尸块就挂在记者播报后方树上房上的未经处理的画面，太令人震撼了，害得好多人当晚心理无法承受，被送急诊。

再往前到1992年的名古屋空难，这次是台湾航空史上最严重的空难，250多人罹难。原因也是重飞，驾驶与电脑互抢操控权所引起。

接连3次重大空难，再加上其中几年或更早以前穿插的几次事件，也让人开始怀疑这家公司是不是受到什么“诅咒”，纷纷去找这每隔4年左右就会有一次空难的关联性与逻辑性，又有好事者推算出下次空难在什么时候。

华航的飞安的确是不太好，小事不断。尽管服务评比在国际上是出了名的好，但飞安却是出名的差。许多评论都指出，这根本的原因在于华航在管理上出了问题。华航最早是国营及党营事业的合体，以前大家都说华航是“小空军”，因为机师也大部分来自空军退役飞行员。长期的垄断造成老大心态，只能说企业文化是一脉相承，管理失控会上行下效，华航在过去几十年来，一直都有这样的问题。一般民众也认为，华航会搞成这样，这是个很大的原因。

华航的长期垄断，一直到长荣航空成立才结束，而早期华航呆板的涂装，也变成水墨梅花的图案。虽然一间是半官方，另一间是民营，但这两间公司一直颇有心结存在，常常在暗中较劲。

有一个著名的笑话，说两间公司的空姐也会互看不顺眼——在台湾大家都知道，华航空姐向来以美貌著称，而长荣空姐以亲切为主，外形倒不怎么样。

据说有一次，华航某班结束任务之后，一排光鲜亮丽的华航空姐优雅地拉着小皮箱穿越机场大厅，刚好前面有一批绿制服的长荣空姐正坐在椅子上休息。

对手相见分外眼红，在经过长荣空姐的时候，华航空姐就不屑地讲了一句话：“哼，丑死了！”

长荣空姐虽然貌不惊人，说起话来倒伶牙俐齿，立刻回敬一句：“哼，丑死总比摔死好！”

华航空姐一听之下大怒，心想我可不是省油的灯！不过还是立刻回到优雅的气质回答：“摔死是一时的事。丑死，是一辈子的事！”

到了2006年，幸好华航没发生什么落人口实的事。但2007年在日本那霸机场停机坪发生的飞机漏油爆炸事故中，所有人员奇迹般在爆炸前都逃离飞机了，这也又让人想起那个“四年大限”的传说。

研究生考试

这年我去考研究生。台湾考研究生跟大陆不太一样，是各校自行招生的。所以要考研究生的同学，每到三四月份又要赶考折腾一次。有些比较优秀的学校，还会故意将考试日期排在同一天，非常的踙，摆明了就是你只能挑一所来考。尽管如此，还是吸引了许多大学生报考，并且研究生报考人数有每年越来越多的趋势。

因为个人的喜好问题，我挑了有关大陆研究的专业来考，所以那时候除了国际政治各种理论之外，也把一些《中国近代史》跟《中共党史》的东西都摸熟了。在此，举一些“中国大陆研究”科目考试题目的例子：

> 中共建立政权后，称自己为“新中国”，在此之前为“旧中国”，此说法已被广泛采用。到底“新”在哪里？试从政治、经济、社会、文化各方面作纵向比较分析。
>
> 改革开放以来的“一个中心，两个基本点”的基本思维是什么？内在实质又是什么？

反正，不同学校考的题目也反映了不同学校的研究方向，有些学校从意识形态方面来解释，有些学校喜欢从社会实际方面来解释。这次考试呢，我很潇洒，只报一所学校来考，所以没考上也是必然的。

这一年7月我又去北京了。不知道为什么，北京对我就是有一种莫名的吸引力，为了这个，我后来还特别去研究了中国传统哲学思想对北京建筑格局的影响，写了一堆论文发表。没想到每次一说起这些，还真的唬了很多人，应该也算得上一个二流的导游了吧！

反正这次就一路从南往北，沿着京广线玩到北京。到北京也没定下个目的地，就住在国际饭店后面的青年旅馆了，每天也无所事事，跟着一群老外瞎混。尤其是那群法国美少女，每天晚上洗完澡总是穿着蕾丝半透明的睡衣在走廊上走来走去，或半倚着沙发，让我看得几乎要喷鼻血。

过了两天，旅馆前台跟我说有两个台湾人也住进来了，一个是来自高雄的怪叔叔（我们如此称呼的），另一个就是小吴，基于“管理方便”把我们安排住一间。很快，小吴以那特有的热情与到处都能搭讪的人格魅力，很容易地让大家在短时间内打成一片。之后我才知道，他是第一次来大陆旅游，只在北京待5天而已。

这段故事真正开始，应该从他入住的隔天开始讲起。这一天，他到长城去旅游，我则到西单乱逛。自诩为北京通的我，居然糊涂到在那里丢了钱包。更糟的是，我笨到把所有钱都放在里面，这下我可身无分文了。没想到我生平第一次进警察局，居然会是在北京西单的派出所里。我第一次深刻了解到什么是“走投无路”，只好跑去跟雕刻时光的庄仔借了钱，才暂时渡过难关。

这一天，小吴回来得也比较晚，回来后看他脚一跛一跛跳着走，脚上还包着纱布。据他自己说，原来是在长城上，为了贪图走近路，直接从缺口跳出去，没想到这一跳就把脚筋给拉伤了，而且伤得还不轻，直接送往医院。但没想到，他在医院都还能搭讪到几个美眉，还将照片给我们看。

照理说，遇到这些情况，正常人都会马上回家的，但我们都不知道自己在撑些什么。他呢，每天还是脚跛着跳着，到处去游览。至于我，跟朋友约好过几天到北京来同游，面子问题不好取消，又怕到时候没钱花，只好每天躺在青年旅馆客厅的沙发上，一边按着遥控器，一边用破烂的英语跟老外们鬼扯着，日子就这样一天一天地过去。

到了晚上，大家都回来了，青年旅馆更热闹了。小吴也加入了谈话会，虽然外语一样破，但不管是美国人、日本人、法国人还是德国人，都一样会被他逗得笑呵呵的。

就这样，我们几个人一起待在同一家旅馆的同一个房间两个礼拜。接下来的日子里，终于等到朋友来北京，于是我们四个外加怪叔叔，也不拘泥于什么特别的景点，反正就是在大街小巷乱逛，想到哪里就到哪里，想吃什么就吃什么，不亦快哉。

后来，在北京待了一段时间，大家都知道离别的时间到了，遂各分东西。怪叔叔跟朋友去了天津，我和朋友一起到上海，小吴则到河南去了。

在上海跟朋友分开后，我一个人去了湖南。在长沙看了马王堆的博物馆，待了半天就往湘西去，当晚赶不上到凤凰的小巴，遂在吉首待了一晚。第二天到凤凰，我一经过进入凤凰的沱江桥就爱上了这个地方。我住的位置又是无敌江景，就是虹桥旁沱江人家客栈的吊脚楼里。每天早晨，总是被捣衣及划桨声唤醒。我住在凤凰一个礼拜，每天也就到处看看，晚上回来睡觉，很优哉。

再见到小吴是几个月后在他的家里。看到他的旅行照片和听他讲述旅行经验，只有用不可思议来形容。原来，他后来一路到洛阳、西安、兰州、敦煌，又往西到了乌鲁木齐，最后到了帕米尔高原的中巴边境上。真难想象一个第一次离开台湾的人，就这样飘呀飘的，一路飘到了大陆的最西端。说来真有勇气且不可思议，但他就是这样处处让人惊奇、随性所至的人。

隔两年，小吴在西藏前往阿里的路上遭遇车祸挂掉了，我也少了一个可以交心的朋友。之后我又到了北京，经过国际饭店，青年旅馆已经不复存在。又凭着记忆去找曾经一起吃过的胡同小餐馆，却也成为新建高楼。路过天安门，想起那年“八一”清晨，凑热闹似的去看升旗，触景生情，这些本应该是美好的回忆，想起来却让人一阵惆怅，坐立难安。

马英九连任台北市长

2002年，这年年底又要选台北市长了。在这种几年就一次“大选”的驯化下，台湾人其实已经习惯了每隔几年就来感受一下选举的狂热，选完之后，支持的候选人选上了就狂欢若喜，落选了只好唉声叹气。但不管什么反应，第二天虽然失落还是一样继续各过各的生活，就跟隔夜一定要全部消失的满大街竞选旗帜一样，突然消失了还真不习惯，就如同高潮过后总伴随着一阵空虚。

这次选举，国民党已经成为“在野党”。毫无疑问，这次当然还是马英九出来寻求连任了。说起马英九执政的4年，我自己觉得他做得还可以，形象也够亲民，但就是感觉他没做过什么。反正，马英九高人气。但民进党就是不知道要推谁出来选，因为大家都知道，谁出来选胜算都不高。最后，民进党高层推出“行政院”秘书长李应元出战。

过去台湾的选举，不管各候选人的政见如何，越选到后面，选情越紧张，也常常会出现各种“奥步”[①]。但这次的台北市长选举，虽然从一开始几乎就知道谁会当选，却是一次高水平的选战，双方都有很明确的市政建设蓝图，也能很清楚地阐述自己的政策。比起以前意识形态为主的诉求，这次选举完全是以政策诉求为主的。

不过这场选战，结果虽然大家几乎都清楚，但其中的暗潮却是汹涌，掺杂了许多诡谲色彩。陈水扁当然是为李应元助选了，甚至他的光芒还压过李

① 闽南话，意为低劣手段。

应元，所以这场选战，也被视为陈水扁向马英九的复仇战，变成扁马对决。

而在这次选战中整合成功的国民党泛蓝阵营，将这次台北高雄市长、市议员一起的选举，定位为2004年台湾“大选”前哨战，造势活动频频将炮口瞄准陈水扁。

而马英九，当时普遍猜测他是不是也想争取2004年的台湾“大选”位置。所以，民进党也是倾全力在“打马”。结果，这一“打马”反而让马英九的政治地位在泛蓝阵营里急剧飙升，造就了马英九在泛蓝阵营的超级明星地位。

马英九的温和形象吸引了不少中间或浅绿选民，再加上泛蓝整合成功，也是这次马英九大胜的主因。

但在这次选举开票过程的电视实况转播中，也出现了一些小插曲。各家电视台各显神通展开计票追踪报道，不管是请人在各开票所计算还是公布选委会的开票数，各家电视台的方式和渠道都不尽相同，都只是为了争取最高的效率以及争最新的新闻。所以，在同一时间里各家电视台画面出现的同一候选人的得票数也不相同。有时候，由于相同时间内各电视台报出的同一候选人的得票数实在相差太多，不只把观众们搞得一头雾水，弄不清楚应该相信哪家，私下里，连各家电视台之间也相互打探对方是如何计算得票数的。这样就暴露了一个问题，原来，各家电视台为了抢报最新得票数，常常会有票数先灌水的恶习，结果，有时候就灌过头了。甚至还有一家电视台，得票数在短短30秒钟之内缩减了20万票，居然票越加越少。所以，当时因为这次选举，各电视台被批得很惨。

2003

“SARS”让全台恐慌

2003年SARS时，本来大家也不当一回事，甚至有些人还落井下石地嘲笑大陆。一开始，台湾相关单位防疫还算有效，SARS在台湾没有传开来，就连陈水扁都见猎心喜地说出“台湾完全没有感染到SARS”。没想到，就在一片安逸下，SARS突然在台湾爆发开来，大家顿时不知所措，引起一阵恐慌。在这一段时间里，倒是也可以看到许多奇奇怪怪的社会现象。

当时，当局在最初的几个星期只以“三零”（零死亡、零输出、零社区感染）而窃喜，却未能在这黄金时段里，好好获取香港、越南、新加坡的防疫经验。结果才没过几天，台北市的和平医院传出院内感染，出现了几个SARS病人，纸包不住火，才匆促封院。这一封院，事前也没通知，又把一些放假中的人员通通招回，事情来得太突然，结果当时院内简直是哀号遍野。当然啦，谁都不想这样突然被关在里面嘛，所以，当场也出现许多封锁区内的人一直想要往外逃的情况发生。

从和平医院爆发院内感染之后，台湾的防疫网就好像突然破功一样，病情蔓延开来。当局对相关的配套措施毫无章序，推诿责任罔顾民众安全。对于台商回台，当局也始终拿不出明确的办法，导致台商回台后引起家人的恐慌与困扰，居家隔离的漏洞导致不少家人失和与邻居相骂。因为大家都对SARS不了解，又可以看到电视上地方首长带头拒收转院病患，高喊着“拒绝SARS，原车遣返”的口号，还互相携手摆出胜利手势的怪现象。

过了几天后，和平医院里的人也都接受这个事实了，乖乖地待在院里。倒是医院外出现了很多的声援团体，说是要去给他们加油打气，所以每天都可以看到一堆社会团体在封锁线外拿着扩音器大喊加油，要不就是基督教团体在外面大唱诗歌或大声祷告，又或者是一群和尚坐在外面拿着麦克风念经消灾解厄……

台湾的许多人有一种奇怪的就医习惯，不管大病小病，反正就是往大医院跑，甲医院看了不满意，又往乙医院再看一次，反正健保便宜。也许就是这个原因，疑似SARS的病患到处乱跑，又开始往南蔓延，一发不可收拾，全台顿时陷入恐慌之中。

这一阵子在捷运或公车里注意到的是，乘客明显减少，戴口罩的明显增加，而每个人的脸色似乎也都比往常凝重。车上有人咳嗽一声，大家都心头一惊，一阵尴尬。要是再多咳几声，简直就是避之唯恐不及，还不到站就要求司机开门下车了。公交车也不开空调，全部开窗通风，这样居然还收空调车的票价。街上也空荡荡的，简直就是百业萧条。不过，这阵子美女也变多了，大概是大家都戴着口罩，只能看到眼睛的缘故。

当时也让大家认识了耳温枪这种东西。原本这种东西在台湾都是公司拿来送员工的福利品，一般没人需要，没想到突然卖到缺货，大家抢着要。另一个是医疗专用的N95口罩，全台大抢购造成缺货，到最后连一般口罩也大热销。电视新闻天天都在播口罩的消息，尤其又以台湾媒体这种专挑无聊事来播报的习惯，民众就会看到一则莫名其妙的新闻一报再报：某个乡下地方，因为买不到口罩，所以乡民用胸罩来自制口罩。记者访问了一个年轻人：“戴起来舒不舒服？”“嗯，有妈妈的味道。”被采访的少年用陶醉的表情回答记者。

另一个在SARS期间影响重大的就是全台的部队都暂停休假，就连休假中的也被招回。这对把放假当作性命的阿兵哥来说，简直就是晴天霹雳。就这样，短则一个月，长则两个月，没有人知道什么时候能再休假，结果士气跌到最低点。那时很多部队只好用别的名义，比如说晚上外散啦，开同乐会啦，来安抚士兵们不爽的心情。最后，因为陈水扁的儿子偷放假的消息被爆出来，国防部脸上无光，只好宣布开始休假。记者纷纷跑去采访出了营区的阿兵哥，但阿兵哥一定都被要求不能发表意见了，都是一副快哭出来的表情。倒是许多快退伍的比较不怕死了，直喊谢谢陈公子。

然后，也出现了所谓“SARS那一届”的名词——在SARS末期，本来要开开心心举行毕业典礼的学生，为了避免太多人一起聚集，毕业典礼被迫取消，造成许多人的遗憾。“SARS那一届”大学生，新生刚开学没两天就遇到严重的“9·21”大地震，没想到要毕业了又遇到SARS风暴，也可说是终生难忘了。

能够动员到众歌星来做BandAid的事件自然不是小事。当时本来是王不见王的王力宏跟陶喆，一起作了《手牵手》这首歌，邀请几十位歌星一起演唱，成为那阵子的主题曲，红极一时。后来还有网友自己制作的“非官方加强版”，自己模仿了另外一些人物，也瞬间爆红。

不久，台湾终于从重疫区名单上除名，但检讨批判的声浪也随之而来。总归来说，这次会爆发那么严重的传染，一开始就是当局过于大意，而后来又没有迅速建立强有力而透明的抗SARS指挥中心；没有一套让资讯快速流通的方法，隐瞒疫情以致无法及时察觉；隔离认定、隔离措施都没有标准作业流程，导致整个抗疫过程乱糟糟，步调零散而且无效率，不但前后政策矛盾，民众也人心惶惶。讲那么多，其实更大多数跟我一样的男生想的是：还好，那时候我没在当兵。

我成了一名新兵

2003年的10月，我去当兵了。那一天，坐着专列来到台南县的新兵中心，要在这里度过一个月的新兵训练时光。这几年，台湾的兵役制度有很大的改变。役男除了可以服兵役之外，还可以以家庭或宗教或身体等因素，改服替代役，或者也可以用抽签的方式申请。替代役大概就是做一些除兵役外的社会服务役种，比如说学校警卫、警察助理、政府单位助理、消防、外交等。一般服兵役的人会觉得替代役的太爽了，而替代役的又会觉得服兵役是浪费时间。两边简直就是吵得没完没了，这种话题在网上也一直像月经帖般一阵子就出现一次。

一进新兵中心就会先让你六根清净——把头发通通剪光。这就是部队，连剪发也很有效率，安排两个发婆来剪，第一个用电剪帮你剃去上半部，然后直接丢给第二个剪下半部，所以有些头发较长的，上半部被剪光后，就活像个河童一样。部队就是这样，讲究集体观念，管你是长发还是刚剃过的，到这里都要再剃一次。

接下来是体检，就跟你想象得出的体检那样，不过比较尴尬的是，要脱下裤子检查生殖器正不正常，5人一组由医官检查。再来就是抽血，新兵可以选择抽血或献血。我比较私心地选了抽血，结果菜鸟医官扎了我3次都没扎到血管，只好换成献血。

大概是之前去过成功岭的关系，一切都还能习惯。当然，也有很多人不习惯，尤其刚从大学毕业的人，简直就是极度不能适应，从一进去就有极度的忧郁倾向，更甚者动不动就想要自杀。现在部队里这些军官都很怕事，一有这种倾向的兵马上就丢到心辅单位，再丢到医院详细观照。不过，大多数心理问题都是想要逃避兵役的年轻人装出来的。

当然，如果身体或精神真有什么问题符合免役条件，就可以直接走人。这时，大家就会露出无间道里刘德华看着梁朝伟离开警校的那种表情，目送那位弟兄离开。

这个时候，大家已经开始倒数那个感觉起来遥遥无期的退伍日了，但过个两三天，也都接受了这个事实。

在新兵中心的一天是：早晨五点半起床（冬令时间为6点），整理床铺及洗漱后集合做晨操，大概是做些体能类的；然后开始扫地，扫完地后再集合，拿着餐具在班长的口令带领下，往餐厅前进吃早餐；吃完饭后整装到枪房领枪，开始早上的课程。课程从最简单的各种军姿开始，每一种姿势都有一套口诀，比如说，立正，班长就会如念经般念出一长串口诀要点——

> “闻口令，两脚跟靠拢并齐，脚尖向外分开45度，两腿挺直，两膝靠拢。上体正直微向前倾，体重平均落于脚跟及脚掌上。小腹后收，胸部自然前挺，两肩宜平，微向后张。两手臂自然下垂，掌心向内，两手五指伸直并拢，手掌及指紧贴于大腿外侧，中指贴于裤缝，手肘微向前引。头要正，颈要直，口要闭，收下颚，两眼凝神向前平视。”

总之，每种动作的要点口诀都一长串。班长真神奇，背得那么自然，舌头都不会打结。然后，每教一种动作，就让兵保持十几分钟不动作为练习。其他动作还有稍息、向左转、向右转、向后转、敬礼、行进、半面行进等，一两天就教完了。

接下来会有些射击预习、枪械的保养与组合、刺枪术、野外班攻击地形与地物的运用、射击等课程，这些课程的各种口诀就一定要背，比如说单兵基本战斗教练。相对于徒手基本教练来说，战斗基本教练简单来说就是身上配备有武装的基本教练，这些口诀其实就是标准作业程序。单兵战斗教练报告词有十几种状况，从攻击发起前准备，一直到战场上各种状况都有，如射击与运动的联系、毒气、变换射击位置、敌火下作业、遭遇障碍物、冲锋前准备等。战斗教练场的设计就是一个个不同状况的关卡，每关有不同的教练词要背，典型的报告词如下：

伍：伍长

单：单兵

伍：单兵注意！

单：抬头观察（由左至右由近而远反复观察）。

伍：目标前方20米土堆，伍长命令你就射击位置，问单兵该如何处置？

单：报告伍长，请伍长以火力掩护我，以便我就射击位置。

伍：好，我以火力掩护你。

单：请邻兵以火力掩护我（好，我以火力掩护你，我们交互掩护），关保险，提枪跃进至土堆后方三至五步迅速卧倒，以伏进左右偏移进入土堆后方，观察目标，测距离，选定瞄准点（抬头看前方3次），出枪试瞄，出枪慢，转枪面快，必要时修改工事（收枪，以手拍地3下），清扫射界（以手扫地3次），复瞄，出枪慢，转枪面快，开保险报好，好。报告伍长，单兵已就射击位置，待命射击。

最经典的就是那句“好，我以火力掩护你”，这可能是台湾所有当过兵的男人印象最深的一句话，并且经常被恶搞在各种情况——比如说要把妹缺钱时，朋友就会故意说“好，我以银弹掩护你”；要不上厕所没草纸时跟别人借，有时候也会开玩笑说“好，我以卫生纸掩护你”之类的改编。若是各位大陆的朋友，遇到台湾的男生，聊天时突然用上这句话，他们可能会吓一跳，然后气氛就打开了。

总之，上单兵基本教练这种课一定要先走很远很远，到营区的某个战斗教练场去。这些场地当然是在野外，加上天气又炎热，所以是大家很不喜欢的课。尤其班长喜欢恶搞新兵的，常常下达冲锋口令，冲到一半后，又突然来个遭遇敌机枪，大家就要马上卧倒前进，好不容易起来了，又突然来个敌机临空或毒气的状况，再度卧倒，把大家搞得苦不堪言。

不过，在这种“严酷”的训练环境之下，每次操课最期待的，就是“小蜜蜂”的到来。这东西就是部队福利社或外面商人经营的快餐车。这些“小蜜蜂”消息很灵通，都知道我们在这操课，做了这么久的生意果然是不一样。常常还有某某演习时部队走错方向，还要靠“小蜜蜂”指路才能找到捷径的消息。“小蜜蜂”卖的东西说实在的不是很好吃，饮料也不是很好喝。但是在那种“恶劣”的环境下，能吃东西，能喝甜的饮料，阿兵哥都愿意掏钱出来，嚼一嚼平常吃不到的东西。难吃归难吃，大家还是很开心。

再就是刺枪术，这也是新兵很讨厌的课程之一。顶着大太阳，全副武装站在操课场上面，或者不要你刺，拿着枪，下用枪指令，保持用枪姿势站在那边就足够让人心里猛骂脏话了。据说刺枪术分为好几种教习，但在新兵中心只会学到第一教习，就是原地突刺、前进突刺、向左/右突刺、回旋、防刺等。这种课程象征意义大于实质意义，真的在看表演的时候，大家都还是喜欢看相当有劲、整齐划一的刺枪术。

有时会请一些教官来讲些诸如防毒面具使用、医护处理或CPR的课程，这就比较爽了，因为可以坐着上课。到了中午时，整队回连上，又去吃饭。吃完饭可以午休到一点半，然后接着继续下午的课程。在野外上课，总是很热很无聊，所以大家也都喜欢去出公差，比如说扫扫地，搬一些小东西，爽一点儿的还有帮忙输入一些资料，修一些东西等。比较夸张的还有帮长官写论文之类的，这就爽翻天了，但也不是每个人都能有这种机会。下午课程结束，回来吃晚饭后，看班长心情要不要开放抽烟或买饮料，这时候就可以暂时爽一下。而晚上，就要看连上怎么安排了，若是能看电视最爽，但通常还是夜间战斗教练，简称夜教。夜教时要把部队带到一个没有灯光的野外，通常只是说说鬼故事或是要聊天什么的，把时间用完就带回去洗澡睡觉了。最不爽的情况，是晚上还有刺枪术练习。到晚上九点半（冬令时间10点）会熄灯睡觉，这就是新训中心的一天。通常，最快乐的时间是就寝时，最痛苦的时间当然是起床时间。

每到礼拜四，是“莒光日”，全台的兵除必要的轮值外，全部都要乖乖坐在电视前收看莒光日电视教学，一直看到你退伍为止。一开头就是主题曲，还规定要跟着唱；然后再来就是两个美女主持人，一搭一唱如在表演双簧，讲些正面积极的话；接下来就是一些重要新闻，想当然都是和谐无比的；再来通常是短剧，短剧不外乎要阿兵哥服役期间懂得保密，不要有不良行为，与女朋友的感情交往处理之类的剧情，常常会出现一些明星客串，让阿兵哥养养眼，如蔡依林就曾演过女军官；短剧放完会放一些流行歌曲，这通常是大家上厕所的时间；接下来，后半段节目可能是一些讲座或其他节目安排，但大家几乎都会闭目养神；最后，节目结束后，连上辅导长会点人上前发表感想，但通常也是言不及意，胡扯一通。在新兵中心时，刚好遇上宋美龄在美国去世了，所以“莒光日”节目上也在放她的纪念专辑。

恳亲会也是大家期待的日子，这一天营区开放给役男的家属及亲朋好友参观。在这一天，真能看得出家长对这些当兵的孩子的关爱。因为开放时间在早上8点开始，越早有家属来就越早可以被领出去，否则就只能在中山室里坐着看电视，看着一个个被叫出去的，心里真是越来越失落。当时所在的营区是在南部，所以我们这些北部兵的家长几乎都是凌晨就要出发了，真是用心良苦。在恳亲会现场，就可以看到每家人各踞一角。有些人几乎全家都出动来看他，带着大包小包锅碗瓢盆的，连奶奶坐在轮椅上都要来看爱孙呢！有些是同学一起来看，总是喜欢摸着那个光头合照。恳亲会上一定还有的，就是好久不见的女朋友也一定要出现。虽然长官在事前已经规定不能在营区内有不雅的举动出现，但那么久没见面，就如同干柴烈火，哪会管那么多。所以，每当恳亲结束，那里的厕所发现不明体液或安全套的传言就不断流传着。而恳亲会最受欢迎的食物大概就是肯德基的外带全家餐了，那简直是会让人吃到哭的食物呀！后来肯德基也推出了一支"恳亲"的广告，役男因妈妈带的不是肯德基而躺在地上大哭打滚："这不是肯德基这不是肯德基！"还引起"国防部"的不满。

新兵训练大概就在这些课程中过去，外加几次的放假。虽然最后会来个技能测验，但也是个形式。接下来就是选兵，看要分到什么单位去。一般人都觉得空军比较爽，大概是看都穿着军便服比较帅气，其实大部分还是会被分发到穿着迷彩服的防炮或警卫部队去。选兵是先遴选，将有各种专长的选出来，被各单位先选走了，其余没专长的都算"通用"，等着用抽签看抽到什么单位部队去。常常在这个过程中，会有些家里认识些"有力人士"的，已经先关照到比较舒服的单位去了。反正，不管到什么单位，都是个人的命运。

一个月的新训中心生活结束，在离开前的某个晚上，大家一夜无眠，几乎都躺在床上聊天。凌晨3点一到，全部到集合场集合，一辆辆的军卡把人一批批送到火车站，由各单位部队来接应的人接走。我也跟着十几个人，从炎热的南部，坐着慢慢的火车，一路回到阴冷的台北。我还记得，那天台北是个阴风惨惨的日子，坐上接应的军卡后，车上的班长还半开玩笑地说："要逃要跳的趁现在喔！哈哈。"虽然街景很熟悉，就在热闹的市区，但大家都开心不起来，感觉这一切离我们都越来越远，脸色也越来越凝重。终于，车开进营区，我来到了令人闻之色变的空军仪队。一下车就被震撼教育一番，心里突然有来错地方的感觉，但是后悔也来不及啦！

台湾人泡温泉的习惯

在仪队新训时，我一放假总是跑去泡温泉，泡温泉对于缓解筋骨疼痛很有效。而家里后面的阳明山就是温泉区，坐公交车上去约20分钟就到，很方便，所以我就迷上了这种活动。

台北市是个盆地，而北边的阳明山算是一个休火山，山上还可以看到各种硫黄气孔在喷气的地理现象，连带着，整座山脉就充满了各式各样大大小小的温泉出现。在夜晚，温泉热气的氤氲笼罩在山里的某些地方。尤其在冬天，温泉池里热气从水面缓缓上升，浸在水里就如同海面上的船驶入迷雾区一般让人迷茫。抬头一看，这些热气直冲屋顶，撞到屋顶后整个破碎散开“流入”天上。若站在外面的阳台上，再配上昏黄的灯光，这种不规则而随意飘散的雾霭，在灯光的照射之下倒有几分妖娆的气氛。

台湾人泡温泉的习惯由来已久，日本殖民统治时代，在各地都规划有温泉区。现在全台湾各地都有温泉可泡，挺方便的。但在较早一点儿，温泉常常是与一种叫“土鸡城”的野外餐厅一起出现的，就是找座清幽又离城市不太远的山，亲朋好友可以一起吃吃饭（一定会有三杯土鸡），唱唱卡拉OK，然后再顺便泡泡温泉。我家后面，往阳明山上去的行义路，就有一堆这种餐厅，他们共同的记号就是一律会在招牌上加个代表温泉的图标。而就在这几年“哈日”风潮兴起，电视上又不断介绍日本的各处温泉，精致又神秘的那种气氛也让泡温泉在年轻人中流行起来，名曰“泡汤”。所以，这几年有一些格调比较高雅的温泉饭店及餐厅兴起，许多人反而看不起传统土鸡城温泉餐厅那种大众池的形式，嫌那是“老人温泉”。也的确啦，一些新的温泉餐厅或旅店，环境幽雅而浪漫，变成“约会”的好场所。反观旧式澡堂式的温泉大众池，一堆肉体下垂的中老年人泡在那里还哼着歌，简直就是大煞风景。

但我还是喜欢泡大众池，不仅是那池子够大够爽，更因为是那种气氛。大众池其实就是一个浴场。石砌的地板，一旁有洗澡处，中间有大池分为两半，一半较温，一半较热。那较热的池子真是让人热到头皮发麻，皮肤刺痛，只有少数人敢尝试。

台湾人在入池前都会在旁边先冲洗一番，也算是适应水温。每个座位前都有两个水龙头，一个是冷自来水，另一个是热温泉水，两种水混在水桶里再舀起来用。冲洗完后也差不多适应了水温，但一脚踏进池里，还是有点儿灼热的刺痛感，等到整个人浸坐下去，热能如同从脚底慢慢上升，灌注到全身，又会感到另一番蚀骨销魂的舒服，就好像要溶化在水里一样。

整个人坐在水中，眼睛几乎与水面平行，大概是从小就住在这附近的原因，我习惯了半夜从阳明山上传来的阵阵硫黄味，闻到这种硫黄味，才觉得是在泡温泉，让人心神安宁。

人在温泉中浸久了，也许是太舒服了，就会昏昏欲睡，又会有些心跳加速，这时也会有些燥热感，这就表示该上来休息一阵了。一站起来，通常会晕眩一会儿。我的习惯是，先到旁边的冷水池，舀一两盆冷水泼在身上刺激一下。在天气冷时，冷水一泼，还真的见到身上冒烟呢！这时跳入冷水池，就在那一瞬间，全身的细胞好像翻了几番一样，亢奋得想要叫出来，又像火被突然浇熄般，全身无力地静了下去。浸在冷水池里又不太敢动，一动就感到水的冰冷。说也奇怪，只要静静地坐在这冰水里，全身反而有些越来越温热，越来越舒服的感觉。

冷水泡久了也会感觉有点儿受不了，这也表示该起来了。起来后最好喝喝水保持水分，或者这里有些土制的简易健身器材可以用，如此反复个几遍，也算人生一大享受。

大众温泉浴池在台湾也是一个“社交”场所，常来的话，会发现在这里泡的总是那一群人。在土鸡城里的大众池，晚餐时间大部分是来吃饭的，顺便泡温泉。如果不幸遇到员工聚餐，浴室里就充满了一堆触目惊心、足以警惕自己酒足饭饱的中年人肉体。时间再晚一点儿，就是些下了班的中年人来解放身心的。到了半夜，通常就是下了班的计程车司机出没。在这里，聊的话题不外乎是政治、商业或女人之类的，但经常也会有些异能之士发出些精辟的言论。虽说这里真的是“老人温泉”，但来这边泡的人也都卧虎藏龙，各有专精，不跟他们聊聊，永远不知道他们是在哪个领域专精的人。

温泉大众池也是一个小社会，挂在上面的浴室守则最后一条常让第一次去的人匪夷所思：“老浴友劝谏新浴友请和颜悦色。”所谓老浴友指的就是上面所说的，常泡在这“社交圈”的老鸟们。像这种传统的浴场，长久以来自然形成一套文化与规范，他们常以“捍卫者”自居。当然这些规矩也不是不好，比如说入池前要先冲洗身体，这是比较卫生的，偏偏有些白目一脱完衣服就想跳进池里，当然会令人厌恶了。这时这些“资深浴友”就会群起而攻之，劝诫一下这些人，一方面维护秩序，但也有些倚老卖老的意思。话说回来，这些人除了啰唆一点儿外，其实也挺热心的，偶尔有些人在浴室里昏倒了，他们还会做些紧急的救护。多跟他们聊一聊，会发现他们特别会讲故事，每个人都比女人还爱说话，算是一群挺有趣的家伙。

仪队新兵

“三军仪队”是台湾的礼仪部队。平常除了出席各种重要庆典和“外宾”接待任务外，仪队在台湾还有一个重要的表演功能，就是做枪法分列式等，或者在旅游景点驻防。不过，这些对新兵来说感觉都很遥远。刚到部队的新兵一定要先通过痛苦的三四个月的训练生活，学会了各种枪法后，才能成为正式队员。

对于刚到部队的新兵，第一件要学的事就是“观念”。所以，各种被处罚的方法就是第一个要学的事。比如说，罚站，这比较简单，贴墙站好就行。仪队寝室外因为一批批的兵总是在这里贴墙站，所以墙上久而久之也被印出一个个的人形来。再来，罚蹲，采交互蹲姿势，两手伸直放在膝盖上，背贴墙，这就很痛苦了，尤其一次被罚蹲个半小时到一小时的。有时候班长又跑去看电视或睡着了，忘记还有人在蹲那就完了，也不能自己站起来；当再站起来时已经全身大汗，又无力又想呕吐。

而操课时是不苟言笑的，若笑了被发现，或不尊重枪，或枪法做不好等观念不佳的事，最常被罚的就是“离开”。

我还记得班长第一次教我们“离开”的时候是这样的：

“等会儿我喊‘离开’的时候，大家尽全力冲刺操作场一圈知道不？”班长面无表情地讲着。

“报告，是！”新兵大喊。

“离开！！”班长突然爆发似的狰狞地大喊一声。

新兵顿了一下，想也不想，飞似的拔腿就跑，全力冲了操作场一圈。

“跑那么慢啊！再离开！”还不等跑回来，班长又大喊。新兵只好再离开一圈。

“最后5个给我用跳的回来！”跑得慢的最后5个只好用尽力量跳回去。

“好，都回来了，枪法再做一次。”班长又回到心平气和。

都已经快没力了，又要拿着那支13斤重的枪做枪法，大家都很虚弱。

“在做什么？要力道没力道，要顿点没顿点！给我离开！”新兵只好又冲了一圈。

所以，在操作场上，永远可以看到一帮人在“离开”。到了后来，班长索性连“离开”都不用讲，手一挥或眼神一使，自己就知道该“离开”了。

因为这个部队很重观念，所以学长制也是绝对必要的。新兵见到学长简直就跟见到鬼神修罗般敬畏，凡事皆请示学长。所以，房间里有学长，“报告学长，新兵×××请示进入×××寝室”；餐桌旁有学长，“报告学长，新兵×××请示坐下”；要洗碗盘时，“报告学长，新兵×××等同梯数员，请示使用洗碗用的洗洁精”。新兵也有很多禁忌，比如说走路要走直角不能走中央楼梯，不能走大门等。并且，新兵为了表示“观念”以及“积极”性，在寝室以外，一律要小跑步前进。

仪队除了枪兵外，还有举旗的旗兵，这又自成一个系统了。除了旗兵班长外，连上长官都不太会去管他们的生活起居，旗兵几名通通住在一个小寝室里。小寝室里放着（应该说供着）各种旗帜，队旗军旗之类的，掌旗者必须日夜跟旗相处。感觉那是一间挺神秘的房间，有时经过时我会瞄一眼，看到那些旗前面还有个香炉，插着几炷香供着，据说那些旗帜比连上任何一个人的年纪都要大。每次大部队要操课或出勤务，旗官都会掌旗跟着出动。而新兵永远被告诫，要离旗子越远越好，一见到旗子出现就要远远闪开，或者一见到旗官寝室的门好像准备开了就要闪开，不然后果自行负责。

有一次我们快经过旗官寝室时，见到门突然打开，一根红色的长条状物出现，大家当然就躲得远远的，结果是旗官学长拿着拖把出来了。

仪队不是战斗部队，唯一的工作就是练枪，反而有点儿像学校。练枪法的辛苦不可言喻，常常练得全身酸痛，骨头都快要散了架。每天8点，在走廊贴墙待命练枪，最不想听到的就是班长还躺在床上喊的“领枪”两个字，可还是要硬着头皮去练啊！虽然做完一组枪法，好几次后已经都快没力了，可是班长一说“再做两次”，还不是要硬挤出力量来再做几次！简直就是超越自己体力极限的练习。所以我从前放假时，每天晚上都会去泡温泉，让全身都放松一下。这也真的挺有效，放假5天，通常泡到第三天就不会酸痛了。然后，收假，如进入下一个轮回一样，再撑个十几天，回圈下去。

最开始练枪法时会受伤，尤其是练托枪的基本动作时，常常一节课同一个动作练个几百次。第一次练枪时，就搞得手指内侧及虎口部分起水泡或磨破皮，刚开始哪知道要准备什么透气胶带啊！手都磨破皮了还不是要硬上！慢慢地，受伤的地方皮厚了就不用再包胶带了，然后又学了新的枪法，又换另一个地方要包胶带，搞到最后整只手都变厚，那就不用再花胶带钱啦！

另外，刚练枪法，大概是长期托枪之类，一定会有扳机指的情况发生，也就是手指屈伸不利。为此，那时候还去针灸了好几次，后来发现好像没什么用，也没什么大碍，就再也不去挨针了。

接下来，一定会练到一些旋枪转枪的动作，最常遇到的事就是没接好撞到手。刚开始练这些动作时比较生疏，一不小心没抓到时间差或没抓准，枪就像一根棍子一样把整个大拇指打下去了，那种扳到大拇指的剧痛真是会让人跳起来的。不过能怎么办，等比较不痛后还不是要继续练同一个动作！又是好几次出现同样的失误，搞得半张手掌都瘀青黑掉了，看了真是可怕。

另外被刺刀划到，也是常有的事。虽然练习枪的刺刀没有开锋，上面也包了棉花等，但毕竟还是尖的。我之前还有同梯没接好，枪直直落地，刺刀直接刺入迷彩皮鞋里，不过怎么那么巧，刚好刺在指缝中间，心有余悸，只能说万幸中的万幸。听班长说，以前还有学长被刺刀穿透手掌的。不过这些都只是特例，真正被刺刀弄伤的其实很少。

也有很多人练习过度，也许是肌肉承受不了压力，搞得肌肉受损，要不就是比较常见的发炎之类的。

曾经看到一张诊断书，比较夸张的，一个学弟在练习空抛时，枪转两圈下来没接好，结果差一点点，他的下半生……不……是下半身就完蛋啦，还好只是包皮撕裂……

新兵在晚上的活动，除了练枪外，最怕的就是“抓手”。所谓抓手，就是贴墙，两手平举，然后口里规律地数着一二三四五六七八九洞（十），二二三四五六七八九洞……一直数到洞二三四五六七八九洞，约两秒手掌开合一次。一个人数完之后就换下个人开始数，等全部的人都数完后，最后一个会大喊：“换手！”然后就会又从头开始轮一次。

一开始，差不多抓到第十人时，有些人就开始下垂。偏偏我们那一梯次来的有19个人，抓到第十几个人时已经有人脸部开始扭曲，而抓完一轮后就开始冒汗了。

这个时候呢，就会看到班长坐在有轮子的办公椅上，哼着歌从寝室里滑出来，从头滑到尾，再滑回去，好悠闲的样子。而新兵的手呢，这时也好像波浪一样，班长一经过，就慢慢地一个个偷偷垂下来。偏偏班长眼睛又很利，被抓到偷懒的，嘿嘿，全部继续抓，要不就是把重重的凉席放在伸直的手臂上，看你敢不敢让它掉下来。

记得那时候我站的位置刚好在门口，班长一转头一定会看到我，所以我的手连垂都不敢垂，只能死撑着。有时候班长心情比较好，让我们抓一轮多就下去休息了。不过大多数的情况是抓个两轮，最怕的情况就是，好不容易撑完了两轮，最后一员数完后大声叫“换手”后，房间里传来一声：“继续！”哇！那种心情，简直就像直坠入黑暗深渊，心里大喊“啊啊啊……”可是只能硬着头皮继续抓下去喽！

若程度不好的话，仪队是会淘汰人的。很多人其实也乐于被淘汰，因为并不是每个人都那么愿意进来。随着时间一天天过去，能留下的人越来越少，正在庆幸可以越抓越少。不过班长也不是呆子，所以就跟比我们早来一梯次的学长面对面一起抓，加起来二十几个，又更多人了，所以大家抓手抓到最后时的表情也更扭曲啦。

很奇怪的，每次抓手越抓到后面，越痛苦时，答数的声音就会越大声，大概是想用喊出来的方式转移注意力吧！而且越抓到后面大家的心情一定越不爽，一有人手垂下被班长抓到而全部继续抓时，几乎就会被其他人用一种近乎于同仇敌忾的愤怒语气臭骂，所以越到后面，整条走廊的气氛就越火爆。

记得那时候抓到最多的纪录是共数了5000多，也就是一次抓了2500多下，真的是抓到冒冷汗。其实抓手有它实际的功用，主要是锻炼大臂肌肉和握力，要能灵活地手持13斤重的枪，当然要有强大的臂力。并且，在一些如转枪的动作时，握力就很重要了。另外，那时候班长常说：“就算没力，抓不下去了，也还是要继续抓！”就是一种意志力的训练吧，看看自己的极限能到哪里。抓手抓到最后，其实也可以明显地感觉到自己的耐力越来越强，可以越撑越久。而每个人，到后来也都多少发展出了自己的一套抓手哲学，就是让自己在抓手时不会那么痛苦的方法。我到后来慢慢发觉到，其实抓手时手伸直，别把注意力放在手上就可以了。有一次另一个班长在骂新兵手没打直时，只听到他大喊：“想象你是在抓女人胸部就好啦！”听了差点儿没昏倒。

然后这样撑了4个月，就成为正式队员了。

2004

陈水扁连任，我在部队里感受“台湾大选”

很快，又过了4年，到了另一次的台湾地区“大选”。这次是陈水扁与连战、宋楚瑜的对决。

这次“大选”我也没出去，郁闷地待在部队里留守。倒不是为不能投票而郁闷——其实那时我已经不那么关心政治问题了——而是为不能放假而郁闷，对义务役兵来说，假期比什么都重要。早在“大选”前的一段日子，全台的部队就开始加强警戒，连一向只需要练枪法的仪队，也被分批去支援不同单位的警戒工作。不过，每个人几乎都是要去的前几天才开始练习那些从没碰过的警卫勤务，终于又拿起了从离开新训中心后就没再拿过的轻如玩具的65K2（台湾制步枪）。就连操课练枪时也是全副武装，搞得跟步兵一样，又怕长官突然心血来潮下达什么“状况”，搞得一阵兵荒马乱，跑到各战术位置定位。

那阵子排的哨也比较多。我比较喜欢站其中一个哨点，因为可以穿着便衣站在街上，至少离正常世界近一点儿。在那里，没事就走来走去，最希望有美女经过，站这个哨真是轻松。后来我去之前都会先设定一下，今天要思考些什么问题，那些在书上看到但不甚清楚的东西，刚好可以趁这个机会整理一下，或者天马行空地想一些小说的情节也不错。而马路上不时穿过的候选人车队，以及随车飘扬的小旗帜，也让人感受到浓浓的选举气氛。

终于到了选举的前一天，连上的人几乎都放假放光了。临走前长官还特别交代役兵，不管政党取向为何，绝对不可以去参加任何选举造势活动，因为现役军人要“要保持行政中立”，其实就是长官怕事，怕账算到他们的头上而已。反正，连上留守的只剩二十来个人，还有这天刚到部的新兵。

投票的前一天，即3月19号，我才刚从便衣哨下哨，就听到连上长官兴冲冲地跑来说：“陈水扁被开了一枪！”大家像是饿狼闻到血味一样，本来死气沉沉的，突然都“亢奋”了起来，通通跑去看电视新闻了。之后大家议论纷纷，反而是一种“见猎心喜”的兴奋感偏多。

“要是陈水扁死了的话就会戒严，到时候，就属我们军人最大了，哈哈哈！”某长官高兴地说。

“靠！那这样岂不是又要管制休假？”士兵的心里一沉，想的只有休假。

当天另一件比较特别的事是在晚上，有位女士一直打电话来，质问为什么不让新兵回去投票，口气不太好，应该是新兵的家长吧！她又问不让台北的新兵回去投票是不是有什么政治阴谋，班长和学长都快被她烦死了，毫无章法的讲话，让人不知所云。最令人匪夷所思的是，她居然说：“我儿子是七年级的草莓兵耶，你们怎么能让他战备？”听了快昏倒，呜……原来我们六年级的该死，应该留守吗？

选举结束，隔天上头又来了电文：“不得在部队里讨论选举结果。”时值“大选”期间，辅导长一天到晚在宣导这个议题，要求在部队里不得公开谈论政治，不要公开宣称支持某位候选人，别去参加什么造势活动等。军队作为一个集体，在政治立场上保持和谐是必要的。尤其是那几年台湾政治特别狂热、特别对立的时候，保持和谐的最好方法，就是大家都闭嘴，至少这样可以保持表面上的平静。

在气氛单纯的部队里，被选举吹起的一丝波澜再度归为宁静。选举的话题很快也被其他的娱乐八卦话题所取代，唯一的影响，是战备延到隔天的晚上才解除，晚了一天放假。

对了，差点儿忘记那些新兵。他们受到了“大选”的影响，跟班长赌谁会当选，代价是班长要请客，特别是请新兵视为山珍海味琼浆玉液的鸡排和珍珠奶茶。结果当晚点名时，整栋楼只听到他们哀号般地压完100下俯卧撑。

5月19日晚，也就是陈水扁就职典礼的前一晚，队长集合了全部人员：“明天绝对禁止昏倒，否则全连荣誉假取消。”连队长都一反常态地严肃了起来，可见这场军礼非同小可。

“5·20”当天早上我们8点从队上出发，天下着雨。在车上，电台传来林忆莲的歌声：“如果这个时候，窗外有风，我就有了飞的理由……”思绪被带到好远的地方，几乎忘了是要去出席“隆重庄严”的就职大典。直到车行入博爱特区范围，放眼望去尽是人群和游览车，“总统府”前广场一片黄，乍看之下以为来到了新党的场子，还有人说是职棒“兄弟象”的感恩大会嘞（因为兄弟象队的球衣是黄色的，号称黄衫军）！这个颜色在一切泛政治化的台湾很不“政治正确”。

三军乐仪队的巴士都停在“司法院”前，雨越下越大，直到11点就职典礼前不久我们才下车。表演操的弟兄先行进场表演，接下来，“三军仪队”全体就冒着雨进场啦！如同大家看到的典礼程序，唱“国歌”，在现场听的感觉就是不一样。纪晓君和萧徨奇都是优秀的歌手，纪晓君的歌声坚定地带着POWER，萧则是悠扬婉转，但两人似乎都为了配合对方，制造和谐的音色而有些刻意地收敛，反而没达到一加一等于二的效果。照例应该会找更知名一点儿的歌手来演唱，但大概是上次的“张惠妹效应”，所以被点名的歌手纷纷用各种理由推辞，所以只好找了两个不那么在意大陆市场的歌手来演唱歌曲。

想起上一次站在“总统府”前参加活动，还是高中时被动员参加“双十节”大会呢！那时李登辉还在当政，会后响起伍思凯唱的《生日快乐》

这首歌。天空飞过几架飞机，大家兴奋地挥舞着旗，没想到一兴奋，靠！摇断了。

重头戏，大家瞩目的焦点当然还是“就职演说”了。以演说的技巧方面来说，这是一次成功的演讲，掷地有声，打动人心的句子不少，台下的支持群众也不时传来喝彩声，就职典礼变得好像选举的场子一样。我们仪队在大雨中站了一个多小时，全身都湿了，冷得要命，但内心感动得不得了，因为是进入仪队后第一次有机会参与那么盛大的典礼。

就这样，又要继续让陈水扁领导4年了。

仪队的任务

“三军仪队”的任务，大概就是表演、军礼以及驻防等。在一般民众的认知里，表演就是“双十节”及元旦升旗典礼时在“总统府”前广场的操枪表演。为了这些，“三军仪队”可说是从3个月前开始就天天都密集训练，尤其是“双十节”的演出，每天都要待在烈日下练习，那真是很折磨人。久而久之，大家看起来都黑黑的、干干的，还好仪队的伙食比起一般部队好很多，就连专用的碗也大很多，稍微可以感到享受一点儿。此外，因为这些演出都算重大勤务，所以荣誉假也很多，几乎没什么大的表演时，大家就开始放假了。

另外就是驻防，在“忠烈祠”“中正纪念堂”“国父纪念馆”等地，都会有“三军仪队”在驻防。而其中的卫兵交换岗仪式就变成吸引游客的一大卖点，就连国外知名的旅游书籍都会专门介绍这里。每整点交接班一次，这时各国游客也不知道从哪里突然出现，拥过来参观。不过当初大概是我不够优秀，没去驻防。但驻防尤其是夏天，又热又要专门穿着全套礼兵服，像个假人一样站立，眼睛都不能眨，那也真是很辛苦啊。

此外，“三军仪队”的本职当然还是军礼了。最常见的就是重大庆典，要不就是“友邦”元首来访，这时，仪队就要出动了。在新闻上最常看到的就是“全军礼”，所谓“全军礼”，就是“三军仪队”全体人员都要一起出的军礼勤务，全军礼人员包含长枪兵和短枪兵，一军种共出3个排一连的长枪兵，另外短枪兵若干。长枪兵就是站在台湾地区领导人及“友邦”元首会经过的红地毯的路上，并持枪敬礼，短枪兵通常是在台湾地区领导人会路经的入口处举手敬礼的人员。

比如，某国元首来访，“全军礼”几乎都是在中正纪念堂的广场举行。而且，台湾的“外交惯例”似乎还有大小眼一样，“看起来”比较重要的国家都会在中正纪念堂办恭迎恭送，而一些穷小黑（穷国、小国、黑国），就只在机场各军派个枪兵六员欢迎欢送而已。“中正全军礼”的流程即在“国家戏剧院”后面会先排练一次，然后随着乐队进场，定位后再排练一两次，然后在正式开始前，休息整装一会儿，等客人来就正式开始了。

说实在的，“全军礼”就是站在那里而已，又不能动，挺无聊的。第一次参加的时候还挺新鲜，当陈水扁从我前面走过去时，我才发现他原来那么矮。有比较特别的一次，气候炎热，加上官员们迟到，仪式延后很久都还没开始，站在最后面的我，只好在那边胡思乱想。突然间，听到“铿”的一声，立即心里一沉：有人昏过去了。就看到旁边预备手马上冲了出来补上他的位置，另外又来了两个人把倒下的人抬出去。还好典礼还没正式开始，不过大家都笼罩在低气压下，有等一下回去就要被骂的心理准备。果不其然，回去后就是一顿臭骂，大家只好摸摸鼻子，自认倒霉。

“全军礼”中的两次敬礼是最烦人的程序，持枪敬礼的动作就是由左手握着枪，右手往下切，约在枪颈部分，所以，等于都是只有左手的力量在握着枪。印象中，中南美洲国家的国歌都特别长，忘记哪一国了，其国歌是一段激昂的进行曲，告一段落后，本以为结束了，没想到接下来又是一段悠扬的行板，很好听，可是手已经开始有点儿发抖了，行板结束后，又重复一次进行曲部分。有时遇到比较长的国歌，大家都在心底骂粗口。国歌好不容易结束后，又持枪敬礼一次，校阅开始，两边领导人一起走过红地毯。两人走到最边缘，陈水扁总是向着摄影机挥挥手说：“大家好！”没有一次例外。要是当天是假日，旁边有许多民众，陈水扁会多驻留个几秒，跟观礼的民众也挥挥手。可是那时候我们持枪的左手一定都很酸了，所以连那几秒都很不希望他多停留。以前持枪敬礼时的动作，右手下切在枪颈部时，其实是手掌与枪面成约45度，虎口部分接触着枪颈，所以大家多多少少都偷懒，大拇指会微微张开去钩夹着枪，减少左手的负担。偏偏后来动作改了，右手要五指并拢完全贴齐枪，几乎没办法偷懒，只能死撑着。

因为“全军礼”是如此无聊，所以过程中胡思乱想是必要的，所谓“外表严肃，内心轻松”。

后来两年，有一个陆军仪队的家伙，在他的博客上发表不满，说想要用刺刀把陈水扁干掉，哇！这可引来高度关注了，一时间闹得满城风雨，还差一点儿面临军法审判，不过后来也是不了了之。还好当初我没有把这种意淫写在博客里。

如果“全军礼”前下雨，通常都会选雨中备案的人员数名，典礼进行就改在室内，他们去就可以了，其他人坐在大巴上乐得轻松睡觉，或者聊天，常常一个早上就这样混过去了，所以大家都希望下雨。但也遇过比较尴尬的情况，典礼到了一半突然下起大雨来，我们倒是无所谓，顶多心里暗自骂上几句就好了。而陈水扁走在红地毯上又不能跑起来，所以还是跟“友邦”元首“从容”地走完，事后致词还要加一句“风雨生信心”之类的话。

“外籍新娘”

台湾有为数众多的“外籍新娘”（这里指的是非持台湾地区身份证者），主流则是东南亚国家。这种现象在台湾越来越普遍，好像每个人身边都有认识的人或亲戚是娶“外籍新娘”的。在全球资本国际化的趋势下，许多东南亚的女性与台湾人联姻而成为新一代的移民，可惜社会大众对于她们在台湾的处境所知不多，大多以“外籍新娘”统称。虽然说她们来台湾后大部分过得幸福美满，但因为“外籍新娘”这个称呼一直给人原罪般的有色眼光，社会上每当出现“外籍新娘”的问题时，总是不断被放大，搞得“外籍新娘”变成一种歧视性的称呼，似乎代表的是一群没有生活能力、没有经济生产力、占用台湾资源的东南亚女性。

越南新娘在现在台湾是“外籍新娘”的主流。有线电视频道上有专门的“选秀”节目，只见一个个穿着传统长衫的娇小女子配合着背景音乐羞涩而出，在摄影机前面走来走去。随后，电视放出她们在越南接受中文培训、烹饪培训（其实就是学做台湾菜）、家政培训的镜头。然后，在比较乡下的街头，也可以看到这样的广告——“20万包娶越南新娘。四大保证：1.保证处女；2.三月内娶回；3.决不加价；4.一年内跑掉，赔一位。”看了简直就是触目惊心。在台湾人（尤其是“台北人”）一般观感上，会娶“外籍新娘”的人士，其无论在政治、经济、社会、文化与教育的条件上，是较处于弱势的族群。许多台湾人会在这个意义上看“外籍新娘”问题，遂也对这些人产生歧视，认为他们将婚姻买卖化、商业化。

但这种观念现在慢慢有些改变了，越来越多的男人会觉得台湾的女人难搞，要求多，还不如去娶个越南的，又乖又温柔又会持家。但是，又有女人开始反驳啦！“那是你们本身就条件不够，才变成会去娶‘外籍新娘’的失败者！”这样的激辩，越来越常出现在最近几年的网络论坛上面。

所以，前不久在网络论坛上有个竹科的工程师宅男，丢出一个问题：像他这种人适合参加什么社团，可以多认识些朋友？没想到马上就有人丢出一个答案：越南姻缘一线牵。

我妈妈的弟弟，即我的舅舅，娶的就是越南的“外籍新娘”，他们有一对漂亮可爱的双胞胎女儿。不过这个舅妈现在学会普通话了，会说：“都老娘了，还叫我新娘！”人还不错。舅舅说，当初他娶越南新娘也是通过中介。当这些中介找到一定数量的客户后就组成相亲团，带到越南去“相亲”。一般来说，一定要跑上两趟。第一趟五到六天，越南的中介机构则借由当地媒人找寻年轻合适的女子，再把她们介绍给来自台湾的相亲团团员，并由团员自行挑选中意的对象：第一天数百名越南佳丽任君挑选；第二天互相了解认识；若一见钟情，第三天就可办理结婚登记手续，再到公立医院健康检查；第四天，与女方父母见面、提亲；第五天、第六天，手牵手游山玩水。而第二趟主要是完成法定手续。一般的中介者，收费从20万到40万都有，费用包括订婚礼品、聘金、男士两趟来回机票、食宿、婚前男女体检、越南结婚的传统六礼（烤猪全只、茶酒礼烛、蛋糕、礼饼、水果、槟榔）、新婚礼服、结婚沙龙照、结婚礼车、喜宴酒席（两到三桌）、婚礼全程录像、新娘来台护照等证件。比较有良心的中介，还会提供新娘简单的华语教学课程。

而一般邻里，对“外籍新娘”的态度除了好奇之外，往往有一种“看戏”的心态。从男方到越南相亲开始，乡民便开始谈论着，相亲成功后，等待女方来台湾的时间里，亲朋邻里也同样期待。所以当初“你媳妇什么时候归来啊？”这样的问题，是经常被问到的。

这么说好了，这些“外籍新娘”嫁到台湾之后的际遇，主要还是看先生及其家人的态度。不少男子因结婚不易，格外重视与妻子的感情培养，对妻子的离家思乡之苦十分体念，若再加上家人对媳妇的珍惜，经过一段适应期，多数能成就美满的婚姻。不幸的是，部分男子及其家庭认为他们是花大把钞票把媳妇“买”回来的，多少有着必须“捞回成本”的心态及行为，这种把妇女当做商品的心态往往造成婚姻悲剧，所以也常常导致妻子逃跑等社会问题。

等到外籍配偶终于来到台湾，街坊邻居总是借着各种名义来探望，其实是欲一睹新娘的真面目。夫妻的相处也成了大家茶余饭后闲谈的话题。半年签证期限到了的时候是考验这异国婚姻的关口，也是“外籍新娘”回娘家的时候。当然了，老公及夫家都有一定的恐惧，害怕老婆就这么一去不复返。这段时间邻居也又开始问：“你媳妇什么时候归来啊？”一句短短的关心话，听起来却好像大家都预设妻子会一走了之一样，于是心里的压力越来越大。

“我娶的也是‘外籍新娘’啊！‘外籍新娘’怎么了？”我以前一位娶日本人的社会学老师总是这样愤愤不平地说。

当然，有人可能会说，日本不一样啊！那是进步的国家，跟东南亚那些地方不一样嘛！但这刚好显露了台湾人无知的优越感与莫名骄傲。虽然现在当局很“政治正确”地称他们为“新移民”，但台湾这个社会依然有意无意地对这些“外籍新娘”显露出歧视。比如说认为这些“外籍新娘”因为语言文化等教育问题，会产出素质低落的“新台湾之子”。但事实上是语言的不适应和台湾“国语为尊”的环境，让她们不敢与孩子沟通，连她们自己国家的儿歌都不敢教给孩子。此外，当局也安排她们不断地产检，仿佛她们的身体是可疑的、不健康的，通过“政府”权力，显示了对东南亚女性的歧视与偏见。

当然不讳言，很多“外籍新娘”愿意嫁来台湾是为了改善家里的经济条件。许多人又说啦，那岂不是一段没有爱情基础的婚姻吗？因此嗤之以鼻。可是很多人忘了，在过去，台湾人不也希望自己的家人嫁给美国人吗？不也希望对方可以善待我们的家人吗？如今，台湾成了东南亚女性向往的富裕地区，但当她们移入台湾之后，怎么就遇到那么多的问题呢？

这几年，台湾又出现了一种新的“外籍新娘”——乌克兰新娘。这简直是让男人趋之若鹜并为之疯狂，尤其是那些有钱的高科技新贵男。“乌克兰新娘”大概就是一些乌克兰、白俄罗斯地区的金发碧眼美女。当然啦，这价码就更高了。“乌克兰新娘”，本质也跟东南亚国家新娘一样，是为了有更好的经济条件。可是很奇怪的，台湾人就不会把这些人列入“外籍新娘”之列，好像白种人就是比较高级，比较浪漫，娶了她们生的小孩水准就会变高一样。只能说台湾在这些认知方面，真的很病态。

前不久，新闻里说某某夜市里的小吃摊，有个乌克兰新娘在顾摊，大概是台湾太热，她总是穿着“小可爱”跟热裤在顾摊，那个摊的生意就变得相当火爆。

省籍情结

省籍情结，简单来说就是不同地域人之间产生的微妙情感，但在台湾又常被上升到政治层面，尤其在2000年到2004年那阵子，更被激化到前所未有的程度。要讨论台湾省籍情结的形成，这实在是个很大的题目，都可以当作博士论文来讨论了，所以我就从台湾战后历史的发展、我家族所经历过的，以及我自己看到的来做个简单的说明。

台湾在1945年以前，曾经被日本统治了50年，在这50年之间出生的人，老实说，对大陆并没有什么印象。就以最近很火爆的电影《海角七号》来说吧！很多人无法接受的就是最后一幕，港口台湾人欢送日本人的画面，但实际上就是这样啊！日本统治台湾的时候，不仅有日本官方军方人员在台，也有更多社会各层面的日本平民百姓与台湾人生活在一起，许多日本人甚至一出生就是在台湾。在这些年，台湾人一出生也理所当然的是“日本国国民”。所以如片末欢送日本人的情况是会发生的，而且片中也不是挤满了人，有日本朋友的当然会来欢送，不喜欢日本人自然不会来。倒是“国军”来台时，真的是万人空巷在欢迎，终于回到祖国的怀抱了。但当初的“国军”一下船大家就愕然，怎么背着锅碗瓢盆，服装不整穿着草鞋，跟乞丐一样？反倒是受降时及以前的日本军，个个军服装备看起来精神抖擞。本来也是欢欢喜喜地迎接，但失落感之大可想而知，再加上“国军”来台后军队的恶行恶状以及接收官员接收不良，普遍让台湾人民失望。而后来一连串的事件，更是让人不仅失望，还产生了恐惧。

我记得我的外公，以前在我小的时候，接起电话一听到是他打来的，我就特别尴尬，因为又会被他骂“草地仔”——就是乡下人的意思。因为当时我很习惯用普通话讲话，但是外公又讨厌讲普通话的，觉得非台湾本地人的外省人才讲普通话。我问我母亲为什么他那么讨厌外省人，妈妈也只跟我说要体谅他，他以前也算被当局迫害牵连到的那一群人，他们那一辈人亲眼见过太多不幸的事，因此会那么讨厌外省人。

又以我父亲这边来说，以前我祖父是在糖厂上班。台湾云嘉南一带的平原种了大量的甘蔗，是台湾糖业的主要生产地，因此有为数众多的糖厂分布其中，这都是日本人走后改组的台糖公司所有。许多史料也显示，光复之初的台湾，在基础建设上是胜过大陆许多地方的。日本人走后，国民党当局马上调来一批官员进驻糖厂，并开始掠夺式地接收。祖父在糖厂工作一辈子，再怎么做也只做到一个中低层人员而已，如同有个玻璃天花板一般再也升不上去。原来，糖厂也只是大环境的一个小缩影，当时所有的“国营单位”，高层几乎都是国民党籍的外省人直接空降下来，也不管他是不是这个专业。过去“公务员”任用也差不多，虽然说有考试，但依照“省籍比例”的原则，外省人当然占尽极大优势，几乎都被垄断，台湾本地人当然不爽。

另外，国民党当局几十年来的语言政策也是省籍隔阂形成的原因之一。当然，有一个官定语言是很正常的，有更多方言也是很正常的事。但在当局过去“国语政策”推行的过程中，却用刻意的方法抑制其他语言的使用。比如说，学生在学校里讲闽南话就要受罚，广播及电视闽南语节目有时间及时段限制等，国民党当局不但已走火入魔，所引起的强烈不满更是演变为民众因其自然语言习惯所带来的轻视与耻笑。而就我的认知，当时的外省籍人士，不论是自觉或是在不知不觉中，挟着当局压抑台湾本地语言的规定，展现出有形无形的优越感，更使台湾同胞将所有外省人与被仇视的统治阶级一并归类。在后来有一段时间里，我们看到电视的节目或广告里，常常会看到一种形象：讲普通话的中产阶级是知识分子，充满正气，对比之下讲闽南话的就是粗夫鄙妇的乡下人，甚至是流氓。其实在台湾的社会，谁比谁更高明都还不一定。

当然，不是所有1949年以后来台的外省人都是当官的，大部分都还是军方人员及其眷属，有一大部分都住进所谓的“眷村”。眷村是台湾社会现象中相当特殊的族群与人文现象，因为在眷村里的“外省人”使用的语言、生活习惯、文化很少受眷村外“本省人”环境所影响。一方面眷村居民多安于封闭的生活领域，无法融入语言、文化十分不确定性的外遭环境，另一方面，眷村在整个台湾当代历史的社会文化氛围上又自成一格。

所以也可以看到许多台湾“外省第二代”的作家，书写里面常常有他们的眷村经验。如张大春、朱天文、朱天心、苦苓等，他们在书里常常写到眷村的过年、大江南北的家常美食、眷村小孩的拉帮结党或者跟本省的小孩打架之类的故事。当年，眷村常常是以简陋的竹篱笆与外面隔开，因此有人曾以“竹篱笆”来形容居住于眷村的外省人的自我圈禁。在这种氛围下，上一代对神州故乡充满感性的描述让眷村里的下一代产生了美好的憧憬，像《龙的传人》里那句“虽不曾见那长江美，梦里常神游长江水”，就恰好反映了这种心态。

但是一般台湾人会怎么觉得呢？日本投降之后就换国民党统治，然后国民党马上又丢了大陆，老实说，土生土长的台湾人又不知道大陆长什么样子，国民党一天到晚宣传神州之美、祖国故土之类的，对台湾人来说都很不实际。因此，眷村里或外省家庭里，在国家观念、家族意识、中国文化感受等方面，就跟台湾的社会有很大对比了。

在过去的台湾，基本上是少数的外省人控制着绝大多数的行政资源，再加上外省官僚当时一心想要“反攻大陆”，觉得很快就会回去了，一副过客心态，且自觉高人一等，自然引起台湾本地人的反感。前面也说过，为什么台湾普遍会觉得当医生是受人尊重的职业，每年大学联考医科也是第一志愿。除了当初日本人不让台湾人受政法的高等教育，导致的台籍精英只好纷纷报考医科外，国民党来台后台籍政治精英被肃清，也是另外一个重要原因。就算你的生活平淡无奇，在那种环境里仍然不知道什么时候会莫名其妙地被牵连或被陷害到。再加上后来外省人垄断行政资源，台湾人觉得进官场出不了头，因此第一流人才还是继续读医科，久而久之就造成了医科一直都是台湾大学联考中第一志愿的现象。

所以当后来越来越多以本省人为主的党外势力冒出来后，台湾人会有出一口气的感觉。尤其是李登辉，在党内爬到高位，更是让台湾人产生了情感上的认同与支持。所以李登辉上台之初国民党内部斗争的时候，会有“外省人欺负李登辉”的说法出现。

我个人认为，整个20世纪90年代的台湾，省籍问题终于浮上台面，并不是说以前不存在，而是到了当时，大家才能公开而畅所欲言。而整个90年代，就是省籍问题不断被激化，但又被消弭的过程，其实也是台湾人一次次在学习互相包容的过程。比如说，有人在选举里面大喊“台湾人选台湾人”，另一边就会喊“新台湾人”化解掉，并没有太大的问题出现。省籍诉求可能对一部分人有效，但大多数人并不在意。

但是，看似所谓“台湾人出头天”的时代到了，一些比较偏激的本省政治人物可能就是忘不了过去的悲情，在取得“政治正确”后就开始想用同样的方法对付外省人，造成不少外省人的疑虑，甚至危机感。从每次的民调分析数据上也许可以看出这一点：本省人大多数并不在意支持的候选人是本省或外省的，但外省人大多数都还是支持外省的。就像1998年选台北市长时，谢启大在电视上说，她觉得陈水扁市长做得很好，但是不会投票给他，因为对他不放心。

就整个台湾几十年来的历史和大家养成的生活习惯来说，外省人和本省人同样敏感，同样需要尊严，同样要为自己的前途盘算，任何的行政措施或是群众运动，只要掺杂了些排斥贬抑的成分，就很容易会被感受到，然后省籍问题又再次被激化。

1998年的台北市长世纪之战中，李登辉拉起马英九的手大喊“新台湾人”，成功地破解省籍魔咒。但到了2000年“总统大选”后，省籍问题又再度被激起。到了约2004年时，更到达了空前的高潮，不只是台面上的政治人物一直有意无意地在暗示，就连电视节目里也不断在讨论，尤其是政论性节目，不同立场的节目可能有截然不同的观点，给观众灌输他们所想传达的意识。其实在这个时候，大家都知道直接谈省籍不“政治正确”，所以这个问题用另一种形式出现，就是“爱台湾”——把这个问题简单地二分为爱台湾或不爱台湾。这个论述就如世界上所有操弄族群的政客语言，将人分为“我们”及“他们”。

当年常常陷入政治风暴的当局便又特别会操弄这种语言，整个台湾社会就这样好像又对立起来。当时的流行语就是：“乡亲啊！这丢（就）是爱台湾啦！”这一句话常见于电视节目及各种选举场子里。在某些人的思考里，什么都可以上纲到“爱台湾”的层次，有点儿夸张而荒谬，所以这句话反而常常被各种综艺节目拿来模仿搞笑，有些节目索性把纳粹那个卍字旗改成爱的注音符号“ㄞ”（音：爱）来作为讽刺。

幸好那股风潮很快就过去了，就跟台湾人的性格一样爱跟风。基本上省籍情结是有的，但我并不认为族群问题在这20年有想象中的那么严重。除了政治人物善于操弄政治语言外，民众都已经慢慢学会对彼此尊重，可能选举时吵一吵，但是选完之后日子还是照样过，朋友还是照样交。为什么前几年看起来会很严重的样子呢？因为过去看起来好像是以外省人为主的政团在主导政治，本省人长期被压抑，压抑一旦释放之后，能量会爆发一段时间，但又会慢慢回归，这段时间过了，就会好很多。过去，非国民党的常常会说国民党是“外来政权”，但到现在这样说就不对了，因为经过人民投票选举国民党再度得到“政权”，人民意志决定的“政权”怎么能说是“外来政权”呢？

一向善于操纵族群议题的民进党，在2008年的“大选”终于得到教训。所以，过去用这种办法得票或许可以成功，但是将来随着族群意识的淡化，随着台湾越来越民主，用这个方法得票大概就不会成功。一个政党执政与否，看的主要是政绩以及是否有明确的诉求。

2005

在部队里过年

在我进部队不久后，就是12月31日了，这一天就如往常一样，整天都操课。尽管营舍房间的窗户就正对着台北101，但总是越看越郁闷。当天晚上，约好同梯次的弟兄，半夜12点整一起来看101大楼的灯光倒数，结果起床后才知道，原来没一个人醒来。

元旦的勤务对仪队来说是重要的勤务，因为三军仪队都要集合到“总统府”前广场，参加升旗典礼，所以凌晨3点就都醒来。于是，“菜鸟”们只好两点半就起床，准备好全队的早餐，等大部队出去后，继续睡到6点起床，才轮到我们吃早餐。

等大部队早上约8点回来后，会举行一年一次的祭旗仪式，就是把旗官房间里的各种旗帜通通搬到练习场，以鲜花素果供着，全队集合参拜。然后大部队就放假去了，留下菜鸟们用哀怨的眼神羡慕着。

再来就是农历新年了。菜鸟们没有自己决定的权利，初二中午就收假，大吃大喝一顿后，看了两天的影片，第三天开始继续练枪法。每天晚上站哨，听到外面公园还在放爆竹，心情就跌到谷底。

第二年的元旦，隔天3点就要去“总统府”，但是半夜12点还是爬起来跑到顶楼上，跟大家看101的灯光倒数及烟火，因为变油条了。

说起台湾部队的春节假，大部分都是分三批放的。其实早在好几个礼拜前，对于春节时期该怎么分批放假，谁要留守，放几号到几号，表面上看起来都一副无所谓的样子："没关系啊！留哪一批都可以。"但私底下已经暗潮汹涌，对于回家过年已经是志在必得的事。并且，这一年过完春节马上又有情人节，所以放哪一批就显得很重要。

终于，某天晚上点名时公布了休假时程。第一批是过年前开始放到初二，第二批是过年前一天放到过年后几天，第三批是初二晚开始放，通常没人喜欢放第三批。

"想放情人节的就去登记第三批。不然，到时候就到楼上去打手枪吧！哈哈！"值星官以一贯尖酸刻薄的语气调侃着。不过没有人笑得出来，毕竟大家都想既过年又过情人节。我有了去年初二就被叫回来留守的不愉快经验，因此极力想放第二批，结果不幸，承蒙副连长厚爱，第一个就点我留守第一批，我只好一脸大便地排到旁边去了。

终于，春节留守正式开始，整个连上只剩不到20个人，整栋楼空荡荡的，显得异常冷清，几个人除了站哨外，也没其他的事。过去一直认为，一个人要很清楚地知道他今天做过了哪些事才不算虚度光阴，也才是有意义地度过了一天，糟糕的是，我几乎忘记了这几天都做过哪些事情。

那几天跟一般部队的作息很不一样。虽然还是每天早上6点起床，6点10分早点名，值星官照例说了去打扫之类的话就解散，但大家总是又昏昏沉沉地晃回去继续睡觉，等到7点要吃饭了，才慢慢起床，但起床后通常又重重地躺了下去。这一段通常睡得都特别爽，接近8点时醒来，8点点过名后，一天才算开始。

8点集合后，大家作鸟兽散，不过通常都上了四楼KTV室，租了一堆DVD回来看。大家四散地躺着坐着，前面放映着影片，不看影片的人就在后面看漫画，打战国无双或看电视。留守的时候正值第一次直飞的两岸春节包机，一台华航空巴客机就这样毫无悬念地降落在北京机场，那是第一次有台湾的客机降落在北京机场，看得我心情激动无比。后来几年，我也有机会坐那种春节包机了，反倒没那么激动了。

就这样，早上看完一部影片，就差不多吃中午饭了。吃完饭后午休，下午再看一部影片，就吃晚餐了。晚餐后，各自归位，行程如前。这时候你就会想："啊！一天又过去了。"

除夕当天，照例请外面进来办桌，11道菜，席间觥筹交错，酒酣饭饱后还是一样上了四楼。队长意思意思，给每个人发了100块钱的红包，感觉就像被摸摸头一样："乖喔！过几天就放假喽。"

当天晚上很早就睡了，是近几年来除夕最早睡的一次。睡梦中迷迷糊糊地听到了此起彼落的爆竹声。"啊，过年了！"却又懒得睁开眼睛，遂翻个身，带着一丝丝失落感继续睡下去。

隔天初一，"总司令"要来发红包，从营长以下都乖乖地在旁边列队欢迎。过了不久，"总司令"坐车来了。他的官邸离本队只有一墙之隔，所以便衣哨也算是在给他们家站岗。我们在服役期间遇到两任"空军总司令"，前一任是个翩翩儒将，夫人也气质高雅，后来这个"总司令"跑去当"参谋总长"了。后一任让人印象深刻，就跟普通中年发福的大叔没两样，江湖味十足但又对人亲切，夫人也跟邻家那种啰唆的爱关心人的大妈一样，我们常常看到"总司令"晚上一个人穿着白色汗衫短裤骑着小绵羊摩托车就出去买珍珠奶茶了，一点儿都不起眼。两任"总司令"的气质非常不同，不知道是不是因为一个是开战斗机出身，另一个是开运输机出身的原因。

"总司令"一人又发了100块钱的红包。我觉得发红包真是一件尴尬的事，当时倒也没人讲什么话，可是发完了，就有人觉得少。人真是难做。

过年这几天大致就是这样过的。但话说回来，因为觉得看影片挺无聊的，所以大部分时间都还是躲在楼下看书。偶尔，还会听到办公室传来A片的淫声浪语，可能是大家都太苦闷了。另一方面，大概觉得过年了可以散漫一点，就把电脑的喇叭开到最大，淫靡的气氛遂在空无一人的回廊中荡漾……

另外，所谓的“留守加菜金”也被我们拿来吃喝玩乐，边看影片边吃炸鸡比萨之类的。

这种醉生梦死的日子过到最后，我居然开始感到心虚：“当兵真的可以这么爽吗？”直到留守结束的初二晚上，就看到一帮人一脸大便样地回来接替了。

任务型“国大选举”

在台湾，选举，尤其是县市长级以上的选举，大抵来说，过程还是“浪漫”的，不管你是什么颜色，都可以把选举过程当作是一场充满激情的嘉年华来享受。

不过，2005年5月的那场“国民大会”代表选举可真是个例外。媒体不爱，民众也不关心，本来已经够冷清了，再加上选举当天的大雨，可以说是先天不足，后天失调，使得投票冷冷清清，小猫两三只。

也许是台湾人已经习惯了“热烈”的选举方式：单一候选人造势，大型造势晚会等，因此对于这次“选党不选人的”投票方式显得没什么兴趣。

关于“国民大会”，前面已经提到过，依照台湾的政治教科书，是这样解释的：在台湾“宪法”的设计中，孙中山认为，“政”是众人之事，“治”是管理，“政治”亦即管理众人之事。照此，政府的功能分为政权与治权。人民有选举、罢免、创制、复决四种政权，而治权则由“五院”（“行政院”“立法院”“司法院”“监察院”“考试院”）行使，为人民提供必要的协助。其中，关于“监督政府”“领土主权”及“修改宪法”等“中央政权”则是交由“国民大会”行使，并将“国民大会”的“宪法”层级置于“五院”之上。人民通过选举“国民大会”的代表于“中央机关”行使政权，进而控制政府施政的治权，使得政权与治权之间达到平衡，人民权益不受政府侵害，同时也得以享受政府所提供的一切功能。

立意很好，但是，行使起来却是畸形万分。比如说，以前就常常看到“国民大会”各种自肥情况，或者“宪法修正案”一变再变，即所谓“山中传奇”。另一方面，“国会”已经有“立法院”了，“国民大会”随着时代的演变，也显得越来越不重要。台湾民众记得比较清楚的，可能是每次开完会，“国大代表”在中山楼下面的餐厅吃些什么料理而已。所以，“宪政”改革，将“宪法”议题交由“立法院”处理，并且民众要求废除“国大”的声音，也越来越大。

但是，依照“宪法”，台湾的政治体制仍然是“五权宪法”加“国民代表大会”，如果要作“宪政”改革，仍需要“国民代表大会”的决议。在此前提下，这一次选举的意义就是选出“国大代表”，通过“国民大会”来修改“宪法”，使其“自废武功”。所以，这次选举意义是重大的，气氛却异常冷清。

这次选举对台湾以后政治体制发展的影响也许不是最强烈的，但我个人认为是几十年来最重要的一次选举。“任务型国代”选况的冷清，其实也多少反映了台湾人民的政治态度：喜欢热闹的选举气氛。

到了6月，“国民大会”正式归为历史。而建得美轮美奂的中山楼，最近外包给了酒店业者，要改做温泉度假中心。

而在2005年上半年，最大的政治性新闻应该是泛蓝三党纷纷都跑到大陆去访问了。

2005年到大陆旅行

退伍后不久，我没有直接找工作，而是又跑去大陆旅行。又是一次没有目的的旅行，带了当兵时存的一些钱，在家人有点儿反对的情况下上路了。

我先是到了深圳，然后坐大巴，清晨到了厦门，租了一间短期房。没想到过几天闽北遭遇特大暴雨，往北交通中断，结果我在厦门待了一个星期。厦门是个讲闽南话就能沟通的城市，感觉这座城市婉约秀气，不仅仅存在于城市美丽的风景，也存在于闽南人敦厚的个性里。这样的性格，显现在公交车的让座里，显现在与人日常的对话中，显现在城市的干净整洁里，也显现在市井小民的日常生活里。因此，相对于其他都市的喧嚣及匆忙，厦门就多了一份安静及闲逸。

去厦门，当然去了美丽的鼓浪屿。后来几年到过南洋之后，才发现南洋那些老厦门移民对这座小岛的情感远远超过我的想象。后来，混进厦大去听台研所的讲座，发现厦大台研所的研究果然如传说中那样最贴近台湾实情。那天是知名的陈孔立教授主讲，分析连宋访问大陆后两岸的情势发展。现在看来，他在那时就能冷静地几乎完全预测到后来几年台湾政局的发展，并且说明，当时大陆对台的政策已经是“不表态不介入”，就是选举时不说话，让台湾自己玩去。但当时民进党人还没发现这一点，每次选举都还想激怒大陆以博取同情，事实证明这些伎俩已经没用了。

厦门之后，我到了南昌，看了多年未见的朋友。第一次到南昌，看了八一起义纪念馆与滕王阁。南昌比起其他省会都市，给人比较旧的感觉，许多房子看起来都还是计划经济时代那种灰灰黑黑的建筑。在火车上我与一堆南昌人聊起这些事，他们自己认为也许这是革命老区的通病。

但是南昌的餐饮业真的很火爆，到处都是餐厅。我看到南昌许多的新房正在建筑，另外也有许多旧房正被推倒。也许南昌的发展起步在同级城市中比较慢，但未来应该会以更快的发展速度奋起直追。

我在南昌待了一天，当晚坐火车往杭州转往宁波。受了余秋雨那篇《风雨天一阁》的感召，我特地再去宁波看了天一阁。

但后来比天一阁更吸引我的是月湖。“三江六塘河，一湖居城中”，月湖位于宁波老三区市中心的海曙之地，四周被热闹的市区包围，中间也被路桥切为一半，但岸边垂柳婆娑飘飘，清风扑面，曲径深流，水道静谧，亦有花溪石拱桥，颇有大隐隐于市之姿。月湖水波逸韵，在湖边小坐，时有清凉之感。虽然月湖比起杭州西湖小了很多又不那么出名，却又更生活化，在偶有微风吹皱如镜湖水的夜里，湖畔的烧烤、茶余饭后的乘凉、一家大小的散步、铺席纳凉而睡，都诉说了月湖的可亲。

我喜欢宁波那种典型的江南城市的气氛，随处可见的那种小水道般的细细流水，三五个老人在岸边搬椅搬桌而坐，打牌品茶，快意纳凉。

我在宁波待了一天，坐大巴经沪杭甬高速来到上海。没想到那几天遇到高温黑色警报，我却又一直在太阳下走来走去，后来几天严重脱皮。我在上海5天，看了一些很久不见的朋友，然后，就离开往山东去了。

第一次进入齐鲁大地，首站是曲阜。这座城市的商业看起来没其他城市那么发达，比较大的商场几乎没有，大多是中小型的。而许多店的灯光也不是特别明亮，开了日光灯却呈现一种有点儿昏暗的气氛。走在路上，除了一般市民很容易认出来外，有很大部分都是观光客。在这里，尽其一切“消费”孔子就对了，就连大排档名或小吃也喜欢取如“孔府”“孔门”之类的名称。沿桌卖艺的乐手拿的都是简易版的古琴，击出来的音乐都是古乐，真让人禁不住感叹“先生之风，山高水长”呀！

儒学对中国文化造成的阴影随着圣人家门的开放而逐渐消散。也许这两年兴起的国学热，终于让孔夫子的思想不再带有沉重包袱，而重新成为现代人立身处事的指导方针。

半夜，我从山脚开始爬泰山，累得跟狗一样，终于在爬完最后一阶楼梯，凉风扑面而来时大声欢呼出来。正所谓“天门一长啸，万里清风来”，想必当年李太白也是这种心情吧！不过很不幸，天阴没看到日出，整个人就瘫倒在石头上了。

下山后坐火车至青岛，几天后再往济南。青岛海岸线的市区景色是极佳的，从古典优雅绿树红瓦的青岛一直到现代化的高楼青岛，山、海、城，尽收眼底，融为一体。若薄雾迷蒙，就如同海市蜃楼般迷离。青岛整个市区的建设就依着地势坡峦起伏，逐层而建。如果从海上看青岛，野味的海风，蓝色的海波，绿色的山坡连成一片，山坡上红色的屋瓦散落，又整齐地叠在其中。众所皆知，这是德国人规划的城市，因此充满了想象中的异国情调。

而济南的旧市区又是另一派风景了，在这里有灰砖、乌瓦、黑门。小户门楼，或大户人家，无不给人苍凉的安静之感，无不带着岁月的痕迹。但隐藏其中的处处泉水各有特色，汩汩地从泉眼流泻而出，在民居之间串流，再合流入大明湖，醇美而令人回味，如同这个城市，朴实但渐渐发现她的美妙而令人流连忘返。济南不是秀气的江南，而是直爽朴实的北方城市，但又因为有泉水缓缓流过而温柔，使她刚柔并济。济南自古以来以泉闻名，如同这个城市的灵魂与精神般，令多少文人雅士魂牵梦萦。真无法想象，如果济南少了泉水会变成什么样子。

我离开山东后到了北京，托朋友的福，这次得以深入北京的各大街小巷。在北京待了一个礼拜，也见了许多长期不见的朋友。之后，我就往河南去了。

清晨我在新乡下火车，搭小巴往辉县去，再转车往北寨，最后坐摩的到郭亮，进入太行山区。夜宿一日后，第二天早上九点半开始步行至南坪。约12点到达，在南坪待了一晚，隔天穿越昆山挂壁公路，进入山西境内。太行山势绝壁连绵，危岩相叠，但走在其上可说是移步换景，所谓“横看成岭侧成峰，远近高低各不同”。

当天下午我到了王莽岭下的锡崖沟，途经锡崖挂壁公路。此段公路，在同一个悬壁上盘旋了三层，可说是鬼斧神工。我在遗世独立的沟内住了两天，第三天早上离开当地，经山西陵川县再绕回郑州。

郑州这座位于中原的北方城市，虽然比东边的开封、西边的洛阳历史悠久许多，但就是给人缺少一点儿文化底蕴的感觉，在中国的各大都市中，并没有给人特别的印象。提到郑州，在我以前的印象中总是只能想到京广线跟陇海线的交会点，一下子就没话好讲了，总觉得郑州根本就是一个特大的单位院子而已。但话说回来，郑州的绿化还是蛮成功的，法国梧桐的随风摇曳，到底使这座朴素而大气的城市有了点儿优雅的感觉。

在郑州参观了河南省博物馆以及二七塔附近的街道后，我隔天晚上就往洛阳去了。

洛阳被洛河分割为南北两部分，当然古代的洛阳城大概也是这个格局的，现在河以北是传统的旧市区市中心，以南旧城墙外是新开发区。

我参观了洛阳的王牌景点龙门石窟群，在远处即可很明显地看到大大小小的洞窟石龛，或浅或深，如蜂窝般排列。上面的佛像，或立体地神采飞扬跃出石面，或浅浅地表情拘谨浮雕于石上，各有姿态。架在石壁上的楼梯栈道上下起伏，爬起来也挺吃力的。时至中午，烈日当头，真难想象当初几百年间，多少工匠在此，不知流下多少汗水，才完成了这艺术史上不朽的历史集体创作。

龙门石窟里的奉仙寺那几尊雄伟的大佛与其他人物，代表武则天时代以及历史上佛教艺术的最高成就，也代表着盛唐时期大帝国的恢宏气度。据说这尊佛是照着武氏的面形雕造的，意味着武则天成佛化身的地位，但在佛慈祥又带点儿神秘的眼神注视下，却让人深深感到自己如同孙悟空逃不出佛的手掌心般渺小。不仅仅是物质上的渺小，更是一种面对人类艺术巅峰之作时，感受到的精神上的渺小。

在洛阳的第三天早上我参观了白马寺，下午继续往西安去。

这是我第二次来到西安。西安一直让我印象深刻的是钟鼓楼以及南大街，这次发现南大街的夜色更为美丽，霓虹灯更为绚烂迷离。到了晚上约10点，路上人潮依然川流不息，充满朝气而热闹异常，夜生活挺发达，这完全跟一般古都的印象不同。而让我一直在意的是，西安的女人是那样的美丽，就是那种轮廓较深的美丽，活脱脱都像陈红扮演的唐朝美女般那样的婀娜多姿，看得我眼花缭乱。

本来想去爬华山的，但我一想到之前爬泰山时的惨烈，遂打消念头，但到现在又后悔不已。在西安时我认识了一个六十几岁的希腊老头，骑着脚踏车一路从希腊出发，经过中亚到了西安，要继续环游世界，那几天还上了西安当地的报纸。

我在西安休息了几天，一解一路奔波之苦。之后往北到了延安，一路见识了以前只在书上看到过的黄土高原。

那几年很流行“红色旅游”，顾名思义，就是游览一些与中共历史有关的景点，借此“加强革命传统教育，弘扬和培育民族精神”。延安当然是红色旅游第一首选了，重要的景点有枣园、杨家坪、清凉山、王家坪等。

离开延安去壶口瀑布。站在瀑边才感受到照片上无法感受到的震撼力。黄河在壶口这一段，本来数百米宽的河床突然收束到只有50米，巨流被挤压的结果就是，水势在此如涌如喷，如天崩地裂般飞流而下。此处地势如同壶之口，因此得名。站在瀑布面前感受，正所谓万马奔腾，浊浪排空，瀑水冲击至水底，如同巨龙滚水冒起浓烟，阵阵扑面而来，像是要把人拉入水中一样。其声势又如惊天雷鸣，轰轰如大军压境，荡荡壶口，让观瀑者无不胆战心惊，被这气势压得不自觉地无法动弹而腿软。

离开壶口回到西安，我又休息了一天。本来考虑继续西行到甘肃再南下四川的，但因时间关系，我遂决定从西安经108国道直接下四川。

108国道西安至汉中段，要越过秦岭，车子就一直在山里绕呀绕的。想韩信当年逃到南郑，想着不能走官道，于是在这荒山野岭里也是绕呀绕，还杀了个倒霉路人才找到路。又如刘邦，在那交通不便的年代，久居关中之地，对秦岭的另一面完全陌生，怪不得他把前往蜀地视为畏途。过了秦岭，果然，不管是植被还是种植作物，都与山北面有很大的不同，就连这里人的口音都比较偏向四川，一般人对陕西的刻板印象到了汉中却在一瞬间瓦解。

汉中现在是不起眼的小城，但充满了历史文化氛围。地处于秦岭及巴山之间的汉中盆地，自古以来就是从关中入蜀要道中的重要都市，又因滚滚汉水向东南去而入荆吴，形成了其四通八达的交通转运站的重要位置。在承平时期，汉中是各地商贾人货来往的要地，在战时，尤其像东汉末期这种群雄割据的时代，更显出其战略重要性。随着时光的流逝，中国政治文化中心以及军事地理重心不断转移，汉中的位置也慢慢被人所忽略，跟上面所说的一样，若不是还有如此深厚的文化底蕴，汉中老早就跟一般的城市没什么两样了。在汉中，我去了石门峡，再去定军山下的诸葛孔明墓，第三天早上离开。

我继续南下，进了四川，在昭化这个小古城休息了一晚，继续前往成都。

第三次到成都，我也没有特地想要到哪里玩，整天就是到处闲晃着，晚上再跟朋友出去喝喝茶吃吃大排档。外人看来，简直就是浪费生命，但对我而言，一方面是在一路奔波中暂时休息一下，另一方面也有个借口，好好懒散地感受一下成都这舒服的都市。

到成都那一天，正好是第二次“超女”五进三的决赛，就连大巴上都有很多人在讨论这件事。成都街上的美女依然让人看得眼花缭乱，但更引人注目的是，街上有许多歌迷们自发组成的拉票团体，拿着自己制作的海报到处向路人拉票。其中还是张靓颖的歌迷声势最浩大，到处都看得到，就连我的手机都被借去投票了。当晚，热闹的春熙路突然人群为之一空，大家都跑回去看超女了。

在成都4天，我略过重庆直接去了武汉。又赶上武汉最热的时节，整个就是郁闷。但直到坐公交车上长江大桥，一阵强风扑来，宽广大气的长江再度出现在面前时，心情又豁然开朗了起来。这一刻，我才如同猛然醒来，有到了武汉的感觉。

武汉已来过多次，但这回是我第一次搭了长江渡轮。我在武汉只待一天而已，当晚就搭车往南京去，再转回上海了。离开前我还抢了10分钟跑去吃热干面。

回到上海，跟一群上海的朋友去嵊泗玩。其实想想，上海人还挺可怜的，附近没什么漂亮的海岸线，只有那个人工的碧海金沙。想要看看美丽的海，远一点儿得到海南三亚，要不就是到青岛去，但如果时间不够多，又想到海边玩，大概只能到上述几个离长江口“稍远一点点”的岛屿了。其实这也算是一种小小的苦闷。很庆幸，跟着他们感受了这种苦闷。虽然这里也说不上有什么特色，海也普普通通的。比较特别的历史古迹嘛……没有！要如其他地方硬要编出什么动人的传说故事，我看也很难。但偶尔来海边看看，还是不错的。

回上海后，又待了半个月，然后结束这趟旅程，回台湾乖乖工作去了。

卡债风暴

在2004年前后，台湾掀起一股所谓的“卡债风暴”，产生了大批的卡奴。卡奴即信用卡或现金卡的奴隶。这些人欠下信用卡债务，无法立即缴清，在这种情况下需付出循环利息、违约金、手续费等多出的费用。但是钱已经透支了，哪有钱付呢？所以常常又用“以卡养卡”的方法，从一张卡贷出现金，去填补第二张卡的当期债务，然后再从第二张卡贷出现金，填补下一张卡的债务，如无间地狱般周而复始，造成许多社会问题。

当然，造成这个现象的原因就是信用卡及现金卡的滥发，以及许多人不衡量自己财力而理财不当的结果。但要说起远因，还必须从亚洲金融风暴开始。

在金融风暴当中，台湾所受到的影响在当时并不明显。但对于银行业来说，逾期放款逐渐增加，而使企业金融逐渐紧缩。此外，经济结构转变，企业筹募资金的方法越来越多，企业向银行融资的需求相对减少，而面对资金需求也相对减少，银行受限政策及金融创新能力不足，未能配合调整。种种因素交互影响下，企业金融业获利日益缩小，因企业金融获利缩减，银行转而发展以前都不太注意的消费性金融业务。

消费性金融业务指的是以一般大众为对象的金融机制，除了信用卡之外，还有现金卡、小额放款、个人信贷、房屋贷款之类。因为银行主力转向这里，因此也有了越来越多的业绩压力。在过去，台湾人总认为能进入银行工作是“铁饭碗”，所以许多父母也会鼓励儿女到银行上班，更有一些老牌的银行有所谓“世袭制”，就是父母以前在银行里上班，子女也可以优先录用，羡煞不少人。但当银行的目光转向消金业务后，银行增加了不少的理财专员，一般在银行工作的人也开始有了业绩压力，所以现在银行工作也不见得是铁饭碗了。

在这些原因下，各银行除了更积极推销信用卡之外，在前几年的台湾，好像在一夜之间流行起了现金卡的申办。电视上突然出现一堆广告，什么“借钱真容易”之类的，不断灌输民众办理现金卡，使用现金卡。这似乎就是种高尚的行为，且好像不使用就是落伍了。不过，广告中也并未很确切地告知民众，现金卡的利率是很高的，而且还有高循环利息，只是一再强调办卡容易，却未将所有详细内容告知。如果真的急需要用钱去办那就算了，结果是一帮人很笨地都去办，花钱花得很快乐，接着而来的却是更大的痛苦。

另一个方面就是信用卡。发行的银行越来越多，竞争也越来越激烈，为推销信用卡，常常附带了一堆红利活动，比如刷卡数次可获积分回赠或年费优待等，吸引人们申请信用卡。并且，额度限制又给的越来越高，持卡人个人无法控制消费欲望，纷纷欠高额卡债并无法按时付清，只能长期背负卡债。

我认识的卡奴几乎都是职业军人，这种现象在台湾的部队里好像很普遍。职业军人似乎都是这些金融放款的好客户，尤其下级军士官，从以前的地下钱庄开始，只要拿个军人身份证就可以很容易地借到钱。职业军人收入稳定，本来就是银行眼中的好客户，加上军队生活相当封闭，不少军官理财观念不佳，社会经验不足，欠下卡债的情况时有所闻。或者是，银行只要派出几个讲话声音嗲一点儿、长相貌美一点儿的理财专员拉业务，这些人就乖乖地签了。所以啦，以前在部队里见到好几个士官开的都是名车，花钱又大方，但搞到最后，无力还钱，只好办一办退伍，退伍金通通拿去还债了。

这些职业军人欠了银行卡债还好——当然啦，欠钱这种事对军士官的考绩一定有影响，不少人就是担心向银行借贷事件曝光遭处分，而不愿向部队长官透露。结果这些思想单纯（其实是蠢）者又跑去向地下钱庄借钱，结果成了地下钱庄眼中的肥羊。地下钱庄讨债的手段就更“高明”了——就算可躲在营区不休假不出去，讨债公司还是会每天到营区门口等，搞得人尽皆知，得不偿失。

卡债问题，也就有了一个个专门的名词叫“卡债风暴”。已经成了风暴，那当然是非同小可了。那几年，不仅许多社会问题是卡债所引起的——比如说卡奴无力还债全家自杀，或者是抢银行、勒索食品厂之类的。更严重的是，影响到后来几年的金融稳定及经济增长率——虽然消金业务只是银行的一部分业务内容，但卡债的影响造成大量的呆账坏账，出现了风险承担不足或高估的问题，影响市场稳定。并且，虽然卡债只是整体授信的一部分，但对金融系统带来的冲击高于市场所占比重。这是因为，卡债通常集中于部分特定放款机构，只要一家不稳，就可能掀起连锁效应，形成系统性风险。同时，个人信用恶化会冲击民间消费意愿，也拖累了经济成长。

有些人成为卡奴，是因为急需用钱而欠下的，但大部分还是因为爱乱花钱。当局后来也发现这个问题的严重性，开始制定一些债务协商机制，不过效果似乎也不佳，许多卡奴还是只能偿还每月应缴金额而已。说来说去，这跟台湾十几年社会发展养成的虚华风气还是有很大关系的。

高雄捷运“泰劳”示威，牵出无数弊案直指“陈水扁一家”

在台湾，有为数众多的外籍劳工，他们大部分在台湾从事技术、帮佣等工作，到了2006年底，大约有30万的人口，大部分来自东南亚国家，如菲律宾、泰国、印度尼西亚等地。

外籍劳工皆是透过所谓中介公司来引进。此类介绍所是受劳务输出国法例给予特权经营的，它们收取的外劳介绍费额不是一个小数目，通常是外籍劳工在出国工作的3—6个月的工资。以泰籍劳工来说，他们来台湾之前，要先付给中介公司一笔大约15万元台币的中介费。本来是来赚钱的，但还没赚之前就要先付中介费，许多人只好先跟银行贷款，也就是说，来台湾后的半年都要先做白工补中介费。

目前在台湾的各种工地上，可以看到的几乎都是外籍劳工的身影，承包商为了压低人力成本，引进了许多的外劳。而这种情况在帮佣市场也是一样，只要到医院一看，许多的家庭看护也都是东南亚女性。等于说，台湾的许多低阶层工作市场都被他们占走了。每到放假日，就有许多地方是他们的固定聚集地。比如说台北市中山北路上的多福天主教堂，每到礼拜天早上，就拥入大量在北部的菲佣菲劳，旁边各种菲律宾商品商店也应运而生，让人一时搞不清楚是在台北还是在马尼拉。而泰国或印度尼西亚籍的，就喜欢到桃园中坜车站那边一排的东南亚商店街去，那里号称东南亚国家的“租界”。几乎台湾的每个大城市，在假日时都会有个外劳聚集地。

台湾引进泰籍劳工是在建设台北捷运之时。当时台北车站前的捷运工地就有泰劳宿舍，常常有很多人喜欢站在天桥上看下面的泰劳玩藤球。那些动作是蛮华丽的，在台湾，除了泰劳聚集处，真是很难在其他地方看到。

外籍劳工承担了台湾最底层的工作，他们是生产者、劳动者、贡献者，同时也是稳定社会的重大力量，因为若没有外劳，可能许多低阶层工作没人去做。尽管这些外劳有许多付出与辛劳，里面有许多人都有大学学历，英文可能也讲得比大多数人好，但许多台湾人在他们面前不免还是会有些莫名的优越感存在，好像自己高人一等。比如说，有些人会觉得外劳脏脏的，看起来好像会做坏事一样。这些奇怪的想法造成污名化。其实若不是为了赚更多的钱，谁会愿意离乡背井呢？但另一方面，这些外劳的素质的确又高，比如之前在台湾的论坛上，就有个工程专业的学生到工地实习，大叹自己的识图能力不如外劳，引起一阵热烈的讨论。在许多雇主眼中，外劳工作勤奋，不怕辛苦，配合度也高。当然啦，外劳大多希望加班或夜班越多越好，这样才能更快赚钱，但民众常常也听到因为超过生理极限的超时工作，而造成意外和工伤的新闻。

而所谓“工作勤奋，不怕辛苦，配合度高”，也常常是雇主剥削的理由。外劳在台湾又没有工会，劳资纠纷及法律资讯严重不足，常常会因为被欺负而敢怒不敢言。而某些不良的中介公司，只将这些引进台湾的外劳视同奴隶，以各种名目强加剥削，收取高额的中介费，平白坐享暴利，其他的都不想管。此外，由于外劳的引进存在巨额利益，当然会有各种势力介入，也使得问题更复杂。

2005年的2月，高雄捷运爆发了泰劳集体暴动及火烧宿舍事件，这就是中介商及雇主长期剥削及压迫式管理所导致的结果。因为依照以往经验，外劳会使用集体行动激烈表达心中不满，一定是可以走的路都走不通了，忍无可忍，才会放手一搏。这件事算是上了国际新闻，尤其是泰国的反弹声浪特别大，而此案所调查出来的结果，更成为后来几年当局一连串弊案及政治风暴的导火线。

当时，大约有2000名泰劳参与了这场抗争。这件事的调查结果显示，这些泰劳长期处在管理公司的不当管理及各种剥削之下。各种不合理的对待洋洋洒洒地被列出一大篇，比如吃饭掉饭粒要罚钱，不给现金只发代币卡，将其消费限制于营区内等。而管理者更如狱卒般以高于市面的价格贩卖物品给这些弱势者，残酷地榨取他们剩余的微薄薪资，各种匪夷所思的条款及触目惊心的情形让人以为他们是在对待奴隶，很难想象这种事情会发生在自认为文明社会的台湾。

所以，当一切都指向中介公司的管理不当时，时任“劳工委员会主委”陈菊（现在的高雄市长）在上电视节目时不小心说漏了嘴，说这些中介里有“有力人士”在操纵。虽然陈菊并没有明说有力人士是谁，但大家也开始把矛头指向前“总统府”的副秘书长陈哲男。

陈哲男在20世纪90年代初国民党政争之时，为“立法院”内主流派团体“集思会”内的一员，算是李登辉的一员大将，但后来因为一些与非主流派的斗争原因，陈遭到牺牲式的开除党籍，以平非主流派之怒。后来陈哲男加入民进党，当时陈水扁担任台北市长时，他也跟着担任台北市民政局长。后来陈水扁当选了，他又跟着得道升天，担任“总统府副秘书长”。但是，这时他开始身陷弊案，且一个牵连一个，等到陈水扁再度连任时，陈哲男未能续任副秘书长。

所以，高雄捷运泰劳暴动的调查结果，意外地扯出了前“总统府副秘书长”陈哲男接受厂商招待离开台湾、图利中介厂商等事情。从这件事开始，又意外扯出更多的弊案，从而使民进党的清廉执政形象崩溃，很多人也因此丢了官。但对弊案的追查仍没有停止，这些弊案一个牵着一个地揭发，直指“总统府”及陈水扁一家人，终于，引发了2006年大规模的倒扁示威。所以说，这次的泰劳暴动事件，意外地成为未来几年台湾一连串政坛风暴的导火线。

2006

精品业

等到从大陆旅游回来后，我开始找工作了。本来应该是乖乖地去坐办公室，但是我个性有点儿散漫，所以当一家公司找我去做百货公司的销售人员时，我到现场看过之后几乎马上就答应了，因为那地方离我家很近，而且还有些乐趣。

反正，公司是个还算有名的国际性精品品牌，算是卖礼品的公司，福利还不差，工作有时候虽然不怎么轻松，但上班很快乐。所以，即使当时台湾失业潮很严重，据说很多人找不到工作，但我好傻好天真，不知民间疾苦，觉得工作怎么会难找，我这不是一下子就找到了吗？不过后来想想，应该是我不思长进，外加学哲学的，所以挑了个别人不想做的工作才那么容易，但这一做，居然也做了两年。

大概是以前热血青年做得太久，刚进入这个充满资本主义腐朽味的地方，一时间还不能接受，但很快地，就屈服并享受于高额的奖金、愉快的工作气氛，以及看不完的美女。

每天站在百货公司里，可以见识来来往往各式各样的人，除了其他柜的人外，没事的都到处跑来跑去串门子。再来就是楼管，楼层的大小事务都可以找他们，不过他们大小事都会管，有点儿烦，但基本上只要专柜业绩好，就不太管了。接下来就是我最喜欢的电梯小姐了。因为当时电梯小姐的服务台正好与我的店面相对，所以日子一久，混熟了也是很自然的事。电梯小姐们个个都是貌美如花，所以我没事就喜欢跟她们隔空瞎聊天。在台湾，据说气质高雅端庄的电梯小姐总是占据男人性幻想对象的前几名，但跟她们熟了以后，才发现根本不是那么回事，几乎每个都是烈女子，很多私底下都是香烟粗话不离口，私生活又乱。但撇掉这一点，她们个性都还是挺可爱的，穿了制服一站出来，又变回那个端庄高雅的样子，让人不禁大叹：这就是专业啊！

百货公司的一天是从十点半开始的，但本店与百货公司保持着既独立又联合的关系，9点就开始营业。一般上班时间也就是朝九晚五，但上晚班的话只要下午1点再去即可，所以这种工作适合我这种散漫的懒人。

客人形形色色，不同的时段会有不同的客人。早上9点到11点，都是来逛超市顺便买东西的客人。客人几乎都住在附近，是常常在路上都会碰到的那种，他们常来买也熟了，就变成好朋友。大概我长得就是一副“长辈心目中的乖小孩”的样子，所以很多上了年纪的婆婆奶奶特别喜欢我，没事就拿一堆东西给我吃。有个让人印象深刻的客人是个比丘尼，充满了贵气，常常买一些小东西回去送人，可能是有人供养着才那么有钱。到了中午，一帮休息的小白领出现了，他们都比较喜欢买些小东西自己来开心一下。下午是最无聊的时间，也是整理报表的时间，但贵妇们最喜欢这个时候出没。贵妇们虽大多和蔼，但防备心还是有的，跟她们推销都是要一回生二回熟，熟了之后，基本上你推荐什么她们就买什么了。到了晚上，就什么样的人都有了。

有人说做营业员，尤其是卖精品的，将客人分类是大忌，但做了一段时间后，我倒有不同的看法。我想，做任何工作都是一样，都要在最短的时间里做出最正确的判断并做最有效率的事，以求得到最大的利益，卖东西自然也是如此。当然，这并不是说对普通客人就不需要礼貌，一个真正优秀的销售人员会在最短时间内判断出谁会买谁不会买，谁可能买得多，谁可能会买得比较零散，要延后处理并安抚他们。简单地说，就是训练“嗅钱”的方法啦！虽然有钱人都很低调，但他们身上那种有钱人的气质是藏不住的。

做精品这一行，尤其是专卖店里的第一线，对钱的气息需要特别敏锐。在资本主义社会里，凡事皆可被消费。当然，为了让这些东西能被消费而产生价值，商人自然需要大力炒作。所以，号称精品业的两大节——情人节及圣诞节，还有配合百货公司的周年庆，以及各种大大小小的促销名目，都是割开群众钱包的大好日子。所谓磨刀霍霍向牛羊，对商人来说，是磨刀霍霍向钱包！

总之，像情人节及圣诞节这种日子，客人拥入的状态，用“蜂拥”来形容一点儿都不为过。在这种日子里，钱都不是钱，没有较低价的东西可买，因为已经先收起来了，冲着牌子而来的消费者自然毫无选择地会购买更高价的产品。

这种日子大多是卖礼盒最多，变成卖方市场。推销精品用感性诉求是非常有用的方式，也就是说，怎么解释你的产品能做到客户的预期目标，并且怎么带给他们更幸福的感觉。就是这种预期的幸福感，让客户也能在自己心里描绘出一幅美好愿景，飘飘然地让你带着他走，最后当然是我赚得开心，他买得也乐意，收到礼物的人也愉悦这种三方有利的结果。

周年庆要配合百货公司做促销的时间。台湾的百货公司周年庆几乎都在10月，因此周年庆也是各百货公司间冲业绩、短兵相接的主战场。

所以在周年庆前，百货公司无不全力做好准备，有些百货公司还会办个“誓师大会”，煞有介事的。但周年庆期间的业绩也真的很可怕，尤其是第一天早上11点开门前，大批的女人已经挤在门外等候，待门一打开，电梯小姐“欢迎光……”“临”字都还没说完，客人们就已经跑到各化妆品柜前站定了。台湾的百货公司，周年庆当天这样的情况似乎已经变成一种仪式，若不这样抢破头，就没有周年庆的感觉了。

精品业的店内摆设也是一门学问，每个月会有不同的主题。总公司里的设计部门，每个月会依照主题，为每一家店设计出摆设方案。精品业的摆设一般以简约为主，摆太多种产品，消费者反而会产生认知错乱而不知道要买些什么，致使精品店失去更多做生意的机会。在那两年，我完全体会到马库色在《单向度的人》里提到的，以市场经济为主的新极权会提供人民一切的要求，满足他们而让人民失去独立思考的反抗精神。今天的情况有些类似，但又有些不一样，在行销学里的说法是：人们都喜欢选择，但如果提供太多选择机会，他们就会难以抉择。如果运用今天精品业的行销手段来说，少摆低价品，多摆高单价的产品，消费者难免会发点儿牢骚，但无论如何还是会忍痛买下来。利用这种心理上的矛盾，实在可以专推更高价产品，让业绩更高。而且事后证明，在无太多低价商品可买的情况下，消费者还是将较高价商品买走了。我常常都是利用这种心理落差在做生意的，想想我还真是有当黑心商人的潜质。

我在那边一年后，似乎做得还不错，让我挂了一个店负责人的位置。又过一年，我辞掉这份工作去了上海。

“红衫军”倒扁

2000年，陈水扁和民进党可以说是风光上台。在最开始，支持率也曾达到七成，但随着时间流逝，他们的各种劣根性及傲慢心也开始显露出来，可说是背离了当初创党时的理想，所以这几年间，许多当年党内的核心人物也纷纷离去。再加上当初又传出许多如“国务机要费案”等与陈水扁亲信及家人相关的诸多弊案，大家觉得忍无可忍，到了2006年，民气可用之下，支持率终于跌到两成以下，从而促成了这次反贪腐倒扁运动。

这场“百万人民倒扁”的运动，一开始就引起了大家的注目。主要领导人施明德号召大家一人捐100元来支持这次运动，因为100元也不是大数字，所以当时邮局里几乎都是专门汇款100元的人，很快地，象征百万人支持的方式，就这样凑满了1亿元。先不论结果，这种一人捐100的诉求绝对是很好的行销手段。最好玩的是，这次活动的主要策划人，也就是陈水扁2000年参选时的广告总策划。

说起施明德这家伙，也算是个争议性不断的传奇人物。他作为政治犯，曾经在国民党主政时坐过25年牢。在“美丽岛事件”后，当局为了缉拿他，展开全台大搜捕，可以说是早期党外及民进党的标志性人物。

他也是个有着理想性格的浪漫家伙，做事总是潇洒无比。也许是太浪漫了，似乎充满了成熟男性的魅力。

所以，这样一个人物来领导红衫军，除了本身有争议性外，也有极大的号召性。传统的绿色支持者看到施明德带领了红衫军，情感上自然无法接受。而蓝色的支持者看到“连原本绿色的施明德都跳出来倒扁了”，敌人的敌人就是朋友，见猎心喜之下士气更是大振。而一般对当局不满的百姓一看，原本挺扁的（前）“精神领袖”施明德都带头倒扁了，更觉得这场活动能够跳脱蓝绿，所以纷纷加入。

9月9号，倒扁行动登场。这次行动的主要诉求，一方面是要求陈水扁下台，另一方面是抗议贪腐，口号是“不分蓝绿，只分黑白”，所以也刻意排除了政治人物的参与。大约20万的民众占据街头，集结于“总统府”前的凯达格兰大道进行静坐，大家多半穿红衣，因此被称为“红衫军”。这场持续几天的静坐，算是自民进党上台之后台湾少见的大规模抗议活动。但整场活动已不见以往示威的那种悲情，更多的像是一场热热闹闹的游园会式活动。静坐活动以音乐会的形式展开，在现场，学生轮流上台呐喊倒扁口号，一些做餐饮的民众也自发性地在现场供应免费的餐点。晚上还有艺人接力演唱会，好不热闹。

到了9月15号，活动进入了第二拨高潮。因为隔天挺扁的民众要在同一场地举行活动，所以就暂时离开原场地凯达格兰大道，开始“萤光围城”游行，一群人及沿途不断加入的民众，浩浩荡荡地一路走到台北车站前广场，继续下一阶段的静坐活动。在这里坐了好几天，除了早上会办些活动外，晚上大家就聊聊天，睡不着的还会自费去买一些小零食点心分给现场民众享用。

第三拨高潮时，倒扁行动的领导人施明德，开始了“环岛遍地开花”的活动，在全台宣传其理念。当然啦，这场活动就没那么顺利了，一路上遇到的阻碍也不少，尤其到了南部，遇到越来越多不同意见人士的抗议声，不过也没什么太大问题。

终于到了“双十节”，也就是10月10日，这天红衫军发动了“天下围攻”活动，让这年的“双十节”敏感了不少。运动发展到这个时候，政治力免不了还是介入了：在双十大会的观礼台上，国民党“立委”在陈水扁致词时，高呼倒扁口号并比画倒扁手势；而亲民党主席宋楚瑜则穿着红西装带领亲民党“立委”于典礼中途退席，在府前的重庆南路上游走，部分则趁三军仪队正通过观礼台时突然蹿入队伍中，引起轩然大波。

游行群众，在这一天又开始新的游行，一路从台北车站走到忠孝东路上，放眼望去一片红，气势惊人。

话说那一阵子真是热血，每天都热热闹闹的，简直就是全民参与。除了红衫军外，亲绿民众也在9月16日发起了一场“我们在向阳的地方”的大会，表达自己的立场，同样吸引了大批民众参加。但倒扁运动终究没让陈水扁下台，我觉得是战线拉得太长了，最后终于诉求失焦。后来有政治人物加入想要分一杯羹，也是让许多人失望的原因之一。结果，就这样虎头蛇尾地不了了之，也不知道在哪一天，就悄无声息地结束了，让那一阵子以参加运动为生活的许多人，心里一阵失落。

红衫军还没开始之前，网上就一堆文章教大家怎么进行街头运动，如果被捕了要怎么办，如果发生了大规模警民冲突怎么办……果然大多数人都是街头运动的新手。不过我想，那一阵子最大的意义还是在于，不管蓝或绿的老百姓，终于都知道怎么上街头了。

但那一阵子还是让人焦虑的。遇到别人，不是被问“你捐100元倒扁吗”，就是“捍卫本土政权”，好像政治就只有这两种选择，变得政治生活化，生活也政治化。

后来“反贪腐总部”及阵营也开始内讧，引发社会质疑后，活动及组织就这样无声无息地消失了。一直到2007年底才再听到他们的消息，反贪腐总部的部分核心干部组成“红党”，转而以组织政党取得“国会”一席之地，不过结果是全军覆没。

台北市长选举，宋楚瑜仅获5万票

居然又到了台北市长的选举年，大家不禁要问，怎么时间过得那么快呢？这已经是第四次民选了。许多喜欢选举热闹气氛的好事者，总觉得这几年缺少那种充满悬念的超级天王大对决的情况，选举不如以前快乐，没什么吸引力，再加上这几年的蓝绿恶斗，许多人对政治也有点儿失望。

不过1998年陈水扁连任台北市长失败，却在2000年当选台湾一把手以后，台北市长的选举也被视为是“总统大选”的前哨战风向球。其次，虽然马英九已经做满两任不再续任，但继任的人选以及市长宝座，都是检验马英九路线永久持续的重要指标。而对绿营来说，虽然前弊案缠身，形象大为受损，但不管有没有胜选，都能用来检视民意的支持度。所以，这次选举仍有一定的意义，再加上大家几乎忘掉的宋神掌（宋楚瑜）加入选战，还有一些搞笑角色也加入，倒让这次选举的气氛突然诡谲又快乐起来。

先说国民党吧！在党内初选时也是许多人觊觎这个位置，因为以台北市的选民结构来说，一直都是蓝多于绿，1994年陈水扁会选上，完全是泛蓝分裂的结果。也就是说，谁代表国民党出来选，几乎都可算是躺着选都能选得上。所以，一开始至少有五六个人在争取，但在一番合纵连横后，只剩下郝龙斌及丁守中竞争。

说起这两人，都挺像的，都有军方背景。郝龙斌的父亲就是郝柏村，以前做过“参谋总长”及“行政院长”。而郝龙斌也曾加入新党，后来也在陈水扁当局里当过“环保署长”，所以他的背景也一直被对手质疑。而丁守中，他岳父也是过去有名的高级将领，本人是“立法委员”，且一直都是国民党党员，因此丁守中也以此为主打，得到许多国民党基层的支持。但郝龙斌在“环保署长”任内塑造了不错的形象，民调一直远远高过丁守中，最后当然是郝龙斌胜出。

再说民进党方面，其实在一开始大家都没什么信心，都被认为是必输的一战，所以大家都缺乏兴趣。本来只有前“立委”沈富雄想要参加，但沈富雄在民进党内一直被认为是“孤鸟”，人缘不太好，虽然讲话够直接也够真实，但就是不受泛绿死忠选民的认同。最后，只好征召谢长廷出来参选。

所以，基本上这是一场已经知道结果的选举，大家选得也都不怎么认真。很明显，能看到郝龙斌对于市政议题毫不用心，只想萧规曹随，继续马英九的政策，所以整天就看着他跟在马英九身边呵呵笑，也不见他有什么明确的政策提出来。谢长廷也差不多，当初他做高雄市长干得还算有声有色，但没做完就北上担任“行政院长”，这下算进入“中央”掌握大权，可以展现实力和智慧，进入2008年“大选”的入围名单了，但又不幸与陈水扁意见不合被他玩死，而提早出局。但当个无业游民总不是长远之计，只好出来竞选台北市长，无奈多于主动，所以也不见他能提出多少政见。

这场选战中还有宋楚瑜。说实在的，虽然宋楚瑜一直强调“政治生命的最后一战”“封刀之作”“只做一任”等，喊得还是跟以前一样热血，但国民党阵营一直认为他是出来闹的。话虽如此，却也不敢小看他的影响力，害怕1994年选票被瓜分的情况重演。

此外，还有台联的周玉蔻也参选，志在参加不求当选，希望带动市议员候选人人气。而李敖大师也来掺一脚，闹场的成分居多。台湾的“抗议天王”柯赐海也来凑热闹，似乎是跟马英九有仇一样，他的竞选政见就是：“马英九还我牛！”纯粹来搞笑博版面的。

这次选战就如预料的，郝龙斌当选了。不过，大家更关心的是谢长廷。

民进党的得票数比起2002年市长选举时多出很多，一时之间士气大振。一般认为是他成功与陈水扁切割，使得选票回流的结果，谢长廷虽然落选，反而被视为英雄一样捧着。最可怜的是宋楚瑜，在2000年“大选”时他在台北市还拿最高票，没想到这次只拿到凄惨的5万票而已，只占了总票数的4%，昔日的“政治金童”就如此黯淡地结束了三十几年的从政生涯。

后来谢长廷参加2008年的“大选”，败给了马英九，现在也退居二线了。政治人物就是这样嘛！浮浮沉沉。

2007

搞轨案：台湾媒体“新闻娱乐化”的极点

2006–2007年的台湾，与扁家弊案同样受人瞩目的案件还有“搞轨案”，正确来说应该叫“南回铁路连续出轨案”以及牵扯出来的案外案。这一系列案件的过程曲折离奇，精彩程度直追侦探小说的内容，可说是台湾近年来难得一见的大奇案。

早在2004–2006年期间，连接台湾南部屏东到东部台东的南回铁路，发生了3次出轨事件。之前提到，台铁给人的印象一直都不怎么样，所以民众一听到这种事，大概也都是“又来了”这种有点儿苦笑的反应。但是这几次出轨，都是铁路遭破坏，而且出轨地点都在同样地方，因此案件开始朝蓄意破坏方面调查。

在第三次出轨时，3节车厢翻覆，造成了一人死亡，而死者是一位越南籍新娘。就那么刚好，死者就坐在无人的车厢里，又刚好那节车厢翻车，这也引起了检察官的怀疑，整个案件开始指向蓄意破坏。谁知道不查则已，一查居然发现这3次出轨时，越南籍新娘陈氏红琛都在列车上。而陈氏又是台铁员工李双全的第三任妻子，李又为陈氏投保了6000多万元的保险金，李之前因股票亏了一大笔钱。这下，所有的怀疑跟舆论都认为李双全是最大嫌疑人，但没有证据。

没想到千夫所指的几天后，李双全突然上吊自杀，留下遗书“自杀以明志”，结果舆论又开始一面倒地指责媒体及警方逼人太甚，导致无辜的人受害。

但是法医检查陈氏的遗体后，发现陈氏身上有不明针孔，一些医疗机构也验出她体内有不明毒物反应，也就是说，陈氏并不是由于出轨事故死亡的，而是疑似被毒物溶血而死亡。从此，案情更扑朔迷离。

这下舆论突然又180度转弯，直指李双全其实是畏罪自杀，而他的哥哥李泰安是帮凶，李泰安终于被列为杀人案的被告。可是说也奇怪，李泰安及他的父母看起来也完全不紧张，还是一副淡然的样子，等到要出庭的时候还公开表示“一切配合演出”。

而在审案过程当中，检警内部方面也出现了不同的意见，负责此案的法医突然在法庭中当庭爆料，说此案的检察官当初要求她将陈氏死因改为“药物中毒”，但她坚持依专业判断，陈氏死因是不是中毒还只是“疑似”而已。不同机构的验尸结果都不同，检察官要求她改死因只是想要制造出检方想要的证据而已，她实在无法接受这种证据不足却自以为是的正义。案情侦办到此，社会上一片哗然。

说实在的，这个案件一直都处在证据不足的情况下，拖了很久。除了上面所说的并没有很明确验出是哪一种毒物反应外，另外一个重点在于，没有哪一个人真正有办法控制让列车车厢刚好在哪个地点或哪一节出轨翻覆。所以，李泰安一审时被判了无期徒刑，二审时被改判为18年，但这都是靠间接证据判定的结果，一直拖到2009年初，又再度大逆转，全案因证据不足发回重审。

光看本案的几个关键词——越南新娘、铁道员、偏僻的乡下铁道、股票亏钱，这多像松本清张的社会写实推理小说风格呀！在办案的那阵子，电子媒体每天有一大部分时间都在做各种猜测及推理。只要李泰安家的树砍了，就在猜他是不是意图改运，还找了一堆风水先生煞有介事来解说。

或者，李泰安的老爹在侦办过程当中处之泰然地发表各种言论，记者就猜老人讲这句话又是什么意思。老人爱看《三国演义》《孙子兵法》，媒体就猜他这次又要出什么计谋帮儿子了，可说是2006年曝光率最高最红的老头了。媒体每天还直接冠以“搞轨案第一集”“搞轨案第二集”，把这案当作连续剧报道，真是把新闻综艺化到了一个极点。

都说台湾的媒体乱象，很大一部分原因是新闻综艺化的结果，因为媒体都要争收视率及发行量，自然口味越来越重。现在记者这个职业在台湾也越来越给人不好的感觉，甚至冠以“妓者”称之。有句话前阵子挺流行的：“好好的一个人，干吗要去当记者？”就代表着对记者的不屑，这其实也代表了一般民众对现在媒体乱象的不满。

这一年的搞轨案，让大家越看越扑朔迷离，另一方面，大家也见识到了媒体的乱象及嗜血，让人无奈地哑然一笑。

“环保购物袋”风波

2007年，台湾行销界、精品界的大事是*Anya Hindmarch*这个牌子的环保购物袋的推出，并以500元的低价售出，引起了一阵抢购风潮。这是一次非常成功的行销操作，电视新闻也一直不断地直播，成了一个轰动的社会事件。刚好，那阵子我在百货公司上班，见识到了民众的疯狂。

我一直觉得*Anya Hindmarch*从来就不是什么多高级的一线品牌，只不过是这几年新崛起的牌子而已，但其个人化的设计还算受欢迎。过去在台湾，知名度亦不高，但经过这次事件后，可能全台皆知了。先将这个牌子塑造成好莱坞女名模爱用品，名人效应之后，这个品牌在消费者心目中的地位自然会提升。终于，这个牌子似乎也变成了高贵的品牌，但知名度始终不高。于是，一个阴谋就出现了。

一般消费者总是对名牌的高价望之兴叹，想要放弃又不会放弃。精品商当然了解这一点。于是，要怎么做促销，看起来才能不降低自己的格调呢？公益话题倒是个很好操作的领域，加上这几年环保变成一种“流行”，是可消费的对象，这么一来，印上名牌LOGO的环保购物袋就出现了。由于只是一个“购物袋”，再加上是为了提倡环保做公益，因此，这个袋也就名正言顺、理所当然地把价格打低了。但其实谁又知道，他们是真的想做环保，还是制造话题呢。

这种包，在我工作的百货公司限量235个。大家都有预期心理怕买不到，所以都提前一天去排队。对我来说，除了做行为学研究这个冠冕堂皇的理由外，其实最重要的还是电梯小姐们的邀约——那么多美女陪你一起过夜（当然是在众目睽睽之下），该有多温暖啊！

于是，下午大家都已经讨论好，有人准备吃的，有人准备喝的，桌子椅子也都准备好，晚上一下班，就要从办公室直接搬出去排队了。也有人准备各种娱乐器材，准备度过这漫漫长夜。当然有人更热心，提议随时要“补货”，安排好什么时间去买什么东西回来，连绿豆汤都出现了，想想还真是温馨感人哦。

令人震撼的消息传来了——前一天的下午三点半，百货公司门口已经有30人在排队了，大家都产生了危机感。没想到排第一个的还是个男生呢，还自备了椅子，这家伙肯定是帮女人买的。到了五点半再上去看，大概已经有100人在排队，这时大家心都凉了一半，之前充满斗志，现在已经开始怀疑。8点再看，乖乖，至少有400多人了，真不知道那么多人怎么抢只有200多个的包。到现在为止，至少群众都还乖乖地排队，排得蜿蜿蜒蜒的，盛况空前！到这个时候，大家已经彻底绝望，很有默契地闭口不提这件事了。晚上10点下班后，凑热闹地跑到现场再看一次，原来尚有次序的队伍，最前面已经挤成了一团，只剩下后面还傻傻地在排队。一群人就那样挤在百货门口，一层又一层，却又找不出层次来，总之就是一团乱啦！可能是大家看百货打烊，趁乱都跑到了前面。而这团乱的最中心，则不知道在吵些什么，一个火爆男大吼大叫的，想必是排队起了冲突。这火爆男仿佛武将般，身陷层层杂兵之中却又万夫莫敌。

这天下午，电视新闻异常有默契，似乎在帮他们做广告，一直不断现场直播各地排队的实况，也加深了这些人的危机感——再不去就买不到了！所以，百货公司门外排队的人随着时间的流逝也越来越多，越来越疯狂，越来越焦虑。不管他们到底在一个月前有没有听过*Anya Hindmarch*这个牌子，反正，先排着就对了。

终于到了决战的第二天上午，开卖了，开始抢了。电视镜头上有上次提到排第一个的那个男人（他果然是帮女人买的），有翘班的上班族（镜头一扫过，每一个人都把脸遮起来），有强悍的婆婆妈妈们（虽然他们大部分不知道卖的是什么，但是先跟着排了再说），还有一些准备转卖的。这一起排队的人群，以及各种各样的理由，简直就是一个社会的缩影。有个消费者，前晚排队眼见排不到，转战到他店抢购，因冲到专柜门口前被人群推挤绊倒在地，后面人群又不断拥上，造成她手臂瘀伤。从画面又看到另一位女性消费者，被大批人群推挤，加上空气不流通，她因身体不适而全身发抖掩面哭泣，连走路都有困难，最后被送上救护车。那种情况犹如饥荒国家灾民抢食救济物品一般。人性丑恶的一面在此完全显现：互相践踏、见血、休克、暴力等场面都有，真是死了都要买。

"低价的""名牌"自然会引起小家子气的消费者的浓厚兴趣，因为他们就是想用很少的钱，买到名牌商品。天底下哪有那么好的事？精品商看准这一点，设定了这个低价，但是，但是……是限量的。是的，限量是很残酷的，能买到便宜名牌包的机会是有限的，那么，如果有了这个限量包，是不是代表拿出去大家都对你另眼相看了呢？这些消费者如果这样想，这个行销策略就成功了。

其实当时*Anya Hindmarch*对于他们的超级VIP，早就已经发了邀请函，可以直接到柜上购买。而会这样抢去排队的人，也只证明了自己穷酸的程度而已。富人与一般人买名牌的观念是不同的，富人买名牌，是不想花太多时间去挑选，是直接相信名牌的质量而买，对他们来说，买名牌只是方便而已。但对一般人来说，买名牌只不过是增加自己的自信心，好像有了名牌在身旁，就会吸引众人的目光，所以需要名牌。

所以啦！很多人抱怨精品店店员狗眼看人低，因为精品店店员就是很了解，一般人不用太多应付，就算得罪这些人，他们摸摸鼻子还是会买。相反的，有钱人就不一样啦！说不买损失可就大了，所以精品店店员的目光从来都不放在一般人身上的。

这次事件，还真是能从中清楚地看出台湾人的个性。有人说岛民的性格是“浅碟”文化，就如同碟子一样浅浅的没有深度。以前台湾也常出现这种“一窝蜂”，很容易引起话题、追随话题的事件，比如1995年左右突然出现的蛋挞热，一时间冒出了一堆卖蛋挞的店，每间店都有一帮人在排队，等热潮一过，蛋挞店又几乎全部消失。后来麦当劳也推出HelloKitty限量组，又是一帮人彻夜排队去买，之后还不是都丢在家中的角落里。几年前又开始流行甜甜圈，也是一群人跟着排队，后来才知道最早排队的那些人是请来的托。台湾人个性里就是相信这种“炒作”起来的东西，并且又相信“限量”，算是一种很特殊的消费文化。所以啦，这种一窝蜂的性格，造就了一些生命周期很短的产品。在台湾有个专门名词——“蛋挞效应”来形容这种现象。

也许是历史及环境的因素，台湾一直以来都是外向型经济。结果，在这个小岛上讲些内需之类的政策，都让人感觉很虚浮，没有多少实质内涵，故通常称为“浅碟型经济”。虽然大家会说，台湾受到多元文化的影响，其实就是台湾人没什么个性，很容易受外面环境影响，因此常常被人认为没有远见，只看眼前。但从另一方面来说，也许就是因为台湾人有这种性格，台湾的经济发展中才会有这么多不怕死，拼命向前冲的人吧！

高铁通车，台北到高雄90分钟

2007年1月，大家期盼已久的高铁通车了，这条路线从台北到高雄，全长约350公里。到现在为止，往南往北每天最多各有140班车，往来台湾南北可说是越来越方便，台北高雄最快90分钟就可以到达。

台湾高铁兴建是用BOT的方式，就是指将当局所规划的工程交由民间投资兴建并经营一段时间后，再由当局回收经营的意思。现在在台湾公共工程上，BOT是一种很常见的营运模式，但一些地方性的BOT也常常引起地方人民反弹，总觉得当局图利大型财团，而侵害了本地人自己的权利，所以这种做法也常是争议不断。

不过在高铁的兴建过程中也不是那么顺利，问题也是一大堆。让人印象最深刻的事可能就是硬体跟软体是用不同的规格系统。高铁主要用日本新干线系统作为总体基础，这也是新干线系统首次向海外输出，但是在部分细节设计以及号志、机电系统方面则酌采欧洲规格，所以当时有很多人觉得会有问题，当然有没有问题还要多看几年。但是台湾人的个性就是这样，什么东西还没做好之前就喜欢一直唱衰、讲风凉话，一旦开始用了，看大家都在用，也一窝蜂跟着跑去用。

所以，当高铁开通时，天天都是新闻的热点，媒体恨不得抓到高铁的小辫子。不过高铁真的不错啦！蛮方便的，又快又舒服，车上服务员又够可爱，所以使用率越来越高，几乎是现买现走。我想这就是BOT的精神吧！想要怎么收获，就先要怎么栽，如果想在兴建阶段省钱，经营阶段就会自尝苦果，最后也无法转移给当局，所以在服务方面也比过去的台铁好很多。

因为高铁现在越来越普及，受高铁影响最严重的可能就是台铁。跟高铁不同，台铁算是公营事业，营运的铁路网已经环绕全台，但长久下来就会有种官僚习气，就跟大陆说的“铁老大”差不多。但是台铁西半部在高铁的冲击下亏损越来越多，也不得不开始转型。台湾许多大城市里的上班族，许多都是住在周边卫星城市，每天都是搭乘台铁的“通勤列车”去上班，所以现在台铁在想办法“捷运化”，就是把以前的长途改为以中短途运输为主，从而增加了很多市区小站及通勤列车。

另一个受冲击的是航空业的岛内航线，尤其是西半部，因为高铁太方便了，随买随走，价钱又比机票便宜。高铁车站虽然也都在市郊，但都有免费的接驳车到市区，所以现在大家也都改搭高铁了。

当然，客运也被冲击到，但客运还是有一批死忠的支持者。大概是台湾的客运实在是太舒服了，三排座的宽座位已经是常态，现在很多车子是两排座跟飞机头等舱一样的按摩坐椅，再加上一人一台的视讯随选，如果时间不是那么赶，很多人还是宁愿坐高速大巴。

不过话说回来，对很多常出差的人来说，高铁建好后，路途遥远在外县市过一夜再也不是借口，公司也有更多理由让你当天来回。之前宣传高铁的口号就是“一日生活圈”，大概也产生了许多始料未及的现象，比如就有小偷坐高铁跑到外县市作案的事情传出。

到上海工作

9月，我辞掉做了两年的工作，去克罗地亚玩了一趟。其实本来的计划是要穿越整个巴尔干半岛的几个国家，所以在行前一个月也把市面上能找到的有关巴尔干历史及情势等的书籍全部读了一遍，本以为这是一次精彩绝伦的苦行记，没想到，我才刚要离开克罗地亚往蒙特内哥罗去，就在边境被赶回来了，非常不爽，只好回克国继续往一些去过的地方，草草结束这次行程，差不多待了一个月。

回来后，刚好有个到上海工作的机会，我就去了，就跟前面说的，自有了第一次到上海的不爽经验后，对上海一直有种欲求不满的感觉，非想要在那边做出些什么事才满足。其实另一个原因是，当时有个上海女朋友，所以“为爱走天涯”啦！但没想到，到上海后不久反而分手了。

一到上海我马上就开始工作，所以忙得连住的地方都没时间找，又不想住公司提供的地方，所以第一个月我都住在青年旅馆里。巧的是与3年多前在上海时住的是同一间房间同一张床，所以对环境也没有太陌生的感觉，只求一个晚上睡觉的地方而已。当时旅游的旺季过了，上海天气也冷了起来，旅馆里冷冷清清，住客不多，几乎都是来上海培训的外地学生，曾经有八人间只住两个人的纪录。

于是，当时的生活就很单纯。我下班吃完饭，或者外面逛一逛，就回来看书，或者跟旁边的人聊天。住宿的旅客人来人往，也认识不少人，每个人都抱着不同的理由来上海。

有来找工作的人，过了几天还找不到工作，就悻悻然地离开了。也有来寻求投资方的，找到了还很开心地请大家吃东西。还有来上海旅游的，每天见他回来兴冲冲地告诉大家他今天又去哪里了。也有人半夜在你蒙眬之间住进来，等早上醒来又已不见人影的。当然还有一种人，根本就是喜欢在这里长住下去，也没有理由。各式各样的人，有些深交，有些都没见过长什么样子。

印象比较深刻的是一个法国人，他一路骑自行车从欧洲大陆进入中亚，再从新疆下西藏，最后从广西来到上海。他把那一张大大的世界地图铺在地板上给大家看，让人羡慕不已。

过了一个月，我终于找到一个住的地方，开始了租屋过日子的生活，依然是上班及回家两点一线。我以前一直很不能理解，为什么很多人都说他回家第一件事就是开电视，现在我理解了，原来是为了让孤寂的房间有点儿声音，假装热闹一点儿。

到了12月31日那天，我带了一些零食饮料回那个旅馆，与当初认识的朋友在房间一起“跨年”聊天，大家一起聊着自己来上海的理想梦想。当晚，大家还是跟以前一样，十点半几乎都睡了。在这里，晚上也没什么娱乐，大家也都不是来玩的，所以都习惯早睡。

到了半夜某时，房间里每个人的手机都传来短信声，我突然意识到，大概是零点整，大家都同时收到“新年快乐”的短信吧！突然，我心里不知道哪里来的一阵心酸：那么多人现在都还在外面跨年玩着，但在这里一切都跟跨年无关。接下来，就听到大家开始回短信的声音，然后，除了窗外的烟火声，房间内一切又安静下来。

那是我最后一次去那家旅馆。后来，那家旅馆也拆了，我每次经过那里，总还要再望一眼。

2008

到了2008年1月，妹妹结婚了。妹妹从大学毕业后就到美国读研究生，读完后就留在纽约工作，在当地认识了一位也是台湾去读书的先生，交往一阵子后就决定结婚。他们两人特别回台湾办了婚礼，我利用周末的假期回台参加。妹妹算是离开这个家了，而我到上海工作，觉得特别对不起的就是父母，以后这个家就只剩下他们两个人，不知道他们会不会孤单，或感叹人生终于到了儿女都离开的阶段。

回到上海后，我度过了一个寒冷得躺在床上都会嫌床太大的冬天。虽然我以前一直想要一个人睡超大床，可是这个太冷的冬天，躺在床的一侧，却连翻身的勇气都没有了。虽然我终于来到了一直想来的上海，却又觉得好像少了些什么。

3月了，又一次的台湾地区“大选”。我第一次没有在台湾近距离看这次“大选”。马英九毫无悬念地当选了，中间有什么激情、曲折都感受不到。不知道为什么，本来这几年对政治已经越来越冷漠，来到大陆后又开始关心起来，但只能从电视或网络资讯上感受一些那个有点儿像又似乎跟以前感觉不太像的台湾，越看又越觉得焦虑。

自从我来到上海后，台湾似乎离我越来越远，与父母固定的联络变成仅有的联络。尽管号称在上海有几十万台湾人，但除了公司外，我反而都不想跟其他台湾人交往，以致自己越来越像这里的人。现在我已经习惯不说“去上海”，反而变成“去台湾”“回上海”，一想到这件事，就有些小小的感叹。

前不久祖母去世，我就趁这个机会为去世了二十几年的祖父“捡骨”。“捡骨”，就是在下葬近10年后，再将遗骨挖出来重新火化成骨灰放入纳骨塔内，一方面避免了几代后，因没人顾及而导致这些墓年久失修，另一方面，也在传统的入土为安观念及墓地越来越少的矛盾中取得一种妥协。

其实整个过程并不会觉得恐怖，反而有点儿期待挖出来看到的会是什么。捡骨师傅终于挖出了一具有点儿破碎的枯骨，并一个个地拿了出来，稍微一用力，骨头就碎成粉末，那时候我才领悟到，原来人死后是真的会变为尘土的啊！如果火化成骨灰了情况可能好一点儿，但最后也还是放进一个格子，永不能见天日。一想到人生的结果如此，就觉得一片空虚。

后来我换个角度想，那就尽量做些事证明自己曾经在这个时代活过吧！有时候我觉得虽然活在这个世上，虽然只是个无名小卒，但还是幸运的，尤其我们这一代人，不仅仅见识人类进入了第二个千年，而切下历史的剖面来看，至少也经历了两岸变动得最剧烈的30年。

我们三十来岁这一代，处于台湾由封闭到开放的变化过程。30年来一下子涌入各种不同的声音，这也是需要时间去判断的。今年正好也是大陆改革开放30年，随着大陆逐渐开放，变化势必会比台湾还大，大家都会是参与其中的一分子，我们只能学着去听别人的声音，尊重并忍受别人不同的声音。

2009

2009年，我的书《我们台湾这些年》出版了……

这些文字，前前后后也改了近10次，每次都增删了一些内容，终于成为各位读者现在看到的这个样子。当然，就在付梓之后免不了还会发现一些可以增加的内容，难免会有“哎呀！还可以再告诉大家某些事”这样的遗憾。只能说，对于这本书，我仍然觉得不够完美，似乎还有可以再改善的地方，再改动的欲望可以说是没有停止过，但这样下去是没完没了的，因此只希望如果大家够捧场，我还有机会写下一个30年时，再来跟个老头一样啰唆个没完。

所谓“三十而立”，不过看来我是还没立起来就又趴了下去。在过了意气风发的年纪后，不得不承认我跟芸芸众生一样，一点儿都不特别，我只能把那些不堪回首的往事当作人生丰富的借口。写这一系列文章，算是为人生的这30年做个纪念吧！就如同我一开始所说的，希望这些文字，能让更多的人了解台湾及台湾人的想法，至少代表了我这一代的人，或者代表了某些群体。期待在两岸剧烈改变中长大的这一代，慢慢成为社会中坚的年轻人都能学习尊重并理解对方，化异求同。这本书若是能有这些小小的助力，我就足感欣慰。

后记

两岸的“70后”，都成长在一个变幻莫测、无比神奇的时代。

在我们成长的这30年里，历史的洪流一次又一次地摧击着两岸：1975年，蒋介石逝世；1976年，毛泽东逝世；1978年，蒋经国力排众议提出“台湾十大建设”，直接推动了台湾经济腾飞；同一年，邓小平开启了令世界震惊的“改革开放”，改变了大陆几代人的生活走向；1979年中美建交，大陆发表《告台湾同胞书》，两岸关系进入新时代……回想自己的30年成长历程，跟大多数人一样，我常常觉得在这“伟大的时代”里自己似乎太过平淡。然而仔细回想，我个人的命运早已如一叶小舟，顺着时代的大潮在顺势往前激流。人在船上，常常觉得自己没动；时代感召着我们的生活，我们却常常浑然不觉。这也是我动笔写这本书的原因之一。

而更重要的原因却在于，我这些年工作、生活在内地，深深感到，两岸的交流大多限于政治层面，两岸民众之间其实是相当陌生的，彼此都不太清楚对方这些年究竟有着怎样的生活。我近几年频繁来往于两岸之间，或旅游或工作，每次在大陆，总会有朋友问我各种各样关于台湾的事情，有些问题有时会让我感到不适，而我的回答又往往令对方不满意。本来，我们应是血浓于水的一家人，历史因素让我们渐行渐远而产生许多误解与矛盾，这实在是历史的悲剧。

于是，我决定动笔撰写自己在台湾30年的成长经历，以及这30年间台湾社会的变迁。让两岸普通民众之间多一些了解，正是我写作的初衷。我完全没想到，我的文章发到网络上之后，竟引发两岸读者热烈反响，成为“天涯杂谈”最热门的文章之一。这足以说明，两岸普通民众层面的交流，已经刻不容缓。两岸最近一年来的种种举措，可以说是顺应了时代的需求、民众的渴望，真是万幸。

一个统一而强大的中国本来就是最符合两岸人民利益的事，我们可以在这个前提下异中求同，携手共创民族的再次盛世，展现泱泱大国的风范。但是，台湾的部分民众对大陆怀有戒备心理；大陆这边又不明白，为什么长久以来一直在释出善意，部分台湾人却总是不领情。后来我才慢慢体会到，这根本的原因就在于对彼此的不了解。因历史造成长久的分隔，彼此都站在自己的立场上“理所当然”地去想象对方，而不认真或根本不愿意去探究为什么对方会去这样想、这样做。我想，唯有更多的了解，两岸的心最终才能真正走到一起。

开始写这篇文章是在2007年6月返台期间，那时有许多的资料可以查询，也有许多人可以让我进行口述史般的访谈，以求从一件又一件的历史事件中找寻一般民众生活点滴的线索。我成长的这30年，刚好赶上台湾社会变动最剧烈的30年，在政治、经济、文化、次文化方面，似乎都突然在这些年间整个爆发出来。有些事，草民如我，没有直接参与或只是耳闻，我只能想办法在短短的文字内表达出它的前因后果。我觉得最重要的是，可以通过我对自己成长往事的真实记录，让大家知道，这些年台湾老百姓都在想些什么、干些什么；通过“一个‘台湾70后’30年成长经历”这样的回忆文字，能让两岸普通民众之间的沟通更加真实，真切，真诚。

记得在我20岁时，意气风发，立志在10年后的30岁，学胡适《四十自述》来写个《三十自述》。但10年就如一夕狂饮，在那种吐了又喝，喝了又吐的丑态中过去，一夕醒来发现自己仍然一事无成，而台湾，每天都在改变。我谨以自己这些文字，献给两岸之间每一个最普通的读者：不管历史走向何方，生活还将前行，我们依然血浓于水。

廖信忠

2009年4月于台北